王安忆
长篇小说

启蒙时代

人民文学出版社

图书在版编目(CIP)数据

启蒙时代/王安忆著.—北京:人民文学出版社,2018
(王安忆长篇小说)
ISBN 978-7-02-014430-3

Ⅰ.①启… Ⅱ.①王… Ⅲ.①长篇小说—中国—当代 Ⅳ.①I247.5

中国版本图书馆CIP数据核字(2018)第164275号

策划编辑　杨　柳
责任编辑　刘　稚
装帧设计　刘　远
责任印制　王重艺

出版发行　人民文学出版社
社　　址　北京市朝内大街166号
邮政编码　100705
网　　址　http://www.rw-cn.com

印　　刷　三河市宏盛印务有限公司
经　　销　全国新华书店等

字　　数　240千字
开　　本　850毫米×1168毫米　1/32
印　　张　10　插页2
印　　数　1—5000
版　　次　2007年4月北京第1版
印　　次　2019年8月第1次印刷

书　　号　978-7-02-014430-3
定　　价　39.00元

如有印装质量问题,请与本社图书销售中心调换。电话:010-65233595

目　录

第一章　　　　　　　　　　　　1

第二章　　　　　　　　　　　　62

第三章　　　　　　　　　　　　102

第四章　　　　　　　　　　　　172

第五章　　　　　　　　　　　　219

第六章　　　　　　　　　　　　292

第 一 章

1. 小兔子

　　一九六七年和一九六八年的冬春之交,南昌他们来到了这个市区中学的操场上,骑着自行车。这所中学坐落的街区上,有着许多梧桐树,落了叶,裸出壮硕的枝杈,在空中交错伸展。日光就从上面照下来,投在地上疏阔的影。南昌他们一行自行车,就是从这影里驶过来的。

　　你很难想象经过了一九六六年的狂飙之后,这城市还会有这样清爽的面容。可真是这样的,而且,革命洗去了铅华,还它一些儿质朴,似乎更单纯了。街道和商店的名字换新了,新名字有股幼稚劲,比如"反修",比如"红太阳",比如"战斗",直白至此,倒有几分胸襟。橱窗里的摆设从简了,几乎没有装饰,商品也是最紧要的几样衣食,出于风趣的性格,这些物品都摆出些噱头。比如,水壶和书包搭在一起,有一种远行的意境,药品边上放一个红十字医药箱,是服务大众的志向。虽是稚拙的,但是,却散发出俄国知识分子民粹派运动的气息。因为谁也不会相信,一个社会的思想会简单至此,除非是出于某种理性的选择。昔日大幅的电影广告栏里,现在是标语的大字。电影院自然还是拉着铁栅栏，门庭冷落。行人的装束显见得是寒素了，这倒无大碍，寒素就寒素，问题是胸襟上的一枚像章，很有点滑稽。这城市的人多少都有点都会气，谈不上有什么信仰，如此虔敬地佩戴着这枚像章，难免流露出嘲讽的意味，其实他们是严肃的。大约也因为此，这城市的革命弄不好，就弄成了闹剧。就像运动开初时的"破四旧"，你看满街疾走着裤脚被剪开、手提尖头皮鞋的赤足人，还有三轮车——这是最有趣的了，车上的摩登男女，如今披头跣足，神色凄惶。好比是歌剧中的谐谑段落，动机忽一转换，郑重的气氛就变得轻松起来，可是，内中严峻的实质还是存在着。由于它的存在，才能和表面的戏谑形成幽默，否则，就不过是瞎胡闹了。这种酷烈的内质，一旦翻上来，那就令人瞠目结舌。就比如与"破四旧"接踵而来的抄家、游斗，甚至，从沿街的高楼坠下来的自尽者，这就带有血腥气了。这城市笑不出来了，因为它虽则浅薄了一些，但绝不是轻浮，它以意外的沉默藏住惶悚不安。不知从哪一天开始，有一些门扉上贴出了盖有红印的告示，告之某人因受错误路线迫害去世，现给予平反昭雪。这告示似乎对这城市触动不大，并没有唤起对公正的信任，相反，它使得世事翻手为云，覆手为雨，更没准头了。这城市有足够的洞察力，洞察的不是历史那样宏伟的东西，而是世道人心。在此，戏剧从谐谑的部分走出，回复到全面的正剧色彩，那不正经的部分作为对待事物的一种态度，储存在那里，预备我们需要时来采取。这城市持续着的沉默，并不那样凝重，多少含有一些儿学乖的意思，也就是审时度势。这一段沉寂的日子，同时也是喧嚣的，大串联将全国各地的少年学生带到这里，水似的漫流。此时此刻，夜晚弄堂里的摇铃人，声声告诫的"火烛小心，门户当心",就格外的有含意了。你会觉得,这城市警醒得很,而且,守持很严。好,现在,大串联的人流退潮了,革命暂时间尘埃落定,小学积压了一年多的毕业生按居住地段分进了中学,中学积压的毕业生还没有去向,所以就依然留在学校。这种积压使得学校、街道,以至于整个社会突然间壅塞了少年人。学业已经中断,学生运动也消停下来,这些少年人猝然惊醒,发觉自己身处一个漫长的假期之中,不知什么时候开始的,也不知道什么时候结束。

南昌他们几个,都是在这城市边缘或者郊区的寄宿中学就读。那大多是高等院校的附属中学,全市范围内排名前列,高分才能录取。同时呢,缘于某种政策,也适度收录了这城市里所谓高级干部的子女,南昌他们就属于这类学生。他们原先是有些屈抑的,由于成绩算不上最优等,生活习惯比较简朴,甚至,说话还带乡土口音,因为才从老家出来不久,或者家中有一位山东老奶奶。当然,他们也带来新的格调,比如,说普通话的风气,这些学校不流行沪语与他们有些关系。他们的被服用品多半出自军需和供给制度,朴素里就捎带有特权的意思了。但总的来说,他们声色平平。一直等到一九六六年夏天,这场革命起来,突然间,他们成了主角。就在某一天里,他们这些人,齐刷刷地穿上了军装,显见得是父亲的旧军装,领口有军衔领章的印记,洗白的布面,肥大的腰身和裤管,拦腰系一根皱了皱的牛皮带,臂膀上套着红袖章,上书"红卫兵"三个大字。此时,尚无派无别,"红卫兵"天下一家,像南昌他们,理所当然子承父业,带领起革命的潮流。平时不打眼的黄巴巴的小脸,骤然间容光焕发,个头都长了,也正巧是发育的年龄,精神受了鼓动,长势就蓬勃。他们一个个变得能说会道,而且言语风趣,连表情也生动起来。他们成了校园里的著名人物,辩论、批判、斗争、大字报,都由他们发起。就像一种遗传的禀赋,他们似乎个个是天生的政治家,把得住革命的脉搏,当然,也是得天独厚,能预先了解动向。每个学校都是这伙人起事的,提出的口号差不多,运动的方式也差不多,所以,这无政府的时代,就好像有组织有计划地来临。很快,他们就将运动推广到各学校之间。这些人,彼此好像是亲戚,又好像同属教派中的一门,一旦见面,只需言语几个回合,就对上口令,认识了。于是,这支军绿色的队伍很快汇合起来,到八月十八日那天,毛主席在北京天安门城楼接见红卫兵,这里的红卫兵也从大街小巷往人民广场奔腾,真的是滚滚的"铁流"。

然而,这辉煌的一刻转瞬间成了历史,乾坤颠倒,他们的父母成了革命的对象。正合了那句话:搬起石头砸自己的脚,他们创造的血统论,正好用来反对他们自己。于是,热情变为愤怒,但依旧保持着同样的激越。他们加入进大串联的人流,却是这盲动的人流中清醒的警眼。他们的目标很明确,北上,去政治中心首都,希望在那里找到答案。可是,茫茫北京城,答案在哪里呢?他们到中学、高校、研究所、政府机关看大字报,开始还有点新鲜劲,因大字报的章句口吻,就像是了解内情,所用的理论也很高深。可是看多了,又觉得不过是口气大一些,这些墨汁淋漓的大字就叫他们看花了眼睛。他们在北京的校园里徜徉,北京的校园气魄可是大,如此辽阔,红墙绿柳,往来着的同样是军装,可做派却大不同。腰里并不系皮带,就这么松垮着,很显得潇洒。军帽也是有戴无戴,发式理成平头,说的普通话是清脆的。最重要的,军装们往往骑着自行车,燕子般地剪着车轮,飞快地翻过去,忽又一刹,停住了,并不下车,只是一只脚点地,站一时。还有的,骑着骑着,后车架上忽跳上一个人,或者,一只手脱开把,人跳上了前车杠,斜坐着,再继续向前。革命的风度多么不同啊!他们大多有一些叔叔伯伯的关系,就寄希望在那里能联络上北京的同志。至于答案,他们似乎已经放弃,这京城有一种别样的气质迷住他们了。一种什么样的气质?宏大、堂皇,俨然所代表的历史的正传,恰是他们所属。他们去到那些国家部委里,看见他们所寻找的叔叔伯伯的名字,被七颠八倒地写在大字报上。倘若竟能够找到叔叔伯伯的家,又大多是空巢,小孩子都不知上哪里去了。院里边也有些着军服的少年人,骑着自行车从他们身边驶过,好像没有他们这些人似的,令人不由得畏缩起来,深感是来自远地的边民。结果,他们并没有和这政治中心联络上什么关系。但是,他们也不是完全一无所获,他们带回了一个组织的名字,就是"联动"。

至多是两个月,或者三个月之后,他们中的几个就被公安机关拘捕了。这段日子,被他们机密地称作"红色恐怖"。很奇怪地,这个危险时期没有让他们消沉,反而将前阶段的失意心情一驱而散,甚至,从某种方面来说,他们更满意眼下的处境。这样的处境更合乎革命的特质,造反的特质。他们骑着自行车——此时,他们也有了自行车,军装洗得更白,撤了皮带,头发推短,他们的面容显得坚毅,目光深邃,流露出革命转向低潮时的警觉表情。这一切都表明着阅历,他们成长起来了——他们骑着自行车,默默地行驶在人流中。他们的父母在受冲击,他们的同志在拘押中,革命应该向何处去?前途迷茫。前后左右的人群,就如盲目的蚁群,忙碌于生存之计,他们则替众人警醒着危险,思考着前途。他们是孤独的,但并不表明他们对众人不关心,相反,他们爱他们!然而,就像方才说的,严肃的正剧又走入了谐谑的段落,拘押的人释放了,经调查,他们与北京的"联动"无丝毫干系,为方便称呼,他们被名为"土联动"。也有可能,这是出自北京方面的创造。这结论应该是令人放心的,可狱里狱外的人,感受均非如此,事实上,他们受到了严重的伤害。现在,形势似乎好了些,但就个人来说,似乎又灰暗下来。就是这时候,南昌他们去往市区这所区级重点中学。

阳光从枝条间投下,在他们脸上身上画了疏淡的影,光的部分则格外明澈。他们的面容明显舒展开来,有了笑意,但这笑意里含着讥诮。正和前一阶段相反,那时候是严峻的,但却散发出仁爱的光辉。现在,他们多少有一些儿颓废呢!难以想象,历史如此迅速地在他们身上走完了一个周期。他们还不过只是少年,倒有些沧桑了。他们这一伙,穿了旧军装,脚上是带马铁的军靴,有的是一人一辆,有的是一个带一个,骑了自行车,从梧桐树下的街道驶来,是相当醒目的。他们清脆的普通话引得路人不由回头,心下狐疑,是不是来自北京的红卫兵?倘若是北京的红卫兵,那就意味着这城市又要掀起一场狂飙。在这城市的中心区,生活又恢复了平静,昔日殖民时期的法式建筑,那些旖旎的线条、雕饰,依旧流露出奢华的情调。格局虽然不大,可惟其格局小,有些小趣味,才在这大时代里得以偏安一隅似的。在这澄澈的光里面,镶着纤细的暗影,看起来娇媚可人。街道是蜿蜒的,适合人步行,自行车就显得凛然,带着股征服的气势。奇怪的是,体积更为庞大的电车却并不逼人,它沿着天空上横贯的电线行行地走,偶尔间叮一声,声明要拐弯了,也很适合蜿蜒的路线,因为彼此有照应。晶亮的阳光缀在枝节上,这种树的枝节是比较圆润的,反射光线的面就柔和一些,还像泅染似的,散开来,于是,空气中就有了一层光的氤氲。南昌他们就从氤氲里走来。此时,他们的心情也是清明的,他们也似乎不大相信,经历了那么多跌宕起伏之后,看出去的景物还能是如此亮丽。

  现在他们已经行驶在所要去的学校外面了,铁栅栏正沿了街角弯过去。他们这些人就读的寄宿学校多是在近郊地方,占地比较大,有壮观的校门,校舍的楼体也是壮大的。而这所坐落在市中心区的学校,格局小还不说,与街面接得如此近,再有,学校的建筑似乎本是另外一种用途,后来为了适应需要才改为学校的。这样一来,看上去就不大像学校,而是像,像什么?像民居,当然,比较豪阔的民居。当他们接近校门口的时候,又看到奇异的一幕,一个男生在前边跑,后边追了一群男女学生,臂上佩了红袖章,嘴里叫着:"捉牢伊!捉牢伊!"被追的那个绊了一跤,膝盖磕在人行道的边缘,立刻跛起来。他的脸色一下变得愠怒,伸手招了一辆三轮车,跳上去就拉远了,剩下那帮人在后边跺脚。南昌一伙不由哈哈大笑,革命在此演化成这般庸俗的戏剧,他们始料未及。他们立刻给出了三个字:"小市民!"

  他们来到这里是应小兔子的邀请。像小兔子这样的干部子弟,在这学校里也有,却是呈分散状态的。还有,怎么说呢,他们似乎已经被"小市民"同化了。这所中学在区里排名第一,事实上,却收取有相当数量市级重点分数线上的学生,他们多是出身自不纯成分的家庭,比如工商业主,有某种历史问题,社会关系复杂,等等,体现出阶级社会的特性。也因此,这所学校就有了一种中产阶级的气息。学生穿着整齐,甚而至于摩登,肤色白皙,态度矜持,表明着生活的安稳优渥,同时也表明他们所在阶层的保守。当小兔子引来的这一帮人物,鸠占鹊巢似的占据了操场中心,他们的旧军服、军靴、自行车,黑黢黢的脸,嬉笑开来,露出的雪白牙齿,这一切无疑都焕发出昂扬的风范,包含有开放、青春、时代感,还有权力。相形之下,这所学校的学生不由显得孱弱了,他们很自觉地退到操场边上。阳光非常清澈,而且在逐渐加强,他们跨骑在自行车上,偶尔移动一下。只有小兔子,以一种奇怪的姿势,就是说坐在后车架上,脚伸向前去够住踏脚,缓缓蹬着,在他们中间穿行。他处在发育期,纤细的身躯,拉得更长而且柔软。他长了一张清秀的鹅蛋脸,甚至有些甜美,此刻他温驯地微笑着,就真的像一只小兔子。他的气质似与南昌那一伙人很不同,是不是濡染了这学校的风气?然而,事实上,那一伙人要仔细追究,也各不相同。

2. 南 昌

南昌的父亲原是华东局干部,任一名高级领导的秘书,曾跟随去中央工作。不久,这位领导却因涉入一起分裂事件,清除出党,他便也调回上海。此时,华东局已撤销,他的组织人事关系落在市属机关,保留了原先的级别,但是个虚职,事实上,已是赋闲。其时,他方才三十六七岁,正值当年,政治和事业上却均无前途可言,心情是消沉的。他家住在虹口一幢公寓楼房内,是日本占领时期为本国侨民造的住宅,开间比较逼仄,楼层也较低矮,光线就暗了。墙纸本来是杏黄底,有白色的曼陀罗花,年深日久,都模糊成一团土黄,有的地方剥落了,并不补好,好在颜色和墙皮接近,倒也不显眼。应当说,还有几分娟阁的情调。像这样常是处于迁徙中的家庭,自然没什么家具,简单的几件都是从单位里租借来,然后又折价买下,白木上边钉着编号的铜牌,留下军旅的风格。地板是每季度房管所上门打蜡,蜡扒拖得锃亮,水曲柳的木纹就像水波,因为家具少就显得面积大,反光都映到天花板上了,是这套公寓中的簇簇新。墙,地板,家具,这几样其实各有特色,并在一处却觉得十分混乱。可是,上海的公寓里就是藏着许多这样古怪的居室,住在里边的人,因为对城市生活——进一步说,对安居的生活没有概念,所以并不以为不妥,兀自按自己的方式过。时间长了,倒又创造出一种粗放型风格,可兼容并收各种元素的。而且,因自有一股热烈向上的气派,就更显其轩朗。你推进这样的公寓,只扑面而来的葱韭蒜辛辣,就可将这都会城市的绮靡婉丽扫荡一净。然而,在南昌的家里,气息似乎有些疲了,缺乏力量创造新的性格,于是,那几种不相谐就孤立着,互不相干,变得寥落了。

因为人口多,所以这套三四个房间的公寓并不显得宽敞,每个房间横七竖八架着没有床架的床板,只有父亲的书房例外。这是公寓中最大的一间,几乎是正中央放了一张书桌,一把藤椅,依墙一具书柜。贴了房门后边,是一架行军床——父亲很早就和母亲分床了——于是,又过于空旷了。这朝南的房间,窗户没装窗帘——这公寓里所有的窗户都不装窗帘,日光大豁豁照进来,不给人明亮的感觉,而是灰蒙蒙的,因为无数灰尘在光里翻卷。到了夜晚,就换成路灯照进来,也是大豁豁的。但到底幽暗了,而且角度是固定的,就有了些照不到的地方,比如,几个墙角,书柜的侧面,房间变得宁静了,在宁静里,生出一点活跃来。

父亲养了一只鹩哥,鸟笼挂在书柜的一角,白昼里安静着,到了夜晚,鹩哥开始发声。它不说话,用哨子般的声音哼歌,仅五个音符,却是一句完整的旋律,不知什么曲调的一个起句。它颇为从容地唱完一句,人们期待着下一句,可它依然是这一句,接下去,还是这一句,永远是这一句,结束在不稳定倾向的音符上,又单调又令人不安。父亲用口哨教会鹩哥这一句,不知是再没耐心教了,还是确实教不会了,鹩哥就只能唱这一句。在寂静的夜晚里,这声音很清亮,在各个房间穿行回荡。

他家孩子很多,每个孩子都按照这样的步骤成长:先是奶妈带,带到两周岁,进全托,从托儿所升至幼儿园,进寄宿小学,再上寄宿中学。所以,孩子们大半不是在家里长大,家里边的人又大半是外人,就是奶妈和保姆。这种家庭规矩都不是很严的,所以又招来别人家的奶妈和保姆。家里常常坐满了这些从乡下出来帮佣的女人,怀里端一个吃奶的孩子,或者拿着些针线,见这家的东家回来,便噤了声,等东家从她们中间走过,进自己房间,关上房门,才又一并发出声来。这些家庭的小孩子之间,甚至不能经常见上面,周日,这一个回家了,那一个恰巧要参加学校或者少先队的活动;那一个回了家,第三个也许正出麻疹或者生腮腺炎隔离住院;等到寒暑两假,大家终于都回家,可因为照应不过来,又分出一部分送回老家乡下去度假。所以,兄弟姐妹就形成亲疏不同的关系,有的感情亲密,有的形同陌路。南昌排行第三,上面是年龄高出一截的两个姐姐,与他自然就有了隔阂;底下倒是兄弟,年龄也贴近,却是一对双胞胎,形影不离,不免就将他排斥了;再下面又是一溜丫头片子,又小,与南昌更不沾边了。还由于南昌是家中第一个男孩子,且是在相对安定的一九五一年出生,一直在父母身边生活,不像两个大的,最初是寄养在山东老百姓家里,后面一些的呢,也是一会儿托给这儿,一会儿托给那儿。父母在北京工作时,带去身边的惟一的孩子就是他。但即便是在父母身边,他也不见得就与父母亲近了多少,他们没有时间,似乎更没有心思在他身上,他甚至是比那些不和父母一起,却和兄弟姐妹一起的孩子更要孤独。他常常是和外人尤其是成年人在一起的:奶妈、保姆、老师、父亲的公务员、司机——这又使他添了一种倨傲,看他的同龄人都觉着很幼稚,于是,就更孤独。而且,因是和父母最接近的一个,他自觉不自觉地,染上了沉郁的气息,他的父母,尤其是父亲,是沉郁的人。所以,南昌的幼年直至稍长成的少年,其实是在一种危险的自闭状态中过来的。幸运的是,就像方才说的,文化大革命初起,将这少年人的精神世界,突然开启了。少年期的抑郁,是需要契机来转变的。事实上也是走完了一个周期,这时候,倘若有正面性质的变故来临,就会将暗影一笔抹去。好比一下子从影地里走到阳光下,豁然开朗。南昌就是这样,他变得快活了。

  无论是文化大革命的开初,还是接下来的第二阶段,南昌的父亲都没有受到激烈的冲击。这意味着受到某种保护,同时也意味着他的政治生涯早就告以结束。但不管怎么说,非常时期里的安全终究是可喜的。有一阵子,父亲甚至开始教鹩哥第二句旋律。听父亲用口哨吹出完整的一曲,南昌才了解鹩哥那一句旋律的出处,是一首质朴的山歌。是父亲家乡的民谣吗?这段时间并不长,很快地,父亲放弃了对鹩哥的教授,重又阴郁下来。倒不是对安全产生什么疑虑,他的阴郁是整体性的,相当牢固,只可能因为暂时的条件舒缓一下,结果还是要回进阴郁中去。无论父亲那一时的轻松,还是长期的阴沉,都使南昌不满,觉得和革命的气氛不符。父亲的形象就像一个隐士。以前,南昌并没有什么认识,他一直是被父亲的身影笼罩着,现在,他不是成长起来了吗?这样,南昌对父亲的心情就变得复杂了。一方面,他是因为父亲,才获得了革命嫡系的身份;另一方面,父亲又将他与时代隔开了。有几次,他从沿街的窗户,看见底下过去的游行的队伍,红旗和锣鼓铙钹上的红缨在行道树的绿荫间涌动,可谓时代的象征。南昌觉着自己很幸运,生逢其时。事实上,每个人都喜爱自己的时代,自己的时代里,最不济的还有青春。当然,南昌的时代又特别地合青春的胃口,因有着过多的激情,多到有些盲目了,可连这,也是青春的性格。但等游行队伍从窗前的梧桐树下过去,回转头来,扑面是室内的暗和凉,南昌甚至嗅到一股霉味。他忽想起一句话:洞中方一日,世上已千年。他觉得这真是对他的家庭的绝妙写照。

这段日子,倒是他们家人聚首最多的日子。学校里停课,孩子们大多回了家,父母呢,不像过去那么工作忙,都可以按时下班。晚饭时围一桌人,似乎这才发现,儿女们都长大了。大人们几乎是带着些惊异地听孩子们谈论时局国政。少年人的言论总是浮夸的,可也很有趣。父亲脸上会露出一些难得的微笑,带着讥诮的喜爱。是想起了自己的年轻时代?但是,即便是这样的时刻,他们看上去也不像一家人,而是像一个学习小组。那长者只是旁听,并不发言,吃完自己的一碗饭,便起身离席,不会为任何一个话题留下更多的时间。当他们离开,饭桌上的讨论还在继续,甚至更热烈,但实际上,却空洞下来,因为最重要的听众缺席了。他们都是在说给父亲听,竞相表现,以期受到注意。父亲在孩子心目中，无疑是一位资深革命家。父亲的级别、在这城市的地位、他们从小得到的待遇，都标明了这点。而事实上，父亲的阅历、工作、处境以及心情，都是他们从未想过要去了解的。在新社会的教育下长大的一代，接受着简单的阶级思想，将人和事划分成抽象的类别。他们这样集体化的家庭生活，也不能提供人情世故的常识，所以，他们的脑筋都是极其教条的。在热烈的饭桌上，南昌是缄默的一个，一方面是如前边说的，他的孤立处境，另一方面是，相比较而言，他与父亲间似有着一些默契，这默契是建立在破除迷信之上的。刚才已经说过，他觉得父亲不像革命者，而像一位隐士。有几次，当别的姐妹兄弟激烈辩论时，父亲的眼睛转向了他，显然是想听听他的意见，可他却将眼睛低下去了。在他内心深处，不相信父亲会拿他们的观点当真。这样，他与父亲的默契，其实就是一种巨大的障碍。倒是因为这矛盾的心理，才使他和父亲之间，比较其他子女，还略有些像一对父子。

他终究是不喜欢他的家的，他比其他兄弟姐妹更不喜欢他的家，因为更能体会家里的消极空气。当其他兄弟姐妹以骄傲的口吻谈论父亲的事业时，他脸上便露出讥诮的微笑，这就使他与父亲相像起来。在这一对父子身上，都有着一种类似无政府主义者的抑郁性格。但是，文化大革命的狂飙涤荡了少年一代的身心，它焕发了青春的激动，南昌的视野一下子明亮起来。他比正常时期更少回家了。学生宿舍已被改造成战地指挥所的样子，撤去一些双层床，从教室搬来一些课桌椅，在房间中央拼起来，铺上一面红卫兵战旗，门上贴了"红卫兵司令部"的字样。他们就在里边开会、部署，还有起居。喧腾的一日过去——那是多么激荡的时光啊——白昼过去,夜晚的学校显得格外空寂,偌大一座院子里,只有一两间宿舍亮着灯,恰如"众人皆睡我独醒"。南昌倒退地走在操场上,看着那几点灯光,耳畔是脚下的沙粒声。郊外的天空又格外广阔,满天星斗好像倾倒下来。这所寄宿制的高级中学平素总是熙熙攘攘的,假期里当然会是安静的,可那时候他们也不到校了。所以,他们从来没有感到过校园的广大和安静,没有感到过自己是校园的主人。南昌心里有一种感激,感激在他还没有老,还年轻的时候,历史就揭开新的一页。在这之前,南昌总觉着,他就将仅此而已地过完一生。他也不是厌世,他的年龄、阅历,以及理性,都还不及"厌世"的程度。他的思想没有萌芽,只是处在情感的状态——他兴奋不起来。年轻人是会比老人更觉着自己老的,因为参照系数不同,对时间的概念就很严格。二十岁的年龄在他们就已经不年轻了,成长的缓慢让他们以为时光已久。现在,南昌,也许还有其他人,陡然发现自己还年轻,还来得及经历些什么。不只是时代的际会,还因为,成长的某一个阶段终于结束了。

在初冬第一场寒流来临,暴冷的天气里,南昌从学校回家取冬衣。这是一个上班日的下午,他没料想父亲会在家中,而其他的兄弟姐妹又都不在,于是,可说是前所未有,父子俩进行了一场谈话。父亲问他在做什么。他对"做什么"的说法感到不舒服,觉出其中的轻视,出于反抗的心理,他不免态度倨傲,回答说:运动正在关键时刻。言语中也有一种轻视,轻视父亲置身于时代洪流的岸边。父亲接着问:什么关键时刻?他的回答是四个字:生死存亡。父亲又问:谁的生死存亡?党和人民!他回答,心里不由生起恼怒。父亲的问话含着戏谑,迫使他不断升级概念,但这概念里却藏着空洞,让他信心软弱,于是,恼怒又加剧了。他们是在父亲的书房里说话,窗户关上了,日光从没有遮蔽的窗玻璃照进来,带着一层霜色,显得苍白。虽是室内,因没有取暖设施,气温与室外相仿,父亲肩上披一件黑呢大衣,戴一顶同样是黑呢的鸭舌帽,怀里很古怪地抱一个热水袋。这个中年男人白皙纤长的手指揉捏着热水袋,热水袋的橘红色胶皮因为陈旧而分外柔软。南昌忽然觉得,父亲看上去,很像一个托派分子。

父亲在藤椅上坐下来,表现出谈话的兴趣,南昌心里却生出嫌恶与害怕混杂的感情。他急于结束谈话好离开去,可是,结果是他更加滔滔不绝。他谈到形势的危急,不仅在中国,而且是在全世界社会主义的阵营内部和外围,无产阶级的人类理想如何迷失方向。父亲专注地听着,陡地插一句道:无产阶级的人类理想是什么?他极快地接口说:解放全人类。然后又补充一句:无产阶级首先要解放自己!怎么解放?父亲又问。他又一次生出恼怒的心情,但就好像被什么推着走似的,他滔滔不绝地开始讲述剩余价值理论。他渐渐被自己的雄辩陶醉了,沉浸在其中。突然间,书柜角上鸟笼内的鹩哥尖锐地唱出那句旋律,他戛然而止,鹩哥就像吓了一跳,也止住了。父亲依然保持着倾听的姿态,可他却想不起来方才说的什么了。当他终于走出父亲的房间,差一点被地上的旅行包绊倒,这才想起方才翻箱倒柜拿好的冬衣。他一把提起,逃跑似的出了公寓,听见门被自己摔上的一声响。他飞快地走下大理石砖的楼梯,听见有人在身后追他,其实是他自己的脚步。走出公寓大门,他骑上自行车,沿了马路径直去了。气温开始回升,日光里有了些酱黄的暖调子,街道的色泽鲜亮起来。南昌觉着手脚暖和,因此灵活了,体内的寒气迅速散发出来。他那个家啊！在南昌意识的深处,其实一直怀疑,在革命的名义之下,究竟有着什么样的内容,只是时代潮流使然,他不由自主地放大了革命的名义。离家越远,南昌的胸襟越开阔,到了城市边缘,天地空旷,风也浩荡起来。南昌的脸色变得明朗,他从阴影中走出来了。

3. 陈卓然

南昌他们中间,最年长的一个是陈卓然。

陈卓然有个和他外貌与气质都不大相称的乳名:羔。他出生在解放战争最艰苦也是最具有决定性的鲁南还击保卫战时期,生下之后就寄养在当地老乡家里,由部队买一头刚下羔的母羊送给老乡做抚育金,陈卓然就是喝这头羊的羊奶长大的。他所在的地方是沂蒙山翼脉里,一个叫北石碰的山村,抬头便是铅灰色山壁,几乎合起来遮住了天。山壁下,有许多柿子树,秋天挂果,就结了无数小灯笼。这时候,玉米棒子也收上来了,扎成一嘟噜一嘟噜的挂在檐下,还有成串的红辣椒、白蒜头,村口大碾盘辘辘地响。那大山窝里,就有了小小一团喜气,将全年的寂寥都破除了。

当县武装部和民政部的干部来到北石碰村领陈卓然的时候,陈卓然穿一件紫花棉袍,脚上蹬一双麻编填麦穰的"毛窝",头是瓦型的额发,脑后留一条猪尾巴似的小细辫,正和几个男孩挤在村口碾盘上抓石子玩。在这大山旮旯里,小孩的玩意儿也是石头。这一年陈卓然七岁,还没上学。离北石碰村二十里山路的平地庄上,才有一个初小,养父母想让他多长两岁,腿脚长硬扎了再去上学。也是觉着,不知哪一天,他的生父母会来迎他,就到大地方去上学了。陈卓然跟了来人乘上吉普车,颠颠晃晃去往县城,一路上被汽车和山路吸引了注意力,没想起哭一声。在他心里,养父母就是亲父母,没想过另外还会有生父母,也没想过他这一走就不再回来。所以,到了晚上,就开始吵闹着要回家。山里的孩子就像鸟一样,天一黑就要回巢的。他不明白为什么非要他待在陌生的地方,陌生的人中间。好在,火车又一次吸引了注意力,一直持续到天黑。就这样,他交替着被新鲜事物吸引,不再为天黑不得回家而吵闹。等到了上海,他已耗尽力气,在送他的人背上睡成一摊泥。这一路上不知换了多少人手,他也来不及记下谁是谁了。那人将他背进上海的家门,门里人也是纳闷,这一团混混沌沌紫花色的、散发着干草和泥土气味的东西是什么。

他本来应该当年就上学的,但因为语言的关系,不得不等一年。他不会说上海话,亦不会说普通话,这里的人更听不懂他的鲁西南腔。生活环境的彻底改变,又加强了语言的隔阂。他其实已经陷入自闭,不和任何人交流,所以在语言上也无法取得进步。一年过去了,这种情况没有明显的改善,只能再延续下去。他们家在市中心区的一幢公寓房子内,底下就是繁华的马路,两边多是商铺。每天他都是伏在窗口看街景。有轨电车当当来往,电线几乎就是从他鼻子前边过去,擦出火花。在他这个年纪,很难说有什么记忆,就只是一种印象,此时还要被另一种印象挤出去,几乎带有着物理的性质。白天里,家中只有他、继父,还有一个叫做大姑的人。他的生身父亲已经牺牲,底下的弟弟妹妹都是母亲和这位继父所生，所以与他姓不同的姓。继父在战争中挂过重彩，有一处还伤及要害，经常发作。当陈卓然来到这个家的时候，继父基本上处于卧床的状态。大姑是继父同宗的一个妹妹，终身未嫁，在这个家里帮助料理家务，自己也算有了归宿。照理，他在这个家中是孤单的，但事实上却受到特殊的对待。母亲是公然地偏袒他，其他孩子同住一间房间，而他睡单独一间，当然比较小一些，在厨房和浴室之间，原本应是储藏室，这也隔阂了他与弟弟妹妹之间的感情。和所有多子女的家庭一样，许多衣物用品都是公用的，只有他是独享一份。后来他知道，他专有一份烈属的抚恤，只他有。母亲因为改嫁，已经不享有烈属的身份。在这个从革命战争中走过来的家庭里，保持着对牺牲献身的崇敬感情。

在这个家里，陈卓然和继父相处的时间最多，但说话也十分有限。继父并不刻意培养与继子的感情，这反使他自在。偶尔，继父会把他招到身边，递给他一个小礼物，一个子弹壳，一小块刻章的牛骨。其中最中他意的是一个军用水壶，他总是将它灌满开水，从壶嘴里喝水。后来他上了寄宿学校，这水壶自然也随身带去了。就是这样沉默无语，倒使他们像一对真正的父子，因为彼此没什么额外的用心。这些看上去对他适应环境没什么推动，但实际是有好处的。他身心放松，不知不觉地接受了现实。这一年过去，他才入校念书，已经九岁，比同班同学要长两年，高出半个头。学校生怕他有心理上的障碍，所以下一年就让他跳一级，与同学拉近些距离。但其实呢？他并不怎么在乎这些，无论低一级还是低两级的同学，他都相处得很自然。他一旦走出那种自闭的状态，便呈现出他原本的性格，其实是开朗与活泼的,毫无一点乖戾之心。当他进入城市的生活之后,很奇怪地,过去的乡村里的记忆也全都回来了。不能否认,语文的学习也有助于夸大这记忆。于是,他就比别的孩子多一份见识,这使他在同学中间有了特别的威信,这威信再反过来促进他提高自己。在学校生活中,最可能提高的方式,就是读书。

就一个中学生的阅读范围来说,陈卓然称得上博览群书。初中时候,他迷的是文学,他的作文是杨朔式的散文。接下来,他侧重到了生物学,达尔文的《物种起源》。再由恩格斯对达尔文的高度评价对马恩产生兴趣。等到了高三年级,他已经读过《资本论》全本。先不说他理解到什么程度,只逐字逐句看下来,或多或少也攫取了些东西。从他阅读的几个转向,一方面可看出一个青年从幻想走向科学,再走向社会科学的思想路径;另一方面也体现了六十年代前半期社会的意识形态。到了文化大革命开始,离高中毕业只有一个月的时间,他手头的书本是马克思的《路易·波拿巴的雾月十八日》。于是,无可避免地,他卷进了运动。他参加的是保皇派,批驳造反派的理由是,其革命的实质仅仅是模仿。他用马克思的话说:"一七八九年至一八一四年的革命依次穿上了罗马共和国和罗马帝国的服装,而一八四八年的革命就只知道时而勉强模仿一七八九年,时而又模仿一七九三年至一七九五年的革命传统。"他的理论很难说能让人真正理解,甚至连他自己,也不敢肯定运用的是马克思的原义。可问题是,有谁能引用马克思的原著?有谁能够将马列主义经典引入当下的运动?陈卓然就能!他把当下的运动一下子推向了遥远的辉煌的法国大革命,拓宽了背景,真是激动人心。在陈卓然公然打出的保皇派的旗号下,是比造反派更为彻底的立场,同时揭露出造反派在激进的表面之下,是墨守成规。所以,他其实是将保皇派的思想内容刷新了。年轻人是惟恐保守的,说到底都是名实之争。简单地说,就是一场比试,比试谁比谁更革命。这场运动,无论它真正的起因是如何具体,落到远离政治中心的地方,再落到这些尚未走进社会生活的学生中间,已经抽象成一场思想的革命。你可以说它是空洞和盲目的,可毋庸置疑,它相当纯粹,它几乎是一场感情的悸动,甚至,带着审美的倾向。每一场大辩论,由一个政治观点发起,然后迅速过渡到词藻的交锋,变成美文的竞赛。而在《路易·波拿巴的雾月十八日》,无论是里面所批评的法国大革命;无论是卡米尔、德穆兰、丹东、罗伯斯比尔、圣茹斯特、拿破仑、布鲁士斯、格拉古、普卜利科拉、恺撒这些人名;无论是"制宪国民议会时期""宪制共和国时期""立法国民议会时期"的名词;再有那些来自外文的从句结构,经由翻译处理而成的长句,比如"在一八四八年至一八五一年间,只有旧革命的幽灵在游荡,从改穿了老巴伊的服装的戴着柔皮手套的共和党人马拉斯特起,直到用已死的拿破仑的铁面具把自己的鄙陋可厌的面貌掩盖起来的冒险家止",比如"立宪派公开组织阴谋反对宪法,革命派公开承认自己拥护立宪;国民议会想左右一切,却总是按议会方式进行活动;山岳派以忍耐为天职,并以预言未来的胜利来补偿现在的失败;保皇派扮演着共和国参议员的角色,为环境所迫,不得不在国外支持他们所依附的互相敌对的王朝,而在法国内部却支持他们所憎恨的共和国;行政权把自己的软弱当做自己的力量,把自己招来的轻蔑看做自己的威信;共和国不过是两个王朝——复辟王朝和七月王朝——最卑鄙的方面在帝国的招牌下的结合"……全都如此华丽。大辩论总是以陈卓然的演讲为结束。礼堂里，黑压压的挤满了人，年轻人的浓郁体味积压在人头上方，陈卓然是人群中的制高点，两张课桌再架一把椅子，底下簇拥着他的战友，形成一座宝塔式的造型。有时是在晚上，突然停电，就会有人找来蜡烛，摁开手电筒，这里一点，那里一点，在空阔的礼堂里，显得很微弱，就像萤火虫。在那稀落的亮光之间的黑暗，则显出格外厚重的分量。无论这一派，还是那一派，此时全凝聚为一股庄严的力。

　　陈卓然在年龄和见解上，都要比南昌长一截，但是，南昌注意到，陈卓然挺重视他。当然，他很谦卑地把这"重视"看做是"关心"。大辩论的时候，陈卓然有几次都推南昌上前。南昌并不是个善辩的人，性格也有几分羞怯，但生怕辜负陈卓然，他不得不勇敢应对。而他本来就有自己的思想，经这么一逼迫，竟也锻炼出来，有几分胜出。他看见陈卓然认真倾听的表情，就更要做得好一点，好让陈卓然更满意一点。一旦过了火，不免虚张声势，他又明显看见陈卓然的笑容里有讥诮的意思，便红了脸。这讥诮的笑容有一些让南昌想起父亲，但却不会像父亲那样激起他反抗的心情，而是相反，令他感觉亲切。因为父亲是冷的，陈卓然则是热切的。还因为，父亲是长辈，而陈卓然是同代人，他们的心是相通的。即便如此，南昌还是不敢将自己认做陈卓然的朋友。在陈卓然身边，围得更紧的是高中的同学，他只是初中生。他也知道，陈卓然还有许多高校的大学生战友。直到这一天，他从家中取了衣物回到学校，心情一直郁闷着，晚饭以后，不知为一股什么力量驱动，他对陈卓然说：我想和你谈谈。这时节，他们很喜欢用"谈谈"这样郑重的字眼，内心里是骄傲他们能有值得"谈谈"的人和事,而"谈谈"的双方由此产生庄严的友谊。

这一场谈话是在操场上进行的。食堂的饭早,此时只是傍晚,可冬至将临,天就短得多,所以基本上黑了,只在天际有一长条深红的线,是落日投在云层上的霞光。操场上的沙变了颜色,成了紫沙。他们的脸的轮廓上也有些微明的光,但他们彼此并不看着,有一种腼腆。这样单独相向的"谈谈",有一点叫他们不好意思呢!他们听见自己的脚步在沙砾上的摩擦声,看不见有人,却听见操场边的双杠上,传过来木杠在铁架上发出有重力的震荡声。他们稍稍沉默了一会儿,南昌说话了。我的父亲,他说:我的父亲一九三四年参加革命,是一名老党员——南昌忽感到骇怕,心跳加快。他想他是不是莽撞了,竟然对一个外人——他此时发觉,陈卓然对于他几乎是个陌生人,他却对陈卓然在谈他的父亲。可是,已经收不回去了。而且,他虽然看不见陈卓然,天已经彻底黑下来了,却分明感觉到陈卓然的鼓励——他在倾听。于是,他停不下来。就好像在听别人说话,他听见自己的声音在操场上方细弱地回荡。气温在回升,风完全止了,天际处的红线隐入黑色的天幕,并没有变得更暗,反而有一种亮,使天色变成一种钢蓝。他从父亲的资历说起,说到他从事的工作,以及他的直接领导所介入的事件,陈卓然显然对这事件有更多的了解。所以,谈话中有一个阶段改换成陈卓然说,南昌听。他其实是第一次听到比较完整的关于党史上这桩公案的叙述,不禁一阵寒战,想到父亲已经濒临危险。同时,又生出骄傲,因父亲曾经与党的存亡关头如此接近。他沉浸在这样复杂的情绪里,经陈卓然提醒,才想起中断了的话题。

陈卓然的叙述微妙地改变了南昌找陈卓然"谈谈"的初衷,他不由自主地怀了些尊敬的口吻,续上话题,再一次谈起父亲和他的子女,尤其是和他的接触,着重说了那几年在北京的生活。其实他几乎全无记忆,只有一些零碎的场景。比如西华门的宫墙上,槐树的枝叶的影;冬天时居住的院子,出入的一个老头,穿着黑棉袄黑棉裤,有一回带给他一捧甜脆的鲜枣,是专门烧锅炉的昌平县农民;托儿所午觉时分,透过小床的木栅栏,看见烟囱炉上坐的水,咕嘟冒汽,将壶盖一次一次顶起来……这些记忆和父亲全无干系,他几乎看不见父亲的面容。他的讲述不得不很快过渡到现在时,于是,困惑又涌上来,将方才正面的心情盖过了。这时候,他不再有顾虑,谈话到了这么一个阶段,倾诉使彼此成了知己,知己间的欣悦之情,又使倾诉的热情高涨。他激动地说到这天下午与父亲的交锋,父亲讥诮的神情,还有——他犹豫了一下,说出口来,父亲看上去,就像一个托派分子。他吓了一跳,惶悚地向陈卓然看去,陈卓然也看向他。这是自谈话以来两人第一次对视,两人的眼睛在黑暗中发光,有一种巨大的、近于神圣的恐惧在两人之间升起。他们从来也没有看见过一个真正的托派,但在概念中已经有一个清晰的轮廓。总是苍白的脸,郁郁寡欢的神情,怀疑、动摇、软弱、无政府的倾向。这天谈话的结果,是陈卓然向南昌提议,见一见他的父亲。

陈卓然早就知道南昌的背景,这可以说是他对南昌有兴趣的主要原因。当然,南昌本身也引起了他的注意,那就是他有一种思索的表情。在陈卓然,无论是生父还是继父,都是行伍出身,头脑比较简单,而他却是个热衷思想的人。由于年长,由于读书,还由于思考的习惯,他比南昌了解事物的复杂性,也对事物的复杂性感兴趣。他喜欢事物里的矛盾性质——当一种主义明显优于另一种主义,却又同时明显的难以实施,反是另一种劣质的主义可能顺利贯彻;而优质的主义常常要经过劣质的才可接近,在接近的途中,则有着被腐蚀的危险,不等抵达目的,已经变质;那许多主义,其实都是由一个起源性质的主义派生出来,就好像一个家族;也像是亲缘关系,血缘越近的越容易起反抗,往往是,差之毫厘,失之千里;每一种主义,都拥有着自己的修辞上的逻辑,由这修辞的逻辑拓开一个又一个独立空间,远远超出了物质世界的容量,是可以无限扩张、无限大的。这就是理论的愉悦感。然而,陈卓然并不是一个虚无主义者,他对理论所来自或者所针对的实际有着好奇心,对"主义"的具体代表,也就是扮演者,有着好奇心,南昌的父亲就是其中一个。

虽然南昌有着种种顾虑,但因是陈卓然的请求,便无法推托了。这一天,正是一九六七年的元旦,他们两人骑着自行车上路了。离公寓大楼还有十来米远,南昌就看见大门旁的墙上,贴了白色的公告,上面写着父亲的名字。南昌只觉血涌上头部,眼睛都模糊了。他努力保持镇定,骑到跟前,停下车,将通告看了一遍,却不知道什么意思,于是又看一遍,原来是禁止父亲在假期内外出。他心里木木然,陈卓然却像什么也没看见,走在了前边。等他醒悟过来,赶上几步,拿出钥匙开门。令他始料不及,家里的气氛近乎喧哗,门厅里都是人,围着方桌在包饺子,扑面而来一股和着葱韭蒜姜的鲜肉气味,同门外禁令通告很不符的,竟是一派过年的景象。由于人多,他们两个的到来并未引起特别的注意,甚至陈卓然这个生人也没让屋里的人驻留一下目光。也是因为这种家庭向来门户不严,往来杂沓。更让南昌意外的是,父亲也在门厅里。几扇房门都敞着,就有光线进来,门厅变得亮堂了。南昌绕过方桌,将陈卓然带到父亲面前,做了介绍,陈卓然叫了声"叔叔"。这一声"叔叔"表示出一点同宗同族的意思,因他们这样的出身,就像是一个大家庭,都是叔叔伯伯阿姨。父亲点点头,问:外面的形势如何?说来听听。父亲的神情很轻松,脸色甚至是开朗的。南昌极少看见父亲愉快的表情,此时他并没有受到感染而快乐起来,反而感到不安。在父亲新的表情后面,似乎有一种原先守持着的什么在松弛和颓圮下来。陈卓然没有回答"叔叔"的问题,而是礼貌地问候"叔叔"的身体,这多少有一些掌控谈话局面的企图,但父亲的注意力却又回到方桌上的热闹。孩子们都到齐了,因为父亲在场,格外兴奋着。父亲说:轮到小四了。于是,小四红着脸开始说了。在他们俩来到之前进行的游戏,又继续下去了。

　　小四说的故事是关于警察和小偷。说的是有一日,警察抓了三个小偷,让他们一列站开对着训话。警察对第一个小偷说:你为什么偷东西?第二个小偷回答:我没有偷东西;警察对第二个小偷说:我没有同你说话;第三个小偷回答:我没有说话。这是什么道理?小四侧过头问大家,大家都纳闷着,小四回答:警察是个斜眼!父亲爆发出一阵大笑,等别人回过神,笑起来时,父亲已经笑得眼睛都湿了。上午的时间就在说笑话和包饺子中间过去。陈卓然和南昌一起吃了饺子,方才离去。此时,父亲早已进了书房,关上房门,门厅里的光线就暗了一成。两人走出公寓大楼,骑上车,午后的太阳将街面照得明晃晃的。他们都沉默着,南昌有几次去看陈卓然的脸色,陈卓然的表情显得很凝重。就这样一言不发地骑到学校,陈卓然下得车来,看着南昌,停了一会儿,小声但是清晰地说出几个字:你父亲是叛徒!

4. 父　　亲

　　元旦过后不久,南昌就随另一所高校附中的同学,第二次出发往北京去,期望再一次受到毛主席的检阅。鬼使神差似的,他们的火车即将出发的时候,忽然从他们乘坐的车厢起,往后数三节一并摘下,挂上了另一次列车,从沪杭线,经浙赣线,一径向京广线去,开往长沙。这样,他们的遗憾也就一定程度地得到了弥补,那就是去了毛主席的家乡韶山,一个山明水秀的乡村。虽是料峭的冬季,水田干着,农事萧条,但层层褪去的山的黛色,修葺仔细的农田,屋舍的线条是简洁的,屋顶的坡面与墙面宽阔平整,有一种单纯素朴的古风。因为壅塞了前来膜拜的青年学生,这批走了,那批来,难免显得逼仄。可是在敞开的空间里,人总是变得很小,再多,也是类似蚁群一样,小小的嘈杂和忙乱,一阵子就过去了。南昌的心略微平静下来,想起学校那边的事,甚至有隔世之感。这一回他与外校的战友出来,而没有同本校的,其实是有意躲避陈卓然。

　　这些日子,他与陈卓然的关系,处在一个无法控制的急剧变化中。当陈卓然对南昌说出对父亲的判断,有那么几日,他们格外亲密,每天晚上都在操场上进行长谈。他们谈到《牛虻》中蒙泰里尼神父与亚瑟的父子关系,其中信仰和亲情谁战胜谁;而后又谈到雨果的《九三年》,革命者提出革命的终极目标是服从于人性;接着谈到的是梅里美的小说《马铁奥·法尔科内》,父亲亲手杀死自己心爱的小儿子,因为他为一块金表出卖了一个强盗,做出叛变的行为。信仰又一次压倒亲情,这一回的信仰却摒除了政治理想纯粹为人格品质,再和人性的高尚相遇……他们没有提南昌的父亲,可这些文学名著的援引无疑都是围绕那一个题目。从他们谈论问题的方式,也可证明他们是受西方浪漫主义传统影响的思想者,所以,他们的思想不是顶严格,可是有情感,可以见得,他们本质上多半是温情主义者。他们特别适合这样的讨论,一方面,是从某一个事实——完全可能是虚拟的事实——出发,就不至于完全是空谈;另一方面,因为这一个事实是虚拟的,就不必由他们负责,也不要求他们立即采取行动,可以保持清谈的超脱精神。那几日,他们两人对谈话着了迷,天刚向晚就来到操场,有一次还走出校门,走到邻近的一座园林。

其时园林已关门,可他们自有办法,翻过一截矮墙,矮墙内是从园林延接出来的公厕。这样,他们就成了园林里惟有的两个人。冬日的疏阔,改变了这地处江南的清代名士私家院子可以吟赏玩味的面貌。套景、叠景、借景、附景,形成的繁复结构,在暗中显得平面,变幻出简约的格调。砖地、粉墙、石头桌凳,还有太湖石的嶙峋的棱和面,本来是琐碎的,但因反射着月光和霜色,有一些凛冽的气象。这样,它就很合适做现代人思想交辩的舞台了。

这一晚,他们直接谈到了"叛徒"这两个字,当然不只是梅里美小说里那个出卖强盗的小男孩幼稚的变节,而是发生在历史性的重大情节中,比如延安的王实味——说到此,南昌忽有一个停顿,他几乎怀着一股警觉地看陈卓然一眼。陈卓然没有看他,兀自将王实味这个特例说下去。关于"王实味"这个人和事件,那时属于党内高级机密,只是在他们的阶层可以成为一定的谈资,但总是有限,所以,他们并没有在此事件上停留多久。陈卓然开始说起《路易·波拿巴的雾月十八日》中的一节,尚加尔涅向第一师团发布惩戒叛徒的命令,可是在国民议会的压力之下,尚加尔涅又否认了。南昌没有松弛他的警戒,他变得沉默了。陈卓然则被自己的讲述陶醉,他一个转身,军大衣的下摆旋出一个扇面,他面对着南昌,倒退着,大声背诵道:"但是这位将军弄错了,因为他居然想把他从波拿巴那里暂时领用的权力交付给国民议会去反对同一个波拿巴……"陈卓然的脸色在这夜的薄亮里显得很清澈,五官有一种线描的效果,眉可及鬓,明眸皓齿,身材颀长,玉树临风。他是一个漂亮的男人,南昌不由自惭形秽。他们两人的情绪发生了差异。关于尚加尔涅的撤职事件,很快就离开"叛徒"这一个主题,进入到资产阶级革命的软弱性,陈卓然再将此引申到无产阶级担负起世界革命重任的理论领域。在这个过程中,他一直保持着后退的步子,好像背后长眼,自动就沿了窄细弯曲的甬道走下去,没有一次失足。南昌看见他们投在地砖上的影子,自己的影子也是渺小的。他的心情更加沉郁,直到离开园林回到学校,也没有改善。后来,陈卓然也沉默了下来,最后的几步路两人没有说一句话。

就在第二天,大家聚在一起,讨论毛主席会不会继续接见检阅红卫兵。多数人说一定,红卫兵永远是革命的动力。陈卓然则有不同看法,他从上一次,即毛主席第八次接见的情形分析,文化大革命已经趋向遍地烽火。因为那一次接见,不仅有红卫兵的队伍,而且有工人、农民,包括北京市民的队伍,陈卓然以毛主席乘坐吉普车检阅的路线来证明这一论点。就在这时,南昌突然打断陈卓然的话,背诵了一段毛主席的话:"世界是你们的,也是我们的,但是归根结底是你们的。"他说:毛主席自戴上红卫兵的袖章起,就决定了谁是这场革命的主体。他又提到一九六六年五月二十五日高校里的第一张大字报,接着,六月十三日,《关于改革高等学校招生考试办法的通知》,这些都证明青年、学生、红卫兵,是革命依靠的力量。南昌被自己的言词激励了,他变得很雄辩,话锋一转,指向了法国大革命。他说:法国大革命是一场由资产阶级发动的革命,和中国革命的本质截然不同,他们的经验完全不足以应用于今天的形势。这话很明显是针对陈卓然的,人们以为陈卓然一定会起来,并且只需三言两语便可驳倒南昌。可是,陈卓然并没有,他专注地听南昌演说,听他终于说完,举起手,击了几下掌。又过了一天,南昌就随外校的战友出发了。

南昌他们阴差阳错地来到长沙,经湘潭、衡阳,进广西,再向上过成都,在重庆乘船,走三峡到武汉,再继续顺长江到江西九江,又来到南昌,这个与自己同名的城市。他们这样的父母,常常用自己所经过的地名做孩子的名字,以此可见出他们流动性极强的生活,要是将他们这个阶层里的孩子的名字汇集起来,几乎看得见一幅中共政权蔓延全中国的路线图。南昌满意自己的名字,认为是与"南昌起义"联系在一起。真来到此,只觉得这城市十分萧条,街巷两边的民居院落透露出的生活气息,甚至是贫瘠的。此时,他们外出已近两个月,他们早已经知道,毛主席并没有如传说的那样再次接见红卫兵,前一年十一月下旬的那一次接见,将成为历史上最后的一次。搭错车的遗憾一扫而净,他们挺高兴的。但是,南昌难免要想起临行前与陈卓然的争辩,就又沮丧起来。事情似乎总归是陈卓然对。在这人和事都陌生的地方,想起陈卓然,南昌有一种古怪的激动:他在哪里呢?

无论他们来到哪里,都可聆听北京的声音。在最背静的小城镇的街头,都看得见新鲜墨汁写就的最新消息:《关于中学无产阶级文化大革命的意见》、停止大串联的通知,等等。红卫兵也在行动,大字报、批斗会、派系斗争,一样不缺。当他们来到武汉的时候,方才发生过一场大规模武斗,停火之后的街市,呈现出特别肃穆的静寂。可是即便如此,也没有消除这些地方的偏僻之感,这种偏僻不仅在地理上,也在时间的概念上。火车站和饭馆里乞讨的人,大街上堂而皇之穿行的骡马,朝天门码头上扛包的苦力,喊着川江号子——就好像是在一个遥远的陈旧的时代里。他们想回家了。

待到离开南昌,南昌才意识到自己对这城市有一种隐匿的熟悉,那是来自于他们的口音。他父亲的普通话里,就带着类似的音腔呢!他只知道,父亲的籍贯是广东,他们也都在表格上填了"广东"。假期里,他们小孩子轮流去度假的江苏涟水,其实并不是老家,只是父亲母亲曾经在那里寄养过一个姐姐的老乡的家。父亲真正的出生地,却是南昌。父亲家是南昌城里一家有钱的大户,乡下有田产,城里有工厂和商铺,他自从参加革命就再没回过南昌,表示了一个革命者和有产阶级家庭决裂的决心。也不知什么心理作祟,是忽然涌起的乡愁,还是要纪念家中某一个变故,父亲将他的头生子取名为"南昌"。从这一点看,也可以辨别出他父亲的小资产阶级知识分子的属性。待南昌回到家中,不必进门,糊了满墙的大字报就会告诉他这些。于是,这场革命将带给他极其具体的考验。父与子的冲突几乎是每一场革命必然发生的情节,它表面上是背叛,实质上却是一种承继。这两个截然相反的情形同时发生在这个关系里，注定了它的悲剧性，几乎成为革命的命运之一。

南昌回到上海，已是春节以后，住在学校的战友告诉说，他姐姐来找过他，问他几时回来。南昌以为是要他回家过年的事，心想年都过去了，便没当回事。不料当日下午大姐又来了，而且神情严峻，让他回家，问有什么事却并不说。这个大姐比他年长五岁，和陈卓然一样，也是寄养在老乡家，进城之后才去领回。但大姐与陈卓然风格完全不同，她不像陈卓然那样迅速地融入他们的阶层，几乎没有一点儿时生活的遗痕，而是固执地保留了乡人的习惯。她朴素得就像是这家的保姆，长年蓝衣蓝裤，头发剪到齐耳，斜分开，发多的一边用钢丝发卡夹住。事实上，她也担负着一家人的家务。他们的母亲是不管家的，战争塑造了她这种特殊的性格，完全不明白和平日子里的人生义务。所以，她就把这个家全交给了大女儿。大姐管家的做派也颇似乡人，节约到了悭吝。她用碎布缝制了许多小口袋，上面写了电、水、煤气、粮、油、菜金的字样，非常严格地将父母每月的工资分配在各个口袋中，弟妹们要想从她这里得到一点零用钱很不容易。可是，也像是循着乡人的规矩，她对这一家的长子，也就是南昌，格外的宽容。其实呢，她多少有些看他们父亲的眼色，她看出父亲对南昌器重。像这样从小离家生长的孩子，总有一些世故的卑微。其实陈卓然也有，只是他的世界比较开阔，不必在小节上用心。尽管大姐对他优待，南昌却对大姐冷淡得很，觉着她俗气，也觉着自己的家庭成员性格古怪，与这个阶层不符。他不晓得，他们的阶层，成分最是杂糅，因为没有渊源，历史短，什么因素都可加入进来。本来南昌就和大姐不多话，她又执意不透露，南昌也就不问,让她先走,晚上再回去。他看一眼大姐走路的背影,有些像鸭子似的摇摆,心中就生出一股恼气。看起来,他不只是不满意他的父亲,还不满意他的其他家人。

吃过晚饭,他骑车往家去了。路灯下,看得见公寓楼门口的大字报,从门外到门里,再沿了楼梯边的墙壁上去。楼梯间昏暗的灯下,他的余光里满是颠倒过来、打了叉的父亲的名字,耳畔是鞋底踏在大理石梯阶上的啪啪声。他的许多战友都经历了这样的遭际,这使他对这场景竟有似曾相识之感。到了自家公寓,推门进去,兄弟姐妹都在,但不是在门厅,而是聚在父亲的书房,就像在开会,只等他一个人了。他走进去,在一张空椅子上坐下。母亲坐在父亲的书桌前,甚至,面前还放了几页发言稿。这时,他才发现,父亲不在。母亲抬头扫一眼,看见人都到齐,便戴上眼镜,开始读发言稿,是关于父亲的生平历史。南昌注意到,母亲直呼父亲名字,名字后面且没有"同志"二字。南昌又注意到,母亲也没有称父亲"反党反社会主义分子",就像大楼内外的大字报上写的,而是将父亲定位为旧民主主义思想者。母亲读到父亲在江西省师范读书时期,接触到孙中山的三民主义思想,这一方面使他认识到中国的现状急需改变,另一方面也妨碍他更进一步地了解中国社会的阶级性质。南昌惊异地发现母亲具有相当程度的理论水准,他不能完全听懂,但却意识到母亲在批判父亲的同时,很微妙地进行着辩护。显然,这种辩护是困难的,既要认可大字报上对父亲的判定,又要做出一种良性的解释,听起来就很绕。终于,母亲自己也绕得不耐烦了,她干脆放下事先准备的材料,摘下眼镜,说:我作为妻子,服从组织决议,站稳立场,绝不姑息,但作为一名共产党员,我以我的党性保证,此人对党绝没有离异之心。母亲表态的方式,是在逻辑上反其道而行之,更加强了立信度,而子女们一时都没反应过来。他们与母亲向来生分,他们的头脑和教育,以及年龄,远不够了解母亲,他们甚至不知道母亲的专业是马克思列宁主义社科研究。倘不是这一个变故,他们可能永远不会有机会上这一课。他们都有些被镇住了。

母亲接着说:你们虽然是我们的孩子——南昌注意到母亲用了"我们"这个词,是将她与父亲归在一类的意思——你们是我们的孩子,但是,母亲说:你们还是共产党的儿女,你们有权利选择自己的道路,假如你们决定和我们划清界限——南昌又听到"我们"两个字——假如你们和我们划清界限,我们完全理解,并且支持。兄弟姐妹们都沉默着,这个向来关系涣散的家庭,此时忽然显现出内里的紧密性。母亲交给他们的权利,其实包含着一个二律背反。那就是说,如果选择背离家庭,他们不仅与犯下严重错误的父亲没了瓜葛,同时也与这个革命的家庭没了关系;倘若是选择不背离,他们就依然是革命的正传,但也是父亲的孩子。他们虽然还搞不清其中的逻辑,但共同地感受到一种危险,身份的危险。日光灯将人的脸都照成惨白,没有装窗帘,裸着的玻璃窗上,昏黄地糊着一片窗外的路灯。这时,南昌方才意识到这城市夜晚的寂静,简直就像宵禁似的。

母亲平静下来,手里的眼镜脚有节奏地磕着桌面,看上去,甚至是轻松的。南昌陡地生出反感,他觉出母亲的态度里有一种要挟的意思。他转过脸,直向母亲,说:你的立场呢?母亲嘴角扯出一个奇怪的笑容,她张开右手掌,以手腕做中轴,来回转了几个半周。这动作令人困惑,似乎是没法说,又似乎是不屑说。南昌停了一时,站起身,走出房间,又走出公寓。他听见在身后,相继响起离座时椅子在地板上拖动的声音,然后是鱼贯而来的脚步声。南昌头也不回地走下楼梯,走过满墙的大字报,上面的字模糊成一片,那已经与他两不相干了。

5."星星之火"

和父亲,还包括和母亲决裂,使南昌在战友们中间的处境变得微妙。人们早已对南昌的父亲生疑,有着一些传说。照理,南昌的激进行为应该让大家放心了,但是,很奇怪的,人们反倒对他有了戒意。他们这一伙的父母都不同程度地受到冲击,从原先的领导位置上下来了,他们的身份还有信仰跟随着受到了贬抑,南昌这一行动,就无疑地有一种变节的含义。此时,人们亲历了政治的波折,对党内历次路线斗争开始重新审视,所以,像南昌父亲这样的人,谁知道呢,也许完全是另一种类型的革命者。再说,他们这些胜利者的后代,有着根深蒂固的观念,那就是,他们当然属于一个特殊的阶层,无论内部有怎样的分歧,也是他们自己的事情,由不得别人来插嘴。这样的观念,其实是比前一种由信仰产生的理由更具有力量。这倒真有些像资产阶级兴起之时,那些面临没落的贵族的心理。这样,人们多少对南昌起了敌意。

只有陈卓然对他一如既往,可是,南昌非但没有感激,反而更加生恨。他觉得陈卓然是故作姿态,其实居高临下。并且,他还想到,这一切都是陈卓然蓄意策划的:他先是给南昌的父亲定性,然后暗示南昌起决裂之心,最后达到孤立南昌的目的。南昌这么想几乎是有些病态了,因为连他自己也想不明白,陈卓然为什么要孤立他。即便是在这偏执的状态里,他依然痛苦地羡慕着陈卓然,陈卓然可谓天之骄子,样样都比人优越,以至于不久后,陈卓然受到公安部门的拘禁,也使南昌嫉妒。作为一个革命者的形象,陈卓然更完美了。南昌并不知道,倘若当时他搭上的车厢没有被摘下,而是一径去了北京,那么他完全有可能与陈卓然做"狱中难友"。可偏巧,弃北向南,他实在是逃过一劫,却也与陈卓然擦肩而过了。

这一段日子非常灰暗,他们的司令部基本解体,却有无数个司令部取而代之。战友们都四散了,南昌一个人坚守在空荡荡的司令部里,说实在的,也是没地方可去。要说,学校是比前一阵热闹了,因为派仗越演越烈,有几次还升级到了武斗。夜里,灯火通明,喧声四起,玻璃窗哗啦啦碎下来,不知怎么又拉了闸,刷一下沉入黑暗。为安全起见,南昌将门上的司令部字样撕下来,将两间打通的教室间的隔门重新关上,堆上桌椅,自己只占较小的一间。他很少出门,甚至人们都不怎么知道这里还住着一个人和一个司令部。有几次,新成立的战斗队找空房间,找到这里,敲开门看见有人,便又退出去。几次过后,南昌又在门上贴一张字条,上写"星星之火战斗队",从此不再有人敲门。他在战友们弃下的物品中翻找到一些书籍,《反杜林论》《共产党宣言》《湖南农民运动考察报告》《中国社会各阶级的分析》,以及《路易·波拿巴的雾月十八日》——这是陈卓然留下的。

有一天,不知是由什么驱使,他忽然打开笔记本,开始抄写《路易·波拿巴的雾月十八日》。他觉得,抄写帮助他理解了这部共产主义运动史的伟大文献。更重要的是,抄写缓解了他那种被遗弃的颓唐的心情。当他抄写到第五章,关于"十二月十日会"随波拿巴巡游时的一段:"在这个团体里,除了一些来历不明和生计可疑的破落放荡者之外,除了资产阶级可憎的败类中的冒险分子之外,还有一些流氓,退伍的士兵,释放的刑事犯,脱逃的劳役犯,骗子,卖艺人,游民,扒手,玩魔术的,赌棍,私娼狗腿,妓院老板,挑夫,下流作家,拉琴卖唱的……"他不由得情绪激昂。

晚上,他怕械斗的人群袭击他的窗户,总是早早地熄了灯,身体靠在窗边的墙上,侧脸看窗外的情景。从他所在的四楼的高处望下去,操场上熙攘着的人真有些像蚁群呢!更多的时候,操场上寂静无人,他也不敢开灯。看久了,就会在操场的沙砾地上看见两条影子,一条长,一条略短,长的是陈卓然,短的是他。他禁不住想:陈卓然在做什么呢?监狱的生活总是严峻的,比起来,南昌算得上什么呢!有意无意,南昌将自己的生活压缩到最低限度。他两天去一次食堂,买来一堆淡馒头。淡馒头,还有开水,甚至连酱菜也没有,就是他全部的给养。开始,他不理发,从不知是谁留下的一面小镜子里,看见一张消瘦苍白的脸,长而乱的头发,尤其是唇上长出的硬起来的胡子,心里有一种酸楚,又有一种满足,他喜欢这个形象。后来,头发长得不成样子,他就到学校外面的剃头店里,干脆刮了个光头。这样,他看起来,就真的像一个"联动",有着典型的抵抗社会的表情。他难得走出屋子,买馒头、打开水,或者上厕所,走在戴了各种袖章的嘈杂的人群里,难免有人会看他一眼。可是这一派以为他是那一派的人,那一派以为他是这一派的人,还有人以为他是一个随便闯入的人。谁都不知道他到底是谁,谁也都不追究他到底是谁。因此,他便在这复杂的局势中生存下来了。

　　这一天晚上,整幢楼的灯都亮着,操场上的灯也亮着,显然是将要有行动来临。可是却奇怪的寂静,人都不知道去哪里了。南昌从窗户往底下看,空无一人的操场忽然让他有些胆寒,他感觉到这一幢楼里其实只有他一个人。郊区的夜晚本来就是沉寂的,灯光将这沉寂照亮,照出它的空洞。他第一次感到了害怕,事实上,仅仅是拉错了电闸。这个错误不久就纠正了,校园又暗下来。随着灯灭,楼里反有了些声息。他听见楼上还是楼下,有人说话,走动,开门和关门。方才的一幕就像是梦魇,明亮的梦魇。南昌微微喘息着,在黑暗的房间里乱走一气,有几次,碰上桌椅,他不是让开,而是硬顶过去,将障碍物推到一边。膝盖处一定碰伤了,疼痛却让他安静下来。他渐渐放缓脚步,最终颓然坐在床边,又缩进被窝,睡着了。夜里,他被敲门声唤醒,他没动,任由敲去,以为同往常一样,敲不开门人自然会离去。可门外的人却很固执,也很耐心,叩几下,停一会儿,再叩几下。相持了一时,还是南昌妥协。这个晚上,他变得有点软弱。他跳下床,赤脚奔到门前。先还谨慎,只将门打开一条缝,却又急躁起来,哗地拉开了。门口站着大姐。

　　月光从他身后的窗户投进来,投向大姐,又被他的身体挡住,于是,只余下一道轮廓。他看不见大姐的表情,却看得见大姐嘴动,很奇怪的,他听不见大姐的声音,似乎是从大姐的嘴动,看出几个字:妈妈死了! 就像是紧接着的,他已经骑在了自行车上,车后坐着大姐。街上没有一个人,两边的房屋都暗着灯。看不见月亮,月光却很亮堂。此时,南昌忽然拥有了一种超常的视能,他能够俯瞰街区,整个浸在月光里的沉睡的街区,连屋顶瓦棱里的茅草都历历可见。一盏,两盏,相距很远的路灯,在窄长的巷道里投下昏黄的光和暗。行道树已长出了嫩枝,枝条在街面编织了错落的图案的影。他甚至能看见自己,小小的,简直像一只蚂蚁,骑着一架米粒般的自行车,载着又一只蚂蚁。与其相比,街道、房屋、树,就都显得巨大了。这种俯瞰在猝然间结束,他的自行车一直骑上人行道,然后在一道台阶前歪倒,他和大姐和自行车一起摔在地上,原来到家了。他和大姐,还有那架车在地上纠缠了一时,方才挣脱开爬起,一阵寒战从脚底涌上。自此,他便一直处于激烈的寒战之中,膝盖碰膝盖,牙齿格格响着。有几回,他的脚还绊住自己的脚,摔倒在大理石的楼梯上。

兄弟姐妹都到齐了,是大姐一个一个找回来的。母亲在父亲被隔离审查,也就是召集他们开会之后不久,也被隔离了。今天早上,母亲单位里来通知,母亲于二日前死亡,是"畏罪自杀"。所以,尸体立即送去焚化,只交来一张骨灰领取单,还有一包母亲的衣物。距离上次开会仅他一个多月,情形却已大异,主持会议的不是母亲,而是大姐,地方也不在父亲的书房,而是在门厅。几扇房门都关着,这样,外面就看不见这里的灯亮。大姐将大家招拢,并不说什么,只是自己动手搬动几件家具。大家都怔着,不明白她要干什么。在这个没有老人,成员都是青壮年的家庭里,死亡的来临让所有人猝不及防。甚至,没有一个人哭泣。屋里静着,大姐手下的搬动偶尔发出一声响,有两个弟妹上去帮忙,因不知大姐的用意,反误了工夫。一时,方桌被推到两扇门之间的墙下,凳子椅子全倚墙靠着,让出一方空地。等大姐在桌上放下一张母亲的照片,她的意图便呈现雏形了。大姐是在为母亲设一个灵堂。桌上摆开四个碟子,盛了山楂片、瓜子、饼干,第四碟是半根剪碎的油条,又在正中燃了三支卫生香。最后,大姐将父亲藤椅上的棉垫放在方桌前的地上,扑通一声跪下,磕了三个头。二姐也跟着跪下磕三个头,应该轮到南昌了。南昌没有动,大姐伸手拉他,并没有触到他,却被他粗暴地挡开了。大姐有些变脸,可那一对双胞胎兄弟互递一个眼色,齐齐跪下磕了头,带着息事宁人的意思。底下几个也依次磕过。事情本来可以结束了,可大姐却不罢休。她又过来拉南昌。这一回,南昌的胳膊闪开了,却被大姐当胸抓住衣襟。他没料到大姐那么有腕力,牢牢地钳住他的前襟,将领口收紧,扼住了他的脖颈。他差一点被大姐拉倒,本能地去拖大姐的手。触到大姐的手,让他生出了恨意。他无比地讨厌面前这个人,讨厌她的一切,衣着、发型、姿态、长相、做事的方式。他也从面前这个人的脸上,看出她对自己的憎恨。她咬着牙,使得腮骨部分突出,她的手不肯松一点儿。于是,两人便扭在了一起。二姐拉住大姐,其余的弟妹一起拥住南昌,企图将他们拆开,可哪里拆得开!他们这一伙人,在狭小的门厅里来回碰撞,却没有人出一点声,一切都在静默中进行。无意间,撞开一扇房门,所有人都怔了一下,因已是一屋灰白的晨曦。一个夜晚过去了。就这一怔,大姐和南昌都松了手,大家乘机将他们分开,南昌到底没有磕头。可是,这一日,他没有回学校;下一日,也没有回;再下一日,依然不回。事实上,他就在家里住下了。

  他依然不和大姐说话,虽然一日三餐都是由大姐烧给他吃。如今,全家的开销只凭每人十二元生活费,但也没能难倒大姐。她采用了一种伙食团的方法,不在家吃的人按天数发给伙食费,在家的人也是按天数收取伙食费。在家里,饭是任意吃,菜则每人一份。所以,南昌到吃饭时只需去厨房盛饭,取自己的一份菜,不必与大姐啰嗦什么,然后回到房间里一个人吃。回家后,他一直睡在父亲的书房,大部分时间躺在床上。窗前的梧桐树叶渐渐稠密起来,盛了一汪一汪的阳光,烁烁摇动。那只鹩哥不知是造反派收去了,还是送了人,抑或是死了,连鸟笼一并不见了。有时候,不自觉中,南昌发现自己在用口哨吹那一句单调的乐句,等意识到,便止住了,心里却是一股寂然。母亲的那包东西一直放在父亲的藤椅上,没有人去动。又有时候,南昌的眼睛会停留在上面。当他发现自己在打量那包裹时,也会将眼睛移开。弟弟妹妹们都是时而来,时而走,自那天晚上之后,再没有聚齐过。两个最小的妹妹,由大姐做主,已经送到乡下去了。家中常住的人,就只是他和大姐,还有二姐。二姐原先也是住在学校,跟一个文艺宣传队活动,这一段却搬回来了。不知是因为年龄增长,不喜欢集体生活了,还是和队友们发生了龃龉,总之是在外面过得不怎么样,却又似乎是不情愿回来的,脸色总是沉郁着。这一家里的人,多是沉郁的表情。二姐和大姐年龄接近,背景相同,又都是女孩,但因是两种不同的性格,就没什么话说。但她在家,对南昌却是好事,和大姐有些不可少的交道,就由二姐来传达了。所以,日子就这么过下来了。

　　没有人来找南昌,南昌也闭门不出。常常有游行队伍从窗下经过,锣鼓点疾风暴雨似的,流利之中带着油滑,显然出自老练娴熟的手。南昌顺着窗玻璃向下看,只见梧桐树叶间晃动着无数安全帽,是产业工人的标志。这些日子里,革命的进程经历了许多转折,离南昌越来越远了。他心里隔膜得很,前段时间的事情都有些想不起来了。他的东西都丢在学校,他的"星星之火战斗队"里,其实也没什么东西,只是一些书。他那时抄写的《路易·波拿巴的雾月十八日》,现在差不多也忘了。他躺在父亲的狭窄的行军床上,看着房间另一角里父亲的书柜。父亲的书并不多,书柜是狭窄的一具,多是马恩列斯、毛泽东的著作,还有几本俄语书,再加上一本哲学辞典。他远远注视着父亲的书,没有去动一动。有几次,他发现自己靠近了书橱,陡地,又离开了。他好像骇怕走近并且了解父亲,还有母亲。这是一种何等奇异的心情!只会产生于至亲的人之间。有时候,至亲的人反倒是最不敢接近的人。可他又总是待在这间房间里,像要和自己过不去似的,像要惩罚自己什么似的。

　　这一天,家里来了人。听见门响和脚步声,南昌并不动弹。家中来人都是由大姐和二姐应对,可是这一次他的房门却被推开了。南昌保持着两手枕在脑后的姿势,看着这人朝他走来,直到停在他的床边。来人是陈卓然。陈卓然白了,胖了,将他的轮廓略削平了,有些不像,可是眼睛依然是他的,有一股锐利的光,但对着他器重的人,就会含了笑意,于是又柔和下来。现在,他就是这样看着南昌。他们一上一下对视着,彼此都有点哽住。停了一会儿,南昌坐起来,陈卓然则在床沿坐下,互相移开眼睛,感到了害羞。又坐了一会儿,陈卓然说:出去走走!南昌就翻身下床,在床前摸索鞋子,穿上。当两人一同站起时,南昌发现自己的肩膀正抵陈卓然的肩膀,他差不多和陈卓然一般高了。他们一同走出房门,来到街上,太阳极好,已是五月天。向看公寓的老头借了打气筒,给自行车打上气,然后两人上车,沿了街,一路骑去。

　　近午的日头将他们的身形投在光影斑斓的街面,南昌感觉自己的额角、鼻梁、眼睫,都承着热和亮,似有无数的晶片在四周闪烁,心中的阴霾一扫而净。他随了陈卓然转过街角,并不知道他们将去什么地方。车轮流利地行驶在柏油路上,十分畅快。无轨电车行行地从他们身边开上来,偶尔叮的一声。两边的楼房也在流利地向后退。他们是在向西行驶,这个城市的西区比东区更为现代,有一种华丽的格调,光线都显得亮一些。陈卓然的车头一转,驶进一条宽阔的短弄,弄底一扇大门,门边的牌子使南昌车头一歪,这是他母亲的工作单位。陈卓然已经直入门内,南昌正正车把,努力一蹬,跟随而去。

　　陈卓然绕过一个水泥花坛,骑到一排石头墙基、红砖墙面、水泥券拱门檐的楼房跟前,下了车,推车走进门洞。眼前忽一暗,有一股森然之气涌来。南昌紧随陈卓然,穿出门洞,来到一个逼仄的后院,有米面的微酸的蒸汽传来,是食堂。紧挨食堂是水房,空地上堆着煤和碎木片。另一侧,兀自立了一幢青砖外墙的小楼。陈卓然将自行车靠墙停放好,头也不回地走进去。这楼房有年头了,楼板松动得厉害,走上去,空空的响。楼梯转角的窗口,透进几线模糊的光,里面有一些模糊的絮状物翻卷着。南昌看见楼板上自己的模糊的影。楼梯的边缘已经被鞋底踩得坍塌,天花板却还隐约可见旧时的雕饰,藤蔓花草的图案。上到三楼,本是到顶,却在墙边又斜上一架木扶梯,原来还有个阁楼。南昌腿一软,险些绊倒,陈卓然听见动静,回过身来伸手牵住他的手。他触到陈卓然的手,暖和和的。男生之间很少有身体的接触,要有,也都是冲撞和摔打的方式,像这样温和的触碰,会让他们难堪的。但是,现在南昌变得软弱了,而且,陈卓然又是这样一个男生。他不只是同学,还是一位兄长。牵着陈卓然的手上了阁楼,阁楼上空空的,什么都没有。陈卓然推开窗,扑棱棱惊起几只麻雀,它们正停在窗前瓦顶上啄食。越过瓦顶,可以看见对面的楼房,两栋楼房中间隔着一条后弄,从上往下看,就像一条隙谷。陈卓然停了停,说,你母亲,是在这里——

南昌茫然地向窗前走去。褪了漆色又朽烂了的窗框,外面是灰色的瓦片,错了排列,又碎了多少片的,长了几茎无名的草。隔一条后弄的黄色拉毛的楼房外墙,由于背阴,就有大片潮湿的霉迹,尤其水落管子边上,留下深黑的条条印痕。他听见底下的后弄里有人声传上来,嗡嗡的,就探出头往下看,看见了弄底的地面,清洁的水泥地上,布了网状的裂纹。他看见后弄和这边院落之间还有一道隔墙,墙头插了碎玻璃片,玻璃片里夹了杂草,太阳照过来,给那墙头镶了一道毛茸茸的光。他心里慢慢明白过来,明白这曾经是母亲视野里的景色,最后的景色。可他还是觉着隔膜,因为母亲于他,几乎是个陌生人。年少的他,缺乏想象力,去想象亲缘的关系。只是在这一刻,视野里的景象将他和母亲合二为一了。他没有觉得悲戚,他甚至是淡漠的,这一个印象不是以通常意义上的难过进入他心里的,却是一个实有的占位。一些细节,琐碎但是尖锐地凸出在视野里——对面楼顶晒台的水泥围栏,忽然蠕动起来,游走开了,原来是一只猫;就像要与这异常的柔软形态作对比,边上一条水管的阴影里,藏了一道极深的裂缝,似乎要将楼体一劈两半;瓦棱里的无名草上,顶了针尖大小的一朵紫花,竟有四瓣花瓣……目光渐渐收回来,收到窗框上,右边窗框上有细细的刀痕,刻下三角、梯形、圆、平行四边形,好像一个刚学习平面几何的中学生的作为。他听见陈卓然在身后的咳声,那不是真正的咳声,而是为了要掩饰窘态,咳出的几声。咳了几声,陈卓然说:有些事情必须要面对——当看见转过身来的南昌,眼睛是干的,便止住了。南昌说了声没什么,两人就都有一种释然。男生间的安慰与被安慰就是如此,有些尴尬,有些文不对题,其实是不言而喻。

6. 户　　内

自此,陈卓然和南昌就又联系上了。总是陈卓然到南昌这里来,来了就不出去,关了门说话。现在,多半是陈卓然躺在床上,南昌坐在书桌后面的藤椅上。椅上那个包袱,母亲的遗物,不知什么时候,也不知被谁收起了。就好像是不约而同的,大家都开始,如陈卓然的说法,开始"面对"某些事情。一旦"面对",事情便自然而然地结束了。陈卓然躺在南昌父亲的,现在是南昌的行军床上,伸出穿了鞋的脚,仰着头,眼睛忽然定住在某个点上,就一动不动了。他们不再像以前那样话多,各自都怀揣了一些经验,几近隐私的性质,并不是有意不交流,而是自己都不能完全理解,无从讲起。于是,便常常沉默着,倒也不觉得窘,相反挺自在。有时候,陈卓然会提出一些问题,与南昌讨论——比如,红卫兵打响了文化大革命的开局战,自己的前途又在哪里?比如,文化大革命的用意究竟是什么?还比如,社会主义过渡时期的模式应当如何?可见陈卓然一直没有停止思考,而且,思考的问题更加切合中国的实际。他不像过去那么热衷于雄辩,措词也要温和得多,南昌难免会觉得锐度不够,但因是陈卓然,他宁愿相信这是一种深沉。但是有一个问题,使陈卓然激动起来,那就是会不会爆发第三次世界大战。他从行军床上欠起身子,然后渐渐坐直。从第一次世界大战谈起,分析全世界几大阵营的力量抗衡。其实——他站到地上——毛主席早就在准备,准备调整力量,进行第三次划分。他从万隆会议,谈到亚非拉会议,说,这就是毛泽东式的战略战术,农村包围城市,弱势包围强势。中国革命怎么胜利的?他问南昌。南昌也兴奋起来,好像回到了那个如火如荼的日子里。那时候,礼堂里通夜亮着灯,挤满了人,辩论着国家的前途、民族的命运、青年运动的方向……那个停电的夜晚,黑压压的人头上摇曳着点点烛光,多么激动人心啊!现在,这里只有他和他,可是,他们依然谈论着国家大事,全人类的事业。陈卓然站在房间中央,因南昌是坐着,就有了俯视的意思。南昌毫不觉得屈抑,相反,他喜欢这样,怎么说呢,这样指引和被指引。他很高兴,那个倨傲的领袖式的陈卓然又回来了。这段日子,陈卓然多少是低沉了。

中国革命是怎么胜利的?南昌按捺着兴奋的心情,轻声问道。陈卓然没有直接回答,而是说出两个字:延安。南昌不由也站了起来,两人面对着面。偏僻、荒凉、贫瘠、遍地饥民,可这是中国的腹地,这就是中国,潜伏着革命的力量,镰刀、斧头、老镢头。听说过那句名言吗?无产阶级失去的只是锁链!可是——南昌打断了陈卓然,陈卓然没有一丝愠怒,反而极有兴趣地等他说下去。南昌又一次看见那个熟悉的陈卓然,总是鼓励他发表他的幼稚的见解。可是——南昌接着说,真正属于无产阶级的是工人阶级,农民拥有部分的生产资料,比如耕地、农具、牲畜、粮种,严格来说,不能称做无产者。陈卓然的笑容更加绚烂,他说:是的,你对马克思阶级的观点已经掌握得很好,但你对中国的现实却不够了解,难免就理论和实际脱离。其实,无论是陈独秀的右倾,还是李立三的左倾,根本原因都是教条主义。你的这种观点,很容易会倾向这两极,不是我吓唬你,有一点托派的气味呢!"托派"这个词照理会引起一些波澜,可此时他们都那么兴奋着,就忽略过去了。南昌红着脸争辩:我不同意,只有彻底的无产者才能真正革命,农民对生产资料的拥有或部分拥有,使他们多少染有私有制的习俗,法国大革命中,核心力量就是工人阶级,还有青年知识分子。陈卓然收起笑容,变得严肃了:你还是说"法国",我们却是在"中国"。什么是"中国"的国情?我们没有经历过资产阶级工业革命,没有壮大的资产阶级,所以便不可能诞生它的掘墓人——成熟的无产阶级,这就是我们的革命的现实。但是我们不能就此等待着,按部就班地走过每一个社会发展步骤,等待着条件成熟,这是因为——第一,马克思的理论已经进入中国,它催生了整整一代知识分子,使我们具备了思想的条件,产生革命的愿望和指导的力量;第二,形势不等人,我们要从世界范围内来看待革命,第二次世界大战——你看,我们就要涉及第三次世界大战的题目了——第二次世界大战以后,进步与倒退的力量分布暂时处于平衡,紧张的平衡,其实是一种危险的僵持,需要有再一次分配调整。所以,时不我待,我们必须在事态爆发之前,积攒起进步的因素——陈卓然的演说被南昌二姐的叫门声打断:开饭了!

  自从陈卓然上门,南昌姐弟吃饭的形式也有所改变,变成围桌而坐。虽然生活费有限,但大姐总是要留饭,并且尽力地改善些伙食。这个七零八落的家,有了客人陈卓然的到来,稍许凝聚起来了些。在饭桌上,南昌和大姐虽然还是不说话,可南昌的朋友和大姐说了话,也就和南昌自己和大姐说了话差不多。所以,那种对峙多少和缓了下来。二姐呢,话就格外的多了。他们这一家,自己人之间总是很闷的,话都是对外人说,热情也是对着外人来。听起来不近情理,可是,难道不是吗?家里人就好像不由分说硬被安排在一起,并没有征求过本人的意见,而外人,是经过选择的。南昌内心并不喜欢和两个姐姐一桌吃饭,他嫌姐姐们,尤其是二姐,太聒噪了。而且,他也不太愿意让她们来分享他的朋友。他从来都没有正眼看过他的姐姐,和大姐是有积怨了,和二姐没有积怨,却更生分。但是,他也看出,陈卓然并不讨厌与她们说话,甚至还有些兴趣。在南昌看来,二姐的说话相对比较接近陈卓然的口味,比如她提出青年运动与工人运动的性质同与不同,还提出剩余价值的计算方法问题。陈卓然耐心地倾听,尽可能地做出答复,有时也提出商榷性意见。但是,他却似乎更愿意和大姐聊天。聊什么呢?聊副食品配给和供应,籼米和大米的出饭率,如何用黄豆孵豆芽——这是大姐从小寄养的苏北乡下的养母教她的,她和那里一直保持往来。于是,关于那里的收成与播种,也是陈卓然热衷听的。南昌自然是要嫌大姐琐碎,但陈卓然在他眼里,则很像一个俄国民粹派青年,对民生民计抱着人道的关怀。对陈卓然的崇拜,又回来了,他需要崇拜一个人,这有效地消除了他成长中的孤寂。因为他这样看陈卓然,所以就容忍了大姐的啰嗦,耐心地听,也能生出一些兴味。有一次,他们两人听大姐说底下看门人的女人从乡下上来,住在看门人的小屋——楼梯边木板隔出的一间里,女人用三块砖支了个灶,燃旧报纸烧火做饭,差一点火蚀。大姐正说得起劲,忽然二姐噗地笑出一声,三个人都回头看她,以为她有什么观点要发表,她却什么也没说,冷着脸兀自吃饭。这一餐饭她从头至尾都保持着沉默,可下一餐饭,她又恢复了先前的聒噪,大姐几乎插不进嘴去。南昌觉着饭桌上的气氛很古怪,但陈卓然不讨厌,他就没什么好说的了。

第三次世界大战的话题正式展开。陈卓然认为中国是世界无产阶级的腹地,他从地理上分析——东欧社会主义处在了资本主义包围圈中;亚洲的社会主义国家越南和朝鲜,都是分裂为两种体制和制度,力量削减一半;苏联地跨欧陆和东亚,国土广博,列宁、斯大林,不仅直接继承马克思主义,而且创建了第一个社会主义国体,为全世界无产者做了实验,也做出榜样,本来它是最有条件率领世界共产主义运动的,但是,不幸出现了修正主义——这就要谈到思想状况了,欧洲的思想来源基本是同一宗教,属唯心主义世界观,意识形态跟随体制分野为社会主义和资本主义,但是在文化根源上,依然你中有我,我中有你——其实,第三国际就有这个问题,这使得欧洲的无产阶级无论是政党还是成员,都潜伏着变质的危险。陈卓然说:我理解毛泽东发动文化大革命不仅意在中国,更是面向世界——

晨曦一点一点染白玻璃窗,将屋内的电灯光映暗,然后有金线样的光穿透窗户,进入室内。不知不觉中,一个夜晚在畅谈中过去,而他们没有一点倦意。推开窗户,清晨的光和气息扑面而来,他们的脸一下子浸在了金汤里。梧桐叶上盛着一碗碗的金汤,摇摇晃晃,溢出来,由下面的叶接着。他们情不自禁地微笑着,一些清冷的市声掠过耳畔,自行车的辐条转动声,电车的行行、早起人的脚步。这个城市,你可以说它萧条,可是,也可以说这是一种洁净,欲望平息下去,取而代之的是激情,就像他们方才度过的那一个夜晚一样。你知道这清寂的早晨,是从多少心潮澎湃的夜晚过来的？多少年轻的思想通宵达旦地活跃着，在暗夜里飞行，飞到极远极广阔的天地。他们向往世界，不是想知道世界是什么样的，而是想知道世界应该是什么样的。他们不知道世界应该是怎么样的，甚至不知道世界不应该是怎么样的，只知道世界应该好，好，好上加好！

他们的胸襟如此之广大，所以，并不感到他们整天是在一个封闭的小房间里。季节在窗外已经从春到夏，屋里也有了不同的温凉，光照的角度变化着。他们都注意不到这些，是谈话使他们身上发热，他们一件一件除去身上的衣服，最后只余下衬衫和单裤，就这样，合上了季候的节拍。他们忘记了时间，忘记了一年前的这个时候如火如荼的生活。革命还在继续，但表情性格都大变了。原先那狂飙式的运动中的青春、反抗、狂热，还有盲目，消失了，显得冷静和有计划，似乎呈现出一种潜在的理性。革命换上了成人的面孔，不是因为他们成长了，而是更替了角色。他们还处在漫长的青春期，以空谈取代实践。你不知道他们的思想有多么远大和高亢，而言词何其华丽与光芒四射。马克思著作的译文句式，比如，"宪法、国民议会、保皇党派、蓝色的和红色的共和党人、非洲的英雄、讲坛的雷鸣声、报刊的闪电、整个著作界，政治声望和学者的名誉、民法和刑法、自由、平等、博爱以及一八五二年五月的第二个星期日"；比如，"如果你负有债务，你就及时用宪法规定给你的六十万法郎的薪俸一律偿清，不然你就不免要在美丽的五月的第二个星期一进入克利希"；再比如，"一八四八年的宪法就是这样。它在一八五一年十二月二日不是被人头撞倒，而只是被一顶帽子碰倒了；诚然，这顶帽子是拿破仑的三角帽"——翻开书来，闭着眼睛一指，就是这样繁密的排比、从句、俏皮的隐喻,好像魔术师,一下子抖落出袖子里的宝贝——真理。他们被这欧式的修辞法迷住了,沉醉在说话里。他们从语文课上学习来的现代汉语,多是杨朔式的散文,或是郭沫若的"杨树和柳树",以抒情婉约的笔调,人与物性质的转换替代,陈述人生与社会的哲理,有些书生气和文艺腔。也有鲁迅的文章,可鲁迅的简练对于少年人来说,似乎过于"瘦"了,不够丰腴,少年人又总是口重的。而译文却如一江春水,直泻千里,真是畅快呀!它将谨严的汉语变得汪洋恣肆。

谈话按时被姐姐的敲门声暂时叫停,吃饭了!他们脸上还留着兴奋的红晕,尤其是南昌,他吃着饭,不自觉地会微笑、蹙眉,甚至自语,喃喃的,不知道在说什么,等意识过来,脸就更红了。他注意不到陈卓然在与姐姐说什么,也注意不到饭桌上正发生什么。有一日,离开饭桌,回到房间,陈卓然没有接着先前的话题,而是颇为突兀地说了一句:你大姐是和我大姑同样命运的。南昌的思想还在宏观的世界里,猛一听陈卓然提到某人的命运,有点回不来,虽然这人是身边的至亲,但因是至亲,就不会想到"命运"这个词。陈卓然又说了一句:你大姐的将来就是我大姑的现在。接着,便向南昌介绍起他的大姑,终身未嫁,在他们家操持家务,抚育侄儿侄女,最后总结道:这是一类女性的命运。南昌明白他的意思了,只是不明白他怎么想起说这个。此时,陈卓然沉浸在某一种思绪中,这种思绪似乎离他们的话题很远,是南昌无法介入的。于是,两人都静默着。可静默并不使他们难堪,只有至交才可能静默相守的。之后,南昌才发现陈卓然与大姐聊天,并不完全出于民粹派式的社会责任心,而是有一点兄弟姐妹式的亲近。算起来,大姐应该是和陈卓然同岁,可看起来大姐更年长。南昌对此感觉不怎么舒服,他对自己的兄弟姐妹一概无兴趣,觉得他们是天下最乏味的人,尤其是大姐,他想不出陈卓然与她有什么可说的。他当然体验不到,陈卓然七八岁才进入家庭,和家人始终是隔膜的,别看他生活得挺活跃,内心其实很寂寞。大姐也是差不多的情形,但因是女性,又是陈卓然所说的那种类型的女性,富有忍耐的精神,便在家庭中担起了负责的角色。看起来弟妹甚至父母都听她调派,事实上呢,她并没有一个知心的人。这种孤独的处境,在二姐,则是以凶悍表现出来,她特别能敏感到不公平,在这个作风粗疏的家庭中,常会有不经意间发生的摩擦冲撞。于是,她就变得极具进攻性,是最不好惹的一个。这类孩子都是有童年的隐痛的,只是不自察罢了。南昌只是迷恋陈卓然的思想,却不了解那思想是陈卓然最外壳的一层,是书本上的知识织成的,多少带有教条的成分,而那外壳底下,才是由生活与经验培养的实质。也就是说,陈卓然究竟是一个什么样的人,南昌极少了解。即便是对他南昌自己,南昌又了解多少呢?年轻人都是教条的,因为阅历没有纸上文章精彩,跟不上思想的需要。

这样,南昌不由就对大姐生妒。但他不能驳陈卓然的兴致,只得沉默着陪坐。现在,吃完饭后,他们四人还会围着饭桌坐一时。要是晚饭,大姐便收去碗筷,放上一碟自炒的瓜子,好像准备长谈的样子。然后,南昌就发现,桌上除他以外,还有一个人也沉默着,就是二姐。所以,事实上,只是陈卓然和大姐二人说话。二姐的沉默,比南昌的,更具压迫感。她不像南昌那样一副不耐烦又无奈何的样子,而是——有意为之。有时候,她会忽地抬起眼睛,迅速看陈卓然一眼,再看大姐一眼,又埋下头吃饭。

还有时候,她整整一顿饭不看他俩任何人一眼,而是诡秘地看南昌一眼。对这个二姐,南昌向来心底有几分打怵,和其他弟妹一样,避让着她,怕她生事。但因晓得她是行为乖张的人,也就不以为意。有一日,南昌和陈卓然正坐在父亲的书房里说话,不料,二姐推门进来,当她有什么事要说,她却不说,往床沿一坐,就不走了。两人说不下去了,停一时,一起看她,她也看他们。彼此看了一会儿,她就冷笑,说:我一来就不说了?陈卓然当然说不是。试着再与南昌说下去,却忘了在说什么,就又停下,只得笑了。二姐也笑了,立起来,说:保密啊!如同来时那么突兀的,又走了出去,将门砰一声摔上。南昌气得脸通红,险些儿要骂出来,他向陈卓然建议出去走走,陈卓然表示不必。此时他又接上方才的话题,继续下去了。

事情变得越来越不可思议了。有一次,到了吃饭时间,没有人来敲门。他们自己推门出去,见两个姐姐已经面对面在桌上吃饭。又有一次,饭桌上缺了二姐,下一次则是大姐不出场。现在,连大姐都变得乖戾起来,她不再与陈卓然说话。二姐呢,也不说。大姐和二姐之间,更不说了,反而要南昌从中传话,他与大姐的芥蒂不知不觉中倒消除了。当然,他们依然是不亲近的,南昌对大姐依然没有什么好感。只是,似乎有一场更为严重的感情事故正在来临,其余的,就显得不重要了。即便是像南昌这样生活在教条的世界里的人,都感到不安了。终于有一日,吃饭的时候,两个姐姐谁也没到桌上来,余下他们这两个,面对面吃着。南昌看陈卓然,希望能找到答案。虽然是他的姐妹,可这一阵过下来,他觉得陈卓然对她们更了解似的。可是陈卓然不看他,不给他答案。吃完这顿饭,陈卓然提出:出去走走吧!南昌自然同意。走到门口,刚要拉门,二姐忽然出现了,把两人都吓了一跳。南昌恼怒地说:你干什么?二姐不理他,对了陈卓然说:我要与你谈一谈。有一霎,陈卓然显出手足无措的样子,他甚至看了南昌一眼,好像是向他求助,可是很快的,他镇定下来,说了一声"好啊",转身随二姐走去。这时,南昌看见了大姐,站在厨房门口,煞白着脸,看着陈卓然和二姐的背影消失在一扇房门后面。南昌禁不住发火道:你们搞什么鬼!在他眼里,大姐和二姐是一伙的。大姐却没接南昌的话,说:你二姐要丢人了!血液涌到头上,南昌感到无比的愤怒,他想的是——他的家人替他丢人了!他就是这么想:我的家人替我丢人了!此一时,他与他的姐妹们才有了些痛痒相关的心情。他和大姐看着那扇紧闭的房门,不晓得门后面正发生着什么。南昌泄气地想,他的家人如此令他沮丧!

7. 走向户外

关于那天的事情,南昌与陈卓然没有交换过一个字。那天他们走出公寓,骑车在正午时分的马路上,感觉到了阳光的热烈。他们骑出一长段路,方才说话。他们讨论去什么地方,陈卓然就提到海鸥这个人。

海鸥是陈卓然继父的病友。陈卓然去医院探望继父,继父的单人病房里坐着一个人,看他头上的白发,陈卓然险些叫出"叔叔",转过脸,却是个孩子。这孩子的嘴是俗话说的"地包天",笑起来,两排雪白的牙齿并齐了,下巴往前抄,又像老人了。眼睛呢,亮亮的,是姑娘的眼睛。白皙的皮肤,腮上的红晕,也像姑娘。等到他告辞要回南楼的普通病房,从沙发上站起来,又回到孩子的形状了,大约一米五十七八的身高,有一些鸡胸,但并不萎缩,相反,还挺神气,一种顽童的神气。陈卓然觉得有照顾他的义务,送他去楼梯口。经过走廊上的一扇窗,他站住脚,伸出手,像要接住什么,然后握起来,收回到脸前,摊开掌,嗅了嗅,说:春天来了!再一撒手,放走了。陈卓然看着他,就像在看魔术师变戏法,而且,这个戏法和这个魔术师风格挺谐调。在这一扇朝西的窗户前,从窗外投进来的酱黄色夕阳里,他娇嫩的脸,佝偻病的身体和顶上的白发,就像是那种童话,比如《白雪公主》,那七个小矮人里的一个小矮人。陈卓然觉着他很可爱,不禁笑起来。他却严正道:是春天的气味,油菜花粉漫天漫地。陈卓然又有些悚然。接下来的一段路程,他们是沉默着走完的。他和陈卓然靠得很近,他的肩膀贴着陈卓然的前胸。这样的高度和贴近有一种依恋,像小孩子依恋大人,使陈卓然受了感动。后来,继父出院了,陈卓然还专门去看了他一次。南楼的病房是四个人一间,探视的时间里,人来人往便很杂沓,幸好有一个阔大的联通的阳台,两人就拉了椅子在阳台上坐。陈卓然不觉又一次发现这奇怪的小矮人的魔法。本来司空见惯的东西,经他一点,就变成一桩新事物。倒也不是化腐朽为神奇,而是显得诡异起来。

  他指着相邻楼房山墙上的藤萝,问:这叫什么草?陈卓然回答:爬山虎。小矮人进一步问:它怎么能爬这么高不垂落?陈卓然答不上来了。他告诉他说:在它的须上,有吸盘,植物其实是动物的一种,动物呢,也是植物的一种。陈卓然问:此话怎讲?他说:有一个谜语,只一个字,"草",谜底是什么?萤火虫。

"草"字头底下一个"早",晚上的萤火虫,天明就成了草。那么人呢?陈卓然问:人是植物中的动物,还是动物中的植物?他当然能听出陈卓然调侃的意思,并不以为意,而是正色答道:人是菌类,从动植物的尸体攫取养分。陈卓然又感到森然,止住了话题。天已向晚,天边有了晚霞,光里面有一种红,慢慢洇染开来。小矮人伸出舌头,像要接住什么,收回来,品尝一下,说:晚饭花开了。陈卓然说:你对植物有研究?小矮人笑起来,说:植物带有一种经院的空气,黑衣黑袍的僧侣在园子里,摆弄奇花异草,里面含有一种静思,就是修行的意思了。

小矮人出院以后,给陈卓然写过一封信。从信封上的地址看,他所住的公寓,和陈卓然家只隔两条横马路,临同一条繁华大街。他在信上写了些生病和养病的情形,陈卓然才知道,原来他比自己还年长一岁,本来应该上大学了,但从小体弱,患的是肺部的病,不停地休学,续学,再休学,再续学,勉强延续到高中毕业,便中止了学业。他邀请陈卓然去玩,信尾处还提到他在盆里栽的一棵忍冬,开出了淡紫色的小花,所以,夏天来了。从签名,陈卓然知道他的名字叫"海鸥"。没等陈卓然登门拜访,文化大革命开始了。说起来,认识海鸥已是上一年的事了。

海鸥所住的公寓大楼,是一座环形的建筑,占了一整个街区,于是,就有四排面向不同街道的公寓。他家的公寓正是面向大马路,又是在最高层的七楼,可以说是这一带的制高点。像他这样,大部分时间在病榻上度过的人,临热闹街市居住有一番好处,就是有看头。楼高风大,他不能到阳台坐,就在落地窗后放把圈椅,铺了毛毯,做他的观景台。从这角度望出去,望不到街底,却可望到对面大片的屋顶,从屋顶上的晒台,老虎天窗,可以窥见人家和生活。他看得很有兴味呢！但是，切莫以为他的生活是冷清的，他有朋友。等朋友来到，他的圈椅掉个头，就好像镜头拉近焦距，将远远的小小的人和物一下子拉到近处，面对面了。而他的观景台则成了客厅里的上座。陈卓然和南昌进到他房间的时候，他正是面向室内的状态，屋里有客人，各坐在椅子和床沿。

见他们进来，主人很高兴，说：欢迎，欢迎，也不做介绍，只让他们随便坐。陈卓然坐了屋里仅余的一把空椅子，南昌环顾一下，见床沿坐的是两个女生，便不想与她们去挤，在角落里一张小沙发坐下，一坐几乎就坐到了地上。那沙发早已松了弹簧，所以人都不去坐。没有人注意南昌的窘相，都在热烈地说话，南昌一时没听进去，只听到许多个声音在房间这里那里响。他看看周围，看出家具摆设都很讲究，却也都陈旧了。床架呈弧形，茶几面呈弧形，五斗橱的边缘和镜子也呈弧形，但漆面则是斑驳的。装饰橱里放着玉雕、玉器，橱玻璃的裂纹用胶布巴着。窗帘是有流苏的，平绒磨秃了，露出织线的经纬，也看不出原先的颜色，还藏着灰尘，略一动它，便扬起来，在日光里飞舞。南昌家也是灰暗的，是简陋的灰暗，这里呢，却有一种华丽，一种褪色的、败损的华丽，似乎更加触目惊心。因为他坐得低，又是在角落里，看不见主人，主人被坐在床沿上的女客人挡住，他眼前是那两个女客人的侧影。

从侧影看，她们似乎要比南昌年长，事实上呢，很可能是一样的，只是她们更成熟。南昌还不懂得欣赏女性，只觉得这两个女生的脸特别的白皙，就像上了釉的瓷器，有一层特别细腻的光亮。南昌周围的女生，风格多是比较简朴的，先是求学，后是革命,这两种生涯都容易减损女性的特质。此时,这完全不同的两个女生占满南昌的视野,令他感到不安。他看见她们都穿朝阳格衬衫,一个是粉红,一个是蓝,头发梳成短辫,辫梢和额发鬈曲着,更显得头发漆黑,脸雪白。而后,南昌又发现,在座的几位男生,竟也都有着白皙的肤色。他们身上的白衬衫也格外的白,军裤洗得格外清洁——他们都穿军裤,宽大的裤口扁扁地盖在鞋面上。不用说,这是一种身份的标志,但是,还有另一种意思,那就是,当下的时髦。当然,这两样完全可能合而为一,如今,这城市的摩登,就是由他们来担纲的了。他们都说普通话,这也标明了身份。以北方语为基础的普通话由他们说出来,有着特殊的风格。他们比这江南城市的普通市民发声标准,用语熟练、流利得多,但南方语音的洇染又使他们的话明显区别于北方话。他们发音靠前,有更多的齿前音,因此也就比较轻盈,语速快捷。这种普通话,是这城市的干部子弟的语言,一听就听出了来历。南昌渐渐分辨出主人的声音,它音量不大,甚至有些轻,但却是那种具有穿透力的音质,发声松弛,可送到各个角落,使人们不由止了声,被吸引了注意力。他的普通话更为标准,几乎像是受过训练,但也不是北方的口音,北方的口音多少是浑重了。他遣词造句多来自书面,但并不显得咬文嚼字,而是很自然。他念屈原《离骚》的一句"余既滋兰之九畹兮,又树蕙之百亩",然后解释古时的计量单位,一"畹"等于三十亩,而"九"和"百",在中国语中又都是概数,意思是无限多,所以——你们想象,遍地兰蕙,何其壮观!南昌在语文课上也学过《离骚》,那些字词在他读来都很拗口,意境也是抽象的,可此时,他却像看见了似的。

床沿上坐的女生略移开身体,落地窗前的光流淌过来,那是极充盈的光。光里面是一张细洁的孩子脸,在宽大平整的衬衫里面,是孩子的身体。衬衫的布质在光里起了一层绒头,看上去,又硬挺又松软,似乎闻得见肥皂的清香。这房间的景象很怪异,旧成色的家具,亮白的男女的脸,流利的普通话,一个小孩子形状的大人,念着屈原的《离骚》……外面正进行着轰轰烈烈的大革命,这里,怎么说,多少是有些颓靡。那"小孩子"向落地窗侧过脸,举起手,奇怪地向了阳光照了照,就好像对着光看照片的底片。而他的小手,也是清洁的,粉红的颜色。然后他说:血管就像草叶的茎脉,但人有太多的蛋白质,蛋白质使人腐烂,人其实是处在慢性腐烂之中,人是一种菌类。他的话,南昌都听不怎么明白,只觉着无比怪异,而且,外面正是大革命的天下。草是洁净的——"小孩子"继续说:读过《红楼梦》没有?林黛玉前世是绛珠草,书中有一句话,说她自打下地,就是药比饭吃得多,那时的药都是草药,潇湘馆里,成日价熬着一个药罐子。而且,林黛玉何其短寿,这也是草的性质,不是有俗语:人活一世,草活一秋?此时,就有一个男生质疑:您不是说人是在腐烂中吗?南昌注意到他用了一个"您"字,这个尊敬的字眼一下子让这"小孩子"变老了,南昌发现这其实是个小老人。"小老人"回答说:正是腐烂,才使其长寿,短命是洁净的代价,昂贵的代价。听到这个残酷的原则,房间里的人却都笑起来。

陈卓然坐在落地窗边的书桌前,手里握着一个球形玻璃镇纸,表面之下是无数菱形,每一转动,便有光反射过来,他也笑着。南昌觉得,在这房间里,陈卓然也变了,变得,怎么说,变得轻松。关于草的讨论暂时结束了,"小老人"转向陈卓然,说些他们之间的话题,其他人纷纷离座,在房间里走动。那两个女生脚下踩着一种什么舞步,跟随节拍,嘴里哼唱歌曲。最后,她们停在那一具玻璃装饰橱前,看里面的摆设。她们站立成那样一种姿势,一个搭着另一个的肩膀,被搭肩膀的那个抬起腿,伸直了搁在椅背上,就像一个舞蹈演员在压腿,宽大的裤角滑下来些,裸出蒙了白袜子的脚踝。南昌的眼睛不自主地落在这个脚踝上,由于脚踝的主人不时地绷直脚背,于是牵动了踝骨。似乎藏了一个极其精密又巧妙的机械装置,每一牵拉,就引起一系列的运动,多少可爱的小零件上下左右错落开,再又回复成原样。不知多少循环往复,那脚踝陡地收起,落下地,南昌一惊,醒来了。他们几个告辞走了,只留下陈卓然和南昌,房间顿时显得很空旷。现在,陈卓然才将南昌介绍给主人。南昌从沙发上爬起来,站到藤椅跟前,藤椅里的人几乎仰极头才能与南昌对视。南昌看见了他的眼睛,无比的清澈。这时,他又成了小孩子。他们握了手,南昌感觉到自己手的粗糙。那只小手贴住手掌时,有一种依赖的感情。他们三个人一同对了落地窗外望了一会儿,转眸间南昌看见这"小老人"的颈窝,在宽大的衣领里,颈子显得很纤细,上面有淡淡的蓝色的筋脉,"小老人"就像是个瓷做的精致的玩意儿。这里的一切都是精致的,可是,都是旧的。这个"小老人",是从什么时候、什么地方来的呢?

　　他们看了会儿窗外,将目光收回来,也像方才的客人那样,在房间里四处走走,看看。在那具玻璃橱里,铺着无数指头大的玉雕:猫,狗,牛,羊,鼠,兔,各色瓜果蔬菜作物。以翠绿为主,也有淡紫,淡黄,赭红,光润可爱,但因其太小,又多,看上去不免是琐碎的。主人从藤椅上站起身,走到他们身旁,告诉说,这大多是缅玉。他拉开橱门,用手指拨弄一下,说:一对小象没了。陈卓然和南昌都一惊,他却笑了:又是小兔子的手笔!原来它们曾经失踪过一回,后来,"小老人"到小兔子家去玩,在他家的书橱里看见它们,没有告知,悄悄地拿回来了。今天,是第二个回合开始。陈卓然和南昌都笑了。"小老人"说:如果你们哪一位看见我的小象,请带它回家。他说得这么有趣,他们两个又笑了。南昌感觉到这小人儿身上诡异的吸引力。他看看陈卓然,陈卓然也正看他,好像说:你看,这可不是个宝贝!

从这天起,南昌就成了小老大——后来,他知道,朋友们都这么叫他,这诨名于他挺合的,他的大名,海鸥,倒是无人提起——的座上客,认识了小老大客厅里往来的人。陈卓然自己呢,就像把南昌托付给了小老大,不再出现,他将在很长一段时间里从南昌的生活里消失。小老大客厅里的人多是和南昌差不多年龄的中学生,曾经在运动初期参加红卫兵,随红卫兵潮落而退隐成为逍遥派。他们彼此间迅速地相熟起来,甚至超过了与小老大的相熟程度。在那样的年龄段里,相差几岁就像隔了一代,何况小老大身体孱弱,而年轻人都是好动的,之间难免就有了距离。可是,也很奇怪的,小老大总归是他们的中心,起着一种引导的作用。小老大的客厅也是他们聚会的中心,他们时不时地来到这里领受一些教导。有时候,在别的地方玩疯了,有一段日子没去小老大家,猛然想起,便急急地赶去,好像怕错过什么似的。推门进去,小老大还是坐在老地方,心里一下子就踏实了。同时呢,多少也有些闷,仿佛时光停滞的样子。

后来,南昌和小兔子做了朋友,也去了小兔子的家。如今,这些家庭都是小孩子的天下,父母大多关在"牛棚",即便不在"牛棚",也无力管理和教育,由孩子们去罢了。这样的好处是,小孩子可以自由发展天性,并且,广泛地交友,生活倒比正常时更加活跃。南昌在小兔子家里,果然看见一对小象,不是缅玉,而是象牙,白蜡蜡的立在台灯的绿玻璃罩底下,好像这就是它们的家。他不声不响地揣进口袋,下一回带去给小老大,小老大一看就乐得不行。他们穿梭着玩这个游戏,乐此不疲。有时候,他们会将这个游戏玩到街上去,就是将某件东西顺手牵羊,并不是因为喜欢这东西,只是喜欢这游戏。他们最热衷牵走的一件东西是什么?是自行车的铃铛。他们神情坦然地挤进一排自行车行列中,回头对着看自行车的老头或者女人笑笑,一只手握住铃盖,掩住了螺丝刀的工作,不一时,一只铃铛旋下来了。他们再对看自行车的人笑笑,扬长而去。

第二章

8. 小老大

在这群子弟兵里面,小老大可算是老资格,他是抗日战争时期的人了。一九四四年他出生于国民政府的陪都重庆,他的母亲,上海人,桂林新中国剧社的女演员。那时的桂林,聚集着许多摩登人物,大体分来,一为文,一为武。文的是各路知识人,文艺人,有过路的,亦有落下脚的,其中就有新中国剧社。武的自然是军人,桂系的将领多有在桂林安宅居家的。于是,这山城气象就变得开放、繁荣,年轻人发展的机会很多。小老大的母亲,因扮演《桃花扇》的李香君名噪一时,有许多才子和俊杰追求,最后是白崇禧部下的一名副官胜出。这副官与白崇禧是同乡,老家临桂,家中已有一房家眷。本来军人是不受这拘束的,但女演员是上海来的,又是新中国剧社的台柱,这样的新派人物必不能接受做妾的身份,所以,众人皆知的事,独瞒她瞒得死死的。副官在七星岩处买了一处宅院,主人就他们俩,车夫、警卫、女佣、厨子,倒有一大群。每日里汽车送她去戏院,散戏后,再接回住宅。汽车过处,一路风光,上海的大牌明星也不过这个派头。过了一年,女演员就怀了他。此时,新中国剧社往广东湖南方向出发巡演,她离了团,留下待产。不想,桂林形势却吃紧起来,日军沿湘桂路向广西逼近,中方调集九个军的兵力组织会战,于是,军人们便都忙着安置家眷。副官被遣往柳州,行前,与女演员商量,是否暂去老家待产,局势稳定后再回桂林团圆。女演员一口答应,并且比副官更彻底,建议将七星岩的宅院卖了,虽然卖不了多少,可钱总是比不动产贴己。在这动荡的局势里,人都是今天不知明天,随时准备拔脚上路,一定要快马轻裘。但是,女演员接下去说,她不去临桂,临桂那里一大家子,她是不会住得惯的——这时,副官方才知道那边的事并没有瞒住这边,她早已经心知肚明。这也是内地人对上海不了解,以为摩登女郎就是千金小姐。事实上呢,上海女人多是俗世中人,又是女演员,几乎一半是在风尘里,什么能骗过她的眼睛？首先她就不能相信,副官这样的年纪会没有妻室,底下人提到临桂总是说"家中""家中"的,什么叫"家中"？父母就是父母,兄弟就是兄弟。她没说穿也是领情,晓得他照顾自己的用心。这是上海女演员的又一般长处了,通人情。女演员不去临桂,要去重庆,因为她听说重庆有中华剧艺社,就想寻了去,和同行们在一起。一是有照应,二也是为收入计。兵荒马乱的年头,她早晓得和副官做不成长久夫妻,这一分手,不知到猴年马月,所以,心理上一直保持独立的意识。这也是她不计较副官有没有家室的原因之一。副官不由对上海的女演员刮目相看。一起生活这两年,仿佛今日才发现女演员原来是巾帼须眉,称得上红颜知己,心中更添留恋。但军人的生涯,总是聚少离多,究竟难作男女情长,只有极尽能力,予以方便。他听命将七星岩房子出手,所得款项悉数给了女演员。专调一辆吉普,配一个车夫及一名卫兵,送女演员上路。临别时分,留一句话,无论孩子是男是女,都希望能姓父姓——韦。不为传宗的意思,是为从此天各一方,刻一个记认,将来,无论他到什么地方,看到姓韦的,与这胎儿同庚的孩子,他都会多看上几眼。从这点看,军人自有缠绵之处。所以,小老大海鸥,是姓韦。

六月底上路,近九月抵重庆,差不多正是桂柳会战打响的同时,女演员娩下了小老大。但是,女演员并没有如愿找到中华剧艺社。也不要紧,此时,重庆活跃着好几支抗敌演剧队,女演员跟上其中一支,重又返回舞台。虽然经历了偌多变故,还有怀孕生育,但女演员却更加鲜艳,很快就又成为台柱子。《日出》里的陈白露,《大雷雨》中的卡杰林娜,都是她的。抗战胜利之后,演剧队向贵州、云南战区慰问庆祝演出。在昆明时,客栈里传说从昆明往石林的途中,有一辆难民救济车翻车,车上还有一个剧团,伤者分住在昆明南郊的医院。演剧队的同仁便分头去医院找寻,看有没有需要帮忙的。不料想,那正是新中国剧社。虽然人事有更换,可还有几个当时的老人员,此一见面,又悲又喜。女演员知道剧社正是往上海去,再转道赴台湾演出,当即决定归回"新中国",好将婴儿放在上海的母亲家中。或是跟随去台湾,或是去别处,总归是自由了,小孩子也可免于颠沛流离。这一路又是两个月,上海已是初冬,他们又是从南方来,哆哆嗦嗦进了上海。路上婴儿已染了肺炎,高烧不退,当晚送去医院。肺炎好了,又生结核,也是在肺部,就此种下病根。而母亲一个月之后,就随剧社乘"台甬号"货轮去了台湾。这次赴台演出,实为中共上海地下党文化委员会组织联系,所以就很隆重,特邀了上海地方上的明星加盟,母亲的名次自然就往后排了。就好像自此开始的,她的角色下到二流,甚至三流,比如《日出》里的翠喜,《桃花扇》里的郑妥娘,似乎趋向式微。其实呢,她只二十五六岁,无论演艺,还是人生,都尚有一番宏图可展。等下一年春天,剧社回到上海,海鸥已不大认母亲了。似乎是自出生以来吃够了苦头,作为补偿,他迅速地适应了上海外婆家的安稳生活。三岁的他,穿了开司米的毛线衣,西装短裤的吊带挂在肩上,底下是白色长筒袜和牛皮鞋,头发从额前分三七开,梳平了,露出光洁的额头,两只手插在裤袋里,斜着头看他的母亲。母亲也认不出他了。

外婆原籍在昆山,家境中下,从小死了娘。父亲总归是粗疏的,不禁把女儿在闺中养大了几岁,二十二岁方才有归宿,嫁给苏州一家富户做续弦,生下海鸥的母亲。海鸥母亲七岁那年,男人生急症去世,遗下孤儿寡母。前房的儿女与继母年龄相仿,最大的还长了三岁,暗中就与她不睦,此时便明上来排斥她。没有生下儿子,话自然也讲不响,分家产时吃了大亏。最终,领了自己那被刻薄了的一份,带着女儿来到上海,租下一套公寓中的两间房间,买些股票和债券,安居下来。外婆从小生活在昆山,是个小地方,但水陆交通便利,离上海又近,并不闭塞,从小家里有些拿她当男孩子养的,说不上开明,而是少规矩,没约束,所以耳目通透,心中自有主见。她认定像她们这样的孤家寡人,最适合居住的地方,就是上海。码头大,活路多,人就可以靠自己。她还是个会享受的人,多少是阁中待字久了,有些老姑娘独幅的脾气,很会照顾自己。这点,上海也适合她。到了上海,她们母女几乎摇身一变,变成摩登的女人和小孩。外婆烫了发,足蹬高跟鞋,跟着时下的流行,无袖旗袍外面罩一领齐腰的短斗篷。小姑娘是洋装打扮,头发用火钳卷了,束起来,顶上系一个蝴蝶结,穿连衣裙,裙摆蓬到膝上,拎着花布书包,到隔壁弄堂的小学校读书。这一大一小,说实在是有些俗丽,其实是乡气未脱,憋着一股子心劲,要挤进这"东方巴黎"大都会的潮流里去。时髦到底是需要陶冶的,还要抢时间,越早受到教育越好。到女儿上中学时,已经气定神闲,平日只穿女中里的阴丹士林蓝的校服,套一件藏青开司米对襟毛衣,要说是老气的,可怎么抵挡得住扑面的青春和美丽!她真是长成了一朵花,一朵盛丽的花,素朴的装束则使之清秀。肤色是白亮白亮的,眸子黑亮,脸颊的线条特别姣好。她的母亲声色也略沉着了些,当然不如她更能领会这城市的精神,就还是张扬的,看上去倒要比女儿穿戴鲜亮。身上总是有花和珠子,还有晶片,指甲上涂了蔻丹,夹着长长的香烟,和女朋友搓麻将。上海人叫做"豁辣"。

女儿长到十七岁时,和一伙同学去考剧团,在抗日话剧《卢沟桥》里跑龙套。下一年正式编入救亡演剧队,去了武汉。三年后,又编入新中国剧社,来到广西桂林。能让独生女离家远行,也是她"豁辣"的表现,不缠绵。此时,孤岛上海虽是一片歌舞升平,但她却并不相信能够长久。她是拿国事当家事看,晓得一荣俱荣,一损俱损的道理。并且女儿已经沾上了"抗日"两个字,就脱不了干系。这就要运用麻将桌上的原则:听牌时千万不要换牌,也叫从一而终。但是,切莫以为这女人就如此功利,民族心她是有的。父亲从昆山来看她们母女,在外白渡桥吃了日本宪兵的耳光,从此,她就不用东洋货了。女儿这一走,好比是入了江湖,日后肯定聚少离多,所以,她也死了心,竟不太牵挂。然而,万万没有料到,八年后,女儿忽然来到跟前,虽说是惊鸿一瞥,又倏忽离去,可却留下一个外孙,这就让她喜出望外了。

海鸥又弱又病,外婆将他当个瓷娃娃般养起来了。大部分时间他都是围在暖和的羊毛毯里,羊毛毯团在藤圈椅里,藤圈椅就是现在这一把,放在落地窗前的太阳地里。他不大长个子,外婆也高兴他不长个儿似的,最好他永远是个瓷娃娃,可以永远陪伴她。这其实是一段相当艰苦的日子,内战打起来了,百业萧条,那一点股票和债券眼见得变成废纸。但女儿从台湾回来后,剧社解散,便安居下来,再加上外孙,就算是三代同堂。所以,在她们家,这又是一段安逸的日子。然而,也是这段日子,将外婆过软弱了。一年之后,新四军第三野战军文工团到上海招人,母亲前去应试,被录取了。这一回走其实并不远,就在南京,可外婆却舍不下了。母亲几乎是偷跑去的,等发现人没了,外婆一下子躺倒,不吃不喝,是四岁的海鸥跑去找开电梯的老伯,带他去烟纸店打公用电话,向外婆的牌友求援。难为他从来没有单独出过门,办过事,竟也想得到找开电梯老伯,并且把事情头尾说清楚。就在此时,海鸥长大了,外婆也不反对他长大,好像意识到,将来要靠他了。事实上,女儿是继承了母亲果断的禀赋,只是不那么自觉,而是有些瞎撞的意思。这一回又给她撞对了,她参加了新四军,全国解放后,和军区政治部的副主任结了婚。当这对新人回家看望母亲,看着一身戎装的女儿就好像换了一个人,又看看女婿肩章领章上的星和花,母亲虽然不懂得究竟代表着什么,但有一点她是明白了,那就是,她们这一家真正地进入了新社会。

海鸥依然姓韦,上学的时候,家庭表上父亲这一栏填的是继父的名字。有几段时间,海鸥和外婆到南京母亲那里生活。母亲他们住在南京郊外,一座独立小洋楼里的一半,同样格式的小楼有十多幢,间在绿树森森之中。军区所占面积很大,分布在山冈上下。放眼望去,并不见营房操场,尽是参天的松树和水杉,于海鸥的肺疾是有好处的。军区里的孩子多是部队进城以后才出生的,要比海鸥年幼好几岁,海鸥在这里也就没有同年龄的伙伴。但他习惯了,总是一个人,伴着外婆,所以并不觉着孤寂。然后,他和继父的勤务兵相熟起来。

勤务兵小段,不过二十来岁的年纪,淮阴人,是过江时的解放战士,继父看他年纪小,又伶俐,就留了下来。他在那边,当的也是勤务兵,跟着个大官,所以见过些排场。他给海鸥讲美国制造的军械武器,坦克吉普,给外婆讲的是怎么用牛肉罐头煮罗宋汤,咖啡煮沸几分钟为最佳。祖孙二人就都与他谈得来。那时海鸥八九岁,形貌却只有五六岁,方才上一年小学就休学,小段常常背着他,在树林子里玩。一柱柱阳光从极高的树顶间投进来,光里是细小晶莹的颗颗水珠。光柱经过树身的时候,整齐地切断,再继续下去,最后落在树之间的空地上。地上有一些细草,栽绒似的。他们仰头望着树顶上的光,四周十分静谧。有清脆的鸟的啁啾,还有松鼠——它们跳跃着落在树干上的声音。这是和上海完全不同的地方,它有一种旷远的气氛。它是用大体积的材料结构起来,什么都是大块的。墙体是高大的,树身是粗大的,街面是宽坦的,于是,天也是空阔的。任何声音都是从无边无际的远处过来,再散向无边无际的远处。这一大一小,站了一会儿,心里忽然有些恐慌,小段驼下腰,赶紧地往外走。海鸥能感觉身下的人在微微打寒战。越着急害怕,越找不见路,在树林里转来转去,最后不知怎么一头撞出去,不想眼前就是笔直一条柏油路,军车正开过去。小段在路边站了一会儿,喘息稍定,小声说:有人哭!谁?海鸥问。小段回答:宫女。见海鸥不明白,就又接着说:这地方做过几朝皇都,结果都亡了天下,不知道有多少冤魂屈鬼!海鸥似懂非懂。小段背了他回家,临进家门时,叮嘱一句:莫告诉你爸爸,共产党不信鬼。海鸥说:你不也是共产党吗?小段没回答。两个人就变得有些知心。

海鸥总是这样,在南京养好了病,再回上海上学。上一年,或一年半,再病休来南京住。这期间,小段有了尉级军衔,但还是继父的勤务兵。屈指算算,已经二十六七的人了,还是单身。外婆有意替他说亲,将昆山老家出来,帮着带孩子的一个表侄女介绍给他。这时,海鸥已有一个弟弟和一个妹妹。那表侄女四美长得极白,小段很中意,可四美不喜欢当兵的,也不喜欢他的淮阴口音,嫌有"江北腔",就没有成。两人其实并没有接触过,但在小段,便是一次失恋了,情绪很低沉,变得不爱说话。海鸥这年十五岁,小段不能背他了,两人是相跟着到树林子里散步。可能是海鸥长大了,树林里的神秘空气不再有那样的威慑力;也可能是这一片区域发展建设的缘故,道路开拓了,车和人都往来频繁,但在林子的中心部位,依然是静谧的,依稀传来些汽车发动机声,就像来自另外一个时空。

海鸥的形貌还是个小孩子,这使小段放心与他说话,其实他多少是自己说给自己听。他告诉海鸥,他从前服务的那个国民党大官将领曾经从美国人那里得到过一份礼物,是一套六个玻璃杯。每个玻璃杯上画一个着洋装的女人,一旦杯里冲进水,那女人的洋装就褪尽了,褪成裸体。将领的太太很不高兴这件礼物,说当我是姨太太啊!后来将领果然把这套玻璃杯给了最末一个姨太太。小段还告诉海鸥,有一种女人是有狐媚的,和好看不好看无关,一沾上就有麻烦了,并且他知道在军区文工团里就有一个。问他是谁,他就不说了。等海鸥不问了,他却又说起来。他说:主要是看眼睛,还不是眼睛,而是眼睛里的光。小段朝海鸥一笑,这一笑有些淫邪。

小段低估了海鸥的理解力。似乎是作为一种补偿,海鸥的智能远远超出了他的实际年龄,他的心理发育也远远超出了生理。他从小身体孱弱,又是和女性生活在一起,内心十分向往体魄强壮的男性。幼年时候,他就伏在小段背上,单薄的胸脯贴着小段小耗子般拱动的肌肉,嗅着小段的汗气,小段的汗气有一股清甜味,像盛暑里的西瓜汁——海鸥感到无限满足。而现在,他觉着小段身上的气味浑浊了,他的眼神不再像年轻时的清澄,也浑浊了。尤其,当他谈起女人——他当海鸥不懂,其实呢,甚至,海鸥比他还懂——当他谈起女人,海鸥不禁生出嫌恶,但这嫌恶又有刺激的作用,使海鸥隐约起着兴奋。他毕竟还是一个少年,不能明了是什么在作祟。什么作祟?情欲,将一个男人煎熬得太久,于是就有些腐败了的情欲。

等海鸥再下一次来南京,小段已经不在了。母亲告诉外婆,外婆又告诉他,小段犯了错误,本是开除军籍,后来继父四面做了工作,才不予处分,只是退伍复员。小段犯的错误说起来很不堪,是在文工团集体澡堂偷看女演员洗澡。这实在让海鸥败胃口,从此就不再去想小段这个人。外婆有时为小段叹息,海鸥也会厌烦地截住话头。外婆说:他待你这么好,你倒忘得干干净净!他就会粗暴地与外婆抢白起来。海鸥是个有精神洁癖的人,还是个将生活审美化的人,这和他的身体状况有关系。他的疾患阻碍他参与实际的生活,只能旁观,于是,生活于他就变成了一幕戏剧。因为他的天资和见识,他的品位很高,这幕戏剧中凡有低廉丑陋的部分,都被他剔除了。

这期间,继父和母亲在军区迁移过几次住宅。随了继父晋职,还有母亲军衔的提升,他们的居处更加宽敞。最后,住进了专为团以上级别军官造的新楼,独居一幢。新楼成排矗立,以高大的香樟树隔成林荫通道,周遭有围墙,形成一个大院。和最初散在山冈绿树间的居处不同,人气旺许多,也嘈杂许多。安居下来的军人们一茬茬地生下孩子,孩子再一茬茬长大,海鸥的弟妹就是其中的几茬,是那种大院里的孩子,和海鸥气质很不相像。

大院里的孩子都说一种南京腔的普通话。南京腔主要体现在四声在字句的尾音上,粗略地听就是扬州镇江话,但像海鸥这样对语音特别敏感的人,就听出很大的差别,他以为那是粗鲁得多的语言。扬州话有一种乡气,很妩媚;镇江话要硬一些,也还是质朴的;南京话却是市侩的。海鸥从小生活过不同的方言区,口音多少带有各地的痕迹。西南地区的语音和他们的民歌一样,有些偏音,发声多在齿前。重庆话音要浊重些,但也比较清脆。外婆说的是苏州腔的上海话,许多音在软腭发,就有肉感。母亲的职业是演员,身前身后都是做现代戏剧的同行,其中不少是北方人,字正腔圆。这样一来,海鸥便说着一种在北方语系基础上,调和南方轻捷明晰特质的语言。他天生又有识别美丑雅俗的能力,所以有意无意地去除语音上的鄙陋,他的口音就格外的悦耳。所以,他是不能听他弟弟妹妹说话的。弟弟因是个男孩,似乎还可容忍;妹妹,一个小女孩子,一旦开口,立即就变成一个市井妇人。在他看来,女孩子尤其不能粗鄙,女孩子应该是

71

美丽的,什么也无须添减,就是一帧美景。大院里的孩子,大约是受了本地风气的影响,穿着都十分鲜艳,女孩子常穿一身花,头上顶着硕大的一朵蝴蝶结。玩的游戏也极不雅,或是跳皮筋,或是缝几个小沙袋,一手掷一个,另一手就在桌面迅速地翻其余几个。倘是较贤淑的性格,虽不玩那些,却更不堪,三两聚首,窃窃私语,眼睛斜向左右,似有无限的机密,一派俚俗。南京地处长江以南,但有几代北路的王朝建都,所以民风其实挺粗犷。他在这里,耳边有时会响起上海弄堂里的女孩的歌声:"马林当,马林当,大家一起马林当。"——这是从英国童谣演变过来的,原文应该是:"Falling down, falling down, Londen Bridge's falling down, my fair lady!"——就好像看见排成两行的她们,打头的两个面对面手搭成桥,让后面通过,最后面的两个再搭成桥,让后面通过,循环往复。

再过一些年,他十八,弟弟妹妹一个十二,一个十岁,最末生的一个四岁。母亲是那种只会生不会养的女人,大事小事统统丢给两个保姆,一个专司烧饭,一个专管孩子。其中一个生性尖刻,先前又是在军区司令家做过保姆,自恃有身份,不把东家放在眼里。一次和外婆吵翻,继父抱了息事宁人的态度,没有做出裁决,外婆一气带了海鸥回上海,再也不去了。这一年,正好母亲在上海的电影厂拍电影,就也住在家中,于是这三代人又共同生活了一段。

母亲在海鸥眼里,是极美的。倒不因为是他的母亲,事实上,孩子大多不会去想母亲是美还是不美,母亲就是母亲。海鸥是以他的识别力觉得母亲美,他很独到地认为母亲着戎装最为上乘,有一股英武的妩媚。因像他母亲这样的美艳,再加上在演艺这一行里久了,多少就有一些俗丽,素朴的装饰可以除去铅华。这其实也是母亲做女学生时无意的选择。如今,年近四十的母亲终究有些沉不住气了,她修饰得略微过重。有一晚,母亲去照相馆拍照,海鸥和外婆也跟了去。五月底的天气,是向暖的季节,再加上摄影间的挡光的厚布幔子和灯光的热量,母亲穿一件黑丝绒的旗袍,脸上敷着厚厚的粉,不停地摇着折扇,鼻尖上还是沁出油汗。海鸥看见母亲正在朝衰年走去,这使他生出哀伤的心情。但另一方面,他又领悟到了纤弱的美。女人真的是一种特别娇嫩的花,因其易谢才有其美好。所以,海鸥欣赏的女人的美,往往是略带一点憔悴,那是娇柔的证明。

前面说过,海鸥生活中有许多时间是在医院里度过。肺科病区里,除了那些病入膏肓的老年患者,年轻的多带有些古典的情调。身形瘦削,有弱柳扶风之态。到了午后,苍白的脸颊上则浮起红晕,表情又多是忧郁的。人们都穿着一色的病员服,没有男女之分,简直像是《圣经》中的伊甸园。海鸥年幼,形貌又更幼小,有一种奇特的甜美,有些女病员就把他当孩子,带着他走来走去,做什么也不避讳他。本来,人一入病房,性别就模糊了,那就好像是另一个人间,天上人间,与红尘俗世无干系的。海鸥看着那些青白的肌肤底下,隐现着淡蓝的筋脉,就像是最薄最透的材质做成的器皿。有时候,她们,那些年轻的女病人,让他坐在床沿,自己靠在枕上,面对面很近地打扑克牌。他嗅得见她们口中的气息,带着结核菌的甜丝丝的气息。结核菌就好像一种诡异的花,类似罂粟花,有毒,可是娇艳无比。这些女病人中,总有一个或者两个尤其美艳,而且特别的哀伤。曾有一次,其中一个竟将海鸥抱在怀里。抱的姿势很奇怪,是让他横躺在怀里,像抱婴儿。可海鸥再矮小也已是个少年,于是腿就伸出床沿,越过床和床之间的过道,搭在了对面的床上。海鸥的脸贴在她的胸口,结核菌吞噬了她的脂肪,她几乎是平胸,可还是有着薄薄的、小小的腺体组织,上面缀着细致的乳头。海鸥晓得她是把他当孩子耍,可这游戏里有一种惨痛,使它变得庄严了。他们以这种古怪的造型静默着,看见的人多是见怪不怪。方才说过了,这是与俗世不相干的一个世界。等到出院,来到外面的世界,海鸥会感觉到一股子粗鲁劲,当然,是生机勃勃的粗鲁劲。健康难免是杂芜的,良莠不齐。这蓬乱的世界与海鸥总是有隔阂的。好像不只是他,他的病友,也或多或少有着同样的感想。所以,出院以后,他们,主要是她们,还会来找他。

这些病美人,大多出身市井,家境十分平常,这样的病,主要是缘于传染和营养不良,实际是贫寒之症。海鸥没去过她们的家,倘若去过,一定会吃惊。她们中有一个家里开烟纸店,位于一条嘈杂的窄街,一开间的门面,从店堂里一架木梯上去,一间阁楼,就是她和母亲、妹妹们的卧室。晚上打烊之后,上了排门板,在店堂里搭一张铺,则是父亲的卧榻。还有一个家住汽车间里,再有一个,很奇怪地,住在二楼与三楼之间扩出来的夹层,是当年二房东招揽房客时做出的建筑奇迹。她们怀着艳羡并骄傲的心情,走入海鸥家所在的公寓大楼,这城市的市民对公寓都抱着敬仰的心情。她们略略不耐烦地应答着开电梯人的询问,乘到海鸥家的楼层,摁了门铃,然后走进宽敞明亮的房间。都市里人多是虚荣的,疾病又让这些女孩对生活迫不及待,她们就有些贪婪。她们走进海鸥的家,俨然贵客的样子,等女佣人端上茶,翻看电影画报,凭栏眺望街景。但当看见海鸥的外婆,神情顿时瑟缩起来。这老太太,即便只穿了家居的蓝布罩衫,也显出一派威仪。那双利眼啊,什么窥不破?事实上呢,外婆相当开放,并不干涉海鸥的社交。所以,她们也只是尽量避免与老太太照面,依旧经常来访。渐渐地,她们又带来了她们的朋友,多是男朋友。像她们这样患肺疾的人,婚嫁都是渺茫的,所谓男朋友其实只是一种暧昧的关系。他们,还有她们,都比海鸥年长,把海鸥当小弟弟,有些事情可以不顾忌。但同时,内心也都知道,海鸥虽然年少,却很解事,就靠得住。因她们不是休学就是退学,这些男朋友就也是闲散无业,有着充裕的时间。总体上他们不外是高中或者大学毕业,不服从分配去外地或者农村,具体到各人,情形却挺复杂。有一个出身于小工商业主家庭,另一个家中开弹子房,第三个父母也都无业,生活不知从何来源。但无论哪一种,他们穿戴都很时髦,形象也很清秀。他们所以和这些有疾患的女孩结交,是因为他们同样的没有前途可言,就都抱着及时行乐的人生观。

　　这些男朋友的加入,就像一服调和剂,缓和了她们看见外婆的紧张心情。外婆显然对这些男客比对女客更有兴趣。倒不只是同性相斥,也不只是人口单弱的家庭总是欢迎男性上门,而是,在外婆看来,这些病歪歪的女孩子,大多谈不上有什么眼界。外婆虽然是女流,可胸襟不亚于一个男人,这些男客为她带来外面大世界的气息。而且,外婆还有个好处,就是不存偏见,三六九等她都接受。有了这样的应许,他们出入海鸥家就更自如了。外婆同时也是个识趣的人,晓得年轻人有年轻人的热闹快活,所以就给他们方便,并不介入。她又有早睡的习惯,晚上七点半就上了床,靠在枕上看一本《浮生六记》或者《儿女英雄传》,那边房间就完全成了年轻人的天下。

　　他们在一起,主要的活动就是聊天。除了聊天,他们又能干什么?他们几乎是一无所有的人,没有经济能力,没有社会地位,也没有足够的健康,什么欲望都只能落在空谈里。但年轻人总归是不安分的,先是言语上出了格,触碰禁忌的题目,这题目无非是男女关系。像他们这样狭隘的贫瘠的人生,除此还能涉及什么重大的禁忌?一屋子人团团挤坐着,彼此的呼吸交融在一起,虽只是手臂和手臂,膝盖和膝盖,还有脚和脚,隔着衣衫鞋袜的一小点接触,亦能感受到肉体的温热与弹性。晚春与初夏的季节,人体是湿润的,有较强烈的气息分泌出来,他们不禁要做小动作了。所谓小动作,不过是挤得更紧一点,挤压的部位再扩大一点,灯呢,关了大灯,只开一盏台灯,在灯影的暗处,就传出衣衫的窸窣声。隐约能看见,有肌肤的青白色裸露出来。这也是海鸥和这些女孩子们在医院里的把戏。说来也可怜,这些苍白孱弱的肉体和头脑,其实根本容纳不了青春,也容纳不了欲念,他们也只能是张张看看,饱一饱饥饿的眼睛。要不是知道这里面的凄绝,这种畸形的宣泄就是猥亵的了。可是,真可怜啊!这些病恹恹的花朵,还有他们病态的精神,不也是青春吗?挣扎的,力不从心的青春。慢慢地,就有关于他们的传言流行,说这里男女混杂,踪迹可疑,行为有不端之嫌。先是街道里委上门探查,再是派出所传唤问讯,眼见得公安介入,要着手立案,是海鸥继父出面,至少将海鸥脱出了干系。但有两名男青年,因其出身不良家庭,再加不服从工作分配,好比是有前科的人,自然是要重罚,分别被判一年和一年半劳动教养,去了安徽的农场。自此,他们这个小团体解散。母亲将海鸥带去南京,在军区总医院住了半年,回来以后便插班入学,继续高中课程。那一场事故,伴随那些夜晚,如同一场梦魇:阴郁,淫邪,却散发出旖旎的芬芳。而如今,已风流云散。

9. 又一种户内

你知道什么是冬虫夏草吗?

小老大问大家,大家多半不知道。小老大自问自答道:有一种虫子,在地底下越冬,吃的是一种菌类的籽。这一种菌类的籽也是活物,它们在虫子的肚腹里发芽、生长,把虫子掏空。到了春天,便从虫子的顶上长出一株草来,这就是冬虫夏草。小老大沉吟着,停了一会儿,又说了一句:我就是这种虫子,我肚腹里的菌籽,名字叫结核菌。南昌问:那么,你顶上会长出什么草来?小老大笑了,眼睛一亮:思想,我的草就是我的思想。就在这一霎,他们两人忽就沟通,互相有了了解。这是在南昌走进小老大客厅的一个月之后。这一个月里,南昌几乎隔天就到小老大这里来。他倒不是喜欢这里,相反,他觉得小老大的客厅里散发出一股腐朽的气息,令他很不舒服。他往这里来,只是因为除此他没什么地方可去,他怕一个人待着。他那个家,本来还能待,但自从陈卓然上门,然后再不上门,他就不能待了。陈卓然就好像也知道这点,所以把他带进小老大的家,放下以后才径直去了。陈卓然好像还知道,南昌终究会受小老大的吸引。

小老大和南昌过去接触的人不同,南昌的生活圈子,怎么说,就举陈卓然做代表吧,陈卓然是南昌圈子里最杰出也最典型的人物。他展示的是这个社会的正面,所以是明朗、积极、向上的气质。而小老大却是在社会的——也不能说负面,只是偏隅的角落,开拓出一个空间,那里的光线是幽暗的。但是,他们两人却有一个共同的地方,那就是思想。他们都是有思想的人,虽然思想和思想不同。陈卓然的思想是从革命——书本和实践中,开出花来;小老大的,就像他自己说的,是从吞噬体内营养的菌种——结核菌,长出的草。前一种是在开放的世界里,后一种则是在隐蔽的地方,带着潮湿的霉气,可都是活体,都有生命,也都是思想。其实,小老大的思想,暗合着目前南昌的心境,只是他并不自知。他只是觉着,在小老大这里,既和外面世界隔着,又有一些热闹,不会心生寂然。这一段的户内生活,让他变得有些怕人。骑车在街上,看见有游行的队伍,或者集会的人群,他远远就绕开走了。这种场面,在这里或是那里,触及了他的创痛。大多时间他是不去想的,偶尔地,会有一个意识浮现上来,那就是,他已经离革命很远了。他从政治舞台中心退到边缘,就在这时,和小老大的思想邂逅。

在小老大这边,即使没有其他客人,至少也有小老大。小老大也不把南昌当客人,照旧面朝阳台坐着,南昌就端一把椅子,坐在他身旁,同他一起观礼,观的是千沟万壑的巷道和连绵的屋顶。天已入夏,落地窗打开一半,高楼的风是鼓荡的,从门里窗里灌进屋内,将些小东西,纸啊,手绢啊,吹落在地上,滑行着。他们没有固定的话题,东一句西一句的,甚至干脆沉默着。照说是冷场了,可两人都不觉得窘。这就是小老大适合南昌的地方,南昌本性是缄默的,他善辩的才能可以说是被陈卓然激发起来的,或者说塑造出来的;更重要的是,革命又提供了雄辩的资料。现在,激情平息了,陈卓然也离去了,南昌不由得又回到他的缄默中去。由于携带了许多新的阅历,他的缄默就更深了。小老大完全不了解身边这个年轻人的来历,这时节,他家客厅里充满了倏忽来,又倏忽去的少年人。在那场事故之后,他们家沉寂了一段,直到一九六六年六月,学校停课。在革命的紧张空气的另一面,社会却松弛下来,原有的秩序解散了,于是,海鸥的客厅逐渐解除戒备,重新开放了。这一回的座上客是完全不同的人,他们是合着小老大的另一种身份,就是军干子弟的身份。要说,他们,这些干部子弟,本应是社会的主流,但此时此地,他们却在别样的境遇里。他们的父母处于不利的地位,他们也从运动中退潮下来,由各种途径,走进小老大的客厅。这里,确有一股子逍遥的气氛,专为失意的少年革命家准备着。

　　小老大的客厅——所谓客厅,只是一种修辞性的说法,事实上,这里也是他的卧室,还是他和外婆的饭厅。但是,它又确有着客厅的意味,那就是社交集会的意味。它是一个社交场所,充斥着清谈的风气。和革命时期的清谈不同——还是拿陈卓然做代表,陈卓然的清谈是轩昂的"雾月十八日"式,多少染着浮夸的激情,但是饱满啊!胸襟大啊!那欧式的长句子,无穷的装饰语,堆砌出一个壮美的词藻宫殿。而这里的清谈,却是阴柔的,就像什么呢?就像楚辞,南昌头一回来到小老大的客厅,听见他念的屈原的《离骚》。再举几句为例,《少司命》:"秋兰兮糜芜,罗生兮堂下。绿叶兮素华,芳菲菲兮袭予。夫人兮自有美子,荪何以兮愁苦?"是另一路的浮夸,绮靡的华丽的浮夸。两者都是空想,前者是空想自命救世主,后者是空想的慰藉。年轻人的头脑里,其实都有着无限的虚无,靠什么来填充?还是靠虚无填充。但这一回的虚无是有着形式的外壳,所以他们就又都成为形式主义者了。他们就这样以虚空来抵制生活的实质性,因生活的实质性是有压力的。而南昌却是一个例外,小老大注意到了这一点。他感觉到这个青年显然缺乏一种本能,就是压力来临时闪身让开,相反,他迎面而上。这也可以视为勇气,但终究是危险的。

一日,南昌细看着小老大窗台下一株龟背,然后问道:为什么每一片叶子只能从前一片叶子的根部发出来?小老大说:这就是代和代的关系,无法僭越的继承关系。可是,南昌说:这样顺一边延伸过去,都失去平衡了。小老大解释:这是盆栽,要在地上,你就会看见,到某一个阶段,枝叶自己会着下根,形成独立的一株,事情先是倾斜,倾斜,最终还是平衡,这就是大自然。南昌又问:这是不是宿命论呢?小老大看他一眼,觉得触动了青年的某一处内心,略停了停,他说:你知道龟背的叶片为什么破出这些漏孔?南昌摇头说不知道,小老大告诉说:龟背是一种热带雨林的植物,那里的气候多是风雨骤来,像龟背这样阔大的叶子很容易受伤,于是,经过长时间的优胜劣汰,形成了叶片上的漏孔,穿风过雨,消解冲击力,保护了自己。南昌看着小老大,认真听他说话。他的单睑长梢的眼睛,有着黑漆漆的眸子,神情十分专注。可是却差一点悟性,小老大心想。不过他却也有些喜欢这青年,喜欢他的认真。他知道,这一屋子的人,大约只有他是认真听自己说话的,虽然还是听不太懂,甚至,难免南辕北辙——这就是太过认真的缘故。听小老大的话,是要靠悟性的。这青年是另一种思维方式,是靠"啃"的,蚂蚁啃骨头的"啃"。

他们后来又有一次谈到龟背叶子上的漏孔。这天,小兔子收到隔离审查的母亲送出来的一张字条,字条头一句是:好久不见,小兔子长高了吧?小兔子读到这里就哭了。恸哭一场,下午携女朋友去了南翔古漪园。人们在小老大客厅里调侃这事,南昌先不做声,后是说出两个字:轻浮。这口吻无疑和整个气氛不相谐,扫了大家的兴。南昌对至亲、政治,还有男女间的关系,认识和理解都是教条的,正因为教条,才会过于严肃。于是,无论是小兔子的哭,携女朋友出游,还是众人的笑谈,都使他心生反感。人们悻悻地散去,留下南昌一个人。南昌从来都是一个不和谐音,不知道为什么他总要来这里,都影响了小老大客厅里的气氛。停了一会儿,南昌以为小老大会责备他,可是没有,小老大说起了龟背叶子上的缺口和漏孔。他说:小兔子就是龟背进化以后的叶子。这一回,南昌听懂了一点,他沉默一下说:这片叶子变得残破不全。小老大不禁在心里赞一声,他体会到这青年的思想的锐度。可是,他这么尖锐,除了伤自己,对谁有益处呢?静了一会儿,小老大说起了小兔子这个人。

小兔子是家中最小的孩子,出生在和平的日子,不像上面的哥哥姐姐,在战争环境里,一个娩在苏北根据地的船上,另一个则在鲁南保卫反击战时期,生在老乡的炕头上,跟随着军队颠沛流离。战争中,人的感情是激昂的,同时也是粗糙的,所以,直到有了小兔子,父母方才体验儿女情长。自然,就对这一个格外的顾怜,甚至是纵容的。和所有受宠爱的孩子一样,小兔子性格软弱,缺乏克服困难的意志,他学习成绩一般,中考的分数只够录取区级重点中学。他的母亲没有运用政策或权力,将他调配到市级重点中学,一来是母亲的原则性,二来是那些中学往往地处郊区,需要寄宿,不如听其自然,就在本地区的中学就读。也和所有宠爱孩子的家长一样,他们并不对他寄托远大的期望,只要他在身边,看得见,摸得着。其实呢,他们本是战争中的人,对和平生活缺乏想象。前面说过,小兔子就读的中学在城市中心,以中上层市民子弟为众,家境普遍小康,又临繁华的商业街区,不免染上些浮华。那些男生,尤其到了高中,穿了裤缝笔直的毛料裤,锃亮的皮鞋,手腕的衣袖里,露出坦克链的手表,头发梳得整整齐齐,就像旧时洋行里的职员。女生更成熟得早,在照相馆模仿好莱坞明星拍沙龙照。并且,学校里暗暗流传着谁和谁谈恋爱的闲篇。小兔子在这样的环境里,耳濡目染,也沾了不少市民的习气。所谓市民的习气,就是一个安居的社会对生活的要求,有享受,但求实际。不过,小兔子是天真的,到底没有市井的积淀,就不俗,而是挺清新。所以,你不觉得吗?小老大问南昌。小兔子是个好看的男生,像这样从小受保护的孩子,多半会是温存的性情——小老大伸出手掌,意思是,让他把话说完——当然,他是有些轻浮,我同意。

南昌看着小老大的手掌,被太阳光穿过,透出肌肤下交织的筋脉,筋脉与筋脉之间,有无数细密的空隙。就像一片叶子,龟背的叶子。南昌想说他对小兔子没有成见,但也知道小老大并不是要说合他与小兔子的意思。小老大好像岔开了话题,但也好像正说那事,南昌头脑很糊涂,小兔子那人倒清晰起来,小老大用简单的线条勾勒出一个轮廓。等下一回遇见小兔子,果真看不出他经历过任何伤心事的样子,也看不出对南昌存什么芥蒂——那日的事他虽不在场,但事后一定会有人传给他,这里的人都是耳报神,发生任何事,立即个个报到,只除了一个人,就是南昌。南昌在这里,明显受孤立。但大家也看得出,小老大很照顾他,是社交场的风范,不让一个人受冷落,抑或是有特别的垂青。总之,碍着小老大的面子,大家勉强接受了他。小兔子对南昌,还是那样,不特别近,也不特别远,这时候,南昌也感受到小兔子的纯真。初秋的季节,方才下过一场雨,小兔子在衬衫外面套一件藏青毛线背心,头发略留长了,一绺额发搭在眉心,脸色干净、正义,看上去就像一个"五四青年"。他双手插在裤袋里,立在房间中央,笑盈盈的。四周围的人呢,也对他笑。笑来笑去,终于笑不可抑,满堂开花。南昌不知道他们在笑什么,他们之间显然有默契,可南昌进入不了。但是,快乐是有感染力的,他不禁也微笑了。

抑郁的积成需要许多成因,但消除有时候却只在一瞬间,似乎一阵风,将阴霾吹散了。它在某种程度上是物质性的,当生理运动克服一系列困难,走出关隘,遇到一个特别的契机,就结束了周期。这一个契机不晓得藏在哪里,也不知道是以什么样的形式,两下里都是茫然不觉,不期然间迎头撞上。这一瞬,真犹如金石迸裂,云开日出。许多无名的快乐,一下子从板结的心底里挤上来。这也还是和青春有关系,元气和活力如岩浆一般喷薄而出,然后迂回过凸凹不平的地表,奔涌而来。这一刻,心就像是要飞一般,无比轻盈。这时候,人的面貌也会改变,肤色变得清爽,眉间舒展,脸颊与腮的肌肉放松,线条就柔和起来。南昌现在就是这样,他的脸相温和了,这又反过来影响了周围的人,很自然地,人们不再因为他的到场而情绪紧张。他的锐度在和缓下来。他甚至有些和小兔子交朋友的意思。

小兔子时常带来各种奇怪的小道新闻,当然是有关政治,却染着幽暗的桃色。比如某政界要人,当年在上海拼搏人生,与某电影明星发生的一段隐情;而另有一位女星,时常机密地被召入北京，又被机密地遣回……这些奇谈，听起来是隐私，却是许多大事件的端底。大革命被描摹成宫廷秘辛，这就是小兔子的格调了，有一些雅典人的气息，比如为美女海伦发起特洛伊战争。本来应该对小老大的口味，结果呢，是他外婆喜欢。外婆看小兔子，有些像当年看外孙海鸥，把他当成一个瓷娃娃。原先那个瓷娃娃因为要依靠他，所以长大了，又因为长大，就长裂了，不那么精致好看。而小兔子，却是个没长大也没长裂的瓷娃娃。外婆有时候从小兔子身后探过脸，对着他的脸颊，像是看他，又像是嗅他。小兔子微微红了脸，连那一边的耳朵也红着。大家就笑。外婆说：年轻人，不是花，是花的蕊。好像不是对男孩子，而是对一个女孩子说。在外婆这样年纪的人看来，这些孩子还没有分性别呢！而外婆那时代的审美观，凡好看的男孩，都有几分女性化。小兔子的那些小道新闻，在外婆就不是"新闻"，而是"旧闻"，她还会纠正误差，派生新的情节，比如，某位政府要人，曾经从上海滩大流氓、"大世界"老板家的后门走出，摆脱"七十六号"汪伪特务的盯梢；而另一位政府高层，曾与某女星争夺角色不成，只得屈就次座……于是，宫廷秘辛在这客厅里走一遭，出去时又成了黑幕和言情，古老城邦还原为近代都会。

有时候，情形又反过来，外婆讲给大家听一些沪上流言。比如，某位女星原是清寒人家女儿，读了几年书就辍了学，在一家照相馆里开票，结果被一个片厂老板发现，介绍她去试镜，竟然一夜成名——这则明星轶闻经小兔子他们听进，再传出这客厅，就变成灰姑娘式的故事，蒙上了童话色彩。再比如，当年永安公司出售一种美国娃娃，是好莱坞童星秀兰·邓波儿的形象，标志性的发式、衣着，风靡上海。为了让小兔子们了解什么是秀兰·

邓波儿,外婆拿出小老大母亲幼时的一张照片,扮成那童星的模样,大大地睁着眼睛,颊上显现一个夸张的笑靥,看上去也像是童话里的人物,美国童话。在反美反帝形势下成长的这一代人,便截取一段资本主义精神入侵的活资料。就这样,沪上传闻或者变成童话,或者变成意识形态。

在这个客厅里,事物呈现出特别灵活有弹性的质地,它们似乎能够任意改变形状、颜色和气味。又像是万花筒,轻轻一摇,就绽开不同的图案。这种变幻的情况还会在现场上演,就十分令人迷惑。比如外婆和大家讲小说——千万不要以为外婆是过时的老古董,外婆读过的新小说只怕比你多,她特别爱读柔石的《二月》。在小兔子他们看来,将启蒙与拯救担于己任的肖涧秋,到了外婆眼里,就是男人的多情多欲。当她看电影回来——电影票是小兔子进贡外婆的,是为批判教育放映的专场。小兔子很会讨外婆喜欢,除了送电影票,那次去南翔,还买了一只鸡送给外婆——他很了解外婆物质和精神的需求,是个贴心的瓷娃娃。外婆看电影回来,就拿影片中那两个不同类型的女演员做实例,和他们分析了男性对女性多样化的审美心理,姑娘是一种,妇人是又一种。外婆还喜欢狄更斯的小说,渲染得最厉害的,就是那老新娘,一身褴褛的婚纱,面前是布满蜘蛛网的喜筵,等待永不回头的负心郎。此情节被外婆描摹得既恐怖又凄厉,洋溢着仇恨的激情。小兔子们看见的是什么?是人性的光明和黑暗。从这些例子也能看出,外婆和他们交谈、讨论、以至产生分歧,最终又融会贯通的事物,基本是以小说、电影和轶闻为材料。于是,在某一方面来看,这客厅也可说是这近代城市生活的一个缩影,体现了浅俗又新鲜的市民文化。这就是外婆这个人,给这客厅染上的一层颜色。外婆虽然很少在场,外婆是很识趣的,总是给他们方便。但是,外婆却是,怎么说呢,这客厅的灵魂依然是小老大,外婆却是小老大的灵魂。

现在,南昌还没有进入到这客厅的灵魂部位,但他的抵触情绪已经缓和了。就好像一种带刺的动物或者植物,身上的倒刺在慢慢收起来,变得可以靠拢、贴近、触摸,然后,与其他的动物和植物关系密切起来。

小兔子经常往小老大客厅里带新人,多是一些女生。像小兔子这类型的男生,是很容易让女生生出亲切却无涉两性意识的心情,她们把他当做可爱的小弟弟。倘若换了另外的男生,如此随便的搭识,一定会被视做轻薄而遭到拒绝的。可因为是他呀!这样温文有礼,这样柔弱,叫人生怜,能有什么危险呢?他结识的那些女生之间,还都建立了交情,成了朋友,从不会有小心眼生裂隙,这也是因为小兔子是可爱的小弟弟,就好像多子女家庭里的那个独养儿子。在他带来小老大客厅的女生里,有一个是舞蹈学校芭科的学生,身材瘦削,细长的颈脖上长了一张纤巧的鹅蛋脸,稀薄的头发贴了头皮在脑后绾一个小小的结,坐在小老大的床沿上,微微缩着身子,加上木呆的表情,很像一只受惊的鸟雀。人们说话,她从不插嘴,也看不出有明显的反应,人们当她是认生和羞怯的。等小兔子让她给大家表演,都觉得太为难她了,不料她立刻站起来,转身从马桶包里摸出一双足尖鞋,席地而坐穿鞋。系鞋带的时候,脚尖绷直立在地面,膝部屈成一个锐角,就有芭蕾的气息传出来了。她在众目睽睽之下,穿妥帖舞鞋,原地站起来,摆出几个姿势,忽地腾腿跃起,落下来时,足尖就在地板上发出笃的一声,是木头的声音,于是,这门高雅艺术就透露出它的物质的部分。她一丝不苟地做着动作,脸上也是木呆着,体现出一种经受过严格训练的专业精神。小兔子又说:来个"倒踢紫金冠"。她应声跃起,紧接着鞋尖是响亮的一声笃。看上去,她不像是芭蕾舞女演员,倒更像提线木偶,小兔子是牵线人。人们安静着,确切地说,有一点闷,并不如谈话有趣。可是,怎么说呢,这毕竟是芭蕾,它代表着欧洲古典浪漫主义的传统,它是小老大客厅的重要装饰。对了,小老大的客厅其实有一个更高雅的名字,就是"沙龙"。

芭科的女学生表演完了,一时还脱不了舞鞋,在座的另几位女生上前去,围拢着她,要求她重复方才的某个动作,并且进行模仿。她呢,就像一个负责的老师,替她们纠正姿势,连手指头的动作都不放过。于是,客厅,也就是沙龙的一角,就开起一堂芭蕾课。那边,聊天接着继续下去,芭蕾课做了一帧背景。练习了一阵子,由哪一个引头,她们开始轮流试穿舞鞋。围一个圈坐在地上,一个接一个地将舞鞋套上脚,这情景倒真的像"灰姑娘"的一幕了,王子走过千家万户,请少女们试穿水晶鞋的那一幕。其实,芭蕾就是一个童话,几乎女孩子们都有一个芭蕾梦。所以,从某种程度上说,小兔子带来的舞校芭科女学生,是送给全体女生们的一个礼物。等终于穿上鞋,站起来,用足尖走路,情景就不那么浪漫了,而是很滑稽。那走的人踩高跷似的立着,不敢迈步,其余的人则簇拥着,以防她倒下。好不容易跨出一步,足尖就像真的高跷似的,发出沉重的笃声,伴随一声锐利的惊叫。她们一起笑弯了腰,气氛变得活泼了。她们完全撇下方才练习的舞步,那舞步其实是矫揉造作的,那小老师也被她们挤出,站在一旁,插不进手。她们自顾自地玩着,做出古怪的动作,是对芭蕾的讥诮。她们都要比舞校的那一位风趣活泼,那一位自小进练功房,在四面镜子之间长大,不免是枯乏的性情,她显然跟不上这几个的节奏,在她们的映衬下,更显得她生气了了然。她被排斥在一旁,小脸紧绷着,忽然一红,挤进去蹲下身,动手解那女孩子脚上的舞鞋。她将她的舞鞋收回了。就在这时,她显出了些个性。这几个自然有点窘,幸好都是开朗的人,一时生气,过会儿就忘了。就这样,沙龙里也会生是非,小女儿式的娇媚的是非,增添一笔娟阁的色彩。

女生中间有一个是外交官的孩子,从小在东欧一个国家长大,文化大革命开始时,父母调回北京,她和弟弟就被送到上海的外婆家生活。除去中文说不太流利这一点,她并不像是从外国来的,倒像是从乡下来的。看上去,她真是有点土,脸颊胖鼓鼓的,发了一些青春痘。因为语言的障碍,她的听和说就跟不上,不免就变得迟钝了。她对现时发生的事情懵懵懂懂的,不只是这,就连一般性的生活常识,她也挺缺乏。比如学生间的流行语,街头的时髦,某些事物的称谓,她总是问"这是什么",或者"为什么"。这时候,她的神态就像一个极幼小的孩子,很天真,但也多少是乏味的。人们总要向她打听外国的事情,她竟也是同样茫然无知。事实上,外交官的生活是一种极其隔绝的生活,置身在政策和纪律之中。冷战时期社会主义阵营国家,在国际社会中的处境就是这样。所以,这女孩子岂止是来自乡下,简直来自真空世界。她不但没有给小老大的沙龙带来开放的空气,反而是更加闭塞的。然而,她却有一种质朴的性格,就是这质朴的性格,使她虽然少见识,却并不畏缩。招人笑话的时候,她也不生气,而是笑,嘴角咧开,露出村姑样洁白阔大的门牙。你不得不承认,她自有一种好看,是这城市的女孩子不具有的。所以,相处了一阵,又会觉着,她确是一个生活在外国的女孩子,只是这外国与通常认识的外国不大一样。有一回,她穿了一条藏青色的背带裙,来到小老大家里。这裙子显然来自外国,这倒在其次,要紧的是,在这时候,这城市扫除"四旧"的街头革命方才平息,市面上一片肃杀,她却穿着它,招摇过市,让人替她捏一把汗。也是因为她的质朴,于是,并不显得摩登,而是很自然。

她可算是小老大的常客,小老大这里尽是些精灵古怪的男女孩子,足够教坏了她。可她就是这种似懂非懂、浑然不觉的性子,想学坏也学不坏似的。这沙龙也是个小社会,有主流,有末流,有中心,有边缘,划分的依据倒很单纯,两个字:人缘。像小兔子就有人缘,他身边聚集着一帮人;南昌,则相反,他孤家寡人的。这外交官的女儿却没什么分辨,和谁都一样远近,因南昌常常被排除在热闹之外,所以她有什么疑难就向南昌求教,"这是什么"或者"为什么"。南昌对女生一律没什么好感,爱理不理的,她呢,只谦虚地以为自己不可教,并不对南昌生隙。事实上,她成了南昌与众人之间的一个过渡地带,将南昌与人们联系起来。这一点,她不自知,南昌也不自知,事情就在不自知中转好,南昌渐渐地融入这个小社会。

小兔子带来的第三个女生是个童星,幼年时曾经在一部电影中饰过一个儿童角色。小兔子就像一个收藏家,不知道从什么角落里搜寻来失散了的奇珍异宝,然后带往小老大的沙龙。这个女生的银屏生涯是在极小的时候开始和结束的,记忆完全淡漠了。在之后的岁月里,她的形貌举止也和一名童星相背甚远。她身材高大,长了一张扁平脸,疏眉淡眼,肉鼓鼓的轮廓模糊的嘴,笑起来却很甜——当年选中她拍电影,可能就为了这。也就是因为这,她的脸相才不至于变得蠢,而是有几分恬静。这些女生中间,她是惟一让南昌感到轻松的,其余的人都给他压力,因而使他莫名地恼怒。他并不能辨别,这个昔日的童星,在某些地方像他的大姐,正是因为像他的大姐,他才不至于敏感到性别的差异。兄弟姐妹就好像是一窝同性的动物,一窝彼此缺乏好感的同性动物,因为近距离的摩擦,把什么都摩擦干净了。所以,这童星一方面是像大姐,另一方面又不会像大姐那样令他生厌。她与南昌说话并不多——这一点,也像他和大姐——她恐怕都没怎么注意南昌,也不会了解自己对南昌的影响,但只要她在场,南昌就感到舒服了。南昌从她那里受益匪浅,当他的身心渐渐开放,触角伸向外界,涉及到柔和的处所,于是,便全面展开了。这也是南昌所不自知的,他内里是与这女生接近,表现出来的却是和小兔子做了朋友。他越来越受小兔子吸引,对小兔子的世界心向往之。

小老大的客厅日益充满快乐的空气,这是与时日很不相宜的。有几次,外婆提醒他们减少聚会,聚会的动静也稍息,因为邻居们已经在议论他家的客人了。可是,小兔子这些人会把谁放在眼里?他们称那些百姓人家都为"小市民"的。他们非但不收敛,相反还有意张扬出声气。这就是他们与小老大客厅的前朝人物的不同了。虽然都是偏于一隅,可他们是落难的天使,那些人,却是宿命。再有,如今是乱世,纷攘之中,嵌进去什么小世界都可以,谁管得着他们?有时候,电梯停开,或者他们有意不乘电梯,一伙人呼啸着走下楼梯,脚步声在穹顶激起汹涌的回声,每一套公寓都紧闭着门,门后都有着耳朵,还有看得穿墙壁的眼睛。这一日,二楼临过道的公寓门半开着,门里站一个小女孩,年龄大约十二三岁。这样年龄的孩子照例不会引起他们注意,可是,南昌偶一侧目,看见了她的眼睛。她的眼睛几乎占满了门缝所有的位置,是因为大?是因为黑?好像是一种满,几乎有什么要溢出来了;又好像是深,一直陷进去,无底地陷进去。南昌心里一惊,方才的快乐有一时的抑制,瞬间又过去了。他加快脚步,走下楼梯,走出门厅,阳光刺痛了眼睛。他没料到室外的光线如此强烈,这才知道他们是从暗处走来。阳光下是熙攘的人流和车流,这个城市还很活跃呢!他很快将门缝里的眼睛忘记了。但之后有一日,外婆说起楼下有一个名叫"安娜"的女孩,住进精神病院,并且已经是第几度入院了。南昌立刻想起来了,他断定是二楼门缝里的女孩。同时,他明白那双眼睛的表情,应该是"沉郁"两个字。这种"沉郁"是他自小就熟悉的,弥散在他的家庭里,但在此,则是聚集起来,注入这双还是孩童的眼睛里,于是显得特别的重和实。

大约是深秋的季节,也就是南昌走入小老大沙龙的三个月之后,在公寓楼的门厅里,南昌看见一个中年男人在卸自行车后架上的东西,一卷毯子,一个热水瓶,一个装了脸盆的网线袋。在他身边,立着一个女孩,微微佝偻着背。没有人告诉他,可他就知道这一定是安娜。南昌从安娜背后走过去,没有去看她的眼睛,他眼睛里留下的是她一头粗硬的黑发,还有一个削尖的下巴颏。这个素不相识的小姑娘使他心情忧伤。而这时候,他已经与小兔子稔熟,开始随小兔子活动交友。小老大的客厅似乎又走过一个高潮,渐入式微,来客们纷纷为不同的事物吸引,离散开来。小老大呢,又一次住进结核病疗养院,这也说明,他继父的处境略有好转。

10. 又一次走向户外

这就到了一九六七年与一九六八年的冬春之交,他们的自行车阵,由小兔子带领,呼啦啦驶进市中心区的那所学校,占领了操场的中心位置。阳光格外明媚,奇怪的是,这里的阳光有一种旖旎。那是从欧式建筑的犄角、斗拱、浮雕、镂花上反射过来的,再经过悬铃木的枝叶,然后,又有一层肉眼看不见的氤氲——奇怪,这里的空气都要多一些水分,变得滋润。所以,阳光就有一种沐洗的效果。他们的面目显得清朗洁净,在四面投来的目光下,不自觉地微笑着。他们是外来者。小兔子本来早已经融入这学校总体性的面目表情,此时却分离开来,归进外来者队伍。他们这伙人分散开不怎么起眼,聚拢起来就引人注目了。他们有一种特殊的色调,什么色调?这么说吧,假如说这个街区是丰泽光润的乳色,那么他们就是青铜色了,他们与这个街区的气质不同。这街区即便在这粗粝的时代,也有着一些奢靡的浮丽,而他们则是剽悍的。这城市就是这么多种多样,隔一条街,街上走的人就有截然不同的面容和表情。他们,在这街区,尤其显出重力感,占位就大了。投向他们的目光是戒备的,却又含着瑟缩,似乎是碰上了质地比较硬的物体,便不由自主地回收了。这所位处市中心区的中学,充盈着一股安康保守的市民气,在这里的学生看来,这些着军服、蹬皮靴、骑自行车的人,几乎就代表着革命,而不会想到,这些人已经是革命落潮里的被淘汰者了。不过,也别说他们不识时务,他们有他们的世故,这判断其实是精到的。那就是将社会分成两部分,一部分是革命的力量,一部分是革命的对象。在革命的力量那部分里,各种成分会有强弱消长,无论怎样变化都是他们内部的事,绝不会影响到另一部分。在另一部分内,也同样成分各异,有的很清楚,绝对是革命的对象,而有的则处在模糊之中,但这也是内部的模糊,两部分之间的界线却是肯定和清晰的。所以,就不怪他们会用警惕的眼光来对待这些外来者,或者说入侵者。出于同样的理由,外来者和入侵者们,在这目光的投射下,得到一种满足,似乎是,昔日的光荣回来了。这样,就可以理解他们脸上的笑容了。

这个冬季里,上一年的小学毕业生,延宕一年之后,终于进校了,"复课"的通知也召来了学生们。校园里就比较热闹,甚至于有一种复苏的气象。男女孩子也是闲荡得厌了,多有些想念学校生活,也是牵挂前途,不知何去何从。来了才知道,说是复课,实际无甚课程可复,也无甚纪律可言,至于何去何从,依然音信茫茫。那些新入校的小孩子,对中学怀抱着虔诚心,倒还乖乖地坐在教室里,似乎要开始他们新一阶段的读书生涯。高年级生呢?新来的小孩子只会促使他们更加焦虑,因更加体会到自己滞留的处境。他们散在教室,走廊,操场,甬道。前一段打派仗砸碎的玻璃窗没有补上,大字报的墨迹洇化了,纸也黄了,再覆上几张新的,像打上补丁。操场一年多没有铺黄沙,露出贫瘠的土褐色。要说,校园真可说满目疮痍,可是有了这些年轻的男女孩子,情形就不同了,甚至,有了几分鲜艳。

在校园里略待些时间,就会发现,这遍地散着的人群里,其实是有几个特别突出的组合的,他们,或是她们,以各样的特质吸引了人们的注意。假如将此时的校园称做社交场,那么他们就是社交场上的明星。老实说,在学业停止、行政解散的学校里,因为有了他们,才有了另一种组织形式,将漫无秩序的人和事重新结构起来。当然,这是一种潜在的结构,但却是有紧张度的。外部的架势也许散了,可内里却收揽和聚集起另一股精神。在这大革命中难免出现的无政府的漏隙间,是依赖一些不期然的因素,来担任组织功能的,它们有着奇异的令人服从的素质。其实,也没什么可惊怪的,有人群的地方就有社会,一种社会形式退去,自有另一种顶替上来。这也是社会的生理机能,随时随地进行着自我调节,绝不会让它落入无序状态。

太阳如此之好,高朗而且富丽。只有在江南,又是近海口的地方,幸运地碰上湿度较低的气候里,才会有这样的太阳。湿润的海风,以及饱满的地下水,从地表和草木上蒸发出的小细水粒子,中和了干燥的空气。于是,温湿度恰到好处。太阳穿行过无限光年的氤氲,将最适度的光和影透射下来。物体,尤其是线条微妙的人脸,呈现出最和谐的轮廓。无论何种材质,在此都有一种剔透,显得精致和娇嫩。因为大革命的漏隙,自然的手笔渗透进来,绘下了唯美的图画。一年中,一月中,一日中,就有这样的一种时刻,事物忽然现出极美的一面——光、影、氤氲,全转到那么一个角度,将最优质的形式烘托出来。有许多势态,就是在此时出现转机。人的视觉,有一种美妙的婆娑,每一道光附着影,像柳丝般垂挂在眼睑,将视觉分析得极为纤细,而且灵敏,随了睫毛的眨动,簌簌有声。南昌他们实在是足不出户太久,他们的感官此时就好像一下子裸露出来,无遮无掩,对户外的亮度、热度、明暗度,都需要重新认识似的,惊惶之后,紧接着是高度的兴奋。他们贪婪地打量四周,多亏了他们的荣誉心,才不至于失态,而使他们矜持着。他们在这操场中央站立一时,视觉方才适应,对周遭事物有了辨别力,于是,注意到了她们。

她们总共有三四个人,立在操场边的甬道上,甬道的另一边是学校的铁丝围篱。铅色的铁丝编织成菱形网格,外面就是人行道,栽种着树干粗大的悬铃木,此时,叶子已落尽,背景就变得疏阔了。她们这几个,衣着是蓝和米黄,效果是轻盈的。上午十时许的光,略从上方斜射过来,穿过悬铃木的枝杈,再穿过铁丝围篱,经过无数微小块面的折返,来到她们身上,几乎是璀璨的了。她们这几个,简直像是琉璃做的,通体透明,这是什么受光体啊!她们不是那种最夺目的,因为色彩、质地和线条都是特别纤细的,在视觉中不怎么占位,可是却一丝一缕地画出了疆域,再不会混淆模糊。这是什么样的笔触呢?是只有造物才会有的微妙和灵动。现在,她们从整体的画面中显现出来了,你才发现,原来她们就是这画面中的亮色。像这样的亮色还有几处,也就是方才说的一些不期然的因素,起到组织结构的作用。这些亮色分别在各处,将细枝末节一总收拾起来,形成画面。从画面走进去,走入她们这个局部,将其中的细则加以分析,亦会发现这亮色里的个性成分。她们多是有些轻佻的天性,但轻佻这一种天性在年轻人身上非但不减损,反而会增添美感,因为这是天籁。这种天性的人大凡没什么头脑的。年轻人,尤其是女生,要什么头脑呢?有头脑会使她们失去自然。头脑里滋生出的那个叫做"思想"的东西,是个累赘,让人脸色萎黄,青春早逝。就让她们无思无邪,做爱娇的小动物吧。况且,要知道,这样的时刻是极短暂的,就像花吐蕊,鸡雏出壳,几乎只一霎之间。紧接着,她们便要踏入世事,沾染污浊。到那时候,轻佻就差不多是一桩恶习,没头脑则会使事情雪上加霜,越来越坏下去。而现在,正是在开初阶段,她们轻盈得仿佛要飞上天。你看她们立在那里的种种姿态,完全没有意识到自己是在卖弄风情。但她们又绝不颟顸,相反,她们很聪明,小心里知道有人在看她们,她们呢,也很喜欢。于是,有意无意地要做给人们看。她们选择站在操场边上,就有点这个意思。

操场中央的这一伙,目光停留在了她们身上。说真的,他们并不懂得欣赏她们,因为他们也是同样的年轻,同样的无知无觉,同样也是好看的。在这样的人生阶段,同龄人都是好看的,睁眼就是美景,所以稀罕的不是这个。那么是什么呢?他们还不能够自知。其实就是这两种好看之间的吸引,有一种同道的心情。她们站在那边,他们站在这边。如果只是单个儿的"她"和"他",也许不够引起注意,但因人数多,就有了体量,这是从客观视觉的角度说。要从性格来分析呢,那就是年轻人都喜热闹,喜欢人多。现在,她们觉察他们在看她们了,差不多是同时,说不定还更早一些,她们已经在看他们了。这一群新来者可以说吸引了所有人的目光,但是她们比旁人兴趣更大一些,因为好看和好看之间有特别的好感,还因为她们生性轻佻。她们,十七岁和十八岁的年龄,不知从什么时候起,对异性生出好奇了,这一伙异性又显然与她们身边的那些不同。就像方才说的,他们是来自社会权力的那一部分,特权的优势自有一股强悍,再加上来自性格那方面的异质,他们就格外具有性别感了。当然,他们双方都不懂得性别感意味着什么,就只是满心喜悦地看和被看。一方放肆些,一方矜持些。放肆的一方也许更羞怯,矜持的一方也许更大胆。所以,他们又是直率,又是言不由衷。就在这样的看和被看之间,悬铃木上,枝杈的关节处爆开了星星点点的新绿,校园里无人知晓的角落,有几株迎春,也开出了疏朗的小黄花。

他们彼此看来看去,其实早已看成了熟人,可还是没有认识。双方都在等待着一个契机,也是条件尚未成熟吧。似乎是,双方都挺喜欢,甚至是沉溺于眼下的胶着状态,这里面有着遐想的快乐。人生还没开头,他们的胃口都没撑开,只需要少少的一点点,就足够他们享用的了。倘若不是这场革命,他们就还在学业里,还过着读书虫的生涯,不晓得什么时候才开蒙呢!要说这会儿,他们都有点儿错过节令,可是有什么办法呢?读书呀!受教育呀!做接班人呀!他们算得上小半个知识人了,可身体和心智实在很幼稚。就说他们各站在校园一边,看来看去的样子,就与他们的年龄不符。要在旧时代,他们老早为人父母了,而如今却还在自生自长。渐渐的,他们虽然没有说话,可是相互间开始有呼应了。比如,他们这边有人出洋相,从自行车上的高难动作失手,摔了个嘴啃泥,她们那边就会大笑。反过来,有一日,一只麻雀突然扎到她们中间,把她们吓得四下乱跑,他们也哈哈大笑,并且变本加厉,说出四个字:抱头鼠窜。小兔子本是个善于搭讪的人,然而这一回他也变得矜持起来。这是不是有点做作?但也说明他长大了,内心里不再满足做"可爱的小弟弟",而且起了反抗,结果是,他对这些女生最疏远。但是,也不要紧,自有替代他的人。替代他的人,名叫七月。

七月是一所中等专科技术学校的应届毕业生,年龄要比他们长几岁,还能与他们打得火热,就可看出他是个少心没肺的人。七月的父亲是粟裕手下的人,参加过黄桥战役、鲁南自卫反击战、淮海大战,很有战功,进城以后在工业局任领导。他当兵前在老家就娶妻生子,后来在部队又结婚,虽然办了离婚手续,但和老家并没断来往。他前后共有九个儿女,还有两三个寄养的侄儿,加上老家时常有人来长住短住,于是,他们在西区一幢旧式洋房里的家,就成了一个招待所。父亲行伍出身,母亲也是个粗放的人,养孩子就像养小牲口,早上放出去,晚上圈回来,其余就全凭个人才智,自生自灭。七月资质平平,又乏人管束,小学、初中都留了级。大人并不着急,用父亲的话说,就是,只要不反革命,就是国家的人。勉强初中毕业,就读中专,三年后出来,就是工厂的四级工,这是平民子弟择定的生活方向。因此在他们学校,多是中下层市民家的孩子,有些还是产业工人的后代。像七月这样的干部子弟,大约仅他一人。但他从小在人堆里长大,性子很合群,就喜欢热闹,什么样的人都合得来,也并不觉得孤单。只是到了文化大革命,他们学校不像别的学校闹得凶,中技生都是一心读完书,就业独立,有的还要养家,对革命没有大热情,七月这时方感到失落。他骑着车到各学校看大字报,听大辩论,以他开放外向的性格,很容易就交上了新朋友,参加进一个战斗队。他没什么观点,就是喜欢革命的那股闹哄哄的劲。懵懵懂懂的,他跟上了保皇派,是出身背景使然,也是父亲在家中拍桌子教训的结果:谁要是造共产党的反,就打断谁的腿!于是,他也跟随着坠入低潮。在所谓"红色恐怖"时期,他也跟着紧张万分,逃往外地避难。最后当然没他什么事,多少是悻悻然地回来。他现在跟着玩耍的一伙,本来是他兄弟的社交关系,后来他兄弟被别处吸引过去,他却留了下来。他与人打交道,总是交一伙,爱一伙,只要人家接纳他,他绝对不离不弃。每一个群体里都有像他这样的人,是最快乐和最忠诚的一个。由于自谦,不免会做人们玩笑的对象,但他的受轻视并不会影响他受欢迎的程度,因为他给大家带来许多乐子。当他们一伙站在操场上,企图引起那一伙注意的时候,多半是拿他取乐,出他的洋相。他们笑,她们也笑,七月呢,笑得最开心。

她们当然看得出他在那一伙里的位置,不怎么把他放在眼里,心里却也觉着他可爱。性情是一个原因,另外就是,他竟长得十分排场。他个头很高,而且结实匀称,不像小兔子那样细溜溜的一条。肤色是象牙白,额、鼻、嘴的线条有些稚气,眼睛黑亮亮的,笑起来,简直是烂漫。他令人轻松,她们对他就比较随便。有几次,居然忘记了与他们之间的藩篱尚未打开,颇为自然地迎面对他笑一下,走过去了。他呢,比任何人都率真,他早已经丢掉伪装,认她们做熟人了。于是有一日,想也没想地,将自己的自行车朝她们跟前一推,而她们呢,一阵手忙脚乱,到底没让它完全倒到地上,扶住了。她们中的一个上了车,其余的拥住她,车却一径地歪向一边,眼看着上面的人就要掉下来,还是要靠七月。他分开众人,一个人托住车后架,不由分说往前推去。只听一声尖叫,车子已经骑起来了。接着,事情就变得顺利了,她们轮番上车,由七月推着骑去。很快,七月就满头大汗,可他就像有无穷的力气,跑得风快,就像一匹大马,快乐的大马。当跑过他们一伙身边,他们就夸张地叫着:加油!加油!是讥诮七月,却掩不住一股子艳羡。这一幕可真是招摇,操场里的人都让开来,站在周边甬道上看,看一个英俊的青年和自行车赛跑。因为他其实已经松开了手,骑车的人却不知不觉,可他还是跑着,一点没落下。

事情就这么开了头,很快,操场就变成了自行车训练场。他们的自行车,一架架地到了她们的身下,她们都已经出师了,围着操场飞快地骑,一圈又一圈。他们呢,怪声叫好。她们自是不理,骄傲地挺着身子,笑着,从眼前掠过去,轻盈得像一只只燕子。她们那样子,简直是不规矩。可她们才不管世人的眼呢,本来心里就憋了一股疯劲,原先的矜持不过是拿腔拿调,这会儿就怕要上天了。他们心里其实都痒痒的,可到关节处,男生就不如女生放得开,他们缩在边上,声气已经被压下来了。不知是谁发了令,他们一哄而上,企图夺回他们的车,可她们一扭车把,只觉耳边一阵风,让过去了。返身再追,她们又骑远了。他们撒开腿在操场上围追堵截,终于抓住后车架,自行车奋力挣一下,挣到凹陷的沙坑,一坑的麻雀冲天飞起,人双双倒在沙坑里。远处看起来,相当不堪。可是他们怕谁?最后,他们夺回了自行车,她们呢,纷纷上了他们的车后架,呼啦啦地出了校园。

这城市表面上看已经没什么颜色,素得像戴了孝,内心可不安分。这一行小男女从街上过去,城市的表情立刻就轻俏起来,露出暗藏的风月。在这条著名时尚的街道两边,其实是千家万户的柴米生涯,如今街上的繁华收起来了,那柴米人家掩着的不入流的风情,却一点一点漫出来了。可是,哪能像他们这样肆无忌惮呢!

她们都居住在这个街区里,在这里长大,她们从光照不足的窄弄里走出,华丽的街景扑面而来,她们就有办法将这强烈的比照调和起来,调和成一种特别的格调。这城市其他任何街区里,都见不着这样风度的女孩子。她们挺时髦,又很家常,挺虚荣,又很文雅。知道法国吗?这街区曾经是它的租界,有着巴黎的遗风呢！人们通常说"淮海路上的女孩子"，就像说"巴黎女郎"，指的就是她们这样的，摩登世界的小女主人。看上去，她们是懵懂的，事实上，她们天生就有自觉性，或者说自觉的本能，晓得别人怎么看自己。比较起来，小老大沙龙里的那些女孩子，都是木讷的，也是因为养尊处优，反而事事在意。不像这里中等人家的女儿，将自己的家当收拾得一清二楚。

此时，她们坐在那些人的自行车后架上，风将他们的军衣鼓成帆，她们的心也鼓胀起来。扑鼻是陌生的新鲜的气息，与这街区完全不同的气息，一股有魄力的气息。所谓魄力，不止指个人的能力，还包含着权力的意思。她们也比小老大沙龙里的女孩子有世故，别看那些人谈天说地、指点江山、胸襟广大。胸襟大有什么用？虽然她们在具体的世事里，看到的也是现象，可却直指本质。沙龙有什么？巴黎的精神实在还是在街头。看他们这些外来者飞驶过街道，似乎这个城市已经变质，其实这正合乎它的本性，这本性就是趋炎附势。这样，你就可以知道，她们随他们乘风而去，有多么叫人眼热了。在这都会风情之下，又有多少的势利心。

第 三 章

11. 姐　妹

她们其实成分各异。舒娅的家庭论起来应该属于小兔子他们的阶层,她的父母是第三野战军的文化兵,进城后驻扎南京,她就是出生在军区大院,属于海鸥同母异父的弟弟妹妹那一代人。不过,她还没长到穿一身花,头顶一大个蝴蝶结,满口南京话,与小伙伴们饶舌的年龄,就随母亲转业迁到上海了。上海这城市,有许多"三野"的后代呢!对幼年的生活,她已没什么记忆,要说有一些,那也是大人反复提醒造成的印象。比如在一个四面镜子的练功房,被几个阿姨叔叔传着抱来抱去;比如送托儿所不愿去,哭着喊"我还小,我还小";还比如,她和另两个同龄的小朋友抢一辆小三轮自行车……她这个人生性有些混沌,大院里的粗放的生活到底也会有作用,她对什么都不大上心,是人说有"糊涂福"的那类。她母亲带着她,还有抱在手里的妹妹,再加一个保姆,由机关总务部门的职员带了来看房子。母亲还是部队观念,以为这和行军途中号房子的意思差不多,随时都可能开拔,事实上也是,她父亲不还在军区吗?母亲只要了一大间和一小间,是将一层楼面破开来的,于是,厨房和厕所都需公用。

不想，这一住就再没走，直到她父亲也从军队转业到地方，一家人一径住了下来。这样就可知道，她们家是挤住在左邻右舍中间。淮海路两旁，所住大多小康，这条弄堂也是。舒娅先全托在机关幼儿园过了两年，那生活还有些接近大院里的，相对独立，和地方上的民情民俗隔离着。七岁时上了小学，小学校就分散在弄口沿街的民居里，从这时起，舒娅便完全融进了弄堂的生活。

她开始学说上海话，一学即会。小孩子学语言都快，但总也有个人的条件问题，像她妹妹就不行，上海话没学好，还弄得有些大舌头。舒娅属于那种感官反应敏捷的孩子，学什么像什么。她说上海话像炒豆一样，又轻又快，很快就变得饶舌。她还学会了和小朋友手勾手地去小烟纸店买零食吃，那种滚了甘草，用桔梗还是萝卜条制成的东西，含在嘴里，酸、咸、苦、涩，混成一团，再洇染开来，那味道说不上好还是坏，就是有一股子促狭。弄堂里的女孩子，大凡是这种东西喂成的性子，再豪爽的人，也有些促狭呢！只要看看她们闹的小别扭就知道。舒娅挺能兴是非，一会儿和这个好，一同说那个的坏；一会儿和那个好，数落这个的坏，就和海鸥厌弃的南京妹妹们一样。市井里的孩子其实都差不多，差的那一点是做派。做派这事情，怎么说呢？就这么说吧，舒娅搬口舌，舒娅也唱"falling down, falling down, London Bridge's falling down"，当然，是唱成"马林当，马林当，大家都来马林当"。总之，舒娅多少学得俗了，被母亲骂，骂什么呢？骂她"像老百姓"。这骂名不大妥当，却说明问题。骂归骂，她依然兴兴头头的，学习成绩中不溜儿。方才说过，她不是个上心的孩子，还有点缺脑子，可凭她活跃的性格却在学校挺受注意，少年宫欢迎外宾让她去参加,合唱队也有她的份,少先队里担任了小队长的职务。到了小学毕业考中学的时候,这些社会业绩全派不上用处了,但她在学校里的影响,又难免造成假象,所填志愿就偏高了,结果落到眼下这所区级中学。自然要受母亲骂,她流了一通眼泪。你以为她很痛心,一转脸,她已和同学参观新校园去了。中学离家有十五分钟路途,单是这点就让她喜欢上了,穿过大半个街区去和来,上学变得很郑重,有些走进社会的意思。中学的同学,来自更宽的范围,不像小学,根据地段划分,多是一条马路,甚至一条弄堂的,而现在,几乎遍及一个区,她的社交面也更广阔了。

中学里的同学与小学里的果然不同,一条街上长大的孩子,形貌上会有些接近,气质也会接近,因为是人生第一批同道,就像同一个草窝里孵出的鸡雏。所以,到了中学,遇到其他街区的孩子,总有生疏感。但舒娅适应力很强,她很快越过隔阂,交到了新朋友。她随这些新朋友去她们的家,她们的家所在的弄堂和房屋,也是另一种格式。其中有一个同学,住在一条庞大的弄堂里,支弄繁多。她跟随走进去,左弯右拐,再上楼梯,也是左弯右拐,最终走入房间。推开窗户,窗下是一片空地,摆着餐桌,树枝上挂着彩色小灯泡,是一家西餐社的露天餐座,她和父母、妹妹来过的。这时未到夜晚,餐桌上没铺桌布,灯泡也没点亮,看上去很不相同,舒娅有一时的怔忡。她其实走入了这座城市的腹地。但她是个没有自觉性的人,意识不到这个。她只是不自主地为她的新同学倾倒。当然,接下来的还是那一套,龃龉、生隙、重新组合、再和解。因年龄增长,事态会比小学里严重一些,但也并不是说就有了多少严肃性,依然是鸡毛蒜皮的原委,心思却是少女的心思了,要曲折许多。她就变得更俗了一些。她们的财政情况不允许她们去拍明星照,只能到哪条小马路上的小照相馆,拍半寸的"咪咪照",互相换了衣服拍。她们用玻璃丝编织小金鱼、牵牛花,挂在钥匙链和塑料钱包上,她们的口味也变得"淑女"了,不再光顾弄口的烟纸店,而是到老字号"采芝村"。话梅对她们还是太昂贵,恰好,市面上好像专门针对她们这些小大人的钱袋,推出一种名叫"话李"的腌梅子,形状、口味、包装,都与话梅相仿,价格却便宜一半还多。她们中间还盛传一个消息,在某某旧货商店,一对长过一米的辫子可换一辆自行车……她们正在从小孩走向少女,在一个庞杂的市民社会里,多少有些长成了小妇人,纤巧优雅的小妇人。市井中某一种成分是合乎女性特质的,那就是它的琐细,栽培出一种街头巷尾的妩媚,既不深藏,也不彰显,可爱可亲,却不可及——这就是市井的涵养了。

文化大革命开始,学校停课,学生分成两派。和所有大革命一样,一是保皇派,一是造反派。"保"和"反"的所谓"皇权",不过是学校的校长,至多是教育局的局长。舒娅本来是参加造反派的,但回家同母亲一说起,母亲即表示反对。舒娅要和母亲辩论,可她哪是对手!母亲是抗战末期从上海到新四军苏北根据地的女学生,读过中学,受过党的教育,读米的书帮助她理解革命,正好到教条主义这一阶段,文艺兵的那点浪漫气质,又正够浇灌她的理想主义。舒娅的性格其实多少是承袭她,肤浅,但是热情。但也如通常情形一样,有一位意志坚强的母亲,女儿往往是没什么主见的,所以,没经过几个回合,舒娅就心悦诚服,退出造反派,转入保皇派。不久,形势明朗,造反派代表了革命的大方向,不用说,舒娅站错了队。回家和母亲吵一场,一赌气,做了逍遥派。其时,大串联开始,她与几个同学相邀,去北京见毛主席。因生怕母亲阻拦,没敢说,硬从保姆,一个扬州女人那里讨得两块钱,留下一张字条,走了。与她相邀的同学都是逍遥派的,对革命并无兴趣,只是想趁了串联,免费出去玩。所以其实不一定要去北京,见毛主席不过是一种象征性的说法。

她们一行四人挑了一列最干净和人少的火车上去,结果是短途慢车,几乎十分钟停一站,整整一夜,天亮时方才到杭州。杭州的大街小巷壅塞着串联的学生,尤其是北方来的学生,穿着大多黯淡,这座江南城市不由变得粗粝了。但西湖总是妖娆,正是三秋桂子、十里荷花的季节,就好像世外桃源。她们住在动物园附近一所中学里,每天一早出发,往各个景点去,一玩就是一天。读书时候,要受学校和家里的拘束,哪里能这般自由自在。大串联呢,就像理想中的共产主义,只要凭学生证和学校证明,即可去定点食堂吃饭。食堂的大锅饭,当然谈不上什么口味,她们都是养刁了的舌头,不几日便觉得寡淡无味,想着找贴补。再有,著名的小吃也总要品尝品尝,不枉来一次人间天堂杭州。要知道,她们是上海的女生,来自享乐主义的世界。那享乐倒也不是山珍海味、宝马香车的奢华,只不过是家常便饭,经过提炼,就有着对物质的精到理解。于是,她们时不时地吃一碗桂花藕粉,或者三鲜小馄饨,买一包小核桃,甚至,很舍得地在奎元馆吃了一次片儿川——她们立即吃出这面好就好在是小锅下出的,所以爽口。就这样,她们的钱袋消了下去,同时呢,很难免地,四人之间也生出些龃龉。不外是些生活小事,比如睡地铺,谁占了好位置,谁又挑了好被褥;比如,谁的脏衣服不及时洗,随便地一塞,却塞到人家枕头底下;再比如谁和外校的学生说话太随便,引起人家侧目……然后再将彼此的不满互相交流,结果四个人倒分了三派。以舒娅混沌的性格本来是和哪一派都可以,但就在财政紧张时刻发生了一件事情,其中一名女生来向舒娅借钱,舒娅想也没想就将最后的五角钱交了出去。过后,另一名女生便来告诉,借钱的女生拿了舒娅的钱,买了一个火腿面包,独自享用了。趁舒娅的气头,那女生建议拆伙,说她的娘娘在宁波,她们可以去那里玩。那两个呢,一个已经想家要回上海,另一个也去向未定。舒娅还没玩够,当然就跟了那同学去到宁波。到此,她们离开上海整整一周。

她们两个在宁波又待了一周。在宁波,她们就住在那同学的娘娘家,一条巷子里的一幢二层木板房。娘娘家有两个男孩子,都比她们年幼,对她们很尊崇的态度,尤其要对舒娅多看几眼。后来发现,她们进来出去的,多有邻里的大人小孩看舒娅,牵连得娘娘也要看舒娅了。和隔壁邻舍相熟以后,才知道,大家都在传,说舒娅是演电影的。演的那部电影就是在桐乡的新市镇拍的,里面有个巧手妈妈,巧手妈妈的女儿,就是舒娅扮的。舒娅否认。隔壁女孩半信半疑的,说世界上怎么会有那么像的两个人。隔天到她表姐家找来一本这个名叫《蚕花姑娘》的电影连环画,翻出巧手妈妈女儿的那几页,舒娅一看果然很像自己。那表姐也一起跟过来,看不见真正电影上的人,看见和电影上很像的人,也很满意似的。连娘娘都有这种心情,喜欢一左一右带两个上海小姑娘出去。舒娅,以及她的同学这时才发现,原来舒娅是个漂亮的女生。舒娅原本是黄渣渣的肤色,眉眼很淡,人又瘦,像一根芦柴,并不起眼。可不知不觉中,皮肤有了光泽,变得透亮,眉眼添了颜色,就像墨描的,身材也有了曲线。人呢,到底长大了,心里面存了些心事似的,生出几分沉静,有了少女的情致。

宁波这地方,其实有些上海草根的意思。到了宁波,就好像又向上海的腹地深了一步。舒娅当然不会有这样的历史意识,但她亦有自己的新发现。她家隔壁一家人就是宁波原籍,小学和中学都有宁波籍的同学,这些人家颇有些相近的地方,比如,家什用物,那种红木雕花带帐架大床,他们叫做"眠床"的,那种涂漆带盖的"荸荠篮"。家中的气味也差不多,常有一股腥和酱的气味。尤其他们的说话,别有一路风趣。现在,她来到了它们的源头。这里人家,多有"眠床",腥和酱的气味来自于咸鲞和蟹酱,充耳都是爽利豁辣的宁波话,形形种种,合成一股子热闹劲,将人团得紧紧的。舒娅外表是个娴淑的少女了,内心依然是简单的,还是孩子的头脑,喜欢人多,喜欢说话,喜欢笑,总之,喜欢快活,宁波人的性格,挺对她的胃口。等回到上海,母亲发现她连说话都有乡俚气了,同时呢,也发现她长成了个好看的大姑娘。

在舒娅他们家的楼上,住着一户殷实人家。祖父曾经是洋行职员,现已退休,老人做派洋式,挂"斯迪克",抽雪茄,那股辛甜交加的雪茄烟味从楼上弥漫下来,四处都是。祖母一直做主妇,气度也很不凡。织锦缎的夹袄,毛料裤,冬天抱一个热水袋,夏天摇一柄羽毛扇。有时会下楼来,却不下到底,站在楼梯口转弯处,向下望着。楼底下的两户,一是舒娅家,一是那宁波籍邻居,都没有关门的习惯,大敞着,那家的祖母便将两家的起居活动尽收眼底。她静静地立在那里,好像等待有人邀请她下去坐一坐。可是谁配邀请她？她是如此的威仪。底楼两家的大人都去上班了，只有吵吵闹闹的小孩子，还有保姆们。舒娅家的扬州保姆曾发出过邀请，可她矜持地一笑，没下来，反是转过身上去了。她大概是要有三邀四邀才可屈尊，可舒娅家的扬州保姆不是一般的保姆，她是见过世面的，亦很有尊严。于是，那祖母在很长的一段时间里都没机会下楼来了。这家也有一个小孩子，年龄在舒娅与妹妹舒拉之间，因是独女，平素十分寂寞，也常到楼梯拐弯处站了，望着底下的房间。但她不像她祖母那么矜持，只要舒娅一招手，立刻飞也似的跑下去，毫不掩饰迫切之情。无奈好景不长，不一会儿，就响起祖母的叫声。她一边应着，一边赶紧跑上去，回到楼梯拐弯处，巴巴地向下看，然后再伺机飞奔下来。这是小时候。长大以后，她祖母不怎么干涉了，她却开始作态，变得很矜持，有时见面甚至装没看见，话也不说地擦肩过去。但另有一些时候，似乎什么机关打开了，又相熟得不得了。舒娅从宁波回来，她们间的关系恰好处于交好的状态，那女孩似有无穷的话要与舒娅说，最重要的其实是两件事情：一件是，她告诉舒娅，她祖母说，舒娅是弄堂里最漂亮的女孩；第二件是，弄堂口贴了一张告示，让地、富、反、坏、右五类分子去街道登记——所以，她的小叔叔和舒娅的爸爸也都要去登记了。

  舒娅来不及去想，那女孩的小叔叔，一个缄默的无业的青年，怎么会是右派？自己的父亲竟然是右派，就够她伤脑筋的了。她第一个反应是去找母亲问，还是像小孩子的时候，有什么不明白的事就去问母亲。母亲早就想告诉舒娅父亲的底细，可是见她兴兴头头的，没机会开口，现在好了，免了她开口，舒娅就知道了。母亲先是点头，然后安慰道，一九六〇年时，父亲的右派已经摘帽。但是这并没有让舒娅好过多少,她向来自恃"红五类",血统纯正,即使"摘帽右派"这名字,在她也是耻辱的。她痛心地哭了一场,哭罢,黯然地褪下红卫兵袖章——虽然做了逍遥派,但她依然是红卫兵,一个没有派别的红卫兵。这个动作又让她掉了几颗眼泪,却不像先前那么绝望,而是奇怪地感到一种满意。满意什么呢?不知道,是不是满意她的忧伤呢?一个少女应该是忧伤的。就这样,舒娅结束了她的政治生涯。而母亲,却忧上心头。她暗暗地注意女儿的动向,当然不是怕女儿会有什么想不开的,这点她绝对放心,这孩子缺乏强烈的个性,她曾经对此不够满意,但现在倒觉得安全了。她怕的是,舒娅会像许多儿女所做的那样,与父亲划清界限。方才说过,母亲属于革命队伍中的小知识分子,多少有一些自由思想,也正是这点自由思想,将她从教条主义里面扳回了一点,有了些微的人情之常。在"反右"的时候,她没有听从组织劝告与右派丈夫离婚,就是这人情之常作祟。她重视她的家庭。现在,她担心舒娅能不能经受住考验。

一个星期天的下午,母亲宣布合家前往龙华公园游玩。临到出门,舒娅说不想去了。母亲先没说什么,与父亲领了舒拉径直走了,走到弄口,忽然转身,返回家中。舒娅正坐在窗下看一本小说,母亲几乎是青着脸,干着喉咙,说:爸爸的问题已有过结论,现在正接受组织重新审查,暂时没有发现新的问题,所以,你还没有到需要表态的时候!这气氛在家人中间是过于严重了。舒娅说是在大革命中沉浮,其实和在课外活动差不多,哪里见过这阵势,当即放下小说,老实跟在母亲身后,一同往公园去了。这是个阴霾很重的天气,景物都显得萧条,人呢,都有心事,脸色沉郁。公园平坦坦的,没有什么风物,只是兀自立了一具名为"红岩石"的陡石,表示着对革命传统的纪念。另还有几块草坪,草皮枯黄而且稀疏。他们一家四口,也谈不上游兴,甚至是百无聊赖的。母亲则不同,她姿态轩昂,迈着很大的步子,走得风快,其余几个只得加快速度。看上去不像出游,而像是受检阅,以一个完整家庭的队列,经过世人的观礼台。此时,母亲分不出心去注意,身后的这一列人里面,舒娅显得多么的不入调。她已经是一个少女,不合适与父母,以及未成年的弟妹出行,且是去这么个乏味的公园。在生长的这一个阶段上,家人都配不上她,简直要辱没她了,因为他们都是俗人,而她,就像天仙下凡。

好了,当小兔子他们认识舒娅的时候,照他们的说法,舒娅也是个"小市民"了。舒娅呢,很微妙地,自从与那一伙人结识后,有意无意地想回到她的家庭背景里去。她开始说普通话;在家里寻找旧军服,竟也找到一件两个口袋的列兵服,腰身肥大无比;她还夸张自己在运动中的经历……可是,显然无济于事。小兔子他们第一次上门,看见的一幅图画,就是舒娅家的扬州阿姨和妹妹舒拉坐在门口剥豆。见舒娅带一拨人回来,舒拉很不给面子地叫舒娅一起剥豆。舒娅不理会,舒拉就在身后很凶地吵。豆蔻年华的女生,有一个半大的妹妹总是麻烦,她看着姐姐焕然一新,不由得妒火中烧。舒拉和舒娅性格完全不同,不那么好说话,而是有些乖戾。生性疏阔的姐姐往往会有这样的妹妹,专门欺负她,和她作对。这一拨人,好笑地看着舒拉。小兔子没说什么,七月呢,朝舒拉一瞪眼,要将她吓回去的意思,可那只是一霎,接下去是更凶猛的吵。此时,南昌一牵嘴角,说道:真是小市民!自从与小兔子交上朋友,南昌的心情轻松许多,变得比较多话,但是沉郁的性格还在起作用,那就是他出语尖刻。他的这句话,让舒娅和舒拉都满脸通红,舒娅转身将房门带上。可是不一会儿,舒拉推门进来,拖把椅子坐在一边。你又不能赶她走,这也是她的家。

父母内心本来准备舒拉是个男孩,有意无意地就当她男孩。舒拉这名字原来属于苏联卫国战争英雄姐弟卓娅和舒拉中的弟弟,是男孩的名字。穿扮上也是舒娅留长发,舒拉则是齐额的短发;舒娅穿红,舒拉总是穿绿;玩的呢,也是舒娅玩娃娃、穿珠子、绣十字花,舒拉则有一把弓箭、一部电动汽车,还有一把铲和一个桶,专在公园的沙坑里掘沙子玩。就好像合着大人的心思,舒娅细眉淡眼,纤巧的鹅蛋脸;舒拉却有着鲜明的轮廓——这样的脸型,幼小时总会比较抢眼,但长到某一个阶段,因各部位都很特殊,于是,便产生冲突,破坏了谐调,变得不好看了。现在,舒拉就正在这不好看的当口。倘若没有姐姐的对比,还好一些,可恰恰有个姐姐抽枝发条,不由得舒拉要感到自卑了。尽管父母的希望是那样,而舒拉的长相,有主张的性格,也都带些男孩的气质,可事实就是事实。舒拉无疑是个女孩,甚至比姐姐舒娅更是个女孩,她心思绵密。就这样,舒拉的内部和外部,形成了紧张的关系,使她处在一种焦虑之中。此时,坐在一边的舒拉,蹙眉噘嘴,手撑在膝边,肩膀扛起着,背带裤的裤腿短了,吊在脚踝以上两公分,袜子则褪下去,有一半蜷在脚心。头发是终于争来的自主权,留长了,勉强扎起两把,厚厚的额发扎不进去,披到眉下,头缝也没分齐,曲里拐弯着。她竖起着耳朵,听他们说话,可是有谁会注意她呢?在那个年龄里,四岁的差距简直是一道沟壑,隔开了两个时代。

舒拉坐在人圈外头,看他们围着方桌侃侃而谈,谈时事,谈政治,谈"文革"轶事。谈到机密处,四周看看,对舒娅说:让你妹妹走开。舒娅晓得对妹妹不能来硬的,哄她说:你出去,我给你两角钱。舒拉立刻瞪大眼睛,警觉地问:妈妈给你钱了?人们便哄笑,南昌从鼻子里哼一声:小市民!舒娅就红了脸。舒拉恼怒地瞪着南昌,她恨这个人,恨他的傲慢。称她们"小市民",是对她们,尤其是对她的严重侮辱。就像方才说的,父母无意中将她当男孩,鼓励她性格中的某些属男孩的气质:朴素,勇敢,慷慨……其实有些勉为其难,但是也让舒拉避免了小女儿趣味。舒娅或多或少有一些脂粉气,在舒拉是一点也没有。所以,她对姐姐和姐姐同学们的心情十分复杂,一方面羡嫉她们的长成,另一方面又蔑视她们的做派,觉得俗。原先,她并不知道有"小市民"这种说法,现在知道了,觉得再恰当不过,正是她想表达的意思。可是,她不应该算在此列呀!她应该和他们属一类的。令她不可思议的是,他们竟然是姐姐的朋友。事情就这么颠倒了,让舒拉怎么想得通呢?有一次,南昌从座上起身去厕所,经过舒拉身边时,朝她挤挤眼。应该说这是一个友好的表示,但这也不能安慰舒拉,因是将她当小孩子。她觉得,她比姐姐她们更理解他们,更能够与他们对话,无奈他们对她一点兴趣也没有。

还有,让舒拉气恼的是,她们家的扬州阿姨也要来凑热闹,就坐在她边上的床沿,叠衣服或者做针线。看起来,她们俩就像是一伙的,更增添了"小市民"的气息。舒拉几次让她走开,她的回答是:你问你妈妈去,她让不让我走!而且,扬州阿姨的态度远远要比舒拉来得坦然,她不仅是听,还不时要插进嘴去,问这问那,弄得舒娅都要递白眼。令舒拉更加不满的是,他们并不反感扬州阿姨的插言,甚至,和她对嘴对得挺来劲的。他们以很诚恳的表情同意扬州阿姨的疑问,然后请教她的意见。扬州阿姨呢,也老大不客气地,发表她的见闻,无非是些家长里短的街谈巷议。这一回,他们却流露出真正的兴趣,轮到他们向扬州阿姨问这问那了。扬州阿姨几乎成了中心,舒拉怎能忍得下去!她止不住地要去打岔,与扬州阿姨吵嘴,将局面搞得很乱。他们开始嫌她烦了,越过舒娅,直接呵斥她,要她住嘴。舒拉眼里含了一包泪,带着哭腔与他们吵,心里绝望得要命,破罐破摔地,反正自己再也讨不到他们的喜欢了。这样闹了几场,他们就将聚会的地点转移,离开了舒娅家。家中又剩下舒拉自己,和扬州阿姨面面相觑。

舒拉比舒娅小四岁,这样的距离正好够舒娅每一步都走在舒拉前面。以她激烈的性子,是感到不公平——姐姐上小学,她只能去幼儿园;姐姐隆重地过十岁生日,她只能眼巴巴地看着,等她好不容易熬到十岁生日,正逢文化大革命,大人们都没心思,潦草打发了;此时姐姐已经是中学生,她还在小学里;眼看她临近中考,学校又停课了;文化大革命吧,小学生不能参加;小学终于也开展文化大革命了,却正逢复课闹革命……这就已经不是她和姐姐之间的事了,好像是和时代之间的事,那就没法怄气了。其实呢,是成长的事,是舒拉特别的渴望长大。就因为这,舒拉给自己的成长造成了许多困难。她没有同年龄的伙伴,同龄的伙伴统统不入她的眼,她觉着他们幼稚。这只是她的看法,实际上,她可能比她的同龄人心智更不成熟。因为违背自然,不能顺畅发展,她就很孤寂,这孤寂促使她更加感到不公平。所以,她永远无法享受她的年龄里的时间,尽是不高兴了。就在这种孤寂之中,她的又一项功能则兀自发达着,那就是思想。在她这个年龄,说"思想"两个字大约是可笑的,可事实真就是,舒拉的思想能力,摆脱了身心限制,呈孤立状态,突飞猛进。这也是令人苦恼的。怎么说呢?简单说吧,她有着发达的思想,可是,想什么呢?就好像利器在身,却没什么可供切割的,弄不好,还会伤着自己。她还小,还没开始生活,思想却已经预先工作。

她曾经将一整本马恩列斯语录抄写在笔记本上,她连字都写不端正呢!这些断章取义的字句,她抄时都是懂的,可过后却一无印象。她在弄前的马路上走来走去,有发传单的红卫兵急急地经过,都不会发给她一张。偶尔,不知是哪一位革命者登上高楼,于是从楼顶飘飘摇摇撒落一阵子纸片儿。她奋力追逐,抢夺来一张半张,那薄脆的红绿纸上油印的钢板刻字,看起来就更不得要领了。她很珍惜地将这些传单收藏起来,也有薄薄的一叠了。还有一回,她尾随几名男生去往各处看大字报。就像她觉得姐姐她们"俗"一样,她觉得凡女生都免不了"俗"。她自己,当然也是女生,可她不是同别人不一样吗?她宁可与男生交往,因觉得男生的世界是大的,可同年龄的男生甚至显得比女生还小。再说,学校里严格地划分男女生,她根本无法和他们说话。那一回,她听男生们商量去看大字报,便远远地跟着去了。说起来都怕人不信,仅过一条横街,舒拉都要迷路的。她就像人们形容的,是"思想的巨人,行动的矮子"。家里大人管她管得很严,在姐姐底下,她永远是小的,所以这种管束就没了期限。她绝不能单独穿过马路,她晚上绝不能出门,她绝不能收受别人的东西,甚至于,她的零用钱都由姐姐代管。她相距十来米地跟在男生后面,在她看起来已经走得很远,街道完全陌生了,可他们还在继续往前走。她心里害怕,与他们的距离越缩越近,其实他们早已经发现她的尾随,可他们因为害羞,便有意加快速度,好摆脱她。大街上就出现了一人追,数人逃的情景。最后,他们进了一所院落,院内一幢小楼,里外都张贴了大字报。舒拉惊魂未定,又怕被他们甩掉,找不到回家的路,墨汁淋漓的大字从眼前过去,不晓得写的是什么。等她心神稍安,有几幅古怪的画,约略进了眼帘,却更加不懂——一颗绿色的太阳,底下有一立一背两个人,立着的是小孩,背着的却是大人,题字为"西边出了个绿太阳,我背爸爸去买糖"……暮色将至时她终于回到家中,当她看见熟悉的街景,不由奔跑起来,差一点撞上一辆自行车。骑车人斥骂道:小姑娘寻死啊!经过这场历险,舒拉再不敢尝试别的,她只能坐在家中,面对四壁苦思冥想。

　　无论舒拉怎么看不上舒娅,有些事情还是得靠舒娅。比如,舒娅能够搞到批判电影的票。电影院在革命之初沉寂了一段,又开始放映电影,是以批判的名义,这可是上海市民最踊跃参加的革命了。通常都是团体组织包场,但总是会有散票遗漏出去。舒娅就有办法弄到票子。当然,她总是要与她的伙伴分享。在母亲的干预下,她也带舒拉去过几回。可是终于有一次,舒拉被拦住,不让进场,因为她显然是个孩子。舒拉愤怒地冲着检票员喊:革命不分年龄!人家根本不理她,她只得一个人悻悻回家。舒娅还带舒拉去文化广场参加批判大会,这一回,舒娅也没有票,但可以混呀!门口的秩序总是混乱的,可以趁着乱一拥而入。她们冲进去过一回,舒拉一下子被震慑住了。人海上面,是红旗的海洋,再就是口号声浪此起彼伏,发言人言词锐利,情绪激奋。但时间长了,终有些单调,舒拉绷得很紧的神经渐渐松弛下来,有一阵,她似乎迷糊了。可是这时候,又有另一种气氛激动了她,那就是天已向晚。离地面很高、直抵穹顶的窗户外面,天空沉暗下来。会场里灯火通明,更显出了夜色。多么不寻常呀!这么晚了,还没有回家。场面的恢宏,再一次感染她。人和旗帜的颜色都带了一种暖色调,由这色调,舒拉联想起外面的街道、楼房、弄堂——那是无尽伸延的阡陌,铺开在酱黄的路灯下,她忽然有些鼻酸。但第二次冲会场就没那么幸运,门口由纠察队手挽手地连成围墙,顶住企图拥入会场的人群,其中就有舒娅舒拉。这一回,舒拉喊的是"革命不要门票",但无济于事,只好悻悻回家。这就是舒娅向舒拉输入的革命。

和任何革命的输入一样,舒娅在带来进步的同时,不可避免地,也捎来了历史的"垃圾",那就是书。这些书一半是从抄家物资中流散出来的,另一半则是来自无人管理的图书馆,因此,上面或是盖着图书馆的公章,或是私人的藏书章。也有些是没了封面,甚至只剩下大半本的,那就是从废品收购站拾来的。总之,都是"破四旧"的那个"旧"字。这些书显然处于飞速的流通中,它们在舒娅手里只能停留很短的时间,等舒娅看完,留给舒拉的时间就更短了。有一次,一本《安娜·卡列尼娜》是晚上十点才送到的,第二天一早就要送走,结果是舒娅看上半夜,舒拉看下半夜。还有些书,只能从舒拉眼巴巴的眼睛里过一下,就流走了。但是,却也有几本书,似乎被舒娅她们忘记了,于是就一直留在家中,被舒拉翻来覆去地读。有一本叫做《我同时代人的故事》,封面上标明第一卷,那就说明至少还应该有第二卷;有一本《约翰·克利斯朵夫》,也是第一卷;再有一本没了封面,于是也无从得知书名的,故事呢,也有些枯燥,尽是二男一女在说理与申辩,虽然是谈爱,但那爱也是干枯的,不大引得起舒拉的兴味——舒拉,她已经对爱有兴味了。现在,舒娅又带来了小兔子南昌七月这伙人。可是,因为舒拉胡搅蛮缠,舒娅又将他们带走了。

舒拉寂寞地度过一些日子以后,忽然,舒娅又将他们带回来了,别人家哪里有舒娅舒拉家的自由民主啊!只有舒拉烦人,但他们也有了对付的办法,那就是他们在小房间里说话,将舒拉锁在外面。很奇怪地,舒拉并没因此生气,她反而安静下来。这一伙人在隔壁房间里,只能听见偶尔爆发的笑声,可是,舒拉的寂寞舒缓了。她一个人坐在大房间里,看着那几本残缺的书,已经看过无数遍了,还要再无数遍地看下去。有时候,她轻轻放下书,略踮着脚,走出去,在小房间紧闭的门口徘徊一下,恰恰好,里面的人压低声音了。有一次,南昌推门出来,与她撞个对面,南昌有些抱歉地对她笑笑,复又进去了。舒拉从南昌的笑容里看到了一点同情,过去对他的恨意就柔软下来。

这一日,小房间的门被轻轻叩了几下,里面的人停了一会儿方才开门,见是舒拉,以为她又要生事,不料她只是对南昌招手,意思是要他出来。南昌觉得好奇,又觉得有趣,站起身来,随着舒拉走到大房间。舒拉在椅上坐下,向南昌仰着头。我对你说,舒拉说:她们,她用下巴颏点了点小房间的方向,她们根本理解不了!理解什么?南昌问。理解你的思想!舒拉说。说完后紧闭着嘴,眼睛睁得大大的,看着南昌。南昌脸上还笑着,心里却一惊,他忽然看到了小老大楼下,那个安娜的眼睛。也是那么大、黑、浓郁。安娜和舒拉差不多年纪,那一个已病得不像样子,这个却很健康,精力旺盛。这样大小的孩子,都有着同样的眼睛吗?南昌站了一会儿,转身走了,舒拉的眼睛却逼迫他很久。

12. 爱恋萌生

他们在小房间里,成天价说笑,究竟说笑什么呢?小兔子他们,就像学校请来的战斗英雄给学生们讲战斗故事,讲他们在革命中的所见所闻所经验。她们那点点阅历,连革命的皮毛都算不上,自然只有聆听的份儿。他们虽然也觉得她们少见识,是目光狭窄的小市民,可是面对她们崇拜的目光,谁能不被打动呢?也就因为她们少见识,说什么,听什么,她们怎么知道,外面早已换了天地!换了天地被他们说成一场复辟,这又使他们的讲述增添了危险的色彩。他们有些像俄罗斯宫廷政变里的十二月党人呢!她们读过的书此时正好应验在他们身上。现在,她们走出去,走到学校里,哪里还看得上那些男同学,觉得他们既幼稚又庸俗。所以,学校也不常去了。舒娅的父母一早出去,很晚才回来,家就让给他们了。

在这八九平方米的房间里,靠墙放一张大床,床头柜连着横搁的小写字桌,写字桌再与一具大衣橱形成直角。这样,四壁墙都满了,房门只能开半扇,中间巴掌大一块空地,放了几把椅子,床沿上也挤坐了人。这里可不能和小老大的沙龙比,这里根本谈不上沙龙,它是一间内室。他们还要将窗帘拉上,因为要说反潮流的话,将头靠拢,身体挨身体。他们嗅得见她们身上头发上的香,是一种无名的花香。她们也嗅到了他们的气味,绝称不上香的,而是有些腥,类似铜铁的腥。说起来很古怪,这两种气味从何而来呢?似乎只有他们之间,彼此才嗅得到。这也是隐秘的。他们挤在一起,压低着声息,不知是因为那隐秘,还是这隐秘。一种是抽象的概念的,另一种却具体可感。在最初的时候,他们不分你我他,打成一片,是混沌的一个整体。渐渐的,他们的小世界澄清了,各人显出各人的面目,划出了分野,于是,普遍的吸引就变得有针对性了。

　　事情还是靠七月来开局。七月喜欢舒娅。当时,在校园里,他将他的自行车朝她们中间一推,其实就是推给舒娅。像七月这样懵懂的人,本能反而很健康,他比其他几个人更懂女性的好看和可爱。而且,他能够坦然表现出自己的喜欢。他很维护舒娅。要说,这么挤在斗室一间里说话,有什么需要维护的,他就有。那就是,当舒娅说话的时候,不允许人抢话。有人抢话,他就很不客气地挡住那人的话头。偏偏舒娅对她自己说的话并不重视,她说话并不为要说什么,只是为了热闹。所以她常常是夹在人们中间,杂七杂八地说。七月拦住抢话的人,让舒娅继续往下说。舒娅静了一会儿,然后问:我刚才说什么了?大家就笑。舒娅呢,就算是说过了,不再说了。七月自己要说话,也不允许别人抢话,因为他是要说给舒娅听的。而他又不是个善言的人,说话缺少风趣,所以常常是舒娅来打断他。舒娅一出声,七月立马住嘴,深觉自己是个讨厌的人。舒娅却又觉得七月没劲了。舒娅再懵懂,依然知道自己对七月有特权,这个特权满足着,同时又损害着她的虚荣心。因为,七月是公认的可笑的人,谁都可以对他轻慢的。所以,她就有些欺负七月呢!但是,一个姑娘,且又性情温柔,这欺负也挺甜蜜。为了吸引大家,尤其是舒娅的注意,七月难免要夸张自己的革命阅历,也难免要露出破绽,就招来人们的嗤笑,舒娅就笑得很开心。假如有人与舒娅起些争执,通常都是极细碎的小节,七月不管三七二十一就要帮舒娅,可舒娅却一转立场,站到对方那边去了。七月要和人争执呢,舒娅一定是帮那人的,七月就气馁了,不战而败;也有时是更急了,他一急,加倍说不好话,也是败下来。他本来是沮丧的,可看到舒娅在笑,不禁又高兴起来。他这个谦逊的人,在舒娅面前,简直都有些卑下了。大家有时候会拿他开心,说:舒娅不生气,你生什么气?或者:舒娅不起劲,你起什么劲?这样,舒娅就要不高兴了,于是,对他的态度就更凶狠一些,可还是那一句话,一个姑娘的凶狠,其中总有着几分温柔的,只有使七月更加驯顺。这种驯顺并不会养成对方的爱,倒是养成她的骄矜。七月哪里知道这个,舒娅也不知道,她只觉得自己对七月开始厌烦了。

有几次,大家不来的日子里,七月也来了。他一个人来到舒娅家,舒娅低头看一本书,并不理睬他,他只得和舒拉,还有扬州阿姨纠缠。可是,连舒拉都不把他放在眼里,很骄傲地在他跟前走来走去,玩着自己的游戏,叫他让开,不要妨碍她。都是些小女孩的玩意儿,跳皮筋、踢毽子,他竟也很有兴趣地看着。这倒不完全是因为舒娅的缘故了,他内心就是个大孩子。下一回来,他进门就报告舒拉,他在后弄里看见一只大红公鸡,尾巴上的毛特别适于做毽子,问舒拉要不要。舒拉当然是要,于是他带了舒拉来到后弄,不想大公鸡已被主人收回家中。他们沿了弄堂一扇门一扇门张望,门里是黑黢黢的厨房,厨房底处洞开一方天井,透进模糊的天光。终于看见,有一块光里面,站着一只大公鸡,就夺门而入。公鸡的惨叫声将主人招来,他们已拔得十几根尾翎跑出门去。天井里是鸡毛遍地,大公鸡则浑身上下秃起来,扑啦啦地抖,主人追着他俩破口大骂。这场历险可把舒拉高兴坏了,拉着七月的衣后襟跑回自己家。七月也一阵阵激动,舒拉的小手分明连着舒娅的手。然后,两人坐在桌边做毽子。七月变戏法似的从口袋里变出几枚大铜钱,问是从哪里来的,回答抄家时得来的。旁边的扬州阿姨这时插进嘴来,问:你们怎么能随便走入人家家里就拿东西,这和土匪强盗有什么两样!七月严正地问扬州阿姨什么阶级成分,扬州阿姨不屑道:你说我什么成分?我帮人做佣人,靠劳动吃饭!七月说:那你就是被剥削的阶级,我们就是要把你们被剥削去的东西再夺回来!扬州阿姨更加不屑:不剥削,我们怎么有饭吃?七月立即来劲了:你正好说到一个谁养活谁的问题,你知道剩余价值吗?这时,舒娅恨不能把头埋进书里面,舒拉则大叫:做毽子!做毽子!于是,一场知识青年启蒙民众的运动就此中断。

不管舒娅如何给七月冷脸看,舒拉和扬州阿姨还是欢迎七月,他给她们添了不少热闹。七月呢,也同这一大一小合得来。要换了别人就嫌无聊,可头脑简单的七月,无论是与小孩子,还是乡下人,趣味都是合拍的。最重要的是,还有舒娅在。他时不时地回头,朝舒娅的方向看一眼,因为他所说的话都是说给舒娅听,所做的事也是做给舒娅看。要是舒娅不在——有时候,七月来,舒娅却兀自出去了;舒娅不在,可舒娅坐的椅子在,舒娅看的书在,舒娅的妹妹在,舒娅家的阿姨在——有一次,他还遇到了舒娅的父亲。她父亲这一日早下班,回到家,看见家中忽地冒出个男青年,两人面对面都吓了一跳,然后镇静下来。舒娅父亲先伸出手,七月双手握住,像战友一样握了手。七月看上去完全是一位成年人。现在,七月好像成了舒拉的朋友,这对舒拉是件好事情。七月的年龄大许多,可心智还是个孩子,七月既可满足舒拉急于成长的心,又可与她做伴。她有时候坐在七月的自行车大梁上,出去兜风,无限的得意。她个子其实和姐姐一般高了,这样迅速地蹿个子只会使她更加不匀称,更加难看,也更显得幼稚。七月将她当孩子,她呢,将七月当大玩具。小孩子都是势利眼,晓得什么人惹得起,什么人惹不起,七月是任她拿捏的。这一点她也是跟姐姐学的,一般总是小学大。她简直就要爬到七月头上去了。在七月跟前,她倒是还原了她的年龄,放下思想,她甚至还有些活回去,比实际年龄还要小,将那些幼年的课补上。舒拉和七月疯,舒娅在旁边有时会禁不住笑,七月就像得了奖赏,又惊又喜。又有时候,舒娅会呵斥舒拉不要太放肆。七月心中感激,嘴里喃喃地说:没事,没事。扬州阿姨见过的人多,比较有眼光,她看出这伙人里面,数七月最厚道,所以,就对七月偏心,暗中还生出撮合他和舒娅的意思。扬州人,大大小小,都有些风月的。有一日,她趁舒拉不在,悄悄与舒娅说,昨夜里,做了一个梦,梦见舒娅和七月好了。正说话,七月来了,舒娅站起来出了门。好在,舒娅并不是那种心重的人,过几天就没事了。这段日子过得挺好,不知不觉间,他们的聚会解散了。不是说他们不往来,而是改变了形式,化整为零,一个对一个。继七月之后,还有一个人也开始独自上门了,那人就是小兔子。

要照扬州阿姨的眼光看,小兔子很滑头。你看他那双眼睛,笑起来,水波荡漾,映花映柳的。他的嘴,也很调皮,嘴角向上翘,说出的话,可是要比七月好听。七月哇里哇啦说一大堆,都不如小兔子轻轻说一句入耳。他来到这里,并不与舒拉啰嗦,可舒拉倒对他有所顾忌,敬而远之的,挺规矩。扬州阿姨呢,他冷不防一回头,正好遇到扬州女人冷静的打量的目光,就一笑。这一笑,就让扬州女人将目光收回去了。所以,他在的时候,气氛是比较安静的,甚而至于,敛声屏息。舒娅端正地坐在椅上,书放在膝上,眼睛则垂着,有时候抬起头,看看小兔子。小兔子也正看着她,眼光软软的,不像七月,是直愣愣的。两人相视的一瞬,都有些发窘,脸红红的,停一会儿,又闪开去,然后,就有一阵子更深的静默。坐在一边的舒拉,就像一种小兽,具有特殊功能,感觉到房间里气流出现异常。猛地转过头,四下里看看。这种小兽的视觉却一般,结果什么也看不到,又转回去。扬州阿姨的慧眼此时派上用场了,她略一回眸,就晓得是怎么回事。她有些生舒娅的气,觉得舒娅厚这个薄那个,免不了要当着舒娅贬小兔子。本来呢,她不见得多么不喜欢小兔子,但她受不了小兔子对她的眼光。她这个大人,就好像怕小兔子似的。可是舒娅听她议论小兔子,一点不反感,相反,很乐。这个女人,并没有意识到,自己正教唆不谙世事的小姑娘,教的是言情这一课,幸亏是乡下人的言情,是质朴的。看到舒娅,还有舒拉乐不可支的样子,她自然很起劲,不觉渐离主题,听起来,不知是毁是誉。比如,她说小兔子是一双桃花眼,放在过去,再要有家产,就是三妻四妾;比如,她说小兔子说话声音有"水音",也是桃花水;再比如,小兔子的手,绵软绵软——舒拉立刻问:你摸过他的手?说罢,笑倒在地上,舒娅也是笑。扬州阿姨笑道:不用摸,看一眼就知道,女人要手硬,男人要手软,就是做官的命,所以——她说:别看小兔子年纪小,说话却很有官气。从哪里看出来?自己的娘老子,要称"父亲母亲"。于是,姐妹俩又笑作一团。也有时候,扬州阿姨要说说七月,那都是比较正面的,就不那么有趣。

舒拉不过瘾,要引她说七月的坏话,扬州阿姨表现出很强的原则性,绝不受她诱导,眼睛则向舒娅方面乜视。舒娅一副不关心的样子,显然,她更喜欢关于小兔子的话题。

经常地,小兔子在的时候,七月也在,自然是被舒拉纠缠着。舒娅与小兔子也不多话,只是静静地坐着,显得七月和舒拉十分喧哗,而他们有着某一种默契,并且划分了界线:小兔子和舒娅一伙,七月和舒拉一伙——倘若扬州阿姨忙完了厨房里的事,也在房间里,那么就是他们三人一伙。相对于这边的妇孺老幼,那边更显其风华正茂。有几次,七月和小兔子在弄口相遇,两人一并进门,舒拉喊着七月,舒娅的眼睛却迎向小兔子。七月开始对舒拉嫌烦了,他企图摆脱舒拉,参加到舒娅和小兔子那边去。舒拉怎能放过他,她已经完全霸住了七月。七月再好脾气,也挡不住形势的逼迫,情急之下,他对舒拉发了脾气。老实人发脾气都是鲁直的,说话很重,骂舒拉不识好歹,资产阶级臭小姐,过着腐朽的生活,让她撒泡尿照照自己的嘴脸。他骂的话基本不着边,是随口乱骂,而且气势汹汹,机关枪连发似的。舒拉一句也插不上,气得大哭,用脚踢他,他竟踢还她几下。舒娅不高兴了,觉得七月十分无理,但她不会吵骂,平时也嫌舒拉太烦,该受教训,所以并不出声。这时,小兔子向她做了个"出去"的手势,两人起身一前一后走出房间。等七月终于挣脱舒拉,奔到门外,只看见两个背影,在弄口的阳光下,一闪,不见了。

这里是舒娅,七月,小兔子,其余的人到哪里去了呢?在和舒娅家相隔一条横街的马路对面,有三个并排的弄口——这条昔日繁华,今日略见萧条的马路上,有着无数的弄口,深入进去,各有一爿天地。这三个并排的弄口直贯到后面的马路,内里是相通的十数条横弄，就这样，铺陈了偌大一片街区，在这个拥挤的城市中心，称得上壮观。弄内的房屋一律是红色的砖面，楼层处以水泥围腰，总共三层，再加三角顶层。基座宽大，山墙就是辽阔的一面，攀着爬墙虎。每一个门牌号码里，都居住着许多人家，虽是局促的，门户却很严谨。以此也可看出，这里的人家多是中等，属于小市民的阶层。舒娅的同学，也就是她们那一伙中的一个，叶颖珠，就住在这里。现在，南昌常常往这里跑。他骑着自行车，有时从前弄，有时从后弄，也有时从侧弄——方才忘说了，这片弄堂里横弄的一侧，贯通了对角的横街，于是，横街上也开出数个弄口，这是一条以大而著名的弄堂。南昌骑进弄堂，骑过排排楼房，有新晾出的衣服滴下水珠子，带着肥皂的气味，和自来水的氯气味，落在他的头上。太阳光正斜在楼体的顶部，将一角齐齐地切进金汤里。倘若有窗开着，窗玻璃上便反射出灼目的光。铁铸的前门多是紧闭着，里面是巴掌大的小院子，有几处爬出夹竹桃茂盛的花朵。这样的弄堂，最多见的花木就是夹竹桃，它是有些俗艳，倒没有媚气，从它的气味可见一斑，那是辛辣的，几乎辣得出眼泪。后门是厨房的门，稍微松动些了，有几扇虚掩着，有进来出去的人迹。南昌从一排排的前门与后门之间驶过，门里的生活令他有些敬畏，这敬畏不是来自它们的高深，恰恰相反，它们是平凡而且庸常的。然而，如此的积量，并不进行任何质的转变，仅只是老老实实，一加一地加上去，终于，呈排山倒海之势，你就感觉到了威慑力。

南昌听得见自己车轮的辐条声，咝咝地响，说明四周是静谧的。他驶进一条横弄，停下，抬起头向上喊了一声。不一时，门里传出楼梯的响动，差不多同时，门开了，走出叶颖珠。这是一个肤色黝黑的女孩,说她黑,是相对于上海的女孩子,那都是白得近乎透明的。她的肤色深,也不透明,而像是上了一层釉,就有了光泽。她的眼睛是带了梢的杏眼,眉和睫是浓密的,鼻梁很纤巧地向上翘,嘴比较大,也因为这一点,人们多以为她不够秀气,岂不知,就是这,使她生动起来。她的两个嘴角微微有点儿下陷,衬出脸颊的曲线,所以人们还是得承认,她是好看的。她的好看与舒娅的不同,舒娅是和谐,没有一处不熨帖、不舒服的。叶颖珠则是俏皮,不那么老实安分,色彩要重一些。听她的名字,叶颖珠——典型的小家碧玉,又是长在这安居乐业的街坊里巷——都有些不像她。可是,街坊里巷其实杂得很,是另一种蛮荒,也能生出野玫瑰。她是她们这一伙里,性情最活泼的一个,舒娅也是活泼的,是老实的活泼,她呢,就调皮了。这会儿,与南昌单独地面对面,她也变得老实起来,很文静地倚门站着,只是听南昌说话,并不插嘴。可是,忽然间,她一回眸,嘴角动一动,你就知道有什么心思在飞快地转着。

他们一个倚着门框,一个扶着自行车,就这么说着话。谁家能像舒娅家那么开放,什么人都可以进出的,这就是新市民和老市民的不同。老市民门户都很严,小孩子哪里可以随便往家里带人,连大人们都不轻易往来。你见这弄堂里有几个生面孔?叶颖珠身后的门半开着,偶尔有个老头或者女人进到厨房,就朝他们看一眼。这一间厨房,起码有三至五个煤气灶,但白日里,尤其是早上,却冷寂着。上班的上班,上学的上学。上午十点和下午四点的光景,各有邮班来到,楼上就有人推窗问:珠珠,有我家信吗?"珠珠"这小名就像她了——珠珠从门框里走出去,仰头说"没有",或者"有",就将拿在手里的信朝上招一招,好像要扔上去的样子。这动作很妩媚,她脸上的笑也是妩媚的。信的事情交割完毕,她重新回到门里,倚在门框上,恢复了淑女图,可方才那一瞬间,狐狸露出了尾巴。她是有些精怪的意思。南昌明知道和她并没什么说头,那个讨厌的小孩舒拉说的没错:她们不会理解你。可是,南昌不需要她理解什么,南昌没什么需要理解的,他卸下了思想的包袱,很轻松。就是这,轻松!这些女孩子,一律使他轻松。他选择叶颖珠,是因为她是其中的一个。如果七月,还有小兔子,没有选择舒娅,他也可能选择舒娅,可现在,总不能大家都挤到舒娅的门下去吧。当然,选择叶颖珠,还是有一点特别的喜欢,只是自己不觉察罢了。但总的来说,少年人的聚和散,多是随机的性质,就像没有浸润性的液体,比如水银——外力之下,碎成齑粉,四下里乱窜,相互间稍一触碰,又立即合为一体。

　　珠珠的家庭是这城市中最典型的职员家庭,父亲是一家灯泡厂的技师,因是公私合营之前的老人员,拿的是保留工资,远高于其后的工资标准。母亲在一家小学校做会计。这样的人家,是最安全的了,哪一种革命都革不到他们头上,因为凭技艺和劳动吃饭,和政权、政治都无关。于是就有了积累,是殷实的小康。她的父母,猛一看,你要吓一跳,父亲戴一副金丝边眼镜,西装裤笔挺,皮鞋锃亮;母亲呢,毛料面的衬绒夹袄,或者,开司米的短大衣。而且,夫妇都是矜持的表情,就像一对资产者,难道是大革命漏网的鱼?可这也恰恰说明,他们不是有产者,而是真正的劳动阶级。这城市里的劳动阶级就有着如此的翩翩风度,繁华大街两侧的里巷间,就有着这样的劳动阶级。珠珠也是老大,底下有两个弟弟,一个刚升中学,根据地段分入近处一所中学,另一个还在小学。度过一段混乱的日子之后,这两个小的,至少在形式上,开始了正常的学校生活。放学后,两个男孩先后回家走进弄堂,像没看见姐姐和她的朋友,一低头,从他们两人中间钻过去了。这年龄的男孩多是生硬的,不愿意和人打交道,其实是害羞。两个弟弟也是珠珠这样椭圆有轮廓的脸型,也是黝黑的肤色,却不像珠珠有光泽,而是灰暗的,还有一些泛白的虫斑,这是发育之前的枯萎期。两人都戴眼镜,这就和珠珠又不像了,不是脸型不像,而是气质。这种白色塑料框架的学生型眼镜使他们显得老实,甚至木讷,而珠珠是俏皮的。有时候,南昌进弄堂,兄弟俩正出弄堂,埋了头快快走着,不认识地走过去。他们俩倒真像是兄弟俩,而珠珠是另一路的。南昌怎么都不能将他们与珠珠联系起来,不像舒拉,舒娅必有这么个妹妹不可的。可是,有了他们,珠珠就是姐姐了,这似乎使她更有趣了。中午,珠珠要烧饭给他们吃,还要负责洗他们的鞋袜。南昌自己家里,也是由大姐照料弟妹,可是他们的家,就像是军旅生涯,如今又近乎失散了。在这里,家庭非常牢固地存在着。要是在下午,天微黑了,珠珠的母亲就会叫:珠珠,吃饭了!其实并没到吃饭的时间,只是让珠珠回家的意思,也是委婉地辞客,虽然她母亲也像没看见南昌这个人。

　　南昌还认识了珠珠的邻居们。起初,他们都对这个穿军装、剃平头的青年抱警觉的态度。有一次,南昌拿着一颗手榴弹玩着,不过是一颗教练弹,可这里的人哪见过?就有人去报告了珠珠的妈妈,说珠珠的这个同学是个危险人物。她母亲自然要对珠珠立规矩,不许那人再上门。但规矩自管规矩,这样大的子女,都有了自己的主意,能嘴上应一声就算听话的了。所以,南

129

昌还是照样来。再说,人家又没进门,只不过站在后门口。珠珠呢,就像什么事也没发生过,一方面是将大人的话当耳边风,另一方面也是向邻里们挑战,谁让他们大惊小怪,还搬弄口舌。有一阵子,楼上楼下好是议论。警告珠珠家大人没有效果,就不再做声,只是为珠珠惋惜,似乎珠珠已经到了堕落的边缘,而他们是尽到了提醒的义务。

二楼有一位欧家伯伯,是退休还是病假,反正不上班,每天早上,头上箍一顶绒线压发帽,下楼来拿报纸。拿了报纸并不回去,而是站在后门口看报。珠珠和南昌也不避开——不是要挑战吗?他们照旧说自己的,但终究有一点不自然。你看,他们和欧家伯伯之间,只隔了一张报纸,都闻得见报纸的油墨味。他们并没有静默下来,反而说得更加热闹,这一回是向自己挑战了,意思是一点不受干扰。他们的说话里夹带着大量的人名:小兔子,七月,小老大——这是南昌向珠珠介绍的人物,由这些人名牵带出他们的故事:七月偷他父亲警卫员的枪玩,被父亲关禁闭,又被母亲放出来;小兔子的母亲解除隔离审查,造反派开封几个箱子,让他们拿些东西,你猜小兔子拿的什么?他父亲的勋章;小老大去了南京军区疗养院,至今没有消息;他的朋友,一个舞蹈学校的学生,进了东海舰队文工团……这些人和事,全是在欧家伯伯们生活之外,就像是海外奇谈,当然,于珠珠也是陌生的,可现在她不是正在一点一点介入吗?不过,欧家伯伯虽然眼界不怎么的,可他是有世故的人,分得出虚实真假。听他们吹得离谱了,便在报纸后面咳一声,声音不响,却挺威严。这两个不由得止了言语,有一瞬静默。就在这一瞬静默中,欧家伯伯慢慢收拢起报纸,按原来的折缝折好,看都不看他们一眼,进去了。

就好比"会笑的最后才笑"的定律,欧家伯伯赢了。还符合另一条定律:姜还是老的辣。

珠珠家的底楼,有一个比珠珠小两岁的女孩,和珠珠的大弟弟一样,刚分进中学。她和珠珠原先还算要好,因为她们是这幢房子里惟有的年龄相近的两个女孩。近来她却对珠珠态度冷淡了,当她从珠珠和南昌中间走过,总是骄傲地昂着一张脸,珠珠与她打招呼:出去啊?或者:回来啊?她都不回答。好像珠珠是不规矩的人,而她却是贞女,不能受玷辱。同样,她也自觉担负着监视的义务,那就是她若是在家,必要把房门敞开,她则面向房门踏缝纫机,正好对着后门口的南昌和珠珠。如果是下午的时光,阳光照到了后弄,从她的角度看出去,那两个人正好在光的格子里,就像一帧屏幕。他们知道她在看,还是有些不自然,但她一个小女孩子,不值得他们挑战,就从后门口移开,到厨房的窗下。可这时,她到厨房里来烧晚饭了。她比欧家伯伯更气势逼人,欧家伯伯到底有涵养,比较含蓄,她却是箭在弦上。他们想,惹不起还躲不起吗?不由再向外边移一点。这样,她就走出厨房,端着钢精锅,在阳光下拣米里的沙子。珠珠和她搭讪:烧晚饭啊?她一扭身又进去了。他们都有些怵她呢!有一次,南昌终于发作了。她在后弄堂里晾一幅床单——她小小年纪就做了主妇似的,成天忙着洗和烧——这被单明明可以晾在自家天井里,晾到后弄,多少是促狭的用心。被单晾在竹竿上,竹竿一头搭在前边人家的天井墙头,另一头搭在后门顶上的水泥突檐,来往的人都需侧身从床单边让过去,或是从底下钻过去。南昌呢,他的眼睛里,哪会有床单这样的事!一边玩着弄车,一边和珠珠说话,免不了的,碰上了床单,其实也没有碰脏。那女孩冷着脸冲出后门,一把将半干的床单扯下来,团在盆里,端进厨房水斗,哗的拧开水龙头,重新洗起来。那哗哗的水声分明是在控诉。南昌本来还忍着,却见珠珠竖起一根手指头在撮起的嘴上,示意他不要做声,他立刻就拉开嗓门了:怕什么?舍得一身剐,敢把皇帝拉下马!水龙头关上了,静了一刻,女孩放声大哭,跑进房间,把房门砰地甩上。他们虽胜犹败。

有一日,欧家伯伯照例对着他们举了一张报纸看,看完之后,慢慢折起报纸,却没有进门,而是对他们说了这么一个故事。故事说的是一名青工。"青工"特指那种没有上大学,从中技或者直接从中学里出来进工厂的青年,他们比较早就有了独立的经济,自有一种骄傲。这名青工是个勤俭的人,但做工收入总是有限,他聚沙成塔地攒够钱,买了一辆永久牌自行车,自然当个宝贝似的,成日价地擦拭,将车擦得锃亮。而且,从此后,他攒下的钱就藏在车坐垫底下,这样,他到哪里,随身都携带着他的全部家当。可是,悲惨的事情发生了。有一天,他的车被偷了。要知道,这城市有许多偷车贼。这青工几乎崩溃,他疯狂到也要去偷一辆自行车,才能抚平心里的怨愤。但他又不会撬锁,为了对付偷车贼,所有的自行车都不会忘记上锁,甚至要上两道三道锁。看来,他只能劫一辆正骑在路上的自行车。每天夜里,他都守候在一个僻静的马路口,等待机会下手。三个两个结伴的,他不能动手;身强力壮的,即便是单个儿的,也不能动手。最后,他等到了一个年轻的姑娘,独自骑车而来,他一咬牙上去了。姑娘一声尖叫,把他吓得魂飞魄散,转身弃车而逃。姑娘却不依不饶,抓住他要去派出所。他从来没遇到过这阵势,早已经双腿发软,抖成一团。姑娘看他并不像个入道的窃手,就问他为什么要干这下流的行当,他一五一十将前因后果全供了出来。姑娘叹息一声,就说算了。为将功补过,他护送姑娘回家,家中父母见来了个生人,自然要问,于是他又将事情说了一遍。那父母都是通达的人,对青工表示了理解和同情。从此,他们竟来往起来,就像是一门亲戚。说到此,欧家伯伯停歇了一下,他们以为故事结束了,不料还没有,欧家伯伯又接着往下说。

不久,这家姑娘开始准备婚事,青工就帮着粉刷房间,搬家具——这倒是出人意料,原以为青工会做他家女婿。故事到此,有点意思了——忙了一大阵,终于喜期来到。青工自然也是座上客,他下了班,洗澡更衣,去到姑娘家中。宾客大多已到,门外停了一片自行车。多日来,这青工已养成一个习惯,那就是凡看到自行车,必伸手向车座垫底下摸一摸,看有没有他藏着的钱,这是他那辆自行车的一个隐匿的记认。这只是一个习惯动作,心里并不存希望的。可是,这一回,他却摸到了,不由吓了一跳。他定定神,进屋悄悄告诉了这家的父亲——这父亲听起来有些像欧家伯伯,沉着,冷静,世事洞察。父亲对满屋宾客说:外面下雨了,各人把自行车推进屋里吧!于是,人们纷纷起身出门推自己的车,车座垫底下藏有钱的那一辆,正是推在今晚的新郎手里。于是,这父亲当即做出一个惊世骇俗的决定:今晚的婚宴取消!结果,大家都猜得出,还是有情人终成眷属,青工和这家女儿结成百年之好。欧家伯伯说完故事,并不看他们一眼,夹了报纸径直进门上楼。南昌和珠珠对视一眼,怦然心跳。欧家伯伯的故事,他们各有领悟,不知是不是一路的,但"百年之好"的说法,不约而同都听进耳朵去了。

现在,他们这一帮人再聚在一起,就各怀各的心事了。表面上说着共同的话题,内中却伏着潜流,向着各自的目标交错涌动。于是就有一种不安,好像将会发生一些什么特别的事情似的。可是,会发生什么呢?并且,现在不就正在发生着什么吗?舒娅家的小房间容不下他们骚动的热情了,他们聚会的地方移到了室外马路上。舒娅家弄口有一个街心花园,他们就站在那里。往西边过去,还有一个三角花园,放射出去几条街,也是他们聚会的地点。再有,那林荫道上大饭店的廊下,他们几架自行车、七八个人往那里一扎,就觉着有一股子气象生出来,兴兴然,勃勃然的。早上十来点钟的太阳,略斜地照过来,他们就在光里面活动,真是有一种璀璨。他们招摇得很,街上的人叫不出他们的名字,但都认识他们,将他们归进不规矩的那类男女。这时候,他们的军服、马靴、板刷式的发型,还有自行车,似乎不只代表着某一个阶级,还是时髦。这个城市就是有这样的功能,那就是将阶级的权力属性演变成街头时尚。而在这同时呢,它又表现出一种坚持,貌似保守,其实是中流砥柱,这从那几个女生的穿着可以见出——她们都还是依着自己的风格,也就是这街区里向来对服饰的理解。在这一个肃杀的时代,她们的情味非但没有丧失,反而变得更为细致和微妙。比如辫梢上细窄的黑发带,那原是用于布鞋的滚条,不知谁想起用它系发辫,再合适不过了;虽已入春,却还戴着白色的大口罩,只露出一双眼睛,显得黑漆漆的很神秘;她们的花布罩衫的中式立领上,翻出来白色镶蕾丝的领子,倘若是素一色的罩衫,就配灰绿格子的翻领;她们的棉鞋是黑色灯芯绒面,带气孔,系带,等到换了单鞋,则是方口,也是带气孔,系带,与发带暗相呼应。就这样,她们所穿所戴,老实规矩中,藏着些小小的离经叛道。他们这伙小狗男女啊!说是上海街头已经被革命扫涤干净了,可不又生出些新的颓靡?这城市的颓靡就像雨后的小蘑菇。

渐渐地,他们中间呈现出分野:南昌和珠珠是一对。小兔子和舒娅是一对。七月呢?或者是不知道,或者是不甘心,他硬挤在他们两人里面,又多余又可怜。其余的几个,暂时还未结上对,隐匿于模糊之中,说不定哪一日浮出水面。在目前,这几个爱恋萌生的散发出格外的光彩,眼睛亮亮的,脸呢,一阵红,一阵白。大家在一起时,他们有意不说话,互相也不看,等散了以后,不知不觉地,他们就走在了一起。春风和暖的晚上,心里就像揣了个小鹿,跃跃的。南昌骑车在街上穿行,柏油马路像镜子一样,映着梧桐叶。梧桐叶已层层叠叠,月光还是透过来了。这城市就像宵禁似的,人和车都很稀少。南昌看见了小老大的楼,想到小老大,"小老大"这三个字都是生疏的。他从小老大的楼底下驶过去,这公寓楼就像半屏山,罩下半屏影。现在,他又驶出来了。看不见月亮,只有白花花的月光。南昌驶过舒娅家的弄口,弄里也没有一个人,深处有一盏灯,静静地照着,好像马上要走出舒娅和小兔子。南昌这才明白自己是要去哪里,他要去找珠珠。

他还从来没有在晚上的时候找过珠珠。晚饭前他们一伙人方才分了手,到此时不过两个小时,可他却想看到她。他简直要飞起来了,从平滑如镜的马路上飞起来。马路两边暗着的窗口,里面是些什么人呢?他都想对他们打招呼。他终于看见了珠珠家所在的弄口,敞开着,在欢迎他呢!那一片红砖墙房屋,看起来没什么声色,可是里面有着挺有意思的人呢,还有珠珠。他很快就要看见她了,看见她那一张黝黑的俏皮的脸,眼珠子在长长的眼睑之间移动,嘴角在脸颊一陷一陷,说着话。是的,她是说上海话,这种小市民的语言,南昌第一次领略到它的生动,还有妩媚。她说的大凡是些没什么意思的话,前说后忘记的,可是,意思不在话里面,而是在一种语音。这语音多么轻盈,不点地地过去,在空气中留下一串流利的波动。他的自行车已经滑翔到珠珠家的后门口,他仰头喊了一声,有几扇窗应声而开,寂静的后弄就像睁开了眼睛。他正准备喊第二声,后门却悄然开了。

珠珠倚着门框,厨房的灯光透过门上方的玻璃格子,从她身后照过来。逆光里,她的轮廓分外姣好。她的垂肩的短辫上,毛出来的碎发,变成光渣子。她不说话,听南昌说。有时候,她将脸向门框侧过去,好像要听听门里的动静,又好像是贴着门框,在哧哧地笑,其实都不是。春风和煦,大片的夹竹桃里也会夹上一株栀子花,于是暗香浮动。南昌在说什么呢?也没说什么,似乎是说了些天气、夜晚、白天,还有白天里谁说了什么好笑的话。珠珠并不回应,也不怎么看南昌,偶尔,眼珠子在眼角里掠一下。后来,南昌也住了嘴,他看见楼房边缘外的夜空,是一种深蟹绿的蓝,蓝得十分澄澈。他忽然间想起在学校操场上方,那一块蓝,体积比这大得多,底下是他和陈卓然。陈卓然,你在做什么呢?南昌喉头不由哽了一下。这夜晚,就是美好到让人伤感。有几次,珠珠离开了门框,回过身对了门里面应一声:来了!是她家大人在喊她呢。她答应只管答应,却并不动身,又靠回到门框。珠珠这个小姑娘,不晓得有多少鬼心眼儿,南昌其实一点都猜不透。不仅是舒拉说的"她们不理解他",他也不理解她们和她。他和她,连说话都对不上茬,都是各说各的,这有什么呢?重要的是,他们俩,面对面,各说各的。现在,他们什么也不说了,倒好像有一点点,一点点,理解的意思了。别看舒拉与他们只差几岁,可她连做梦都做不到这里的机密,成长是一点儿都不能僭越的。就连南昌,不也是忽然有一天,就独自上珠珠这里来了?又忽然有一天,本来叽叽哝哝的他们,静了下来。机密就在这静谧中开出花。

13. 逃 亡

第一个带来消息的人是七月。他告诉舒娅,最近的形势又紧张起来,他们可能要出去避一避。果然,这几日,小兔子不来了。南昌呢,珠珠有好几天没看见他。七月说过那话之后也不见了。他们这一伙,陡然间消失,现在,又剩下她们自己了,她们在第三个女生丁宜男家里聚着。为什么不在舒娅家?因为七月说过,舒娅也许会被注意,他们来得太多了。丁宜男的家住在相邻的街区,离开了繁华的主干道,向北去,一条并行的安静的马路上,沿街房屋里的一间。这样的沿街房屋,通常都是弄堂的最前或者最底的一排,底楼人家门开向街面,楼上的住户则从弄内进后门上楼梯。丁宜男家是住底楼,就与弄内邻居相对隔离。她家人口很简单,只她和母亲,还有外婆,三口人,也是三代人。人们都以为她父亲早逝,知情人方才晓得她母亲原是她父亲的二房,后来办了离婚手续,夫家给了这一间房,搬出来自立门户。从这间房屋的窄小亦能看出,那也并不是富有人家,不过小康而已,却纳了妾。她母亲在一九五七年"大跃进"的时候,到一所民办小学做教师,工作至今。可见是受过教育,独立的女性。女儿的名字"宜男",是萱草的别名,萱草又名"忘忧草",无论是母亲还是父亲取的,都流露了婉约的情致。如此种种,像是有一段特别的隐情。可这城市的市井,这里,那里,都是隐情,谁也不稀罕谁的。所以,这一家人兀自过着平静的生活。

丁宜男长相平凡,要说有什么特别之处,就是白,是那种近乎透明的白皙。但这似乎并没有给她添几分美丽,反而使她更显得平淡。她又戴一副白边的近视眼镜,她的眼睛在镜片里面是变形的,整个脸部的轮廓也变得模糊了。她也不像舒娅和珠珠那么活泼,她比较老成,一群人在一起,不太能听见她的声音。要说她挺不起眼,可是在她们几个中间,她也自有她的作用。什么作用?调剂色彩。若不是有她,色彩就太浓烈,太稠密,缺乏层次和弹性,而她使一切都变得有张有弛。大约是她肤色的白皙促使的,她特别清洁:齐耳的短发清亮,手指甲齐整,衣服本是素色,又都洗得发白,连布鞋沿上那道白滚边都没有一丝污迹。她的家,也是清洁如此。这是一个完全出自女性的手的家,每一个细节都安置得妥妥帖帖,虽然简单,却绝不潦草。电灯的开关拉线,都是洁白圆润,黑色胶木的坠子裂了,就换上一枚黑色胶木的纽扣。沿街的窗户从一半的地方,拉上一道白色绣边的窗帘,光从上半部进来,足够照明,但房间里不是敞亮,而是幽静的亮,就有了一股闺阁的气息。然而,也看不见男人粗犷的照应的手,比如楼上渗水,将天花板洇透,剥落了墙皮,房管所泥是泥上了,却没有粉刷,于是留下一幅地图样的补疤。

此时,她们就来到丁宜男的家里。丁宜男有一个玩具,是她舅舅替她做的一部幻灯机。这个工厂的技工有一双灵巧的手,这双手也是女性的气质,体贴温柔。他把四个饼干筒盖子钻眼穿绳,做成一节一节的吊篮,每一层可放一碗剩菜,悬挂在阴凉通风的地方,相当于简易冰箱。丁宜男小时候,他还给她做过一个洋老鼠房子,三层楼,通楼梯,有铅丝弯成的小自行车,让洋老鼠踩着玩。可是丁宜男,还有她的母亲、外婆,都见不得洋老鼠这东西,尤其丁宜男,一见就哭,舅舅只得遗憾地把它带回自己家里。舅舅的这一个玩具,幻灯机,却博得丁宜男很大的欢喜。这架幻灯机是由一个灰铁盒子,几个大小镜头,再加一个灯,组合而成。舅舅又找来一些电影的废旧胶片,根据片名和剧情排序,做成一条条幻灯片,其中有王文娟徐玉兰的越剧电影《追鱼》《红楼梦》,有张瑞芳主演的《万紫千红》,孙道临谢芳的《早春二月》,王丹凤的《女理发师》……在光线幽暗的房间里,丁宜男将幻灯机对着床头上一面素白的墙,接上电源,摁下开关,便呈出一幅绚丽的画面。她们不知是第几次观赏这些电影的片段镜头了,原先平静单纯的少女心,如今压了些心事。

丁宜男没有进入那爱恋萌生的河流,她站在岸边。有的人,总是站在岸边,看着河道里湍急的水流,打着漩,流过去。可是,你知道在他们安宁的外表之下,是一颗什么样的心呢?在她们中间,活泼妩媚的舒娅和珠珠总是中心,丁宜男是陪衬。无论是过去,她们站在操场边,还是现在,和小兔子他们聚在一起,那些男生几乎都不会看她一眼。可她要是不在,就明显地缺什么了。缺什么呢?不管怎么说吧,总归缺了一个人,无论这个人多么次要,多一个总比少一个好,大家所以在一起,不就是要热闹开心吗?她并不计较主次厚薄,每一次都到场,既是喜欢热闹开心,还是,多少为了不扫大家的兴。这种陪衬的角色——虽然她在家也是宝贝,没有父亲,可是有舅舅亲手做玩意儿给她——她甘于做配角,其实多半是归于这种出自偏旁的爱,不是分内的,是额外给予的，所以就不会起争夺，只会知足。而她绝不是颟顸的，她甚至比调皮的珠珠们更聪明，只是不放在面上。因为不是中心，不能公然展现性格，只能在暗地里蕴蓄和积养自己的格调。身处幕侧，她还观察到更多的人意，就学会了以己心度他人，她是最懂得人之常情的，因而善解人意。后来，他们这一伙化整为零，分开活动了，没有人来找她，她就自己在家里，在缝纫机上做些女工。她家沿街窗户上那一行窗帘的机绣花边，就是她做的。她在窗下踩着缝纫机，树荫投在窗帘上，她就好像罩在花影里。随了天气转暖，她家门前的林荫道上，梧桐树叶越来越茂密，太阳光越来越晶莹剔透。现在，这些光的小点点，针尖样落在她身上、头发上、手里的活计上。再后来，大家又聚在一起，话里话外，她听得出女伴们各自都有了些经历，她却还是清泠泠见底的一池水。那些经历其实也算不上什么，只有她们同龄人，同样纤细的心思，方才觉得出来。

这时候，她们来到她家里，静静地看着那一面墙，由她操作，将画面一格一格推过去。她知道她们的心并不在这里，可是在哪里呢？这些未明的心事使她们之间有了裂隙，她觉得自己和她们相隔很远。可她从来不问，也不猜，因为她是没有一点经验可以借鉴的，问和猜都没有方向。她只是觉得，自己的心思也被搅动了，不过搅动的也是一池清水，很快平静下来，重又澄澈见底。

这天早上，她正坐在窗下踩缝纫机，满窗帘的树叶光影里忽然升起一片暗。她一惊，抬起头，那暗陡地又滑落了。她心跳着，立起身，丢下活计，推门出去了。树底下立一个背影，好像知道她会跟随上来，兀自斜穿过马路，沿对面马路向前。丁宜男也穿过马路,随那背影走去,心轻快地跳着。她看见绿荫遍地中自己的影,就好像是另一个人。前面的人,她却已经认出,是南昌。南昌没有穿军装,换了一件蓝咔叽的学生装,看起来有些不像,可就是他！他走过两条横街,走进一条长廊,长廊后面是著名的宾馆,本来廊内是一列昂贵店铺,如今大都关闭了。南昌在一根廊柱下站住了,等丁宜男走近,转过脸。丁宜男看见,他很奇怪地,在这仲春季节,戴了一只大口罩,遮去大半张脸,只露出一双眼睛,眼睛里的光很亮。他将一个叠成燕子形的字条,摁在丁宜男的手心里。丁宜男的手心热了一下,又凉了。他说:请交给珠珠。说罢转身就走。丁宜男问了一声:你怎么知道我家的？他回过头,似乎是笑了一笑,走了。现在,丁宜男终于开始了她的经历,可是,却是从珠珠们的经历上蔓延过来的。

当天,丁宜男就去了叶颖珠家,然后,她俩又一起去了舒娅家。三个人坐在小房间里,逼仄的房间忽变得空空荡荡,无比冷清。珠珠手里一直捏着那个燕子形的字条,她看过之后又依原样折好了。珠珠说:南昌他们马上要离开上海,约她和他见一面。她问她们能不能陪她去,舒娅立刻说:好。丁宜男却有些犹豫。不待她犹豫定,珠珠就说:好,舒娅陪我去。她本来也没打算让丁宜男一起去赴约,丁宜男总归是局外人,而她和舒娅则是在事件的核心。然后,珠珠又提出第二个问题:他们出走需要一些钱,怎么办？又是舒娅立刻响应,她交出了自己的零用钱。每天一角,按说这些零用钱不算少,可她是个攒不住钱的人,倾囊而出,也只有一元多。珠珠的零用钱是一星期四角,因为有计算,倒攒了两元五角。丁宜男这回没犹豫,但钱并没带在身上,而是在家里。于是,三个人一起又向她家去。丁宜男的零用钱都是她自己挣的,邻居里有一个妇女在街道花边工场,工资是计件算的,有时候活领多了,会分给丁宜男做。丁宜男得了工钱,大头交到母亲手里,母亲替她存着,说是将来陪嫁她用,她只当没听见。余下的钱她就夹在一本旧课本里。这课本里,还平整地夹着一些糖纸,不多,但很精美,最难得的是一套三张牛郎织女的糖纸。这套糖纸很稀罕,不是因为糖果的高级,比如维多利小白熊和小白兔,都是三元多一斤的奶糖。"牛郎织女"只是普通的糖果,可是印制很少,丁宜男却收齐了。从这也能看出,她是一个有恒心的人。她将压在课本里的几张钱,悉数交到珠珠手上,是数目最大的一笔。

她们在丁宜男家坐了一会儿,太阳渐渐从窗帘上移走,枝叶的影也变得模糊。丁宜男接着在缝纫机上做活计,那两人一边一个看着。针在布的经纬上嚓嚓的扎着眼,然后出现一排图案。三个人都不说话,气氛有些沉重,丁宜男也染上了她们的心事。沉默了一时,她们慢慢说起话来,题目是诉说弟妹们的讨厌。舒娅的妹妹与她争食,珠珠的两个弟弟则彼此争食。她们的弟弟和妹妹虽然互不认识,却都好像约好了似的,有着许多共同的毛病:只吃荤不吃素,不讲卫生,爱向母亲汇报姐姐的动向,当众还不给姐姐面子。说到后来,两人都很羡慕丁宜男,丁宜男就笑。环顾丁宜男的家,觉得这才像是自己的家,清洁、安静、娟秀。而她们,不得不和舒拉们泡在一起,使她们美好的少女生活受了玷污。她们坐在一堆说话时,丁宜男的外婆有几回过来,看她们一眼;或者走过去,推开朝向街面的门,往外看一会儿。她外婆同样是肤色白净,戴眼镜,短发贴齐了梳往耳后。她们也见过丁宜男的母亲,一个典型的女教师,特点也是白和清洁。这样的三代人,就好像是上了某一种釉,生活从她们身上滑过去,一点痕迹也不会留下。她们家的声气很静,行动说话都是柔软的,你简直想不到,隔了薄薄的墙和门,外面那个世界有多么的粗暴。

就在这天晚上,小兔子也来和舒娅告别了。他没有如同往常一样走后门进来,而是去敲隔壁一个小院子的前门。他晓得,舒娅的父母睡朝北的小房间,舒娅姐妹随了扬州阿姨睡前面的大房间。舒拉和扬州女人这一大一小是讨厌的麻烦,可总比惊扰她的父母危险小。很幸运,是舒娅出来开的门。舒拉和保姆都已入睡,只有她醒着,有心事的人总是觉少的。她一个人坐在桌边看书,院子里一池月光。这个荒芜的巴掌大的小院子里,什么花木也没有,只有车前子和狗尾巴草,又叫舒拉东掘一个坑,西掘一个坑,满地疮痍上面,孤零零地立着扬州女人扎的晾衣架子,架子与院墙之间搭了两根竹竿。一日之中,只有这一刻,才合乎少女的情怀,舒娅怎能早睡呢!当铁门上响起轻轻的,好比猫抓似的两下,舒娅并不吃惊,她好像知道会有人敲门。她立起来,走出房间,下了台阶,穿过如水的月光,去开门。生了锈的铁门闩在铁销里吱扭了一声,门开了,站着小兔子。他也戴了一个大口罩,这就是逃亡者的标志,其实多少是欲盖弥彰,可他们宁可冒这个险的,因为这是光荣的徽号,他们视荣誉重于生命。舒娅转身将铁门带上,再回过身,就发现小兔子几乎贴着她站在跟前,她嗅到了小兔子衣领里的气息,清洁的、药水肥皂的气息。她正局促着,冷不防,小兔子在她嘴唇上啄了一下,只听见牙齿磕碰的咯一声,小兔子已经转身走了。月光下,他的背影如此清晰,每一道衣褶都丝丝入目。他一手插在裤袋,一手随迈步轻微摆动,肥大的军裤非但没有遮蔽,反而更显出修长的腿。这秀美的背影最终消失在横弄的拐弯处。舒娅收回目光,返身回到院子,眼前的一切都变了——四面院墙下的坑洼不平的地里,忽然布满光和影的图案,院墙上方呢,那深蟹绿的穹隆,星星一起睁开眼睛。

第二天下午,珠珠和舒娅提早到达南昌指定的地方,一家闹市中的电影院。其时,没什么故事片,放映的是纪录片,或是《红太阳照亮芭蕾舞台》,其中有一些芭蕾舞剧《白毛女》的片段;或是《西哈努克亲王访问中国》。西哈努克亲王,尤其是夫人莫尼克公主,总是异域情调,电影院里也就熙来攘往。路边的店铺虽然没有什么新鲜东西,但都开着门,自然有人进出。这城市多少有一点好了伤疤忘了疼,又开始享受起生活来了。她们觉得站着不动挺扎眼,便绕街区走了一圈,走回来时,看见电影院前一排停放的自行车后边,站着南昌。杂沓的人群中,他不怎么起眼,尽管不合时宜地戴着口罩。这街面上,不合时宜的样子多了。就在离南昌一步远的地方,那个看自行车的女人,头戴一顶军帽,帽上别一枚毛主席像章,腰里系一根帆布皮带,脖子上挂一个军用书包,双腿叉开,目光如炬,望着过往行人,分明在说:你们,莫动自行车的脑筋!紧邻电影院,是一爿小百货店,只一间门面,迎门横着柜台,柜台里的人将各色长短鞋带搭在自己的手臂上,展示给众人。再过去是食品店,门口炉子上坐一口沸腾的大锅,卖一角一碗的水果羹——于是就簇拥一群食客,或蹲或站,表情专注地捧碗享用。这些人看上去都很滑稽,尤其是在严肃的大时代里。稍不留心,这城市的流气又沉渣泛起。

南昌看见她们了,往边上移了几步,将她们引到一个邮筒边上。三人一时无言。珠珠低下头,从口袋里掏出钱包,将筹来的钱交给南昌。南昌说了谢谢,声音是暗哑的。换了别人,比如丁宜男,此时自然要回避的,可舒娅是没这个心的,再加上珠珠的手一直牢牢地拉着她的手,于是,她就始终忠诚地守在旁边。好在,南昌并不讨厌舒娅,看到她,甚至还松了口气,因为不必和珠珠单独相向。在这样的场景下,他应该对珠珠说什么?珠珠又会怎么回答他?想起来都觉得困难。他不敢看珠珠,珠珠的眸子黑漆漆的,睫毛的暗影几乎要罩着他了。他只敢看舒娅,舒娅的眼睛是有些游离的、心不在焉的样子。南昌说:谢谢,无论我到什么地方,我都不会忘记你们——珠珠知道这里的"你们",其实是一个单数"你"。他接着说:如果我回不来,也希望"你们"不要忘记我!虽然——他的声音有些哽咽——我们认识的时间不久,可是我觉得我们彼此理解,很知心!珠珠的眼睛有些湿了,舒娅却很奇怪地微笑了一下,她的神儿不知走到哪里去了。南昌兀自说下去:我希望不要连累你们,你们本来生活得很安定,有爸爸妈妈保护——说到这一句,他的眼泪真的下来了,他用口罩的边沿悄然拭去——可是我又渴望与你们见面,就此一别,不知猴年马月才能重逢。因为流泪,也因为说出了这番话,南昌陡然感到轻松,甚至有些快活,离别的伤感中浮出一股甜蜜。他想:我们正在经历着什么呀!珠珠终于说话了,她说:你们保重,我们等着你们回来。她也用了"你们"和"我们"的复数,南昌也知道那只是指"他"和"她"。最后,他与她们俩握了手,这是他们第一次握手。可是,是这样嘈杂的环境,心里又紧张,彼此都没得到应有的体会,就这么匆匆地分开了。

　　南昌在人流中穿行,又有眼泪冒上来,一阵酸楚,可心境是光明的,满目跃动的景色。街上比方才更要熙攘,又一场电影散场,紧跟着要放映下一场。许多人朝他走来,如同滚滚洪流,而他逆流而上。他的肩和臂膀,不时地被撞击着,他也撞击别人的。他想:我是孤独的,孤独的行者。这念头又顶出一层眼泪,眼前的景色并没有因此模糊,反而增添光泽,更为明丽。忽然间,他眼睛干了,他看见了一个人。这个人从他身后蹿出,横在面前,是舒拉。舒拉的头发勉强编成短辫,结果前后都披下许多碎发。头发是这样,衣服呢,一件灯芯绒上衣几乎短到肚脐上,裤脚则吊在脚踝上,已经够古怪的街景就又添上一怪。南昌被她打断遐思冥想,不由怒从中来,甚至牵连到舒娅,想这姐妹俩都同样的不识趣,总是出现在不该出现的地方。舒拉却一扫平日的蛮横无赖,怯生生的,赤红着脸,急切地将一叠东西塞进南昌上衣口袋。接下来的动作更令南昌猝不及防,她扑上前,伸手勾住南昌脖颈,在他耳边说了一声:只有我了解你!她个头那么高,几乎与南昌一般,胳膊又细又长,就像是一个男孩子。连她身上的气味都是男孩子的,没有一丝半点和欲念有关。南昌被她吓了一跳而更加生气,可她早已转过身,像泥鳅一样钻入人群,不见了。南昌低头从口袋掏出舒拉塞进东西,竟是一叠崭新的纸币,全是一角和两角,加起来也有三元多。显然是小孩子的收藏,她还没学会花钱,把钱当成玩具,央求大人将旧钞换新钞,放在什么秘密的地方。现在,就全在南昌手里。

这真是一场隆重的送行,双方的情绪都激动起来。走的人奔赴未知的前途,也许会有新的遭际,总是奋发的;留下的人则退回到平静的日常生活,难免会感到黯然了。有几日,她们互相没见面,三人之间有了微妙的隔阂,是一些无法交流的心事划出来的。她们各自在家里,舒娅埋头看书,忍受着舒拉的恶语相向,一句也不回嘴,她与舒拉已是相隔千丘万壑,还有什么可说的?珠珠充任着小主妇的角色,为两个弟弟烧饭、洗衣、铺床叠被,忍受的是未发育的男孩子球鞋里的恶臭,颈脖里油汗的气味。可她与他们是不能同日而语的,就无从计较了。丁宜男,照理没她什么事的,可是像她那么平凡,因此养成谦逊性格的人,别人的故事投射过来的一点氤氲,也足够影响她的了。要说,她才真正是身在闺阁,可有一句话不是说"水至清则无鱼"吗?所以,闺阁其实是很寂寞,而且虚空的。

在他们那伙人消失后的第三天,她们重又在学校聚首了。这一日,学校开大会,批斗一名高三的反动学生。礼堂里黑压压坐着的,大半是刚入学的新生,他们懵懂地度过运动的初期,就此进入到复杂的意识形态阶段,还不明白是怎么回事呢,只是跟着喊口号,是革命中的愚民。那被批斗的对象已是成年人的样子,身量挺高大,低着头。看不见他的脸,只看见他的剃光了的头顶,像一个僧人。如同前面说过的,他们的学校,不是那种站在革命前列的学校,虽然也随潮流经历了运动的过程,可政治空气总是稀薄的,没有产生校际水平的风云人物,有那么几个先锋分子,也并不为众人所认识。高音喇叭传出的声音失真而且含混,听不清楚挨批者的罪状,却增添了压抑感。礼堂的侧门开了半扇,投进一块雪亮的阳光,划分出明暗两个世界。她们三个互相不看一眼,但都知道彼此心里所想。她们原先是与政治无关的人,有一点小小的物质心,还有一点利己心,无论世态如何变迁,她们都能自给自足。可现在不同了,因为偶然的际遇,时代和社会忽然变得具体起来。她们还是弄不懂里面的横竖经纬,但是却有一些细节,微乎其微的,因此渗透性很强,介入了她们的体验。她们终于走出森凉阴暗的礼堂,到了正午的煌煌的太阳地里,眼前尽是炫目的光圈,四下里都是舒拉那个年纪的男女孩子,男生还是小孩子形貌,女生已经装模作样。她们实不该滞留于此,可是往哪里去呢?她们开始对前途生出了忧愁。

然而,黯淡的日子仅是数天而已,不期然间,又云开日出。下一日,她们坐在舒娅家的大房间里,慵懒着,听舒拉在院子里和扬州阿姨一句递一句地对嘴。这时候,有两个人走在后弄,进了一扇后门,穿过厨房和走廊,门也不敲地进入房间。房间里的三个人不由坐直了身子,说不出话来。来者不是别人,正是南昌和小兔子。他们除去口罩,一身单衣,略显消瘦,并无逃亡生活的疲顿,反有一种经过洗涤的神清气朗。小兔子依然白皙,南昌的脸是青铜色,一笑,露出两排牙齿雪白。这一场逃亡结束得似乎过快了,要对照开局的气势,不能不说有些潦草。可是刹那间欣喜涌满了房间,连不知就里的扬州阿姨都是高兴的,走进房间,在南昌胸上捶了一拳。扫兴的情绪转瞬即逝,只有一个人例外,这个人就是舒拉。舒拉感到的不只是扫兴,而是愤怒,她简直有一种上当的心情。她站在通往院子的门口,手里还握着一把铲子,那种掘沙坑的儿童玩具铲子。那两个人被屋里人簇拥着,在短暂的静默之后,都来不及接应她们的招呼。等南昌转过身子,与舒拉的眼睛相遇,方才觉到背上的灼热。他不由一惊,忽然想起安娜,小老大楼下的那个患精神疾病的女孩,她和舒拉都有一双严厉的眼睛。这个年龄的孩子,为什么会有这样的逼人的眼光?南昌恼怒地想。她们还没长大成人,生活还没有开始,有什么资格谴责他人?这个年龄的可怕就在于此,阅历还未罩蔽心灵,她们就像一面镜子,将人和事照得纤毫毕露。安娜和舒拉的区别在于,前者是静止的,而后者却很生动。两者各派用场,前者的投照是抽象的,笼统,但宏观;后者则具体到纠缠不清,令人难以摆脱。所以,他对前者是怜悯,对后者却怒上心头。此时,他对着她的眼睛,就是不躲开,看她怎么样!这孩子转过眼睛,将手里的铲子向院子里远远一抛,铲子着地的一声,很柔软——到底是春天了,连这小院子里板结的土都叫昆虫钻松了。可那柔软的一声分明是轻蔑的。

14. 归　来

他们回来的这一天,在场的,其实还有第四个人,姓顾,名叫嘉宝。嘉宝就是那个大串联的时候,带舒娅去宁波亲戚家的女生。女生之间的友谊,都是一阵一阵的,亲一阵,疏一阵。嘉宝个头很高,大约有一米七二光景,曾经在区少年业余体校篮球队受过训练,气质就很轩昂,看上去比实际上更高大。由于身量的高大,她在穿着形貌上也有意无意地摆脱中学生的套路,而趋向于成熟女性。她是女生中最早,甚至早于高中的女生,戴胸罩的。在夏天单薄的白衬衫底下,清晰地透露出胸罩的带子。她的头发是有款式的,发顶蓬松,渐削薄,到齐耳的位置,鬓发从耳后弯到腮边。有阅历的人看得出,这叫"柏林情话"式。她的衣服鞋袜无论质料,还是样式,都是那种老派的讲究,如同一个已经走上社会的人。这样的穿着发式,一方面是因为她身量高大,不好意思和学生为伍;另一方面,是因为她有着一群时髦的堂表姐妹。

她的祖父是一名中等工商业主,当年做的是颜料生意。为企业发展想,儿女们学的都是化学,还有送去国外受教育的。上海这地场的洋务派,总是有都会气的,比较注重生活享受:好莱坞电影、英国品牌、法国大餐、爵士乐。到了嘉宝这一代,家里还囤有美国旧画报,再有,香港的亲戚也会带进来新的流行。文化大革命开初,像她们这样的人家,自然是要受冲击:抄家,游街,封房子,封财物。可是,要知道,上海的资产阶级脚上的泥巴还没洗干净呢,在他们养尊处优的外表底下,是乡下人的耿劲。他们实在是没过多少安稳日子,一会儿地痞流氓来了,一会儿日本人来了,一会儿接收大员来了,再一会儿共产党来了……大风大浪,靠什么过来的?就是靠那股乡下人的耿劲。前边不是说,舒娅跟嘉宝去过宁波的亲戚家,到了那里,就知道华丽生活芯子里的草根性了。所以,别看嘉宝那么成熟和时髦,内心却有想不到的质朴。听她说话,没什么遮盖,甚至还有些粗鲁,手的动作也很大,很重,将对面的人一推一推的。对人呢,热肚热肠,一无心机,是个头脑简单的人。

嘉宝有着和舒娅、珠珠、丁宜男都不相同的另一路生活经验。她家是一个大家庭,宁波人本来就家族观念重,再因为是有产业的,长和幼之间依附性就更强了。到公私合营之后,不再有大宗的进账,虽然有定息,毕竟有限,儿女们都各在各的单位领饷,自立门户。表面上大家已经拆整为零,但内里却还是很紧密。家中的女儿都是嫁到外面的,叔伯里面,有两个住出去,作为长子的嘉宝父亲及最小的叔叔依然和祖父母住一幢新式里弄的双开间楼房,其中,还挤住着一个未出嫁的姑母。尽管比起一般人家,比如那三个女生的家,住房要宽敞好几倍,但因都是亲缘关系,有许多避讳和牵连,所以就是拥簇的。人多,伴儿也多,生活很热闹,但又有许多话必得关上房门,掩口掩耳地说和听。堂表姐妹们做同款的发式,同款的衣裤,同出同进,但钱款上却一清二楚,绝不混淆,互相间连小项的借贷都不会有的。就这样,嘉宝对亲属的观念就比较特殊。亲属关系既是祸福同当,同时又利益各分。这样对立的统一的情形说起来有些复杂,但在嘉宝倒是浑然天成,于是就养成她一种又豪爽又自私的性格。这种性格按说也是复杂的,可具体到她,又变得简单了。如此化繁为简的本能,和她在家庭中的处境有关系。她是他们这一房的独女,上面两个哥哥,下面一个弟弟。不知是男孩多不稀罕,还是反正家业已经归公,无继承可言,她这个长房中的女儿倒特别受祖父母的宠。因为祖父母宝贝,父母亲就也跟着宝贝,这就让她有了特权,可以在人事错综的大家庭里少受约束,鲁直地行事了。这家里其他的姐妹都不怎么像她,心思更缜密,风格也更细腻。她只在衣着打扮上学来她们的做派,内心还是乡下人的禀性。叔伯婶母关起门,会说她腔调像"大脚娘姨",意思是像乡下人。嘉宝肤色也很白,但不是丁宜男的近乎透明的白,而是象牙色,显示出她健康的体质和丰富的营养。这样的肤色加上她的身量,看上去就像一尊玉佛。

南昌和小兔子重新来到她们中间,看见一个新人,嘉宝。嘉宝其实知道他们,他们如此招摇,谁不知道?不过原先是远远地看,怀着些畏惧,现在到了跟前,竟都是平常的言谈举止,就消除了顾虑。嘉宝又是个见面熟,不一会儿工夫,就与他们打成一片。大家又聚在一起,很是高兴,忽想起还有一个人没到,就是七月,不晓得他逃到哪里去了。小兔子们就笑:七月逃什么,与他有什么干系!分明是笑他瞎凑热闹。正说到七月,七月也来了。不期然间,从天而降一个大团圆,人人欣喜万分。七月的形容也很焕发,更显得唇红齿白发黑。不论七月是否需要逃亡,总归大家都离散了一段,这时再团回来,边角不缺,往日的裂隙一时也弥了缝。嘉宝虽然不明就里,但看见人多,且情绪高涨,便也跟着兴奋。尤其见他们说话不避自己,似乎并不存什么阶级异同的成见,更放下心来。这时,就有人建议,大好春光,何不外出走一走?于是,他们出发了。

那三个的自行车各带一位,嘉宝自己骑一辆车。她的车是英国蓝铃跑车,而她并不伏身握车把,只是双手并齐扶住车把中段,显得很随意。这天她穿一件米白色咔叽夹克衫,翻出藏青线织运动衫领,头发有些被风吹乱。因是好车,又是一人独驾,便遥遥领先,那几个男生则奋起直追。这一行车队真如同雁阵,从布满林荫的柏油路面飞过去。时间仅相隔十数日,他们就又招摇起来,忘了先前的谨慎,难道形势真的改变得这么快?其实他们又能知道几分真相呢?不过是风声鹤唳,又被他们夸张了,用来扩张青春的历险性。可这到底撑不了多久,青春总体上是浅薄的,浅薄的欲望和浅薄的满足:讴歌,奔驰,叫喊,挥舞旗帜……包含着身体的勃动,因为身体以及官能都在啪啪啪的拔节生长,跃出了规定空间。

现在,他们和嘉宝认识了。这是一个奇特的邂逅,他们和嘉宝分属两个对峙的阶级阵营,革命初期,对嘉宝家进行查抄的人群中间,说不定就有他们的身影。可是现在,坐在一起,他们竟能平静而好奇地倾听嘉宝的抱怨,还有,对付他们抄家的种种小伎俩——将墨水瓶倒空,防止红卫兵洒在床单被单上;在空白的墙壁贴上毛主席语录,避免写侮辱他们的标语;将橱门甚至房门贴上封条,表示已经为先前的查抄队伍所有——嘉宝的蓝铃跑车就是这样保下来的。这些事情其实不能与外人道,可嘉宝也说出来了,她的态度还很强硬,当他们企图伸张革命的正义,就遭到她激烈的反驳。看起来,她真的很嚣张,而且很危险,可这几个人格外的克制,似乎有决心检讨无产阶级革命的缺陷,又像是特别对嘉宝纵容。很明显,他们的兴趣被嘉宝吸引,嘉宝为他们打开了一个资产阶级社会的入口。这个阶级的社会对他们始终是抽象的,虽然他们对之拥有大量批判的理论和激情。现在,这个阶级具体为一个嘉宝了。她当然算不上什么典型人物,她关于阶级的观念浅陋幼稚,不堪一击。可是,她却是生动的。她骑车的姿态,头发的款式,着装的风度,还有她象牙白的光亮的肤色,都呈现出一个优渥阶级生活的痕迹。他们——南昌,小兔子,七月,包括陈卓然,还可以算上小老大,是这城市的优胜者,有特权的阶级,可是,同时呢,他们又是在这城市的边缘。他们实际上并没有进入这城市的核心。在他们内心的深处,有那么一点点自卑呢!这也是他们所以能够任凭嘉宝放肆的原因之一。

他们只顾和嘉宝热络,不由冷落了那几位。丁宜男一向是做配角做惯了的,倒没什么,舒娅和珠珠却不悦了。女生总是小心眼儿的,加上她们与他们之间,已有了小小的私心。逐渐的,她们的不满情绪开始有所表现。先是珠珠常缺席,然后舒娅也说有事,舒娅有事,就意味着不能在她家聚会。舒娅家说来有种种不便,地方逼仄,扬州女人要干涉,还有讨厌的舒拉,可除她家之外,还有什么地方可去呢?丁宜男家里绝不能接待男生,又是这么一大帮人,没有男性的家庭总是谨慎的;嘉宝家更不可能,大家庭秩序井然，嘉宝还没到招待自己客人的年龄，而且他们又是那么一类人。有两回，他们和嘉宝、丁宜男在那宾馆外墙的廊下站立着，廊外有人过往，不是谈话的气氛。更要紧的是，舒娅和珠珠两个人不在。虽然近一阶段，她们偏离了他们关注的中心，可她们就有着这样的影响力，这两个人不在，就好像她们全不在了。丁宜男，是被她们捎带出来的。嘉宝呢，没了她们的背景，就变得孤立和突兀。群体就是这样，各有各的位置，缺一不可。如此这般，他们的聚会又一度解散了。珠珠和舒娅各自待在家中，心里藏着期待，期待他们又会像曾经有过的那样，单个儿上门。可是，没有。他们又一次音信全无，而这一次与上一次不同，上一次是被她们送走的，这一次则不告而别。就在这时候，嘉宝家却发生了令人不安的事情。

方才说过，她家住独一幢弄堂房子，总共三层，大体是各家一层。嘉宝家住底层，叔叔家住三层，祖父母则住二层。但其间又有些交错：嘉宝家的底层，通花园这一间做共用的客餐厅；嘉宝的卧室则在二楼的亭子间，与祖父母的房间只隔几级楼梯；三楼叔叔家也辟出通阳台的朝南大间，供未出嫁的娘娘住；顶上还有一间三层阁则补给叔叔家用。这样，基本保持了公平。这天晚上，大约八点来钟，在平常这不能算晚，但因是特别的时节，到此时，已是万籁俱寂，入夜很深了，后门忽然敲响了两声。运动以来，无论是前门还是后门，都被不同的人敲响过，似乎谁都有权利来敲他们的门。有时是师出有名的红卫兵、造反派；有时候，打开门，只是一群小孩子，跳着脚喊一声：打倒资产阶级！转身就跑；最激烈的一段，前门和后门日夜敞开着，任由人进出。狂飙突起的时日终于过去，如今相对安静下来，已经有些日子无人闯入了。因此,这轻轻两声门响,在他们便是振聋发聩,简直是一个警报,报告又一波冲击的来临。从一楼到三楼的人都听见了,没有人出来。然后,门上又响了两声。这一回,房间里的人出来了,站在楼梯边,上下互望着。这敲门声有些不同,似乎是谨慎有礼的,又似乎是揣着什么机密。二楼的祖父示意嘉宝的叔叔去开门。嘉宝的叔叔是父亲这辈里最小的兄弟,在一家工厂做技术员,被吸收参加厂里的造反组织,所以臂上也套有一个红袖章,是这个家庭里的革命成分。叔叔下楼去不一会儿,复又上楼来,身后鱼贯跟进四个人,一律戴了白口罩,手上是白手套。叔叔将他们引入祖父的房间,自己退出来上楼去了。整幢房子都收敛住声气,寂静着,像是入睡了,其实无比的警醒,连眼睛都合不拢。祖父的房门紧闭,不晓得里面发生着什么,没有一丝声息漏出来。后来,家里的小孩子都睡着了,不晓得来人什么时候离开的。清早起来,大人对昨晚的事缄口不言。看祖父,脸色很平静,如同以往一样,出门上班去了。看他走在弄堂里的样子,谁能看出是个大老板呢?他身穿洗白了的人民装,套一双蓝布袖套,提着一个铝制饭盒,和店铺的伙计、学校的校工,或者弄堂守更的老头,没什么两样。可是,你看他走路的样子,腰是直的,背略有些驼,不能叫驼,应是含胸。再看他的眼睛,倘若他恰巧抬眼,就看得见他眼里的光了,不由一阵心惊,那是鹰隼一样的光,穿透多少人和事,有多少城府在胸。

过了三天,神秘来客再次光临。与上次不同的是,没有敲门声,等他们鱼贯走上楼梯,房间里人听见了他们的脚步声。就好像有人替他们留了门,这人是谁呢?他们径直进了祖父的房间,房门掩上,整幢房子又屏住了声气。再过三天,神秘来客又来了。这一回来,谁也不知道,只是嘉宝的兄弟起夜的时候,睡眼惺忪地看见他们走过身边,其中一个还伸手在他肩膀拍了一下。第二天和大人说起,方才知道又来过了。自此,神秘来客已不叫他们那么骇怕了。当神秘来客到来的时候,房子里的空气明显轻松下来,各房间里有了些进出,就有了动静。可祖父的房间依然闭着门。家中人们开始交谈,猜测来人究竟是谁,又与祖父做些什么,竟然一夜又一夜,似乎,祖父与他们有着不寻常的关系。可是,没有人敢去问祖父,祖父呢,神色依然如常。这一晚,神秘来客说笑着上楼来,他们也变得松弛了,经过嘉宝的亭子间,嘉宝忽觉着有一个声音挺耳熟,可她却想不出是谁。于是她将门拉开一条缝,向外看了一眼。这一眼让她吃惊不小,楼梯上那一串背影分明是她认识的,就是南昌小兔子一帮人。不等她回过神来,那帮人已进了祖父的房间。嘉宝心怦怦跳着,蹑着手脚下楼去,穿过厨房,推开后门,后门口静静停了几架自行车。她认出了他们的车。嘉宝站了一会儿,定定神,三步并两步,回了自己房间。她怔怔地坐在床沿,微微打着战,她想她闯祸了,神秘来客原来是她引来的。这个家刚刚太平了几日,谁晓得会招来福还是祸!此时,她又想起各房之间的一些裂隙,面上没什么,可底下却互相觊觎。她如此交友不慎,会给叔伯婶母留下什么话柄啊!平日里,大人是一句话也不许他们说错的。她越想越怕,心事重重,好在生性疏阔,竟在无穷的忧虑中睡过去了。

神秘来客不是别人,正是南昌一伙,他们潜入嘉宝家中,是为和她祖父,一个老资产者聊天的。

初次见面,双方都不知该怎么称呼,她祖父到底沉着,一律称他们"小将",既是尊敬他们的身份,又不让长幼之序。他们则拖延一时,然后才决定称他顾老先生。"先生"这个称谓用在此实在很妥,它划清了阶级分野,同时又合乎礼貌,当然,是旧式的礼貌。顾老先生一时不大能确定小将们的来意,小将们呢,只说"聊聊"。于是,双方坐下来,开始聊。小将先是要顾老先生端正对革命的态度,老实交代问题,要合作,不要生离异之心——顾老先生嘴里一一应着,人慢慢仰靠到沙发里,心里已明白了一二分,无非是闲得无聊,与他来"寻开心",不晓得是哪个儿孙辈的狐朋狗友。只是"顾老先生"这个称谓有些意外,好像统一战线又回来了。小将说完,顾老先生自然要有些回应,为表示郑重,他先静一会儿,然后开口了。他说他虽然是剥削阶级的人,可他其实很受共产党的恩惠,并且知恩图报。你们知道旧社会吗?他的眼睛在眼皮底下扫了他们一圈,绑票、拆白党、放鹞子,哪怕身无分文的穷汉,还要防着"剥猪猡",这是指社会;生意道上更是凶险重重,外国货抢市场,外国资本争地盘,外国人有租界撑腰,喉咙都要响三响。不是说半殖民半封建吗?半殖民比半封建凶,就算是半封建这一块里,同行间还要互相倾轧。共产党的天下,是清明世界啊!顾老先生叹息一声,结束了。可是,小将说:工人阶级呢?他们还要再受你们一重压迫。是,顾老先生同意。关于这,你有什么可说的?小将追问。无言以答,我服罪!顾老先生说。在他的驯服里,似藏着一点戏谑。好,那么就谈谈你的发家史吧!小将们换了个话题,显然不打算就此结束,而是要重新打开缺口,深入下去。这是一部罪恶史,顾老先生说:所以我劝小将你们还是不要问,免得中毒。这一回小将们回答得很有力:我们有批判的武器。

顾老先生"哦"了一声,再沉吟一会儿:那就要从肥皂说起了。说起肥皂,几乎人人会做,煤球炉上坐一只洋铁罐头,扔进去石灰碱、油脂,烧到大滚,起粘,再冷却,合扑倒出来,切成条头糕,就是肥皂了;上海过去有许多白俄,都是十月革命逃亡出来的贵族,就有人做肥皂,自产自销,立在马路边,有人走拢,就拖过来,拉起一只衣角,牙刷沾了肥皂水刷出一块白,要人家买。他们的肥皂气味很怪,有一种特别的作料,人称"臭肥皂"。这么多做肥皂的,本低利薄,德国固本肥皂厂都没了兴趣,盘给了中国人。这说明什么?说明中国工业的落后,连一块肥皂,都要由德国人到上海来开厂。同时,也说明,这么小小的炉灶,一只两只不算什么,十只二十只,也不算什么,一百两百,一千两千,拢总一起,就不可小视了,硬碰硬挤走了德国人!小将们说:这算不算工业救国呢?顾老先生一口生脆的宁波话,有一股不容置疑的强硬,他从沙发里欠起身子,直望着面前的年轻人:请小将批判指正!

小将轻轻咳一声,说:顾老先生不要回避剥削的本质。顾老先生做出聆听的表情,小将们就开始说起"剩余价值理论"。从劳动时间决定价值说到历史唯物主义,再说到利润及剩余价值。面对顾老先生诚恳的请教的态度,他们又进一步,以肥皂为例子进行分析说明,比如,你的工人——顾老先生说:你们指的是阿四?你只有一名工人?顾老先生补充说:后来阿四又带出来阿六。好,就算只有阿四和阿六,你给他们多少工资?包吃住,阿四每月三元,阿六两元,顾老先生说。你看,你所得的利润肯定大大超出。可是,顾老先生带着一种天真辩驳道:向小将请教,这只炉灶是我的,石灰碱、油脂、模子,也是我的,我还要去买做下一炉肥皂的石灰碱、油脂、煤……小将说:你说的是生产资料,利润是扣除生产资料的所余。哦,你们说的是净赚的意思!顾老先生懂了:我承认是净赚,我是拿了大头,可是,许多关节是要我去打点的,比如,地痞流氓,那时我们住南市九亩地,有个王瞎子,其实是个明眼人,叫他瞎子,是因为他走进走出戴一副墨镜,像瞎子一样。他也算不上是正宗的流氓,正宗的流氓是杜月笙,杜月笙,小将们知道吗?这又是一桩大流毒,不知道也罢了。正宗的流氓是讲道理的,所以叫"黑道",王瞎子这种小瘪三,没什么道行,大动作也做不来,只会恶作剧,煤饼里藏一只炮仗,炉灶踢踢翻……顾老先生口若悬河,好不容易截住他,将话头再扯回来——一只炉灶,两名工人,阿四和阿六,然后是怎么发展起来的?顾老先生又靠回到沙发里,长出一口气。此时,夜已经深了,风从窗户吹进来,将窗帘鼓动着。

从哪里说起呢?顾老先生的思绪飞到了很远的地方,声音也有些变,方才的油滑忽然间消失了,取而代之的是一种真实的感慨,老头的内心被什么触动了。这种严肃的情绪感染了屋里的人,他们沉静着,等待顾老先生整理思路。谈话从这时起,开始进入正题——我的家乡是浙江镇海车渡后顾村,家中有几亩山地,种菜竹为生;那个后顾村,缩在山坳里面,那山应是四明山的尾脉,是个穷村,十几户顾姓中没一户称得上大人家,连个祠堂也修不起,只有一个香火牌座,但是,村里却有一个戏台。据老人说,明朝万历年间,村里出民夫守海防打倭寇,大获全胜,朝廷下御旨庆功,拨银子修了戏台。那戏台上方连四根石柱,刻了三皇五帝夏商周——顾老先生脸上浮起一层温存的神情,好像回到儿时,捕鱼砍樵的岁月里。在这晚上其余的时间里,历史一直在这小山村盘旋,小将们没有催促,任凭老人的回忆恣肆汪洋,说的和听的都入了神。他们起身离开时,说定三天之后再来,这三天里,请顾老先生认真思过,届时好给他们一个诚实的交待。顾老先生从沙发里站起身,看他们出房门,然后下楼,最后是后门碰上的一声响。老人恍惚在梦中,他不晓得方才发生了什么,他又说了什么,会有什么样的后果。他只隐隐觉着自己有些失态:我怎么会对这几个来历不明的毛头小孩流露出真情?起初只是为了和他们周旋,博得信任,好过了这一关——这两年里,他过了多少关啊——可是到后来,却没有控制住。老人有点沮丧,面上却声色不露。以后的几天,安然度过。照他的经验,那几个人不一定会按约定时间来到,小孩子行事总是心血来潮,不出三天,又会被别的事情吸引。但很奇怪的,到这一天晚上,老人一个人悄悄下楼,将后门司伯灵锁别上了。是怕敲门声惊动邻里,还是内心深处,在等他们上门?看到他们如约而至,他的心情十分复杂,觉着真的被"铆"牢了,不知何时能得脱身;然而,同时呢,他似乎又有几分欢迎,他发现自己并不那么排斥他们。这一回,他们走进房间,各人在上次的位置坐好,没有过渡,开门见山道:接着说。上回说到哪里了?他眨了眨眼睛,带着顽童式的狡黠。他哪里会忘呢,只不过试探对方,究竟是认真还是不认真。小将中的一名提醒道:说到你娘死,你爹将山地和你一并交给你伯父,只身去了上海。他"哦"了一声——他们记得很清楚,果然是"铆"得很紧,他竟有点欣悦。他这一生,从来未对儿孙们讲过,甚至,也没对自己从头到尾理一遍,现在,对了这几个陌生人——看形貌就像是当年的绑匪,蒙面大盗,讲出话来却正统得很,又像是白道。多么奇异的世道啊!就这样,他对他们继续回顾生平。

他在伯父家只生活了半年,觉得寄人篱下的日子很难挨,又想爹又想娘,有一日就自己跑去上海了。父亲临走,往他口袋里放了几个铜钱,他晓得做盘缠是不够的,便在宁波码头上做了几天小工,认识了一个水手,央他带上船,等于赚了一张船票,这年他是十三岁。他在十六铺一家咸鱼行寻到父亲,父亲看见他,先是一惊,然后勃然大怒,痛骂他为什么不在家里待着,要跑来上海。一个人在上海已经是万般为难,说是账房,其实和学生意差不多,说是包吃住,吃是一干二稀,睡是楼梯底下一个三角间,一半堆咸鱼鲞,一半搭铺,腿都伸不直,要我把你怎么安顿?儿子千辛万苦,好容易找到爹,不料挨了劈头盖脑的一顿骂,一气之下,转身就走。走到哪里去?进了一家澡堂。身上不是有几个铜板吗?先洗一个澡,再出来吃一碗面,余下的时间就在马路上乱走。那时候真是年纪小,不晓得什么叫生计,所以就不晓得愁。要说,也是凭这股子莽撞劲,才拼出日后的家业——说到此处,顾老先生情绪昂扬,难免忘乎所以。那几名年轻人也察觉了,阻住话头,还是让他反省剥削的本质。老人应道:听命!但是——他天真地辩解——时到此刻,我还没有剥削,时到此刻,我还在吃苦。小将做了一个动作,示意他继续。

这一天还没有过完呢!顾老先生继续:洗过澡,吃过面,就是人说的,先是水包皮,再是皮包水,他就在街上逛着。那时候,十六铺是很繁荣的,一条街豆市,一条街鱼行,再一条街棉花栈……街上听得见抛锚起锚,叮当作响。一个乡下小孩,哪里见过这等世面,十二分的欢喜,不知不觉,天已经黑下来了,店铺里点起了灯,那还是美孚洋油灯,在这个乡下人眼里,却称得上璀璨了。正当他兴兴头头的时候,面前出现一个人,黑着脸,是他爹。爹爹问他吃没吃过饭,他逞强说吃了,爹爹也不追究如何吃的,带他穿过一条窄弄,到了江边码头。父子二人说了一会儿话,爹爹问了家乡的近况,雨水如何,平地里的水稻长势如何,强盗有没有抢劫,山民有没有偷山,却不问儿子如何打算,因为毫无对策,索性就不问。从此可看出,他爹爹是个无能的人,他只有靠自己。这天晚上,爹爹带他回去宿了夜,爹爹没说错,果然伸不直腿。父子俩蜷了一夜,他又饥肠辘辘,因一日里只吃了一碗汤面。早上起来,灶间里一张八仙桌已摆好八副碗筷,没有算进他的,于是早饭没吃,他就走出来了。小将又一次按捺不住,要批判他了,其中一位讥讽道:顾老先生是在忆苦思甜吗?另一位则说:顾老先生是在吹嘘个人奋斗!

顾老先生脸上露出为难之色:我们家乡有句话叫"水要追源,话要从头",或者我就从中腰说起。小将说:那倒不必,我们有这个耐心,但是你不要混淆是非黑白。顾老先生又应一声:听命!不过,他说,我有一个问题,能否请教小将?小将做了一个"请"的手势。为什么有的人做老板,有的人一生一世做伙计?小将说:这就是剥削与被剥削的关系了。那么,顾老先生继续诚恳地请教:为什么有的人剥削,有的人被剥削?小将再次解释:有的人占有了生产资料,而有的人却丧失了,所以资本家是掠夺而起家的。顾老先生恍然一声"哦",但是下一个问题又来了:那么,生产资料是现成摆在那里,任人随便拿,还是靠人做出来的?小将被他绕糊涂了,看着他,不晓得什么意思。他进一步解释:比如说,那只炉灶——什么炉灶?小将瞪眼问。就是做肥皂的炉灶——事情又绕到炉灶上,眼前的顾老先生,哪里像什么"先生",活脱就是一个老奸巨猾的"老宁波"。回顾和批判历史,就此纠缠到为什么有些人行,有些人不行这一节上。老宁波说:我们家乡还有一句话,叫"鸭吃六谷,人分九种",为什么我,做了资本家,而你们,是革命小将,今天来造我的反?你们随时随地可以敲开我的门,坐下来,要我讲张给你们听?这就是不同的人有不同的禀赋,有不同的命运!他们自然要与他论理,无奈他甚会诡辩,不自觉间就将概念弄混,不晓得扯到什么地方去了。无论是年龄、阅历、世故,他们都不是他的对手,只有一点,他输给他们,那就是他们有权利。大约正是这种力量间的对比较量,使双方都对谈话抱有兴趣。谈到热烈处,他们几乎忘记彼此的身份,也忘了谈话的本意。他们甚至都说到了拿破仑,这老宁波居然也知道拿破仑,说:拿破仑就是有异禀的人,否则,为什么是他而不是别人,做皇帝?小将就说:老先生,你弄错了,拿破仑是推翻帝制的,但是革命不彻底,在帝制的废墟上建立了自己的封建王朝,自封皇帝。老宁波眨眨眼睛:九九归一,不还是皇帝?小将笑了:可是他只当了一百天,是个短命的皇帝,帝制注定是要灭亡的!法国大革命正是小将们的强项,所以这一轮他们得胜。老宁波却并不服,意欲翻案:共和制其实是换汤不换药,皇帝换总统罢了,不过皇帝是自己家里人争,总统是外人和外人争,反而更乱。乱世里倒霉的又总归是老百姓,两党火并时候,货币贬到什么程度?一只大饼要用一麻袋金圆券去买。轧黄金你们看见过吧?他的宁波乡音有一种混淆视听的作用,他们都没注意他用了"两党火并"这样的词汇。他们从书本上,用普通话读来的历史,和老宁波口中讲的,好像是两种历史。他们谁都没有回应过来,没有意识到老宁波已经到了反动的边缘,老宁波自己也没发觉,否则,他断没这个胆子的。还好,他们的话题远兜近绕地又回来了,回到无产阶级专政的主题上。老宁波主张一国必须有主,小将们则宣扬民主政治。老宁波说民主政治的结果是丧国辱民,八国联军怎么打进来的?甲午年日本人怎么打进来的?都是晓得民主要抬头了。这话题又对上小将们的路数了,于是,他们从近代史讲起,证明中国只有在无产阶级政党领导下才有出路。他们无意间涉及到了怎样才是理想的社会,可是,老宁波的反省却还未到达原始资本积累阶段,这一个晚上又结束了。

这一日,老宁波送他们到楼下,出后门。临走时,其中一个高个子小将忽然向他伸出手去。老宁波颇为意外,但及时地握住了。他有些激动呢!其实这举动并没什么意味,这只是一个青年为了证实自己已成长成熟,可以和父辈,甚至祖辈平起平坐。老宁波站在黑了灯的厨房门口,弄里的月光泻进门里,正浸到他的脚。这乱世里的一小点平安的夜色。

终于,嘉宝下决心,去找舒娅了。舒娅看见嘉宝,不由吓了一跳,只见她面色苍白,神情惶恐,刚要开口,眼泪却流了下来:舒娅,我求求你!舒娅不晓得发生什么事情了,一时也慌了神,将她拉进小房间,关上房门。嘉宝说:你们的朋友找到我家来了!舒娅还是不明白,嘉宝则抽咽难言,多日的惊惧和忧虑,这时一总爆发出来。她流了一会儿泪,略平静下来,说:舒娅,求你帮帮我,帮帮我们家,和他们说说好话,不要再找我阿爷了,我阿爷的事情已经向单位造反派全交代了,家里值钱的东西也抄的抄,封的封,你让他们放过我家吧!嘉宝忘情地抓住舒娅的胳膊,由于身高体壮,心情急切,舒娅已被她推到墙上。此时,舒娅基本上明白是怎么回事了,第一个念头是:原来他们到嘉宝家里去了!嘉宝把她的胳膊箍得很疼,她用力挣脱出她的手,抱怨道:你手太重了!高大的嘉宝,侧身垂泣的样子,似乎很难让人生怜,反觉得有几分滑稽。我有什么办法呢?舒娅说:我好久都没有看见他们了。舒娅的声音变得幽然。嘉宝渐渐止了哭泣,说:珠珠会和他们联系吗?她的睫毛全让泪水濡湿了,一缕一缕的,原来她的眼睛挺好看,有着长而密的睫毛。舒娅有些不忍看她,让过眼睛,说:我们去找珠珠好了。

珠珠的反应很平静,她抬起眼睛,看着嘉宝说:你自己和他们说好了。她的话让嘉宝和舒娅都一怔,事情忽然变得很简单,是啊,嘉宝为什么不能自己与他们打交道?她和他们又不是不认识!珠珠接下去的话,是与舒娅一样的意思:我们和他们好久没联系了。嘉宝看看这两位同学,争论道:他们是你们的朋友,我是在你们这里认识他们的呀!珠珠和舒娅都笑了:怎么叫做我们的朋友,那么我们是在哪里认识他们的呢?她们俩变得有些残忍,说话尖酸。嘉宝眼巴巴地看着她们,晓得再求也没有用,失望地离开了。看着她骑上蓝铃跑车,驶向弄口的背影,洁白的衬衫里面是壮硕丰美的身体,她并不像她自己形容的那般可怜。阳光炽烈起来,树荫也更浓了,学校里放暑假,小孩子在弄堂里玩,珠珠的两个弟弟也在其中。他们长了点个子,显得很瘦,而且极黑,性情则变得开朗,叫喊着奔跑。这情景叫人恍惚,过去读书的日子仿佛回来了,可是她们却回不去了。她们站在后门口,试图说些话,却没有说起来。停了一会儿,舒娅也告辞了。

嘉宝一个人骑车在路上,心里想,她们不肯帮忙。珠珠不帮忙还可理解,可舒娅呢?她自信是与舒娅要好的,而且,舒娅的家庭也是同小兔子南昌他们一类,她原以为,他们都是舒娅的人。嘉宝有些气舒娅,可她不是一个气性大的人,所以只气了一小会儿,注意力又转到更实际的问题上:怎么去和他们说。嘉宝其实已经接受了珠珠的意见,自己去和他们交涉。总之,这事情再也挨不下去了。怎么与他们说?两条路,一是在他们来的时候,二是在他们离开的时候,截住他们。为避免被家人发现她与他们认识,无论前后哪一种截住,都必须在家人视野以外。或是早早等在他们进门之前的马路上,或是尾随他们出去。可是自打嘉宝下决心和他们交涉,一周过去,他们也没有上门。照理,嘉宝应该是欣然的,可是不,她更不安了,好像是将要发生更重大的事情似的。于是,她就有些等他们。

晚上,等父母兄弟静下,叔叔家也安静了,她便悄悄地出门去。她骑着自行车在弄前马路上兜,看有没有他们的身影。她家的弄堂不像珠珠家的那么大,房屋密集四通八达,而是直通弄底,弄底是一家出版社,办公楼临一个花园,到了晚上,铁门闭上,留一盏路灯亮着,使这条弄堂显得很幽深。嘉宝在弄前的马路上骑来骑去,很少有行人和车辆,本来就是僻静的街角,如今又是这样的时日。风吹起她的短发,蓬松的鬈发从脸颊拂过去,令人感觉夜晚的柔和。嘉宝的心渐渐平静下来,对面车道上有自行车驶过去,车辐条嗞嗞地响,显出夜的透彻、纯净。她仰起头,看看天,两边的行道树在头顶连接起影的穹隆,穹隆上头绰约行着月牙儿。嘉宝掉过车头,径直进弄堂,回了家。又有一周过去,嘉宝差不多以为事情结束了,可是这天早晨,她在厨房看见畚箕里有一堆烟蒂,心一下子提起来。她家没有人吸烟,这堆烟蒂一定是神秘来客留下的。他们来过了,可她错过了。懊丧涌上心头,本来松弛下来的神经此时又绷紧了。她还是要与他们打交道。

  这一回,她决定主动出击,去找他们。怎么找？通过舒娅和珠珠最可能找到他们,可有了上一回的经验,嘉宝都不敢和她们说话了。除去她们,还有谁？这样,她就想起了第三个人,丁宜男。嘉宝和丁宜男的交情很平淡,这和两人的性格有关。像嘉宝这样外表飞扬,内里粗略的人,不会注意丁宜男这样偃声息气的人。丁宜男呢,也承认嘉宝颇有光彩,自觉不如,可是这又有什么呢？她依然头脑简单,甚至行动粗鲁。她们都不进入彼此的视野,就算有时候也在一处玩,嘉宝和丁宜男之间也不多话的。现在,嘉宝来找丁宜男了。

  嘉宝相当冷静地告知了事情的原委,因这段日子所受的磨练,也因和丁宜男不像和舒娅,能够自然流露感情。但说到最后,还是没控制住情绪,她忽地红了眼圈,咽声道:你只要帮我找到他们,我自己和他们说话！她态度里的屈就意思触动了丁宜男,她惊愕地看着嘉宝,嘉宝躲开脸,以为丁宜男会说:我有什么办法？连舒娅,和她要好的舒娅,都这么说,丁宜男当然也可以说了。可是,丁宜男停下手里的活计,松了缝纫机的皮带,放下机头,说:我知道小兔子家住的公寓大楼,我陪你去。她率先走出门去,嘉宝跟在身后,几乎要比她高出一个头,但神情畏葸,倒显得比她年幼。丁宜男坐上嘉宝的后车架,顺马路拐上直街,过两个路口,再一拐,不一会儿便在一幢沿马路的公寓楼前停下了。她们先向电梯工打听小兔子家住几楼几室,那人警惕地看着她们,问是哪里来的。嘉宝不由嗫嚅起来,还是丁宜男沉着,说她们是要找的人的同学,通知他去学校。那人上下打量着她,嘉宝早已缩到她身后。显然是丁宜男镇静态度的影响,那人拉开电梯的铁栅门,让她们进去,上到四楼停住,拉开门,向某个方向抬了抬下巴。就这样,她们站在了小兔子家门口。门边的墙上贴着大字报,沿了楼梯向上铺去,墨迹已有点陈旧。她们按了电铃,没有回应,再拍门,依然没回应。连续拍几下,将对面门拍开了,一个小孩伸出头望着她们。待她们想问他话,却又缩回去关上了门。她们一时不知道怎么办,丁宜男想说回去吧,见嘉宝眼巴巴地看着自己,就有些不忍。停了一下,说:曾听南昌说起,他家住虹口一幢公寓楼,但虹口那地方我实在不熟,所以,找起来不一定有把握。嘉宝还是眼巴巴看着她。她叹口气,说:走吧!于是,两人再往虹口去。

在虹口的寻找并无结果,只是嘉宝载着丁宜男在街上来回过往。这伙人出现时那么招摇,一旦消失却无影无踪。最后,嘉宝说:假如他们来找你,你帮我和他们说说,好不好?丁宜男说:他们不会找我的。话出口,又觉不妥,因为事实上,南昌来找过她一回,托她捎信给珠珠。于是又加了一句:他们也许会去找舒娅和珠珠。提到舒娅和珠珠,嘉宝忍不住就将上一回的遭遇说了出来,口气甚是怨艾,并且很孩子气地说:我还带舒娅在宁波亲戚家玩过呢!丁宜男没有表态,舒娅和珠珠的反应不能说在她意料中,至少在她是可以理解的。她就是那种真正的旁观者,什么事情都看得很清楚。两人在街上站了一会儿,然后分手了。望着嘉宝骑车的背影,堂而皇之,且又颠顶,就像是一个大宝宝,丁宜男心里生出了一些儿怜惜。

之后,也有几次,丁宜男有意无意向舒娅珠珠打听他们,这两人显然不愿提起,态度都是冷淡的,她就不好紧着问。嘉宝呢,也没有再来找她。渐渐的,就放下了。直到那一天,在那样一个时间、地点和处境下,猝不及防间,人和事重新纠合成一团,推到了她面前。

八月十八日这一天,举行全市范围的大游行,庆祝毛主席接见红卫兵两周年。一早起,交通就实行管制,大中小学,工厂机关在各自的集合地点整顿好队伍,同时向人民广场进发。满城红旗飞舞,锣鼓喧天。舒娅学校的队伍有几次与舒拉学校的相遇,两人夹在各自的队伍里,彼此装看不见。队伍岔开走向不同的街道,就真看不见了。走一阵子,殊途同归,再又相遇,还是装看不见。珠珠有几次也看见了她的弟弟,同样陌路人一样视而不见。这城市蛛网般的街道灌满人流,从四面八方汇入广场。越近广场,人流越是密集,流速便减缓了。有一度,队伍停滞了,前面传下话,让原地待命。舒娅又看见了舒拉,手里拿着一面小旗,高出周围同学一截。舒娅忽有些觉着妹妹可怜,喊了她一声,换来的是一个白眼。停了一会儿,队伍又慢慢蠕动起来,姐妹俩再次错开了。

太阳渐高,暑气蒸腾上来,空气变得烘热。还是有风,被梧桐叶打散了,撒进来一些细碎的凉意。江南的气候,给这城市和革命带来少许细腻的气质,缓和了它们的粗粝和酷烈。在这宏大的场面里,你要是仔细看去,就可看出一些小格调,一些闲情逸致,嵌在纪念碑刀凿斧劈的裂痕里——当光斜过来一点,石面上起毛的一层细茸,就是它。队伍又开始唱起歌来,唱的是同一支歌,但因为阵线拉得长,出句依次相距半拍到一拍,形成卡农的效果。声浪连起,甚是雄壮。沿街的窗户里探出头来,商店的店员也离开柜台,站在人行道上。马路上洋溢着不问就里的喜庆空气。有巨型的锣鼓乘着载重卡车过来,击鼓的人站在特制的高凳上,仰着身子,鼓槌上的红绸缭乱地飞舞着,击的是丰收锣鼓的点子。这显然是工人队伍的开道车,一股剽悍的气势盖世而来,非学生队伍可比。

载着锣鼓的卡车蛮横地在人流中推开一条道,人们就好像是被强气流冲开,卡车过去一阵,人流依旧分成两边,中间留有两米宽的甬道。歌声在锣鼓渐远之后又浮上来,队伍继续向前,人流开始趋向弥合。就在这时,一支自行车队伍驶进来,将弥合上的人流又一次冲开。这支自行车队伍约有二三十架,骑车者都穿军装,束皮带,臂戴红袖章,袖章上是"红卫兵"三个字。人数不算多,可因为是这样的装束,又是飞快的自行车,就显得锐不可当。他们凌驾于大众的海洋之上,表明他们才是革命的正宗。然后他们也开始唱起歌来,唱的是"敬爱的毛主席,我们心中的红太阳"。他们纯正的普通话咬字,特别适合这样颂歌体的歌曲,庄严而且抒情。相比之下,大部队的歌声不禁显得混沌,如同蝇嗡。他们径直向前去,人流自动让开,看上去真是势如破竹。这一示威仅仅进行了几分钟,然而,就这几分钟,它所含有的凛然、骄傲、不可一世,就已经彰显于众。几分钟之后,两股人流突然合拢,人们还没有回过神儿来,转眼间,自行车队已横七竖八倒在地上,一伙大汉,挥拳向骑车人打去。他们更年长,体魄也更魁伟,穿蓝色工装,戴安全帽,臂上也佩红袖章,是工人的造反队。有几个人口鼻流血,还有几个被团在人堆里,看不见了。只有自行车,几乎是扁了的,被轻轻提起,抛出游行队伍,有一架在行道树上弹了一下,像一片废铁皮似的,落地了。事情就发生在舒娅她们队伍边上,她们脸色苍白,身上打着寒战。她们认出了,小兔子,七月,就在其中,南昌,不消说,也在里面,怎么会缺了他呢?嘉宝弯腰呕吐起来,丁宜男发现了,搀住她,自己也一阵头晕。

其实,此时南昌已经挤出人群,推车走在人行道上。他今天穿的是一件海军军装,灰蓝色上衣,藏蓝裤子。事刚发端,他立即离开队伍,脱下红袖章。走在人行道上,他就像一个普通的行人。走了几步,看见前面树下停放着几架自行车,他将车推进去,锁上,徒步走去。身后传来叫嚣与惊呼,队伍拥前拥后,严重变形。他头也不回地朝相反方向走,离事发现场越来越远。他走在人行道上,街心是拥挤的游行队伍,他就像走在岸边,心里渐渐安定下来。这时,身后传来一个声音:胆小鬼!他没理会,不以为是对他来的。可那声音又响起了:胆小鬼!他回头看去,离他三五步的地方,站着舒拉,她连连地骂:胆小鬼!胆小鬼!南昌不理睬,径直朝前走,可她却跟着,还从地上拾起一块石头向他掷过去。石头从他耳畔飞过去,听见嗖一声,晓得下手的狠。南昌心中恼怒,可此时此刻不便发作,强忍着走自己的路。舒拉却不依不饶,越骂越大声,开始有人注意他了。南昌转身拐进路边弄口,一头扎进弄内的厕所。停了一会儿,潜出来,看见舒拉在弄口向里张望。他贴着弄墙拐向横弄,谢天谢地,横弄的弄口敞开着,通往另一条小街。小街上也是游行的队伍,唱着歌,他走进人群,终于脱身。

第 四 章

15. 江 那 边

那天,嘉宝和丁宜男找小兔子无果,又在虹口兜了一圈,连南昌家的门都没找到。她们茫然地在狭长的四川北路上驶着,眼看暮色升起,心中不由惆怅。和丁宜男分手,嘉宝一个人回了家,就在这天晚上,他们来了,在楼梯上,和嘉宝碰个正着。嘉宝闪进亭子间,带上门,从门缝里看见其中一个正回头对她笑。这一回,他们连口罩都没戴,回头的人正是南昌。嘉宝下决心等他们离去。非谈判不可了。看起来他们没有放过她祖父的意思,这么下去,不知道会发生什么事情。嘉宝关了灯,坐在床沿,天光和市光透过薄纱窗帘,将屋内照得薄亮。弄里有野猫柔软的足音掠过,突然间断,是上了墙头。嘉宝此时很平静,一门心思等他们离开,然后追赶上去,与他们说话。至于怎么说,说了有什么效果,她并无考虑。在她简单的头脑里,一向是走一步算一步。这样也好,少许多心事。为了不让自己困钝,她在心里哼着歌,脚尖轻轻地敲着节拍,怡然自得的样子。她外表是个淑女,内心其实还是个孩子,要是听得见她哼的歌,就知道是那种幼时的儿歌,其中有那首"falling down, falling down, Londen

Bridge's falling down",当然是唱成"马林当,马林当,大家一起马林当"——由这些歌又想起一些往事,很好笑的,不由笑出声,赶紧掩住口,怕家人发觉她没有睡,醒着。时间一点一点过去了,她似乎都没怎么觉得,就听见楼梯上响起了脚步声。她轻轻推开窗户,看见他们鱼贯出了后门,弯腰开自行车锁,然后上车,驶出横弄。她看见祖父在后门口的身影,立了一会儿,进来,上楼去了。等祖父的房门嗒一声关上,嘉宝从床沿弹起来,出了亭子间。为防止出声,双手撑着楼梯扶手,几乎是滑了下去。她从厨房推出自己的蓝铃跑车,一溜烟地出了后弄。

嘉宝一眼看见他们的身影,柏油的路面十分光亮,显得天地宽阔。他们行驶在马路中央,车速不快,其中一个还伸出手搭住另一个的肩膀,优哉游哉的。她伏身蹬车,嗖地蹿到他们面前,然后一转车头,对住他们。双方都下了车,他们说:你好!她倒说不出话来,停了一时,说:你们不要找我阿爷麻烦!他们就笑了:你"阿爷"很欢迎我们。嘉宝说:瞎讲!他们说:你不相信,问你"阿爷"去,我们很谈得来。嘉宝还是说,瞎讲。他们就说:真的,你"阿爷"还请我们抽雪茄,雪茄是放在一个紫檀木盒子里,四角包了银,这老家伙很狡猾,居然能瞒过抄家,硬是藏下了!说罢,嘻嘻地笑起来。嘉宝急了:求求你们,放过我阿爷,他老了,有些糊涂。他们一同反驳道:不,不,他头脑很清楚,我们都辩不过他呢!他和你们辩论了?嘉宝更急了,一下子哭了出来。他们说:你哭什么呢?这是正常的思想交锋,现在是新民主主义时期,也是社会主义过渡时期,应该允许不同阶级思想成分并存在。统一战线的思想,你懂吗?嘉宝低头抹泪道:我只求你们不要再纠缠我阿爷。他们就有些不耐烦了:这是我们和你祖父之间的交往,与你无关。说罢,上车,从两边绕过嘉宝,兀自向前驶去。嘉宝怔了怔,掉转车头,尾随他们身后。他们并不理她,由她跟着。他们一前一后驶过两条马路,马路变得狭窄,竟有一家店开着门,传出浓郁的面包的焦香味,弥漫了半条街。这家面包店正出炉最后一炉面包,有几个老主顾耐心地等在店堂里。面包店过去的弄口,是一家合作食堂,亮着灯,灶上滚着咖喱牛肉汤,炒锅里是"两面黄"炒面,里头坐着下中班或者准备上夜班的工人。他们下了车,回头对嘉宝说:一起吃点夜宵吧!嘉宝也下了车,跟他们走进合作食堂。这是贴了弄口一侧墙壁,狭长的一条店堂。他们几个加上嘉宝挤坐两张拼起的桌子,将店堂占满了。嘉宝坐在他们中间,心里一片茫然,不晓得为什么会在这里。她还很纳闷,原来夜晚还很活跃。汤锅和炒锅的热汽和油烟积起氤氲,从店门漫出去,浸染到街边。他们互相看过去,轮廓有些模糊,说话的声音则是隔膜的。各自埋头吃了自己的一份,嘉宝也吃了,她从来没有在这样的地方吃过东西,要在过去,可能会嫌油腻,可现在,他们有限的生活费早就刮尽了膏腴。她本来也喜味厚,如今更觉得香和满足,还有新奇。吃罢出来,两下里分手,方才的话题没再提起。

　　第二天,嘉宝醒来很晚,房间里已经大亮。暑气起来了,但身下的篾席尚有凉意。她枕着手臂仰天躺着,昨晚上就像一个梦,心里头是糊涂的。她用心想了一会儿,方才想起她与他们说的话,可他们算是回答她了吗?显然没有,但是他们也不像有恶意。那她到底还要他们怎样?停了一时,嘉宝跃身起来,将事情扔在了脑后。可是正应了那句老话:树欲静而风不止,几天以后,早晨起来,嘉宝在门口地上看见一封信,显然是从门缝里塞进来的。嘉宝拆开信,读了几行,便止不住战栗起来。信是南昌写的,约她见面,就在今天下午,地点是小兔子家里。即便头脑简单如嘉宝,也推测出他们又来过了,并且大胆到送给她信。一阵恐惧袭来,事情变得越来越不可思议,她不知道接下去还会发生什么。她捏着信,薄脆的信纸很快让手心里的汗濡湿了。她想,是不是要叫丁宜男陪她去,可信上只让她自己去,如果她带了丁宜男,会不会叫他们生气?他们让她怕,同时呢,又有一点点吸引她。简单的人,总是鲁勇的,于是,下午,她单刀赴会了。

她骑车来到小兔子家公寓楼门前,曾经与丁宜男来过一回。夏日的午后马路上没什么人,一辆几乎空着的无轨电车开过去,一个小孩手里捧着一块冰镇西瓜急急地赶路,手指缝里向下滴着水。梧桐叶间蝉鸣着,盖过了所有琐细的市声。她锁上车,走进公寓门厅,一股森凉从大理石地面升上脚心。开电梯的人坐在电梯里打盹,她没有惊动他,生怕他再盘查她。走入边上的楼梯,一步两级地上去。瓷白色的大理石楼梯环着电梯井盘旋上去,那铁索黑森森的,纠结成巨大的一束,看起来很狰狞。楼梯边有狭窄的长窗,原先镶着彩色玻璃,如今一半以上都换过了,看上去就像是残破的。嘉宝大步跨着楼梯,手里甩着自行车钥匙,钥匙上拴了一朵紫色玻璃丝编的喇叭花。嘉宝此时有一种豁出去的心情,所以便轻松下来。她还多上了一层,又退下来,来到了小兔子家门前。她按了门铃,应声开门的人是南昌,她随南昌走过走廊。走廊里光线很暗,因两边的房门都关闭着,上面贴了封条。这情景使嘉宝挺诧异,原来,他们的遭遇也不怎么样。可是,那毕竟是不同的,不同在哪里?嘉宝天真地找到一条理论:他们是人民内部矛盾,而嘉宝的家则属于敌我矛盾。走廊顶头的房门半掩着,有光透出来,南昌带她推门进去,眼前不禁一亮。这是一间套间,里外都有床铺,显然是其他房间被封之后,起居就都集中在此了。房间是东南向,光线很充沛,从窗上的竹帘缝里泻进来。嘉宝这时发现小兔子家里只南昌一个人,便问:人呢?南昌说:难道我不是人?他笑着,显得挺可亲。嘉宝又说:这不是小兔子家吗?南昌说:我们就像兄弟一样!嘉宝不再发问,好奇地打量房间,走来走去。南昌则像主人一样随在其后,向客人解释这解释那。他告诉她,墙上的字是某个政要人物所写,与小兔子的父亲是莫逆之交;又告诉她,书橱里的一尊铸铁胸像是小兔子的母亲出访苏联带回国的纪念品,那是苏联一位革命诗人的塑像,所以,小兔子的母亲其实是革命队伍中的文化人;当嘉宝拿起胸像旁边的一对象牙小象,南昌不由笑了,他想起了小老大。他向嘉宝说起小老大这个人,再说起小象的来历,说到小老大托他把小象带回去,可是,不知什么时候,小象又来到了小兔子家。现在,南昌说:你也可以把小象带走——他点了点嘉宝手心里的小象,不期然触碰到嘉宝的手,两人都往后缩了一下,忽有些不自然。嘉宝将小象放回去,说:怎么可以随便拿人家东西?走开了。南昌没动,倚在书橱边,嘴里咬了一根细竹篾,是从竹窗帘上抽出来的。嘉宝走到窗前的书桌边,迎着光,她的白衬衣被照成蝉翼一般透明,于是,身躯的轮廓显现出来。那是又丰腴又结实的,胸罩的带子略有些勒紧,并没有束缚反而更突出肌体的弹性。她的蓬松的短发又被光照出一层毛茸茸的镶边,也是有弹性的。她忽然一个转身,面对南昌,于是,她就处于逆光。面部的影调使脸型柔和姣好,暗中的眼睛神秘极了。她向南昌伸出一只手:这是什么?南昌来不及看清她手上的东西,就走过去,抱住了她。嘉宝推他,他没料到嘉宝那么有力气,险些儿被她推倒,更不愿撒手。嘉宝还是推他,他几乎捉不住嘉宝,于是就用整个身体顶住她,将她紧紧顶在书桌沿。嘉宝向后坐上书桌,身子一径后仰,仰到竹窗帘上,几乎仰出窗户。南昌怕她真的翻出去,下一把蛮力,箍住她的腰,将她拉下书桌。嘉宝本是高大的,南昌则是中等个子,但两人真的立于一处,还是南昌高出三四公分,腕力也略胜一筹,但差不多算得上势均力敌。两人都屏着声息,默默地撕扯。嘉宝被南昌从书桌上拉下来,向旁边移到了墙角,这样,嘉宝再无路可退了。

两人都感觉到对方的身体,透过汗湿的单衣,随了脉动,急促地起伏。于是,显得更加激动与活跃。稍停一会儿,嘉宝又挣扎起来,南昌依然不松手。推搡中,两人从墙角挣出来,移到一具五斗橱前,又移过一张方桌,最后到了床边,南昌将嘉宝压倒在床上。让我走!嘉宝的声音捂在南昌身体底下,气息软弱。不让你走!南昌说。很奇怪地,他是笑着说的,似乎很油滑,事实上呢,他神志恍惚。这一切发生得猝不及防,他都蒙了。让我走!嘉宝的声音响了一些,而且带了哭腔。不!南昌说。他继续将嘉宝压了一会儿,终究也不知道再要做什么,于是,让开身子。嘉宝一下子起来,夺门而去。南昌坐起来,头脑晕眩着。房间里很静,竹帘被风掀起,啪啪地打着窗台。他坐着,看见床边的地上落着一块表,拾起来,看那表面里的指针很异样,想一想,不是表,是指南针。方才,嘉宝向他伸出手说:这是什么?就是这个。南昌忽觉一阵烦躁,他本来只是请嘉宝过来谈谈,不曾想却变成了这样。

以后的几天,南昌在不安中过去。他倒不怕嘉宝对他怎么,谅嘉宝也是不敢的。他是不是拿准了这个才敢这样对嘉宝,而不是对珠珠?倒也不全是,珠珠是精灵,而嘉宝,那么实打实的,是她把自己带坏了,南昌蛮横地想。那他不安什么呢?不知道。很快,他就开始想念嘉宝,非常想念。他曾经也很想念珠珠,但和想念嘉宝不一样。想念珠珠是甜蜜的,想念嘉宝却很受折磨。他坐卧不宁,情绪波动。有时十分亢奋,有时则无端地沉郁下来,他甚至更消瘦了。他期望能在街上碰到嘉宝,就骑车到她学校或她家附近的马路。有一次,果然在校园里看见嘉宝,她却是和那几个一处,他不便与她说话,远远地跟着。看她和她们走在一起,并没有什么异样,心里不禁狐疑:那天发生过什么吗?

这一天,他到底在嘉宝家的弄口把她截住了。他心跳得很快,都有些气短,可是一开口,就又是嬉笑的:生气了?嘉宝红了脸,说:皮厚!南昌说:我们还没谈话呢。嘉宝说:谈什么?南昌说:你说呢?嘉宝说:你说呢?南昌再说:你说呢?这一来一去,气氛很快就变得轻浮起来。嘉宝说:要谈就在这里谈。南昌说:在这里怎么谈?嘉宝说:就这么谈!南昌不同意:还是要到小兔子家谈。嘉宝推辞了一会儿,推辞不过,答应了。嘉宝答应去小兔子家,是有怕南昌的意思,但又不尽然。那天的事情,在最初的惊惧过去之后,却留下了一些奇妙的回味。有那么几次,骤然间,南昌的手、手臂,又回来紧紧地钳住她;他的腿,则坚硬地抵住她。这感觉如此清晰,甚至比在当时还要具体。在当时,一切都是混乱地过去。

下一次去,小兔子也在家,三个人一起聊天。聊起她的祖父,那两个说:你祖父就是冒险家的乐园里面的冒险家。嘉宝又与他们说了几桩祖父日常生活中的小事,比如对粮食的格外爱惜,因为一粒米实是来之不易,糟蹋米一定会遭报应。她祖父不信菩萨,就信米。小兔子和南昌就笑:还是勤俭发家论!嘉宝冷笑道:我不知道什么勤俭发家论,我只知道资本家个个都小气!我阿爷有一个工商界的朋友,家中是连牛奶瓶口上的蜡纸、纸盖,都要存起来当废纸卖的。小兔子和南昌笑得更凶,嘉宝也说得越放肆:我看倒是你们革命干部家派头大,比如舒娅家,她们姐妹每人一天一角零用钱,放在平常人家,都够米钱菜金!那舒拉还不知道钱是什么,今天买来金鱼,明天买来蝌蚪,不过几天,金鱼翻白肚皮,蝌蚪呢,刚长一条腿,她就放到花园里,不顾它死活了。对舒拉的指责,小兔子和南昌都比较同意,结论却是:舒拉是革命干部家里的小蛀虫!三个人七扯八拉,谈得兴起,小兔子忽然站起身,说有事要出去,临走前把一串钥匙留在桌上,让南昌离开时锁门。现在,又只剩下他们俩了。

　　他们接着方才的话题往下谈了一会儿,谈不下去,止住了。停了一会儿,又一同开口,再一同止住。于是,一个说:你先说。另一个也说:你先说。互相推了一阵,态度就变得轻浮起来,气氛松弛了。南昌将椅子朝嘉宝跟前挪了挪,嘉宝多少是夸张地跳起来,南昌也跟着跳起来,两人就在房间里追逐着。这一回,南昌领教的,是嘉宝的敏捷灵巧。她这么高大的个子,却一点没妨碍她行动,这是体育训练的结果,也是天赋。南昌都逮她不着,有几次,眼看手要触到她,不知怎么一辗转,人又脱逃了,立在那里朝他笑。南昌也笑。两人都很兴奋,有意无意地延长这追与逃的游戏。最后是南昌用了机巧,就是把嘉宝往床的方向逼,等她靠到床沿,一下子将她扑倒了。嘉宝疯笑了一阵,然后,戛然止住。两人静默着,又处在了上一回的境地里。彼此感觉到肉体的热,不同部位和不同程度的软和硬,还有一股从深处不断向上拱的悸动。他们感觉到对方呼吸的吹拂,原来这么近地脸对着脸,彼此都觉得不像了,不再是原先的那个人,自己呢,也不是原先的自己了。

之后的三天,嘉宝每天都来小兔子家。每一次来,小兔子都不在,只南昌一个人。但在第四天同样的时间里,南昌也不在,开门出来的是一个说山东话的老太,上下打量着嘉宝,问她找谁。嘉宝胡乱说了个名字,然后又说:找错了!返身就下楼。那老太却说:有电梯。走出门来,帮着按了电梯按钮,嘉宝只得进了电梯。电梯里,那开电梯的人并不看嘉宝,可嘉宝却觉着自己被他看穿了。她额上冒了汗,脸赤红着,骑车行驶在午间的林荫道,心中满是羞惭,几乎要滴下泪来。以后的一周,两周,嘉宝再没有遇到南昌。按她的本性,是可以忘记这件事的,可是,偏偏事情有了另外的结果。在游行队伍中,嘉宝看见了穿灰蓝海军军服的南昌,只一眨眼工夫就不见了。当时她忽然呕吐,连她自己也以为是受惊吓的缘故,但紧接下来,事情就变得不大妙了。她的呕吐一发不可收拾,有一次是在饭桌上,母亲当她是疰夏,用上海的土法,烤了焦大饼给她吃;又有一次和珠珠她们一起,买了雪糕吃,咬了一口就吐起来,吐完以后,再接着吃雪糕;还有一次骑车在路上,恶心涌起,她下了车在路边低头吐着——这时,有两个女人走过,其中一个对她的同伴说:小姑娘有喜了!嘉宝的心往下一沉,中学里学过的有限的生理卫生知识,此时全派上了用场。嘉宝知道事情坏了,怎么办?嘉宝能有什么办法,只有找南昌。

她再一次去小兔子家。这一回,小兔子在家,那个山东老太,小兔子叫她奶奶,有些认出嘉宝,看她好几眼,眼光带着狐疑,嘉宝不由要躲她。嘉宝还未开口,小兔子就说:这几天南昌没来。嘉宝顿觉难堪,红了脸。小兔子很能体谅似的,说:等他来了,我告诉他和你联系。嘉宝禁不住急切地追问:他什么时候会来?小兔子笑了:这就难说了,这家伙神龙见首不见尾。小兔子口中"这家伙"三个字显得很亲昵,使嘉宝感到自己和南昌间的生疏,她其实并不了解他,不由神情惘然。小兔子不究其底,只觉嘉宝异于平常,便建议她可去南昌家,并且将地址写给了她。嘉宝骑在去往虹口的路上,这条路线曾经同丁宜男走过,她们进入街区便断了线索,最后在四川北路上胡乱走了一遭。那回找南昌是为了那事,这回却为了这事,这两件事之间有什么关系呢?嘉宝心里一阵怅惘。这一路是有些凄楚的,她一连吐了两回,后一回都没来得及下车,直接吐在了前轮上,在路面印下一道污迹,就像蚰蜒爬过留下的黏液。

她运气还不错,南昌正在家。他从午觉中被大姐叫醒,看见房间门口站着嘉宝。经过这些日子的煎熬,嘉宝憔悴了不少,可依然显得颇有光彩。不只是她的肤色,还有她的衣着发式,最重要的,是她的风度。她如此华丽,与他家的环境,他的家人,多么不谐调啊!南昌翻身坐起,恍恍然地看着嘉宝,睡肿的脸上印着枕席的织痕,他显得很傻。两人都怔忡着,大姐退出房间。停了停,嘉宝说:我怀孕了。南昌说:怎么会的?嘉宝说:问你呀!南昌这才醒过来。他下了床,将房门带上,走到床对面墙角的藤椅上坐下。嘉宝也跟过去,离开床边。两人的眼睛都躲避着床,那里有着一些不堪的记忆。嘉宝问:怎么办?午睡的昏沉还缠绕着南昌,他周身乏力,意识却越来越清醒。怎么办?嘉宝追问道。南昌看着嘉宝,只觉得自己的家更加凋敝和破败,嘉宝却那么有光泽,而自己和她有什么关系呢?嘉宝以为他在想办法,不再加紧问。此时,她心安了些,觉着事情总会有出路的。嘉宝的性格在这当口很帮了她的忙,换个人,都要愁死了。她在南昌对面的椅子上坐下,窗外稠密的梧桐叶间,不时有风习习吹来。两个人不说话地坐了一会儿,最后,南昌说:我会想办法的。

嘉宝骑在回去的路上,心情已经大有改观,几日来的焦虑一扫而净。而且,很奇怪的,呕吐也止住了。她甚至有些儿疑惑,难道真有什么事情发生吗?

嘉宝走后不久,南昌也出了门。他先在街上无目的地兜一阵子风,然后径直向西区骑去。他问自己:去哪里?没有一丝犹豫的,他回答自己:找小老大!太阳略低斜了,小老大公寓所在的马路上人车熙攘。这年夏天,街上又出现了一些鲜艳的短裙,棉布上印着彩格或花纹。那些不安分的女孩子将发辫盘在脑后,露出娇嫩的后颈。这城市的时尚,简直就是它的心气,压也压不住。而这个街区,又是有起源性质的地带,什么时尚都是从这里萌生、发芽、成型,然后漫流到四下里。他到小老大的公寓楼,上电梯,敲开他的门。当他走进小老大的房间,看见小老大坐在阳台落地窗前的观礼台,就好像自他上次离开后就没有动窝似的。他有多少日子没来了?三个月,半年,大半年?小老大,小老大的外婆,却是老样子,时间和世事就像水从石头上滑下去一样,从他们身上滑过。而他,则是急剧地变化着,精神和肉体,以至外形,都脱离了原先的坯子。这逃不过小老大的眼睛,他注意地看着南昌,然后移开眼睛,似乎看到了不便明说的内情。小老大,就是这样一个旁观者,他不介入生活,只是站在,不,是坐在岸边,看,看,看,练就一双慧眼。等南昌向他开口求援,他并没表示出太大的震惊,一是有所准备,二也是不想吓着南昌。眼前这个少年,已经有些吓坏了,他语无伦次,脸色苍白,有几次突然爆发大笑,是有意显得轻松,结果是让小老大吓一跳。南昌找对了人,小老大答应替他想办法,让他下一日就来听信。然后,顺便地,小老大说:带她来也无妨。以小老大说话的方式,这就是一个邀请,也可以说是一种条件。作为一个旁观者,小老大当然有兴趣多看一点,这也是磨砺他的眼睛。

遵小老大嘱,第二天,南昌便和嘉宝一同去了小老大家。南昌没想到,嘉宝和小老大很谈得来。而且,嘉宝在小老大家里,也显得颇谐调。小老大听嘉宝说了自己的名字,便说她是与好莱坞的女星同名。嘉宝说正是,她母亲最喜欢这名女星演的电影,比如《瑞典女王》,比如《安娜·卡列尼娜》,比如《茶花女》,比如《双面女人》……小老大笑道:你倒知道得很多,以你们的年龄,是不会看过这些电影的。嘉宝也笑了,说是听她母亲经常说,久而久之,就好像自己也看过了,果然她说出几个细节,都对。南昌听他们聊这些,一句插不进嘴,从旁看着,觉着他们才是一类人。一类什么人?带着旧的生活的遗痕,也许,应该叫做历史的遗痕。他南昌,则是完全的新人。有时候,他真觉得像他们这类新人,是游离在这城市生活之外的一些孤立的人。他们说了一会儿好莱坞电影,好像意识到将南昌冷落了,止住话题,不约而同回头看南昌一眼。这使南昌更觉自己是局外人了。于是,他和嘉宝之间发生的事情,就变得模糊起来。他想:嘉宝究竟是谁呢?珠珠于他是亲切的;舒娅呢,终究有一些共同背景,也是可接近的人;连丁宜男,亦算得上有过一点共患难的经历——而他却是和她,嘉宝!然而,他又只能和她,嘉宝。似乎是,这种事情只能发生在陌生人与陌生人之间,为什么?因为不害臊。

嘉宝好奇地看着窗台上一溜排开的小盆,里面栽着奇异的植物,指着其中的一盆问:这是什么?这发问唤起南昌的记忆,耳根一阵燥热。这一回,他看见嘉宝修长的手指,指甲闪烁着粉红的贝类的光泽,他想:这是资产阶级的手啊!小老大告诉嘉宝,这叫马唐,其实是牧草,可他喜欢它的杆和叶的形状,还有它的穗和花,是疏朗简素的线条,有些像中国字。小老大说:马唐还有一个俗名,叫蟋蟀草,因它开花时节,正是蟋蟀生出的时节,念过《诗经》里的《七月》吗?"七月在野,八月在宇,九月在户,十月蟋蟀入我床下",就是"七月在野"那个时节。嘉宝的表情先是不屑,后又陷于茫然。小老大一笑,止住了。他晓得这一类上海的女孩子,看上去是精致的,这精致是由工业打造,这工业包括营养,服饰,流行,电影,或许还有家中偷了保存的良友画报,爵士唱片。事实上并没什么涵养,内心甚至是粗糙的。嘉宝和南昌坐了一时,临到告辞,小老大递给南昌一张字条,说了一句:都联系好了。纸上写着一个地址,是在黄浦江对岸,川沙县一个叫做紫藤萝公社食堂的地方。南昌手里捏着字条,心中茫茫然的,不知道那是个什么地方,又不敢多问小老大,觉着无限的窘迫。现在,他终于要面对这件事情了。

小老大让南昌去川沙紫藤萝公社食堂找一个叫高晨的人。高晨是谁,为什么是在食堂,能帮上他们吗?南昌和嘉宝推车上了轮渡,周围多是往江对岸上班的人,穿着灰暗的工作服,车把上挂着饭盒,表情是漠然的。太阳悬在江面上,有雾,于是昏黄的一轮。江面白茫茫的,低飞着一些江鸥。他们俩不说话,相互也不看,就好像不认识。一辆自行车很蛮霸地挤在他们中间,将两人分开。这样,他们更像是陌路人了。将近对岸,轮渡鸣起汽笛,在江南潮湿的空气中,如同咽声。人们拥向甲板,但等铁链一撒,一泻而出。自行车车轮,脚步,纷沓地碾过铁皮跳板,隆隆地响。他们夹在人群中,身不由己地往前去,出了轮渡口,互相看不见了踪影。四下里看一遍,方才看见两人实际只隔了三五米的距离。彼此的形貌都有些变样,好像缩小了,像在远视镜里看到的,其实是天地大了。江在身后是长长的一线,头顶上的天空是如此阔大的一块,底下是小小的房屋。他们骑车上了一条水泥路,不一时,水泥路变成了土路。自行车在土路上很颠簸,有几次,将人弹起来,离开了车座,再又重重地落回来。忽然间,南昌想起过去听母亲说,行军途中,一个怀孕的女兵骑骡子,腹中胎儿被颠了下来。他不由一阵心跳。嘉宝骑在他的前面,她的蓝铃车后罩蒙了一层薄土,她的头发上也蒙了一层,色泽变暗淡了。南昌心里涌起一股厌倦,不知怎么,他想起了大姐。大姐与嘉宝可说有天壤之别,可是,此时此刻,却到了一起,是出于什么理由呢?似乎只是,她们都是女性,都是与他有着某种关系的女性。大姐是姐妹,嘉宝呢,是那种——他移开眼睛,看路边的田地,田地里种的是棉花和黄豆,这两样作物,都是带骨节的秆,随了果实成熟,叶子便枯萎下来,枝秆就像金属似的坚硬,颜色则像金属的锈色,在它们底下,裸露出土地的干褐色。丰收的景象竟然是荒凉的。

他们沿土路驶了一段,路边的作物由棉花、黄豆换成油菜、茄子,一小畦一小畦的瓜豆。接着,便驶进一条死路,路左侧是水泥墙,墙上有壁报,红漆写着标语,果然挂有"紫藤萝公社食堂"的牌子。顺了墙进院门,迎面遇见一个扫地的女人,问她有没有高晨这个人。女人上下打量他们一阵,将扫帚一横,拎在手里,转身走在前面。他们跟着女人绕过蒸汽缭绕的饭堂,饭堂后面有一排平房,其中一间挂着卫生院的牌子。女人止住脚步,手中的扫帚直过来向里指指,隐约可见,门里面坐了一个穿白大褂、戴白帽子的人,那就是高晨。起先他们分辨不出高医生是男是女,白帽子底下的鬓角剃出青色的头皮,口罩上面的一双眉眼则是女性的清秀温和,等开口说话,他们才断定,这是一个女医生,却一时看不出年龄。高医生请他们坐下,开始向嘉宝提问,关于经期什么的。南昌就站起身来,说他出去等着。高医生抬起头,说:不必出去。南昌说:你们说话不方便。高医生说:怎么是我们,是"你们"!他看见高医生的眼睛忽然变得犀利,这是可以做他母亲的人了。南昌不由懦怯下来,坐回到凳子上。

16. 高 医 生

高医生原名高淑怡,"淑"是班辈,"怡"是名。浙江杭州人。临安高家是著名的大户,但他们的一支却式微了。到她出生的一九二〇年,家中的地和房都典了,已无收入可言。在她三岁那年,母亲去世,父亲带了一个姨娘离家,杳无音信。族中长辈出面,将另外一个在家的姨娘遣回原籍,几个孩子分送到亲戚家寄养。她由乳母抱着,去到上海的姨母家。说是姨母,其实隔了有三表。姨母家供她吃住,还供她上学,负起了养育的责任,但感情终是疏淡的。惟一亲近的就是这位乳母,绍兴柯桥人,结婚半年死了男人,遗腹子不出月就夭折了。乡人都说她命硬,婆家人很虐待她,于是就出来做乳娘。小孩子说话说不清,一开头就叫她姆姆,连大人也跟着叫了。这种乡下女人,本是没有姓名的,渐渐的,竟就忘了自己叫什么。后来,户籍登册,登的是"高母"两个字。而她们真像是一对母女,夜里歇在房内,大的嘱咐小的努力争气,小的允诺大的奉养她一生,说到后来,两人泪眼婆娑,相拥入睡。

在世纪初,似乎遍地是这样破产的家庭与失去怙恃的孤寡,她们便是其中的一对。姨母家是基督教家庭,姨父是庚子赔款的留美生,思想很洋派,小孩子都是上的公学,习洋文,读工科。等这一个读到中学毕业,就进了沪上一家教会办的医学院,就是在这里,她将"高淑怡"这个名字改为"高晨"。人生常会有一个时刻,似乎是突然之间,转变来临。这种转变不是指境遇,而是心理。在她的遭际之下,很难会有明朗的性格。她自小就会轻着手脚行动,轻着声音说话。姨母家的住宅是偌大的一座,有无数的房间与无数的走道,她本能地选择僻静和背阴的角落过往,就好像尽力要让人觉察不出有她这个人,她觉得她是这个家多出来的一个人。在这点上,姆姆倒是比她坦荡,她和那些下人们相处和谐。底下人的是非里,她常要插入一脚,甚至有一阵子,与厨子的关系还有点暧昧。这些虽然会引来麻烦,但从另一方面,也表明她已经揳进这家的生活。也正是有了她,这小女孩子才与她的恩主加强了联系,一定程度上缓解了紧张,但她还是和姨母家生分着。三年的寄宿中学的生活,使她收缩着的身心略略伸展开,然后,进了医学院。医学院有运动会,每个同学都报名,她报的是短跑。她没有任何体育技能,心想,跑步总是会跑的吧！于是，早晨，就跟了同学在校园里练跑。草坪广阔，树木葱茏，鸟在枝叶间啁啾，哥特式的礼拜堂静静地矗立——这种古老的风格，因四下里年轻人的面孔和身姿而变得清新了。她的眼前一下子明亮起来，笼罩着她的阴霾一扫而空。她看见操场沙地上，自己的被旭日拉长的影子，和同伴们的影子交错叠加，光也在交错叠加，钟声响起了。

高晨进校的时候，正是抗战爆发，学院的附属医院迁进校内，作为教学医院，学生们有相当部分的学习课程，是在医院里临床进行。高晨穿着白衣，随老师走在病房，尤其是那种贫民大病房，几十张病床纵横排放，上面都是受苦的人。她有时候会感到奇怪，在姨母家里，身边都是享福的人，可她却是消沉的；到了这里，面对着如许受折磨的人，她则昂扬着。这是为什么呢？那些享福的人与这些受苦的人，为什么会如此相反地激起她的感情？她想：大约是"同情"这两个字。受苦人需要她的同情，而享福的人不需要，甚至反过来，她还需要他们的同情，于是，她就有了不同的价值。再接着，她发现对这些受苦的人，仅仅用"同情"是不够的。当她目睹他们忍受煎熬，挣扎和搏斗，其中有一些人最终不得不服从命运，一种敬意油然升起。她想起了耶稣，她从科学的概率的方式出发，认为他们其实都是耶稣的化身。在疾病的理论上，常有这样的量化统计，人群中百分之多少有罹患某种疾病的可能性。她想，是那百分之几的人，替其余更大百分比的人承担了罪罚。她不敢将这发现告诉别人，生怕别人笑话她幼稚，但她被这解释说服了。于是，在她心中，充满了慈悲的心情。她想，怎么为这些受苦人付出都是不为过的。

第二年，医院里有医生护士赴云南滇缅公路服务，她以见习护士的身份申请,没有得到批准。老师对她说,她目下的重要任务是学业,并且委婉地批评她,在医院里的服务占去了太多时间。老师说,抗战当然重要,是救民众出危亡,可民众的危亡何止这一时这一事,那几乎是与存在同时并行的。后来,数年过去,她以优异成绩完成学业,毕业典礼上,从校长手里接过文凭,她忽然很感激命运的安排,倘若那年学校批准她去滇缅公路,她也许会成为一名虔诚,甚至狂热的膜拜主义者,而现在,她有了理性。

毕业后,按规定在校实习一年,然后就进了一所教会妇产科医院。这所医院是英国人所办,有着严格的规定,所有的医生都是男性,女性护士则都未婚,倘要结婚就只能辞职。太平洋战争爆发后,医院曾有一度变为难民医院,为应对变故,原先的限制不得不变通迁就,之后亦相对松懈。等高晨进医院时,院内已有二三位女性医生。她们这些最早的女医生,当时与以后都没有婚嫁。在旁人看来似乎是为保存和延续医院的传统,事实上,各有具体的理由。有为事业或者上帝奉献;也有为要养育父母与弟妹,不愿增添家累;还有一位,纯然是职业病的缘故——终日目睹生育的苦状,已谈不上有什么欲望了。其实,不管何种理由,总起来就是一条:职业妇女的压力。高晨的未婚,哪条理由都沾一点:她有献身精神;有养育的责任,她毕业后就从姨母家搬出来,住进医院提供租赁的职员宿舍,和姆姆一起生活;对生育的恐惧是免不了的,但在她也还是适度的,可是,生活里终究没有出现一个人,值得她克服这一点嫌恶与顾虑。所以,也许这才是真正的原因,很简单:没有遇上一个人。文化革命开初,像她这样,既是工商地主出身,无论破落还是上升,又生活于有产者家庭,加上教会学校背景,总是革命的对象。被批判和斗争时,未婚这一点,是最让人诟病的。人们浮想联翩,经过多种演绎与归纳,最后的版本是:这是一个美蒋特务,负有反攻大陆的使命,由于纪律限制,她不能够与共产国家的成员结合,所以不得不保持独身。虽然怪诞可笑,但这年月有的是这种荒腔走板的故事,由不得人不信。对于当事人来说,无论离事实多远,却也是涉及到隐私,足够受侮辱的。这时候,还是多亏了姆姆,绍兴人多有着山地人的耿脾气,她又是个一无所有的人,称得上赤贫,你能拿她怎么样?不管是单位的造反派,学校的红卫兵,或者里弄里的野蛮小鬼,凡是上门都是由她出去对付。要带高晨去批斗,她则跟着,一路和人辩着。门口不论来人贴了什么,她都有胆量撕掉。

她们住的是一幢洋房,最初是医院为医护职工一并租赁下来的,后来有的迁出,有的晋升职位住入独立成套的公寓,也有的自行与人交换调节了住房,至今,本院的职工所余无几,多是不相干的住户。高晨依旧住二楼的一间,房间素朴得像一间病房,或者说修道室。墙是刷白的,地板,也让姆姆用碱水拖得发白,床上铺着白单子,门后面挂着她的白大褂。除了几架书,几把桌椅,再无其他用物。墙上有母亲一张遗像,本来还挂着她的毕业证书,证书上的徽样,藤蔓枝叶的边饰,以及木质镜框的纹理,可说是房间内惟一的一点色彩,可红卫兵抄家给没收了。相形之下,姆姆所住的内阳台倒有几分俗世的热闹。床上的被褥印着喜鹊闹枝的花样;柜子上支着镜子和梳头匣子;吃饭的饭桌上摆了几个青花瓷坛子,盛着豆干、咸菜,于是,空气里便充斥着一股霉腌的气味;姆姆买来的碗盘,粗瓷面上画着小人儿,牵了风筝,或者捧了鲜桃。也是靠了她的姆姆,高晨才和邻里间有了些往来,而不至于两不相干。姆姆有时会带了邻人的身体上的问题向高晨求询,或者直接将隔壁患病的孩子抱过来让高晨诊治,久而久之,高晨就成了这幢房子里的保健医生。这幢房子的住户几经调换出入,如今多是一般市民,居住拥簇,家境中等,遵循着基本的道德观念生活。高晨的人生多少是偏离了他们的务实的习惯方式,可他们自有他们世故的通达。而高晨安静的生活,以及为他们提供的切实的服务,使他们尊敬,并且心存感激。有时候,他们会送来一小袋新收成的黄豆,因知道高晨喝的豆浆,是姆姆在自家小磨上磨的;又有时候,他们送来的是方才打下的新米。他们或多或少都有些乡下的亲戚。他们禁止小孩随便去高晨房间,因知道老姑娘是怕吵闹的;在院子里晾衣服,亦自觉地与高晨的衣物保持一点距离,做医生的人总归有洁癖。即便在文化大革命开初的令人惊惧的日子里,他们也只是对高晨保持着缄默的态度。夜里小儿突发高烧,他们还是会来敲高晨的门,事后呢,悄悄塞给姆姆一只乡下找来的母鸡。这就是高晨的人间。他们既不是姨母家那样华衣美食的人,亦不是难民医院里挣扎受苦的人,他们是更广大的人群,是她那个百分比中最大的一个数。他们也许不像难民医院的苦人儿那么激励高晨,高晨对他们的感情也是较为节制的,但这种平静温煦,表明高晨是与他们同在。所以,她的慈悲其实并没有削减,而是弥散和洋溢开来,将她和他们融为一体。

高晨的身世毕竟是简单的,她在革命初期的受冲击,更像是出于一种心血来潮。因此,她又被解放出来,派去"六二六"医疗小组,下放川沙紫藤萝公社卫生院。此时,她被剪得七高八低的头发还未长齐呢！这就是南昌一时辨不出高医生是男是女的原因。像南昌和嘉宝，经过辗转关系介绍来的莽撞男女，在高晨并不是第一对。她心里是不喜欢这种拜托的，倒也不完全是因为道德的男女关系观念，而是，她觉得一个生命来到世上，就有权利生存。这有一些是来自基督教的教义，还有一些是来自她的职业，她的职业是挽救生命。高晨同时也对妇女的孕育表示同情，从理论上说，她不反对堕胎，妇女应该有拒绝孕育的自由，当然了，最好不要让受孕发生。所以，折中起来，高晨是支持避孕的。可是，现在事情已经发生了，怎么办呢？前来找她的男女大多是青年，在她眼里，都是孩子。他们的惊慌、窘迫、恐惧，不期然地让她生出母爱的心情。产妇，尤其是乡下产妇，她们的大呼小叫是如此坦荡和洪亮，痛苦中带有着炫耀，几乎是幸福的宣言。而那些中止妊娠的女孩子，一律咬牙忍着不出声，下了手术台，躺都不躺，一溜烟地跑走，转眼踪影全无。高晨不会去打听她们的下落，可心里却为她们担忧，不知道手术愈后如何，不知道当她们想做母亲的时候能否正常受孕，更不知道年少时经历了这些事故将来的生活会是什么样。尤其是她所看见的那些男孩大多是孱弱的，让人不敢相信他们能对女孩负责。也因此，她对男孩子的态度通常比较严厉。她不是要责罚他们，只是想让他有意识，他与她必须共同承担后果。

  南昌吃了她一记教训，话不重，却有些分量，心里开始畏惧这个女医生。坐在一边，听高医生与嘉宝问答，关于身体的某些表征变化，他发现女性竟是那样复杂的一种生物，他了解甚少。而他对自己，男性的身体，又有多少了解呢？在问诊的过程中，间断有几位病人求医，高医生就让他俩坐到一边去等候。他们两人并肩坐一张长凳,互相并不说话,方才高医生的询问使嘉宝意气消沉,她仿佛这才意识到她将要经受什么样的事情。时间已到正午,高医生说吃过饭再做手术吧,于是,领他们到公社食堂吃饭。食堂里弥漫了草木灰与饭蒸汽的味道,嘉宝忽又呕吐起来。她已经有一段时间不吐了,她把呕吐这回事都忘了,可现在,不期而至。这是南昌第一次看她呕吐,不由得也心中作呕,而且情绪低沉。这天上午,他无疑是上了一堂人体生殖系统的课程,感受是什么呢?是嫌恶。这心情其实是与嘉宝同样的,她间隔多日,又一次呕吐,多半也是为这。可他们并没有因此而接近起来,相反,更生分了。从出发到此时,他们大概连相互看一眼的交流都没有过。

高医生买来盐水虾、红烧鱼、咸菜毛豆。这两人都没胃口,南昌还吃了半条鱼,一碗饭,嘉宝只是开水泡了半碗饭,用了点咸菜送下去。吃饭间,有人与高医生打招呼:来客人啦?高医生笑答:两个小客人。这话使两人都感到了亲切。高医生又指给他们看食堂地上摇摆着的一只鸭子,说那鸭子专是跟了前边那条大汉,公社的一名书记,也不是他家的鸭子,可专与他要好。果然,那鸭子等他买了饭,又跟在他脚后跟到了桌子底下。中午时分,食堂的洋灰地上蒸出热气,门窗外是白炽的日光,白木饭桌散发出木头与抹布混合成的气味,乡下人朴拙的口音也是令人丧气的,不知道高医生的兴致从何而来。此时,她摘下帽子,露出剃成男式的头发。有女干部模样的人走过,抚抚她的肩膀,说:要不要施点化肥,长快点。高医生就说:让书记批条子呀!南昌不禁惊讶地看着这一幕,嘉宝则完全沉浸在心事中,对周遭一切都视若无睹。

手术时,南昌就坐在外间,只隔了一张布帘。听得见里面器械的响动,还有高医生对嘉宝的说话——让她数数,说数到一百,就好了。南昌不敢走开去,高医生的训斥一直在耳边,不由也在心里跟着数起来:一、二、三……可是高医生数得非常慢,"一"之后好半天才是"二","二"之后又好半天,"三"之后就更长了。嘉宝一直没有出声。不知道有多少时间过去,南昌已经放弃了数数,只高医生偶尔报出一个"十五",或者"二十"。门外的太阳地,明晃晃地炫目,这个午后真是无比的漫长。突然间,嘉宝发出一声哀求:医生,拉拉我的手!高医生应道:好的,等一等,让我腾出手来。门外的日光忽地尖锐起来,南昌的眼睛一阵刺痛,他将头埋在膝间,感到了惨烈。

终于结束了,高医生洗净手,在南昌身边坐下。嘉宝在里间,声息悄然,高医生说让她躺一会儿。南昌嗅到高医生身上来苏水的气味,这气味就像有镇定作用,南昌平静了一些。他直起身子,靠在墙上。停了一会儿,高医生问:今年多大?十八了,南昌回答。父亲母亲呢?高医生问。父亲隔离审查,母亲去世了,南昌如实答道。哦,高医生点着头:听起来和我差不多,我三岁那年母亲去世,父亲呢,弃家出走。南昌转脸看着高医生,又一次想到,她是可以做自己母亲的年龄,而他从来没有和自己的母亲这么接近地谈过话。高医生接着说:那个时代尽是没父没母的孩子,还有遗弃孩子的父亲。说到这里,高医生轻轻笑了一声,好像说到了一件极好笑的事情。南昌也跟着一笑,他的精神渐渐松弛下来。两人静了一会儿,帘子里也静着。南昌的眼睛移到高医生的头发上,犹豫着说:高医生,您是……高医生接过他的话:牛鬼蛇神,已经回到群众队伍里来了。高医生的口吻里带了一点戏谑,南昌不由又笑了一下。高医生问:中学学的是英语还是俄语?南昌说:英语,可是全还给老师了。于是,高医生念出两个英语单词:Light,True,学过吗?"光和真理",这是我们学校的校训。说罢,她又笑了,摆摆手,站起身:我又放毒!好了,走吧。

　　骑在回去的路上,南昌在后,嘉宝在前,两人相隔很远。南昌不敢靠近她,似乎是,嘉宝身上带了一个可怕的创口,这创口连带着她这个人,一起变得残酷了。远远的,她的背影在他视野里,日头略偏一些,光依然是炽热的。在这过度的明亮之下,视野反变得模糊了。嘉宝的背影颠簸着,南昌的心也在颠簸,不是心痛,而是恐惧,恐惧这个创口会崩裂,流血,不可收拾。他们沿路骑去,不知怎么一个回转,黄浦江在了眼前。江上蒙了一层水汽,在日头底下,白茫茫的,轮渡鸣着汽笛,南昌想哭。一班轮渡刚离了岸,码头有一阵空寂,江面袒露,看得见对面,殖民时代的建筑隐约呈现出华丽的轮廓线。海关大钟敲奏着颂歌的旋律,那单纯的音符,有一股质朴,与这城市的性格是不符的,可是因为钟声的高广,充盈苍穹,于是便有一种近乎本意的东西,最终覆盖了这片大地,使之生出新的气象。对岸的轮渡迂回着靠过来,阻断了视线。下午时分的轮渡很空,但依然按时往返。南昌偷偷回头看嘉宝,看到的仍是背影。嘉宝背对着他,扶车向着江水。一艘驳船突突地过去,在江面犁开一条路,随后又合拢。几个浮标乘着水波上下滑动。南昌看不见嘉宝的表情,这使他庆幸,也使他不安。嘉宝好像换了一个人,他从来都没有认识过她似的。船到浦西,出了码头,他们都没打个照面,分别往不同的方向骑去。他骑过大楼间的窄街,石砌的墙面遮暗了光线,他就像骑在楼的裂缝里,心中的哀戚越积越多,哽住了喉头。他骑出窄街,眼前渐渐开阔,最终开阔成一片,他驶在了人民广场。多么辽阔啊!他简直辨不清方向了,恍惚中迎面跑来一个小孩,他急忙一个刹车,人和车一同倒在地上。这时,他看见了天空,天上飞着几个风筝,那个疾跑过来的,就是放风筝的孩子,此时已经跑远。偏西的太阳刺痛了他的眼睛,他眯缝起双眼,想起高医生方才说的两个词:光和真理。这是很浅显的概念,浅显到南昌怀疑自己是否懂得它们的本义。现在,高医生与他隔了一条江,高医生却是在了彼岸。这是漫长的一天,怎么过也过不完。南昌身上压着自行车,身体呈一个"大"字,有人和车过来,奇怪地看一眼,过去了。晒得滚烫的地面烙着他的身体,他身体深处也有一个创口,受着抚慰。天何其蓝和高!

下午四时许,丁宜男在窗前缝纫机上绣一件织品的花边,忽听窗户上叩响了两下。推出窗去,见是嘉宝,在树叶的影间,一张脸显得小而且苍白。她悄声问:你家有人吗?丁宜男说:外婆跟母亲去舅舅家了。嘉宝这才锁车进门。进来后,站了站,说:我能在你床上靠一会儿吗?丁宜男引她到自己的床边,她脱了鞋,平躺下来,闭上眼睛。丁宜男觉得异常,想问又不知问什么,就让她躺着,回到缝纫机前继续做活。有几次回头,看嘉宝一动不动,似乎睡着了。还是有些不放心,便走过去,想问她喝不喝水,却见她满脸是泪。你怎么了?丁宜男问。她侧过脸朝向墙,这时,丁宜男看见,在她身下,正渗出血来,渐渐地染红了她的洁白的床单。

17. 安娜和舒拉

两天以后,南昌来到小老大家。小老大家里,飘着一股药味,辛辣而清新。他一进门,小老大便说:药是草木的精华。南昌"哦"了一声,坐下听小老大说教。小老大说:你别看药是苦的,不是有一句老话,叫做"苦尽甘来"吗? 苦到极处便是甜了。"甘"这个字比"甜"好,"甜"太直接于感官,你看,它是个"舌"字偏旁,其实是局限于味觉,而"甘",却是整体性的渗透。南昌耳朵听着,眼睛四下看了一遍,他看见,小老大的客厅里只有他一个人。而他知道,不久,又会有新的人来到。怎么说呢? 小老大的客厅是一个学校,他们就是学生,一届毕业了,就再来一届。现在,正是假期,上一届毕业了,下一届还未进校。那么南昌他是哪一届呢? 他是上一届的,考试不及格,正在补课,也许还要留级,和下一届小弟弟小妹妹,就是舒拉他们成为同学。小老大看见他走神,便停下来,他是个有经验的老师,晓得所教课程对不对症结。他停了一下,单刀直入道:那事怎么了? 南昌背过脸去,答非所问道:女人真可怕! 小老大轻轻"哦"了一声,换了话题——

花,小老大说:花是什么? 是植物的生殖器。南昌转过头,注意听了。在植物,最美丽的状态就是生殖了。中学里不是种过向日葵? 用粉扑子,在花盘上拍着授粉。向日葵的花盘就是它的花蕊,蕊是花最娇嫩的部位,再卑微无名的花,都有蕊,纤巧,精致,那就是植物的生殖器的形状。这是造物的神功,就是这样纤细的器官,担负起繁衍的重任,有没有去过云南? 终年百花盛开,你知道,空气里充盈着生殖的气味,馥郁芳香。我们要爱惜花。他结束了关于花的题目。

那么,南昌提问道:痛苦呢?小老大沉吟一下:这就是人了!人是什么?尼采,你知道尼采吗?他说过,人是会思想的芦苇,痛苦是思想带来的。可是,南昌争辩:肉体难道没有痛苦?小老大说:那是疼痛,疼痛和痛苦是两个概念。南昌说:就算是疼痛,疼痛怎么办?小老大说:你以为植物没有疼痛,它们只是不叫痛,一旦叫痛就是痛苦了,痛苦是思想作祟。话再回到花上,你看,果实结成,花瓣便凋敝了,这凋敝就是疼痛,只是它不叫。要是它想叫呢?南昌问。它不会叫,它没有语言,小老大答。

南昌又问:到底是语言产生痛苦,还是思想产生痛苦?小老大答:语言是思想的工具,没有语言,思想就不可能诞生!语言先于思想诞生,是吗?南昌紧逼着问,他如此急迫,小老大都有些招架不住了。略镇定一下,放缓速度:语言和思想也许就像肉体和灵魂,它们一同出世……那么痛苦呢?南昌等不及小老大阐述,打断他:痛苦是肉体的还是灵魂的?小老大给他弄糊涂了,不晓得说什么好,于是停下来,看着南昌。南昌一下子丧了气,靠到椅背上。你怎么了?小老大问。南昌不做声,停了一会儿说:我痛苦。小老大说:你向来都痛苦。话里带有讥诮。小老大今天有些儿生气,气南昌搅浑水,也气自己,竟然让这小子乱了套,就不愿意和他说话了。

两人枯坐一时,南昌起身告辞了。电梯下去,不知是几层,从电梯门缝里传进一个孩子的哭泣声,南昌的心一下子抽紧,不禁说出声来:谁在哭?开电梯的人诧异地看他一眼,并不回答,以为他是自语。电梯下到底层,开门,他走出去,耳里立刻盈满蝉鸣,如金属声般响亮。那孩子的哭泣声沉没下去,转眼间了无踪迹。可南昌肯定是有孩子在哭泣,千真万确,而且,他觉得那孩子不是别人,就是安娜。

他眼前浮现起安娜苍白的小脸,横七竖八的头发底下,眼睛像深潭一样。这才是痛苦呢!南昌想,无言无语,无从求告,一个人挺着。像舒拉,叽里哇啦,指东骂西,即便是痛苦,也一股脑儿推给别人了——他奇怪他怎么会想起这两个孩子,她们与他只差几岁,可十八岁的他,是有资格称她们孩子的——这些孩子真能纠缠人啊!所以,他认为痛苦和语言是无关的,还是和思想有关。思想产生痛苦的说法有些安慰他,因他以为自己是个有思想的人。他想,他是痛苦,嘉宝是疼痛——他身上的血都冷了一下,他怎么想起了嘉宝?那么自然的,将嘉宝与疼痛联系在一起。是的,他硬了头皮往下想,嘉宝也不叫痛,她只说了声:医生,拉拉我的手!——可是,他这不又在承认小老大的定义:语言和痛苦,以及和思想的关系?要是承认语言,那么无言无语的安娜算不算痛苦呢?他认真想了想,觉得安娜还是算痛苦,其实,她有语言,她在说,只是,南昌没听见,他不懂她的语言。南昌无法认清自己为什么非要将安娜归进思想者一类,简直是一种执拗。但是,安娜于他,就像是一个启蒙者,启蒙的是痛苦这一课。嘉宝是疼痛。他骑车在街上,人群缓缓地从他身边流淌过去,波光熠熠。

那么舒拉,他又一次想起了舒拉,她也许不能算痛苦,却可以算思想吧!一丁点儿的,豆大的思想。虽然与安娜的沉默不同,她是聒噪的,可她们同样都很严肃。在安娜,是肃穆;在舒拉,则是严厉。她娇生惯养的,什么也没见过,什么也没经过,什么都不懂。如同嘉宝说的,还不知道钱是什么呢,就有那么多零用钱。她这么严厉是对谁来的呀!惟其没什么可针对的,她的严厉就有一种广博的性质似的。南昌还是受不了她!他不明白自己为什么会想起她,也不是想起她,而是她自己,吵着闹着挤进他脑子里,好像也要来启蒙他。安娜多好啊,那么静默,令人怜悯,舒拉只让人生气头疼。那天,她还用石头扔南昌来着。这两个孩子,同样都是尖锐的,她们凭什么那么尖锐呢!南昌连同安娜也一并不满起来,她们参加过红卫兵吗?参加过大串联吗?读过《路易·波拿巴的雾月十八日》吗?可是却好像掌握了什么批判的武器,让人退缩。南昌想他们这年龄是个倒霉的年龄,老有老的理,小有小的理,就他们没理,连老宁波那样的腐朽的阶级,都会向他们说教,好像他们多么懵懂似的。这是个什么时代啊!他们恰好是这时代里的受启蒙者。他从两边梧桐相连成的绿色穹顶穿行而过,光斑和蝉鸣撒了他一身。

18. 其他人以及敏敏

他们和她们之间的关系,还有一个短暂的复兴的时期。他们又来到舒娅家里,甚至有两次,嘉宝也来了,坐在大家中间。南昌不禁疑上心来,他和她有过什么事吗?那一对泰国小象,不知什么时候,转移到了舒娅家中,这使南昌感觉小兔子和舒娅也发生过什么了。如今,小象被舒拉很粗暴地拿来在天井地上画来画去,她是将它当滑石用的。这对小象的游历大约到此就结束了。就这样,他们坐在一起,都像是没事人似的,其实呢,各人的事各人知道。这一阶段的话题是第四国际的兴亡。关于第四国际,他们有多少了解呢?所有的资料不过是来自批判文章里一些断章取义的概念,父亲们的理论学习文件,外加私底下传递的关于托洛茨基的小册子。这发生在异国的政治事件,由于社会主义阵营的同盟关系,使革命具有了世界性的意义,开拓着他们的胸襟。在共产主义学说里面,那些拉丁文的人名和概念总是激起着科学进步的热情,还带有艺术的气质,特别能满足青年的想象力。他们将这些拗口的人名念得滚瓜烂熟,就像是他们的熟人。阐述概念也很流利,观点和论据信手拈来,因缺乏材料而断了逻辑推理,说不通的地方,他们就以思想的坚定性来克胜。有什么能挡住他们呢?他们如此的高昂,声音响亮,情绪热烈,充满着向往。他们认为,应当由中国来接替和重组第四国际,因为中国正在解决国际共运中的大问题,就是无产阶级掌握政权之后的继续革命。这听起来和第四国际"不断革命"的宗旨相仿,但性质上却完全不同。不同的地方就在于前提,一个是无产阶级已经掌握政权,实行了公有制,而另一个却是在资产阶级的阵营内部——所以,我们走在了国际共产主义运动的前列,他们不禁热血沸腾。她们,这些听客,很难说有什么同感,经过这些日子的接触,她们对他们多少有了认识,他们的神秘感略有削减。有谁能确切知道她们心里发生的变化?看上去,她们都比先前淡漠了,只是,聚会,与异性相处,还继续吸引着她们。她们都是喜欢热闹的人,哪怕是心静如水的丁宜男,也不拒绝隔三差五地与大家一起坐一坐。

　　丁宜男是旁观者。人在做,她在看。由于身在事外,她便比当事人都看得多,也看得清。这一年,从冬到春,从春到夏,眼看着夏季也到了尾声,蝉鸣就是证明。事态,就好像一条河流从她面前过去,她不明端底,但河面灼亮的反光表明,有一些事情正在发生。她没有介入,而是从岸上走过。这些是非曲直单单绕过她。为什么是她,而不是别人?其实她并不惧怕。这只能解释为命运的一种选择,似乎是,有心不侵扰她的少女时光,让她保持洁净。有一些始末从她手里经过,比如,南昌让她送给珠珠的信,还有,嘉宝染红了的床单,事后,她在木盆里搓洗床单,转眼间,血迹泯灭在雪白丰饶的泡沫里了,清水淘过,挤干,展开晾在晒衣绳上,迎了阳光,竟然透亮。她的女伴们,貌似平静,可是她看得出来,她们人在这里,心却不知去了哪里,成了个透明人,就像蝉蜕。只有她是个实心人,表里还未分离。她其实是有些不自知的力量的,在任何情况下,都按着自身的生长速度成熟,保持了和谐,那就是安宁的温煦的闺阁的保护力。这不是清心寡欲,而是顺从自然。她们这几个人之间,如今就有了裂隙,这裂隙,不是由于龃龉,而是,由于成长的差异。本来,她们之间也有着些小小的派系:舒娅和珠珠最要好;嘉宝自以为和舒娅好,事实上,舒娅并不这么看;丁宜男呢,和那两个好虽好,却一直留有余地,和嘉宝的关系,则在最近发展起来了。但无论远近亲疏,她们原先是,怎么说,是同一种物质制造的,现在分离了。也只有丁宜男一个人才看得出,看出她们终要分道扬镳。坐在大家中间,丁宜男是孤独的,但这孤独并不使她凄然,相反,还有一丁点儿喜悦似的。倒不是孤芳自赏,她实在是一个谦逊的人。她的喜悦是,她自觉着身心内部在趋于完好,然后,将有一天,生活来临。

他们的热情的讨论,一贯是要受到舒拉骚扰——其实舒拉是真正对他们的话题有兴趣的人,但她不懂得用什么表示她的兴趣,往往是采取胡搅蛮缠的方式。再说,他们为什么要特别排斥舒拉?舒拉有什么错呢?没有,只有一桩,就是她的年龄。要是让一个十三岁的小姑娘参与进来,那还有什么神圣性可言?他们的深刻度无疑是要受到贬损的。舒拉的捣乱就那么一套,不外是捶门、叫喊、从窗户掷石头,他们本来已经不以为意。反常的是舒娅,以前舒娅是和他们一起对抗舒拉,可现在却有帮舒拉求情的意思,她对舒拉说:你把你的糖拿出来分给大家,就让你进来。舒拉有一个小糖果罐子,积攒着母亲分配给她们的糖。顺便说一下,舒拉是个小吝啬鬼,将自己的吃食守得很牢,舒娅则是散漫的,再说,她还有社交呢!此时此刻的舒拉却很慷慨,她立刻贡献出她的糖果。他们一边吃着舒拉的糖,一边嘲笑舒拉"小市民",而且他们并不承认舒娅帮舒拉做的这一桩交易,这交易里有一种戏谑的意味,使事情变得不严肃。他们打着哈哈,有意不说正经话,让舒拉白等一场。于是,舒娅的建议就变成了一场骗局,舒拉自然很愤怒。舒拉的愤怒专对着一个人来,那就是南昌。有几次,她冲了他们背后骂"胆小鬼"。小兔子,七月,还要与她对几句嘴:谁是胆小鬼?南昌则头也不回,迅速地跑了。

不只是舒拉的骚扰、舒娅的绥靖政策,珠珠有时候也会出点怪——正当他们谈得激烈的时候,插言道:你认识他们啊?这"他们"指的是第四国际抑或第三国际的成员。也有时候是这样问:他们认识你?这话里的轻蔑意味就十分清楚了。舒娅紧跟着就大笑,笑得十分夸张。嘉宝要是在场,也会跟着笑。她现在不像过去那么对他们有敬畏,这从她看他们的眼光里流露出来,她常常斜过眼瞥他们一下,其中藏着不屑。丁宜男倒没什么变化,可这没变化却更像是一种蔑视,因为他们对她不产生任何影响。就此,他们的讨论就渐渐涣散下来,他们的激情也涣散了,心里不免生出恨意,当面背后地使用"小市民"这个词汇,还有"市侩""庸俗"一类词汇。他们和她们之间那些爱恋萌生的纠葛,就此被归结到阶级的差别,其实是相当无理,也看得出他们的虚弱。最终,他们放弃了理论话题,转向一些具体的人和事,这些人和事,与权力的上层有着某些联系,也是在她们生活之外。这显然是别有用心,就是以轻蔑来还击轻蔑。但这用心很难说有什么效果,还是珠珠那句话:你认识他们?或者:他们认识你?这一回,她们虽然没说出口,可那满不在乎的表情将意思表露无余。直到一个新情况出现,她们的态度方才有改变,那就是在他们的说话中,越来越频繁地出现一个人,话题渐渐集中到这个人身上。

这个人也是个女生,就是小老大沙龙里的成员,那名外交官的女儿,她的名字叫敏敏。他们新近与她又有了往来。还是小兔子起的头,他就像一个使节,串联与联络起各式各样的关系。前面说过,敏敏是在国外长大的孩子,文化大革命开初方才回国,进入中学。以她的年龄,正是初二或者初三,反正都已停课,不必顾及教育上的差异,她只是跟了同学开会听报告,中文倒是进步很快,再不像初次见面时那样,总要问:这是什么?那是什么?她所在的那所女中,学生多出身干部和名流的家庭,同学间通用普通话,态度也多凛然,背景一般的同学亦难免有趋势之色。敏敏就像来自另一个世界的人,对这里一切都未曾开蒙的一般。其实她方一进校就被列入这小社会的上层,可她偏喜欢几个本性敦厚的,做了伙伴。那几个同学是工人和普通职员的孩子,凭学习成绩进入这所市级重点中学,虽如此,在学校里还是受压抑的,总盖不过处境优越的孩子的声色。敏敏与她们做朋友,便也在了边缘。那些孩子的革命作为大凡只是串走于各学校之间,看看大字报,敏敏也跟着去看大字报。小兔子就是在戏剧学院里,看见敏敏的。又有一次,是在音乐学院。女生常是要做艺术梦的,看大字报也挑选这类院校。而小兔子呢,又多是在市区的院校走动,在繁华闹市长大的他,革命也专挑华丽的空间进行。这一次遇见敏敏,敏敏是单独一人,骑一辆小轮自行车。敏敏又是一张圆脸,看上去很像维多利糖果的玻璃糖纸上,骑独轮车的小白熊。她骑车慢慢地徜徉在校园的甬道,表情很出神,却显然与周遭大字报无关,而是在另一些什么事情上。当小兔子一帮人迎面叫住她,她惊得几乎从车座上掉下来。她一时没认出小兔子,等想起来,就笑了。她的笑容很开朗,被太阳晒成浅褐色的、瓷实的皮肤十分光洁,牙齿也是光洁的。她的头发编成辫子,盘在顶上,没留额发,露出饱满的前额。她长大了,先前还是个小孩子,转眼间成了真正的少女。小兔子问:在想什么呢?她说:你们听,《恰尔达斯》。小兔子们竖起耳朵,听见有小提琴迅疾的奏乐声,想:这就是《恰尔达斯》吗?敏敏下了车,推车与小兔子走了一段,他们一伙则骑车慢慢跟在后面,看起来,就像护卫队。他们都看出这女生的特别。走了一阵,敏敏回过头,向大家一笑。阳光下,顿时,就好像有万千金絮飞扬起来,简直令人有瑟缩之感。小兔子问她最近在做什么,她说她父母新近又派往非洲某国出使,因那里教育状况不成熟,所以她和弟弟还是留在国内——受教育,这后三个字她是迟缓一时说出的,就有了谐谑的意思。小兔子笑了,后面那一伙也跟着笑了。这女孩,浑然不觉地,就成了女皇一般,受到他们的尊崇。

后来他们知道,敏敏时常来音乐学院,为的是听音乐。在凋敝的校园,这里,那里,偶尔会有乐声起来,敏敏要听的就是这个。她告诉小兔子们,小时候,随出使父母居住的国度里,晚饭后,由大人带着散步,不期然的,会遇到乐队演奏,在桥头、街道、广场,甚至菜市——夏季里的黄昏非常明亮和漫长;她又说到白夜,彻夜地明亮着,却万籁俱寂,就有一种空旷的静谧;偶尔,她也会说到一些儿政治,东欧与苏联的关系,虽然不多也不深,但那是贴得很近很近的消息……小兔子们发现,敏敏的世界其实很大,可奇怪的是,她又给人离群索居的印象,这使她变得很神秘。小兔子向她承诺,为她提供唱片,她不是喜欢音乐吗?这有什么难的,何必到音乐学院来听壁脚,简直是乞讨。敏敏被小兔子的话逗得很乐,她说外婆家正有一架唱机,原先也有唱片,"文革"中,自己破自己"四旧",全砸烂了。但是,她问小兔子:你有什么办法搞到唱片呢?小兔子没有回答,但表情是胸有成竹。

敏敏怎么知道,小兔子们是什么人,有什么东西是他们不能到手的!其实是这时代给予的便利,规章制度都卸下来,于是,一切都敞开了。所以,从另一个角度看,这个时代又是一个开放的时代。你不知道,马路边上,废品收购站里,《金瓶梅》的插页图画就随风翻。什么禁书不禁书的,小孩子手里都会扯到半本《十日谈》。主妇们相互间讲故事,讲的是马利亚没有同房就怀孕,在牛栏里生下了耶稣。小兔子们找唱片的地方是抄家物资的仓库,通过朋友的朋友的朋友的手,借来钥匙。这样的仓库有无数个,有的是汽车间,有的是旧礼堂,也有的是真正的仓库。

红木家具,樟木箱,摩托车,自行车,冰箱,电视机,各色乐器,书籍,字画,瓷器,绸缎布匹,绒线皮毛,香烛锡箔——都来自那些从长计议的生活里。在如此庞杂的什物中找唱片委实不容易,可他们有的是耐心,还有热情。敏敏的出现,就好像开了一门新课程,其中有无数新鲜的知识。他们都是好学的人,学校关了门,可社会敞开了。他们在仓库里四散开,分头翻找。絮状的灰尘在光柱里飞快地翻卷,洞开几条隧道,底下是堆垒着的物件,沉寂着,像一个巨大的坟场。他们上下窜动的身影,则像是古代的盗墓人。他们走在堆垒物的缝隙间,一不小心,碰翻一叠纸盒,一股霉气没头没脑盖来,是锡箔,年深日久,早已风化,稍一触碰,便碎成齑粉,这可真像是鬼钱。幸好他们都是唯物主义者,不信邪。有谁挤到一架钢琴前,掀开琴盖敲一下,当的一声,就像丧钟响起。怎么都有些毛骨悚然,他们彼此叫唤着,在屋顶下传递着微弱的回声。那些红木家具发出幽暗的光,这是没落的光,正像他们要砸烂的旧世界。待他们走出仓房,来到光天化日之下,不由松出一口气。

最后,他们果然找到几张唱片,一张是民乐曲《送你一束玫瑰花》,一张是《匈牙利舞曲》,一张印尼民歌《宝贝》,再一张小提琴协奏曲《梁祝》,还有一张歌曲集,其中一首很奇怪地叫做"狂人大笑"。于是,这一天,他们按敏敏给的地址,一起去敏敏家了。敏敏的家,也就是她外婆的家,住在静安寺附近。他们没想到她竟是住在这样的地方,那是一片杂弄中间一条略微齐整的短弄。和这城市大多的弄堂房子一样,或者从后门进入,走过灰暗的灶间,来到朝南的客堂,或者转上一条狭窄的楼梯上到二楼。敏敏家住二楼并三楼,三楼严格叫做三层阁,是一个阁楼,敏敏和弟弟就睡这里。他们跟随敏敏,登上一道木梯,木梯很陡,敏敏的凉鞋底几乎就踩在小兔子的头顶。阁楼的顶是一个复杂的立体几何形,本是向南切下去,形成一个斜面,可中途又在正面切开一个长方形窗洞。窗洞很深,因正南,前方又没遮挡物,光线充盈,将阁楼照得通亮。阁楼里放了几件旧家具,漆面都已斑驳,但敏敏的床,掩在角落,罩着一领圆纱帐,顶上与脚下都缀有蕾丝花边,这小小的阁楼就此变得华贵,像童话里公主的房子。相对的角落里是敏敏弟弟的床,是一领普通的单人棉布方帐,好像住着敏敏的仆人。但这仆人也很高贵,床头架了一座小型天文望远镜。敏敏说是邻国一个大使的孩子送给弟弟的,后经上级批准,同意她弟弟收下。

在敏敏的房间里,他们几个竟都拘谨起来,他们从没这么老实过,在敏敏的一一照应下落了座,然后由主人放唱片给他们听。唱机是敏敏外公青年时用的,现在很旧了,唱针呢,秃了。他们带来的唱片,其中一张又有了裂纹,唱针就老也走不过去,反复打转。正是那张"狂人大笑",于是,那"狂人"便大笑不止。阁楼里满是夸张又单调的笑声,竟有些让人悚然,敏敏关了唱机,方才安静下来。停了一会儿,敏敏指点他们从窗洞看出去,眼前是浩瀚的屋瓦,一时都有些怔忡。这个姑娘真就像童话里的仙女,有着点石成金的方术,司空见惯的事物,由她指引,就变成不同寻常的景色。这一阵子,他们对敏敏几乎是狂热的崇拜,他们竞相对敏敏献殷勤,从抄家物资里淘出各种各样宝贝,送给敏敏,画报、书籍、八音盒、集邮册——那是给她弟弟的,这个文静的、白皙的、比他姐姐更像女孩的少年,也被他们爱屋及乌地纳入奉献的范围。奇怪的是,他们彼此并不生妒意,似乎敏敏所引起的是另一种心情,和舒娅、珠珠她们不同。她们是女生,而敏敏却不是。当然,她也是,那是另一种性质上的说法,或者说,她是超乎性别的。他们分别登上她的阁楼,有时碰个正着,也没什么,笑笑,坐下一起说话,或者一起告辞。这样纷沓地上门,挺引人注意的,敏敏的外公外婆表示了不悦。有几次将他们拦在门外,说敏敏不在家,可敏敏的小轮自行车就停在后门口。还有一次,是敏敏的弟弟在门口迎接他们,将前一日送他的一本小说还过去。然后有一天,他们来到这片庞杂的里弄时,看见敏敏推着自行车等候他们,说:我们出去玩吧!这就是这个严谨的家庭拒客的方式,温和却坚决。从此,他们与敏敏就是在外面会面,公园、电影院、某一个学校的操场,还骑车远足去过一次嘉定。照理,敏敏这样一个有胸襟的女生,他们应该多与她交流一些重大的思想,可是没有,他们甚至从没有在她跟前提起过第三或者第四国际的话题。原因很简单,那就是怕露破绽。在一个来自国际共运前线的人面前,他们变得谦卑了。

就这样,在他们的言谈中,越来越热烈地出现敏敏这个名字,她们很难忽略了。开始,她们表现出漠不关心的样子,意思是对这个敏敏的存在并无兴趣。他们谈他们的,她们转过头去谈她们自己的。当他们公然拿敏敏来对照她们,流露出轻蔑的时候,她们就不那么好惹了。她们说:我们当然是小市民,你们又是什么呢?明明生活在这个城市里,不是市民又是什么?市民还有大小之分?又凭什么分大小?他们回敬:小市民就是小市民,鹰有时飞得比鸡低,但鸡永远飞不到鹰那么高!她们忍笑请教:谁是鸡,谁是鹰,总也不能自己说鹰就是鹰吧!她们很轻俏地就让他们语塞,男生总是嘴笨的,一着急,难免言过其实:我们的父辈抛头颅,洒热血,就是要革庸俗的小资产阶级的命!她们就换了冷笑:你们的父辈?你们的父辈如今在哪里呢?到底谁革谁的命?此时,他们和她们,终于各回各的阶层,原来这中间有跨不过的鸿沟。吵架就是这样,非要把对方说痛不可。他们当然不能就这样吃亏,换一个角度,把话回过去:哈哈,她们是吃醋了!这一回,她们是真的恼了,个个都白了脸,再不与他们多说。可他们就是那种厚脸皮的人,下一回,笑嘻嘻地又上门来,坐下来说着说着,还是说到敏敏身上去了,你拿他们怎么办?渐渐地,她们不由对敏敏生出了好奇心,这究竟是个什么样的女孩呢?尤其是,她从国外来。这城市的人,对国外总是很向往的。当然,按珠珠家邻居,那个欧家伯伯的说法,外国也不尽是好的,比如"罗宋",就是苏联,就未见得怎样。直到文化大革命前,上海,尤其是虹口、卢湾的马路上,常见白俄张贴广告,教小孩子说英语,什么英语?洋泾浜英语罢了,耽误人家子弟,赚些个蝇头小利。"罗宋"的大菜,也很马虎,不过是卷心菜放汤,美其名曰"红菜汤"。敏敏所来自的国外,就属于那一带。但珠珠她们一代,毕竟是新一代,比欧家伯伯少偏见,她们内心是期待认识敏敏的。只是,她们已经表现出那么多对敏敏的不屑,又怎么好提出认识的愿望呢?而他们就好像猜出她们的心思,抑或是出自炫耀的心理,总之,这一日,事先没做一点预告,突然把敏敏带来了。

第一眼看上去,敏敏很一般,与她们对比,还显得粗糙几分。然而,略过些时间,情形就变了。几乎不可阻挡的,敏敏逐渐明丽起来。她就好像有一种光亮,从内向外透出来,最终,将周围人都照耀了。她们甚至忽略了敏敏的衣着——看不出她在国外生活的痕迹,倒像是北方人的做派。白底黄花布方领衫,一条宽大的蓝布长裤,赤脚穿塑料凉鞋,光光的额头上顶一盘沉甸甸的发辫。她和街上的潮流毫不沾边,完全游离在外,却另有一格。她坐在她们中间,是有些别扭的,她和她们显见得是两类人。她们矜持着,怀了警惕,等待敏敏先开口说话,不晓得那会是多么高和深的言谈。怪都怪他们,预先做了那么多的离间,使她们心存戒备。敏敏呢,对她们倒是没什么准备,乍一见,单是觉得她们好看和时髦,也是不知如何相处。两下相持一会儿,从丁宜男这里打开了局面。敏敏对丁宜男手里的钩花生出了兴趣,问她怎么做,丁宜男就教她,先从基础的辫子花开始,再钩图案,从简到繁,由小渐大,逐步就可做成一件织品。这本是他们攻讦她们"小市民"的口实之一,然而敏敏,钦佩地看着丁宜男的手指灵巧翻飞,一行行精致的花案越衍越长。丁宜男给了敏敏一根钩针,又交给她一团线,指导她起头、运针、钩线,转眼间,敏敏也扎进女红里面。说来也奇怪,这并没有让他们对敏敏失望,相反,他们还有点高兴,因为敏敏终于显出和普通女生同样的性质,而这同样的性质在敏敏,却又不是普通的了。似乎是,敏敏吸引他们,是因为她不像女生,而她实际上又是女生。事情就是这样复杂,他们怎么搞得清楚?现在,敏敏和她们做了好朋友,没他们的事了。他们这些局外人,坐在一边,带着恭敬地听她们讨论钩针活里的技巧,以及其他一些琐细事,还听见丁宜男邀请敏敏去她家,那里有各种各样的绣活和织品,还有一架幻灯机。

　　第二天,敏敏去了丁宜男家,当然没他们的份,丁宜男从不邀请男生上门。幻灯机,准确说是幻灯机放映的内容,果然使敏敏很兴奋。每一个影像,她都有无穷的问题,而要回答她的问题,必须叙述一整部电影的情节。在遮暗的光线里,敏敏的眼睛亮亮地闪烁着,而她们却渐生不悦。她对某些常识的无知和好奇心,在她们看来,多少含有居高临下的意思,就好像她来自完全不可同日而语的另一种生活,但是,不要紧,这不妨碍她对你们的生活有所关注。于是,回答和解释就不那么热心了。敏敏感觉到她们的冷淡,却不知个中原委,好在她并不是一个心思细密的女生,并不加以计较。如同所有女生之间的猜忌一般,这一点不悦很快便过去了。就这样,敏敏参加到她们当中,有些隔,有些合,这才是相处之道。俗话说,月满则亏,水满则溢,倘若真是亲密无间,或许倒要生隙了。敏敏的加入,其实很微妙地改变了一些她们,甚至他们的气质。她天性敦厚,实是一种镇定,似是亘古万事万物在眼前,不变不惊,在这动荡的时日,将她的心安散播给周围的人。她们和他们也随她去音乐学院的校园走过,是在向晚的时分,校园里很宁静,偶尔掠起一阵钢琴的琶音,没有成章成句的旋律,但这静谧的本身就暗合着乐音的本义,那就是和谐与自然。敏敏对音乐并没什么了解,甚至算不上一个音乐爱好者,她到这里来,严格地说也不是寻找什么音乐,就是享用一些儿和谐与自然。敏敏还向他们和她们描绘她阁楼窗外的屋顶,夜深人静时,就会升起钟声。他们告诉她,这是谁家自鸣钟的报时声,敏敏却认定某一处有着钟楼。由这钟声的话题带引,他们一行人去到外滩,听海关大钟响起。海关大钟敲奏着那俗曲野调,因是大调式的,亦有着一种庄严,在天穹底下沉沉漫开,笼罩了旖旎蜿蜒的地平线。南昌想起那一日从江对岸渡来的情景,心中有一股哀恸,也是庄严的。他们沿着江边骑去,有几个车后架上带着人。江面在某一段上陡然开阔,又在某一段收窄,在天地间奔突。视野突破了城市的水泥壳子,延伸于浩淼之中。

　　天已入秋。这日下午,南昌往敏敏家去,是为给敏敏的弟弟送一只叫蝈蝈。这只叫蝈蝈的笼子很特别,不是通常用竹片插成,而是用光洁嫩黄的稻秸秆,交叠垒成正方的一座城池,十分精致。自从被敏敏的外公外婆委婉地拒绝,他们不好再上门,但是偶尔的,会给敏敏的弟弟送东西去。因是找敏敏的弟弟,老人们似乎就不大好阻拦了。所送东西,无非是一些男孩子的玩物:风筝、自行车铃铛、电影票——不过是些时政性的纪录片,也是这年月的娱乐了。她弟弟未必看重他们的馈赠,这个矜持的少年和他姐姐是两种性格。他姐姐是热情的,而他相当冷静。他用审视的眼光看着他们,姐姐的新伙伴。这使他们感到不安,好像被他看出了用心,那就是他们向少年示好,其实意在敏敏。他们不由软弱下来,说话都是嗫嚅着,真的,他们有些怕这少年。南昌来到敏敏家楼下,叫了几声她弟弟的名字,少年没有出来应,他们的外公外婆也没应。于是,他推开虚掩着的后门,径直走进去,弯上楼梯。楼里面很静,南昌听得见自己蹑着手脚,像猫一样轻柔的足音。二楼前客堂的房门关着,敏敏的外公外婆大约不在家,光线就暗下来。但顶上投下一方亮光,说明阁楼有人。他扶住木梯,上去了。果然有人,敏敏在。她背对着门,低头坐在桌前,肩膀微微颤动,她在啜泣。南昌怔住了,站在门口,进不是,退不是。此时,他手中的叫蝈蝈突然响亮地叫起来,将他们两个都惊了一下。敏敏回过头来,只见她满脸泪光。南昌想问,又不敢问,敏敏的一切都是神圣的,多一句嘴就是冒犯。在敏敏面前,他们就是这样卑微。他向前跨了一步,将叫蝈蝈笼挂在她弟弟望远镜的镜筒上,然后退回去。这时,敏敏说话了:南昌,我爸爸妈妈其实并没有出使,他们全在隔离审查,我们已经一年没有他们的消息了。说话间,敏敏平静下来,泪水洗涤过,她的脸显得格外光洁。停了一会儿,她轻轻叹一口气:不知道这是怎么一回事!她转回头,眼睛移向老虎天窗外。顺她目光看去,连绵起伏的屋瓦,在炽热的阳光下,反射着光芒。原先黑色的瓦变成一种灰白色,就像燃烧过后的灰烬。一股悲怆从屋瓦上升起,如此明亮、堂皇的悲怆。南昌在心里重复了敏敏的问题:不知道这是怎么一回事!这股悲怆似有缘由,又似是无所指,是面向整个的世界。敏敏,高贵的敏敏,她的痛苦也是高贵的。她将疼痛也罢,痛苦也罢,都提升了,提升到这世界全面性的哀伤。南昌站了一会儿,终于退下扶梯,走出这幢简陋的老式民居。

这片杂弄简直像蛛网,无数路径交织又错开,放射出去再收拢回来。南昌骑车驶在其中,从一条窄巷骑入另一条窄巷。他失去了方向,茫然却执着地骑着。这些路径十分黏缠地拉扯着他,挟裹着他。一个念头清晰地浮上来:他正走在那连绵起伏的屋瓦底下。

不知什么时候,南昌转出了这片街区。日头略偏一点,林荫道上一片蝉鸣,哗啦啦地,洒了一地碎金碎银。这像是梦境呢!南昌从中穿过。两边人行道上,走着熙攘的行人,这是一个星期天的下午,大人小孩都上了街,这城市突然就有了一股子享乐的空气。有一辆黄鱼车飞快地从后面骑上来,差点儿擦着南昌,南昌张口要斥骂,一群孩子紧追黄鱼车而来,将南昌撞到一边去。南昌稳住车头,继续向前,看见那群孩子中间就有舒拉。黄鱼车上站着一个中学生模样的青年,向行人发放传单。这伙孩子的紧追不舍显然刺激了青年,他戏耍地一张一张抛向他们,惹得他们彼此争抢。舒拉的长手长脚并没帮上她的忙,反而让她动作笨拙,但谁也没她固执,眼见得人家都有了收获,只她还空着手,跟了黄鱼车奔跑。车上的青年有意逗她,手上握一张传单,就是不放给她,舒拉就被他牵着,闷不吭气地跑。南昌低下腰,紧踩几脚,追上黄鱼车,用力推那青年一把。青年一下子坐在了车板上,气恼地挣起身子要与南昌对打。南昌一边与他撕扯,一边扭头吼叫舒拉回家去。可舒拉完全没听见他,也没认出他,眼睛定定地对着前方,奔跑而去。南昌落在后面,看着舒拉在明晃晃的光斑影斑里越来越小。真是令人目眩啊!

19. 小老大之死

就在上回南昌到小老大家之后,小老大得了一场感冒,引起肺气肿。他从小肺弱,结核反复发作,早已形成肺空洞。正是夏秋之交,节令时分,气温气候变化多端,不慎染了风寒。先是高烧,送进医院输抗菌素,退不下来,却急骤发作肺气肿,最终呼吸衰竭。从发烧到死亡仅只五天时间,让家人猝不及防,他母亲都没赶上与他见一面。消息很快在朋友之间传开,追悼会那日,大家都去了殡仪馆。小老大是个没单位的人,脱离学校也有很多年,结果是由街道里委出面主持丧礼。里委主任是一名中年妇女,大约是"鸡毛飞上天"的"大跃进"年代培养起来的干部,外表是精明的主妇,言语则一派教条。她从来没见过小老大,也没见过他的家人,错抓住一个来宾的手当是丧家,两下里都发了窘,念悼词时又将小老大的名字和出生年月说错,接下去一连串的褒奖更是词不达意,显得十分虚假。直至来到小老大母亲跟前,这一回各就各位,不会认错了,她流下眼泪,方流露出女性的质朴——她们为所有的人,不管认识不认识,伤心流泪。随同前来的还有地段上的户籍警,一个肥胖的中士,人们都称他"大块头"。因为人多,又因为场面的难堪,他涨红的脸上汗如雨下,挤在人群中,不知如何是好。来的人出乎意料的多,厅内挤不下就站在了门口,台阶上站不下,就退到院子里,漫开一片。来人多是年轻人,小老大沙龙里的常客,互相间有的认识,有的不认识,或者是间接的辗转的认识。南昌跟随小兔子,在人丛中看见了舞蹈学校的芭蕾科女生,小时候上过银幕的"童星",还有几个见过一两面的男女孩子。此时彼此并不打招呼,肃穆地站着,脸色都有些苍白。这大约是他们中间头一回有人死亡,这个人于他们不是很亲昵,也不是很重要,可现在他死了,原本完整的生活忽然就有了裂隙,望进去,是一个黑洞。

小老大本来像树一样,扎在那里。他们走开去,将他忘记,无论多久,待到想起来,再回去,他依然还在那里。可是现在,这棵树连根拔起,他们却再也忘不了他了。南昌看着人丛中他认识的人,甚至,远远的,他还看见高医生。高医生的头发已经留到齐耳,看上去还很年轻。他想到,就是这个人,小老大,将他和许多素昧平生的人联系起来。他自己从不动窝,可许多来来往往的人,却因为他而相识。小兔子也是联络人,他四处出击,将零散的人一个一个捡拾起来,然后收到小老大麾下。所以,小兔子是个使者,小老大才是真正的,真正的什么? 酋长。南昌想到这么一个词。这些天,人们一直在谈论小老大传奇的身世,他曾经生活过的西南省份,被描绘成一个蛮荒之地,人群以部落为单位而生存。所以,小老大是酋长。当人们谈论小老大的时候,嘉宝——南昌想起她也与小老大有一面之交,可说相识于危难之际,嘉宝说:这是一个聪明人!南昌有些惊讶嘉宝说出一个简单扼要的评价,他从来没有想过小老大是聪明还是不聪明。他又觉着不屑,小老大当然是聪明的,小老大何止是聪明?他其实是先知。人在家中坐,却知天下事。南昌想起与小老大最近也是最后一次谈话,那是惟一一次,小老大没能说服他,更可能是他没有听懂小老大的话,他太性急,扰乱了小老大的思路。然而,他还是从谈话中得到两个重要的概念:疼痛和痛苦。他应该耐心一点,好好听小老大说话,其中一定藏着玄机。以后,再不可能追问了。小老大死了,将这个玄机永远地、永远地带走,留下了疑惑,让他独自一个人去解开。人,真是易朽的,玄机却很坚固,而且长久。从易朽的概念,南昌想起初识小老大时,他说的腐烂。人在腐烂中,他说。然后他又说:正是腐烂,才使其长寿,短命是洁净的代价。这里也有玄机。肉体是菌类,玄机的物质是什么?这又是一个玄机。南昌发现,小老大的玄机是有繁殖力的,它一代一代生殖着玄机,使世界陷入迷茫。

他们一伙人送走小老大,骑车驶在马路上。这是城市边缘的马路,宽阔平展,阳光铺在柏油路面上,均匀而稀薄,已有了秋意。小兔子的车后架上坐了一个陌生的女孩,还没来得及向大家介绍。他和舒娅没什么了,就像南昌和珠珠没什么了,甚至,和嘉宝也没什么了。小老大不是要南昌学做小兔子吗?南昌努力来着,应该说,他做得不错,他和珠珠,丁宜男也算是一个吧,那么嘉宝——嘉宝是"痛苦"——就是在嘉宝这里,他和小兔子分道扬镳,也和小老大的期望分道扬镳。小老大说的龟背叶子上面的漏孔,减轻了雨水的压力,使它能够生存和繁衍。可是,叶子和叶子不同,有一些叶子的经纬线路是直向的,呈开放的状态,不能处理微妙的转折角度,一撕就裂,而且会一裂到底。像小兔子多好,他和谁的关系都到——到南昌和珠珠的为止。南昌就做不到,或者浅,比如和丁宜男,什么都没有似的;或者深,深到和嘉宝——他天生缺乏平衡感,所以,从一桩痛苦逃向另一桩痛苦,他简直无处藏身。现在,小老大死了,永远的洁净了,留下他们,在腌臜地,延续着生存的代价,就好像是小老大留给这世上的人质。这世上的浑浊再不能侵害他小老大了,可他们这些人质怎么办呢?

南昌渐渐从自行车阵中落后,车阵离他远了。低到三四公尺高度的太阳照着他们的背影,金光溶溶。他们的身影活跃起来,小老大则湮灭在无知无觉的空间。南昌想赶上他们,却怎么也蹬不动似的,总是落下他们一段距离。他听得见他们的说话和笑声,他们又快活起来,由小兔子牵的头。这是小兔子麾下的军团,快乐军团。真亏有了小兔子,才不至一片愁云惨雾。曾经南昌也加入过,如今又退出,这是小老大第几代玄机?神秘的小老大,他的蛋白质的身子里,收藏着多少纤维草木:黄环,青葙,苍耳,赤箭,猪魁,白芷,红蓝,紫葛,乌韭,甘草,酸模,大黄,细辛……

第 五 章

20. 何 向 明

　　在上海南市区,从陆家浜路上延进的一条弄堂,水泥方砖的地上,有时是滑石,有时是粉笔,画着千军万马。佩着战刀与盔甲的古代将士,跨着战马,引着战车,或奔腾,或厮杀,几可听得铿锵之声。外弄堂的人走进来,都会驻足看一会儿,有内行的人,认得出那是曹操,那是刘备,那是周瑜,那又是诸葛亮无疑,差不多是一部"三国"的连台本。本弄堂的人司空见惯,不以为意,他们知道,作者是住在弄底二十二号里的阿明,学名何向明。阿明是从香烟牌和连环画上认识这些人物的形貌装束,以及身份性格的。离他家不远的城隍庙,有的是香烟牌子卖。小朋友间,时常进行交换。玩弹子或刮片游戏,亦是用它做赌注。就这样,阿明就获得了几乎全套的"三国"香烟牌子。至于连环画,阿明的财政实力就不够拥有了,他只能在租书摊上看,一分钱可看两本。那租书摊的摊主是个山东人,日伪时期做过巡捕,如今还残留着暴戾之气。对大人还好些,小孩子就成了他施虐的对象。因为小孩子既是弱者,又大多赤贫,常常租一本书,多个人挤着脑袋合看。他很无理地将他们从板凳上赶开,他们只得站

219

着看那本书。这依然解不了他的气恼,进一步地,他干脆从小孩子手里夺走书,因为他们已经超过了时间。他很精明地将一本连环画拆成两本,甚至三本,前后加进好几页牛皮纸,看起来不减少它的厚度,等于隐性涨价。阿明曾经勇敢地揭露出他的舞弊,他指着连续的页码说这些分明是同一本书。摊主,那昔日的巡捕怎么回答他的?回答是上下本,或者上中下本。看没看过电影,上下部的?此时,他忽然变得有耐心了,微微斜着头,甚至还有几分笑意,看着控主。阿明怔住了,一个小孩子哪里斗得过他,那是从多少屈抑和伸张的阅历中挤出来的心力,锋快得可以宰牛,可惜如今只能在弱小者身上练身手了。所以,他此时的好脾气实在只是出于狎玩的兴致。摊主的孙子也在阿明的小学校就读,小孩子们挺会笼络他,要求他将家中的连环画走私出来,供他们看。他祖父倘若发现了,会找到学校,管他上课不上课,门也不敲,招呼也不打,径直走进课堂,走到孙子跟前,从台板下面拖出书包,兜底倒出赃物,又一言不发走出去。人们以为这孙子回去没好果子吃了,为他捏一把汗,可他倒也还好,若无其事的样子。暴政底下往往产生厚颜无耻之徒,是生存之道使然。阿明就这样被驱赶着断续地将"三国"基本了解个大概,却也足够将香烟牌子上的人物组织成关系和情节,布置他的画面。像方才说的,他的图画颇似连台本,这当然是弄堂地面的先天形式规定,所以是长卷式的;其次也因为是从连环画上得到的印象,有故事的性质。在这底下,其实还是藏着一种不自觉的讲述历史的激情。切勿以为这是言过其实,要这么想,那是因为不了解南市区这地方。

南市区,是这城市最具历史感的区域了。所谓殖民地,十里洋场,东方巴黎,那都是后来的事情了。你知道这城市的城墙在哪里?就在这里。城墙,这古老的防御系统,标志着这城市早在近代前就已开始它的政治经济活动。其时,外滩还是一片芦苇荡呢!你看见城墙,就等于看见了弓箭、土炮,这些早期的征战武器。霸王旗,鼓角,黄巾,红灯,也都浮现眼前。这城墙虽已经断得不连气,墙砖被搬去垫床脚、垒鸡窝,可这就是零落于民间的历史啊!不是正史,是野史。人们,不论自觉不自觉,都染上了些"史"的气味。小孩子在弄堂里玩的游戏,叫做"官兵捉强盗",带有古意的。但是,你切莫将它的历史感当做保守,要知道,它也是开放进步的。比如说,那幢老宅子,追根溯源起来,是清乾隆年某官的私宅,此官名见经传,参与纂修《四库全书》,当为事君之臣。可这宅子,现如今落在谁人手里?一位沙船业主,经营水上运输贸易。而这家商贾的子弟却学的是铁路制造,这就是真正的科学之光了。由此也可看出,现代文明发展史在这一块地方,是遵循规律,从自身发生的,和四周围不同。四周围的地方是一夜之间,河滩变马路,纤歌改弦,唱成电车的叮当声。所以说,在这个奇情异志的城市,只有这里,一小点的区域,称得上草根社会,有"故土"的概念,阿明就是这地方的人。

  大约是他的高祖一代,是浙江南浔操丝业的中等商人,曾经兴旺过。但到十九世纪末,蚕茧歉收,日本丝业急起,同行倾轧,几起几落十数年。曾祖父将缫丝厂移到上海,不料却遇直奉战争,收上的生茧运不出来,积压在桐乡栈房,一场大火燃去十之八九,终告破产。凭多年丝茧业内的人际关系,曾祖去到一家新崛起的丝厂应差,然而,在这机械化的近代工厂,他历年的经验派不上用场了,只能做一些杂务,收入也平平。好在他半生在生意场上,见得多,就也想得开,只求老小平安,衣食饱暖而已。底下一辈的孩子,他统统只供到高小教育,识字和计算,然后送去学生意,靠自己奋斗在社会立足。最初时,他们家住一幢弄堂里的洋房,几经变迁,就四散了。

待阿明出生,祖父母是独自住在露香园路。几个叔伯,一个读哈军工毕业留在了东北;一个住上海西区,是婶娘家的房子;还有一个就在十六铺一爿红木店做店员,住也是在十六铺;阿明的父亲呢,则在粮油公司做会计。方才说过,他们家住陆家浜路的弄堂。叔伯们的职业和身份都相距甚远,所以也很难判断出祖父是做什么的。在阿明眼里,祖父就是一个老头,养了一只画眉鸟,每日喝几两绍兴花雕,夏天的晚上,在门前用自来水浇一块凉森地,放一张竹躺椅,与人说说掌故。在南市,尽是这样的老头,身后都带着一串来历。那来历大体上总是,先前发迹过,然后世事不济,败落下来。所以,在这里的历史气氛中,就又带着衰微的迹象。也因此,这里的历史感是让人感到压抑的。但是,阿明的母亲,却是一个新型的女性,她毕业于中华职业学校初级班,学商科,和父亲在同一家公司做事。父亲年长母亲三岁,同业同事,生相也很般配,很自然地,就有热心人牵线,结为夫妻。然而,事实是,两人性格上的差异很快就表明这桩婚姻并不合适。

阿明的母亲属于那类在公司职工自发组织国庆或者春节联欢会上,参加歌咏表演的积极分子。她曾经写过几份入党报告,甚至有一次,已经填了申请书,可结果因为丈夫的问题没有被考虑。丈夫也说不上有什么问题,只是与几家小粮食厂的老板有交情。交情也谈不上什么大交情,不过是在一起喝酒,吃饭,收受一点小恩小惠,就给人留下"过从甚密"的印象。三反五反时受了审查,虽然没查出什么实质性问题,但却生生耽误了妻子的入党。她闹了一阵子离婚,又报名参加志愿军抗美援朝。其时,她已是三个孩子的妈妈,腹中还怀着阿明的妹妹阿援,她表示随时可去堕胎。但又不单是因为这,身份,年龄,家庭,儿女,哪一样都不可能被批准,她只得作罢。夫妇之间,从此有了裂隙。从此可看出,父亲是个没什么志向,也没什么心气的人,母亲却相反。所以,这两人就不只是性格不同,而是涉及到人生观的大方向了。大人的事情,小孩子认识不到很深,因为与生俱来,就全盘接受,以为本该如此。在阿明他们,习惯了父亲是屈抑的,他对母亲说得最多的一句话,就是:有什么要做的吗?下班回家,星期日起床,饭后睡前,总是那一句话:有什么要做的吗?有一回,阿明放学回家,推开门,不料父亲已下班,坐在天井里吸烟。听见门响,以为是母亲回来,敏捷地一掐烟头,转身道:有什么——看是阿明,他愣一下,就像是依着惯性,坚持把下半句话说完——要做的吗?但脸上的表情却变得戏谑了。阿明发现,父亲其实有他的风趣,只是被母亲压抑住了。

母亲的声色覆盖了整个家庭,但也幸好如此,他们的生活才由此变得明朗一些。就如阿明偶尔中的发现,父亲是个风趣的人,可纵然这样,他到老也不过是祖父那样的老人——环城电车里面四处皆是的,精明、世故、本分又有点油滑的人。他们实在是有些闷的,母亲呢,在这样的环境里,不免显得夸张了,有时,甚至会使孩子们难为情。他们都多少秉承了父亲保守的性格,只有妹妹阿援例外,她和母亲相像。在她幼年时候,就在母亲她们编排的小戏里扮演一个角色,一个哭宝宝,一上台就咧了大嘴哭,哭到最后,由解放军叔叔找到妈妈,才破涕为笑,这个"妈妈"就是他们的母亲。演到此处,台上台下一片笑声。父亲也笑,笑得有些窘。他们兄弟仨则一律低了头,赤红着脸,是气恼的表情,好像大家的妈妈却让阿援一人占了。就这样,他们家的男性成员,笼罩在了女性的阴影之下,其实呢,这阴影是明亮的光。

星期天的上午,母亲吩咐父亲在天井墙头插碎玻璃片,这是弄堂人家的防御工事,专门针对窃贼,兼防野猫。父亲一个人攀在墙头,底下三个兄弟,阿大和水泥,阿二砸玻璃瓶,老三阿明挑出最尖利的递给父亲。阿援呢,坐在小板凳上唱歌。这就是他们家的合乐图。但他们三个都不对阿援生妒,首先是家庭中女性的当然地位决定的,还因为,阿援使气氛变得活跃了。阿明和阿援年龄最靠近,只差一岁多点,小时候在一个幼儿园,然后又在一所小学校,而人们很少看出他们是兄妹。女孩子通常蹿得早,阿援的个头就要超出阿明,她又是个抛头露面的家伙。阿明呢,悄无声息。阿援一入少先队,就是大队长,臂上佩着三道杠。阿明早一年入队,却一道杠也没有,一长不长。说起来很有趣,阿明和阿援,有些像父亲和母亲之间的情形。但他们不像父亲和母亲那样生隙,虽然表面上很冷淡,内里,他们自己都不觉察的,有一种亲密。阿明的弄堂作品,是由阿援向人做推荐:这是我们家阿明画的!她从来不称哥哥,而是直呼其名。她指着画里的人物介绍这是谁,那是谁,说得全错。阿明也不更正,埋头走过,似乎那人与事和他毫不相干。有时候,阿援意外得了一张香烟牌子,立即跑来送给阿明。阿明淡然接受,无惊也无喜。阿援并不见怪,下一回得了,还是激动万分地奉上。阿明心里是触动的,触动的倒不是阿援知他喜好,而是,阿援能够如此坦然并且生动地表达感情。学校举行活动,白衣蓝裙的阿援站在合唱队前领唱,嗓音清亮,领唱男生则是小公鸡般高亢的歌喉,两人一并起句:我们是共产主义接班人——这个时代的光明颂。阿明不由要为阿援骄傲,可他就是不能对他的同伴说:这是我家阿援。

其实,像阿明和阿援,是最通常的兄弟姐妹之道。因天然是手足,就不必往心里过的,无须有意经营。所以,兄弟姐妹有时又像是陌路人,越是同根生,枝杈发得越远,到后来,几乎无干系。但也不要紧,再疏离,也是一条心。阿明和阿援按着自己的规律长大,将毕业时,阿明的个头蹿过了阿援。阿援虽然有社会才能,但学业一般,中考时候,只考上一所普通中学,而不是跟了阿明进入市属重点中学。随年龄渐长,她外向的性格也在收敛,幼年时耀眼的光彩平复和缓,最终归入普通的女生。阿明和阿援不再同校,不知是不是摆脱了阿援光圈的阴影,或者男生本来就是后发,阿明在中学里脱颖而出。他的绘画才能在壁报上表现出来。有一期壁报是关于支援古巴、抗击美国佬的,于是,题图上便是一个偌大的拳头,拳头底下是肯尼迪、艾森豪威尔、铁托,还有蒋介石,画成爬虫样,但眉眼毕肖。图画课老师在壁报前站了一时,然后赞道:这只拳头画得颇不错。自此就很注意阿明,常在阿明的画上修修改改,意即指导。一日,阿明在街上走,忽听身后有人叫他,回头一看,是老师,从自行车上下来。出了校门,师生间的界线多少会模糊一些,老师又年轻,三十出头的光景,论身量,只怕阿明还略高。此时,他们就有些像兄弟,并着肩走路,说说家常话。老师问阿明去哪里,阿明说去祖父母家送东西,拿给老师看,是一网兜板栗,板栗上用油纸包一块湖羊肉。阿明问老师去哪里,老师回答方才从清心堂做完礼拜出来,现在是回家。阿明说,不知道老师原来是基督教徒。老师笑道,其实不是,因父亲为清心堂做花匠,常听他说些牧师的布道词,就也跟着听几回,不料索然得很,还不如父亲的传达有趣。老师学着他父亲的本地乡音,说上帝发大水,偷偷告诉诺亚造方舟逃命那一节。听起来,好像浦东说书,犹太人的经典变成坊间俗话,师生二人都笑了。同行一程,到环城电车站,分了手。下一日在校园里再见到,彼此就有了些亲切的心情,不久,老师就邀学生上家里去玩。

老师家住老西门内一条短弄,走进去,眼见到底,猛收脚转身,壁上破开一门,跨过门槛,险些儿踩空,原来有三级台阶,下台阶,略一回旋,即已进了一间灶披,左右都是杂物,夹一过道,便通往老师的家了。老师家房间的地上铺着菱形马赛克,显然曾经做过浴室,仔细打量,可见天花板下壁角里有残留的水管。房间里很凌乱,看得出没有女人的料理。老师是单身,母亲又早逝,所以,身上也是不讲究的。在这逼仄杂沓的屋内,推开一扇木窗,竟是草木葱茏,叶间挂着金盏花,不由眼睛一亮。这是出自父亲,一个老花匠的手,他一生与花木为伴。阿明是邀了同学一起去的,两个大男生立在巴掌大一块空地上,身前身后要么是皱巴巴的床铺,堆了菜碗饭锅的方桌,要么是摞了棉花胎的橱柜,还有一张躺椅,上面是瓶瓶罐罐的颜料。他们几乎都不敢动作,生怕打翻了什么。老师热情地指示他们坐在床沿,自己当地坐一把竹椅,支一画架,画一尊石膏头像素描,石膏头像险伶伶地搁在饭桌的一角。两个孩子就看老师画,老师告诉说,画画这事情,必须天天练,一天放下,就要花两天拾起。画了一气,他又让阿明来画,阿明从来没画过的,怎么敢乱动。那同学与老师一并来拉他,于是和老师换座位,接着老师的往下画。竹椅和铅笔都热着,带了老师的体温。就是这样,这小屋虽乱,却带了老师的体温。他头一次画素描,老师在一边指点,最终也画成了。半幅是老师熟练的笔触,半幅是他的——一锅夹生饭,老师讥诮道。他就难为情地笑。老师说:没什么,画画就是个"练"字,只要舍得练,都能画出来。但老师并没有让那同学练,可见还是因人而异,有才华这一说。老师不说是"才华",而是说"手势",他说阿明你手势好。老师是由清心堂的一位牧师建议,在一家私人画室习了两年画,然后考入中师,毕业后分配到学校任教。他是将绘画当成手艺来对待,倘要说到美术史,亦多是类似逸闻轶事,比如达·芬奇到马路上去看野眼,将路人的脸当做"十三圣徒"的底本,犹如他父亲将《圣经》讲成浦东说书。这样务实的作风倒是适合阿明,因为可操作。要讲"艺术"两个字,只怕会吓退他。在阿明,是连家人间都惮于亲近的,何况艺术那样伟大的事物,高不可仰。

之后,阿明就常常去老师家。母亲知道老师单给他开课,几次让阿明请来家吃饭,虽不叫拜师,师恩总是要谢的。但阿明不接话茬。在他这样的年纪,已经渴望独立的社交,不想让家人参与。还有一种不愿将家庭示人的心理,倒不是说对自己家有什么不满意,仅只是害羞。少年人,尤其是阿明,何其敏感而且脆弱,不晓得这里那里,怎么一来就会伤着似的。不过,当母亲让他带些家乡的土产给老师,阿明倒是照办了。那土产是上回给老师看过的板栗、湖羊肉,还有家养的母鸡和鸡蛋。阿明知道,老师,还有他的老父亲,都爱喝几杯的。晚上去,就会遇到父子俩在灯下对酌。下酒菜或一大盘卤水,或一大碗炖肉,或一整只烧鸡,也不斩开,就用手撕着吃。男人家的灶头,就是这么简单而结实。父子二人也不言语,最多说一声:你吃!这样凄清的温馨,叫人看了难过。阿明的到来,使气氛活跃。因为有外人的调节,父子间的对话也多起来。所以,老师是很欢迎阿明来访的。等他喝干酒,吃毕饭,将桌上碗盏一推,房间里还弥漫着酒菜的气味,连手上的油腻还未擦去,师生俩就摆开架势画起来。阿明素描进步很快,不久就很有样子了。有一回,趁老师喝酒,在老师画了一半的素描上接下去,饭后,老师看了,说了一句:拼盘!再下一次,老师说的又是:一锅夹生饭——不过是倒过来,他的"生",阿明的"熟",意即学生超出老师。除去石膏素描,老师还带他写生,画桌上的杯盘,床上架上的衣物,那一扇窗外的花和叶——那其实只是天井里砖砌的一方花坛,只够栽一棵树,两株花,嵌在窗框里,竟然繁荣得很。写生,老师讲究快,要上速度,还与阿明打擂台,看谁先脱手。等角角落落、粒粒屑屑都画完了,师生二人便走出,到室外去了。老师的自行车驮着阿明,阿明抱着二人的画具,穿过大街小巷,往江边码头去了。

有一日,去豫园写生,出来后,老师兴犹未尽,要带阿明再去看一个园子。园子内也有亭台楼阁,砖雕石刻,并不比豫园的差,可惜败落了。阿明问:让不让进去呢?老师说,原先是一家人独住,门户很严,可是后来迁入一爿街道厂,专做棉毛衫裤,就很容易潜进了。说话间车已骑到一条卵石路,陡起一道高耸的白墙,将路都挟持得窄了。老师告诉他这叫烽火墙,从墙的高度就可看出宅子的威仪。门果然洞开,亦无人看守,两人轻手轻脚入内,只听有机针的嚓嚓声,并不见人影。于是放大胆子,穿过彩石铺地的庭院,转过一弯月洞门,门边有几丛芭蕉,门上浅刻两个古体字。老师辨了一会儿辨不出来,只得作罢,再向里去。路经一个厅堂,青砖地上摞了数十个纸箱,半掩的门里,机针声更响亮地传出,想来就是棉毛衫工场所在了。他们走过一条内廊,落地窗扇下方,有木浮雕,刻的是扇子、葫芦、箫、拐杖什么的,老师说这是八仙的用物,俗称"暗八仙"。穿过回廊,到了又一个庭院,巍然立一座门楼。门楼上就好似一个小戏台,热热闹闹的雕有一行古人,携一匹马,还有无数云朵和浪花。阿明以为是《西游记》,老师纠正说还是八仙,"明八仙",那马不是马,而是张果老的驴。老师接着指点说,这是明代的风格,注重写实。正说话,忽然头顶响起如雷贯耳之声:胡说八道!明代哪有这般细巧的东西?是清代,我最讨厌明代的东西,粗!他们回身抬头,看见身后一幢楼阁,推窗探出一个老者,俯向底下,还伸出一只手,指向老师:我平生最恨半瓶醋!老师待要申辩,老者忽一醒悟,斥问道:你们怎么进来的?分明私闯民宅!老师也撑不住了,转身拔腿就走,阿明紧紧跟上。二人慌忙中,又错了方向,记着曾走过一个厅堂,于是撞开一扇门,却是另一个,几个女人在换衣服,锐叫起来,忙不迭退出,又绊在门槛上。抱头鼠窜一阵,终于走出门,却又是另一扇,沿了烽火墙急急地走,好像溜边的老鼠。走到墙角,拐过弯,方才找到进去的那扇门,门口停着自行车,一前一后跳上车,一溜烟出了卵石路,路牌上"天灯路"三个字一闪而过。此时,两人才松下一口气,想想那老头并不会追上来,不由笑起来。这一笑不可收拾,车都歪了,干脆跳下车来,站在马路沿上弯腰捧腹地笑。内向的阿明从不曾这样纵情地大笑,他也不曾做过这样冒险的事——私闯民宅,他想着这句话就又笑起来。他们师生站在一片瓦顶板壁房屋之间,黑瓦上是大片的蓝天,有一些云正飞快地行走。老师强忍了笑,说:你有没有看见,他家养的一只鸡,肥得走不动,不晓得是明代的种,还是清代的种。两人再笑。师生二人并肩走了一段,然后又一前一后跳上了车。

可是,和老师一起的快乐时光不久就结束了,老师结婚了。老师的婚姻问题是有名的老大难,热心的同事都为他做过红娘。老师挺好说话的,介绍来的他大多满意,可女方就不那么将就了。老师家境贫寒,一个教书匠,还是教画画的,看不出有多大的出息。时间拖延久了,年龄上去了,就又成为一个缺点。介绍的人像走马灯一样地来,又像走马灯一样离去。其中有一个是国棉几厂的挡车工,老师特别中意,他本性是喜欢劳动类型的女性,身体结实,性格爽利,其实是有一种裸露的情欲的吸引,可这类女性往往又不赏识知识。老师他自己不把自己当知识人看,以为是手艺,可他怎么能左右世人的认识?所以,那一回的不成功很是让老师伤心,他对了阿明就好几次表态:不准备讨老婆,一个人过很好。他还举一个朋友的例子说:一个人一顿可吃四个狮子头,结婚有了儿女,一人只可分到一个。但说归说,做归做,老师终归还是结婚了。老师的妻子也是一个教师,教的是数学,学历比老师高,家在西区淮海路,父母也是知识分子,多少有些下嫁的意思,也因为她认识老师的才能。说起来应是知音,但阿明只见师母一面,就觉得并非老师所爱。师母长得很高,很瘦,前冲的额头下戴了一副眼镜,看人的眼光很严厉,极爱干净。从此,老师的家换了人间。墙刷得雪白,地上马赛克里嵌的泥垢也剔净刷白,家具换新,桌上柜上都铺了网眼的白纱巾。老师的父亲住到清心堂门卫室去,将房间腾给儿子媳妇,周日回来吃一顿饭。父子二人也被收拾整齐了,三口人围了桌子吃饭,桌上的汤菜都是素净的颜色。不知怎么,阿明觉着老师是拘谨的,使他想起自己的父亲。当然,在他这个年纪不会懂得,一个男人在家庭生活中的收敛与安定,意味着的归宿感。虽然师母对他很客气,可他知道以后是不能常来这个家了。老师呢,也并没有力邀他。

这样,他就升到了初三,面临考高中。凭他的成绩是可直升本校高中的,但他心里并不满足,他想考上海中学。这当然因为上海中学是最有名望的一流中学,可是阿明自己的学校也很有渊源,人称是这城市中校史最长的中学。在这个区域里,有的是历史。虽不是秦砖汉瓦,执意要追,也可以追到南宋末年设置上海镇。然而,这也许就是阿明想考到外区去的一个原因。这个区域,有些令他闷气呢!他的家,也有些令他闷气,而上海中学是住读的。在这个老旧的城区里,似乎什么东西都变得易朽了。两条辫子环在脑后,系一对蝴蝶结的母亲,一夜之间头发剪到耳根,眼角长了细纹,热情与活跃演变成一种喜怒无常。妹妹阿援被中学的学业压得沉默了,母亲的情绪波动又雪上加霜,她甚至有些抑郁。母女俩的声色都黯然了,当年在台上演出失散后重逢的喜剧场面,已变得不可追及。父亲更不用说了,他几乎比祖父还显老,祖父尚有威仪,父亲则由于在家中的地位,总是畏缩的。还有老师,应该说,老师变年轻了,原先乱蓬蓬的头发如今梳成整齐的分发,毛料裤裤线笔直,皮鞋擦得锃亮,手里拎一个人造革的手提包,发福的脸面上不见一丝皱纹,可就是这安居乐业的表情,将他归进了中年男人。阿明有几次路过天灯路,抬头看见烽火墙上有几道裂纹正悄悄延伸开去。江边码头的防波墙也在龟裂和颓圮。汽笛声是喑哑的,连江上的水鸟都在老去。

母亲不同意他放弃直升,为了机会渺茫的上海中学。在人们眼里,上海中学是高不可及的,即便是同一分数线,那也是特殊阶层的孩子优先:高干,高知,名流,统战对象。出身一般家庭的孩子不是说进不去,而是必须有格外优异的成绩,方可问鼎。阿明是家中最寄托希望的孩子,阿大已进入一家中专技校,阿二学业平平,阿援是个女孩子,宝贝归宝贝,却是靠不住指望的,惟有阿明,从小真是想不到会有这样的好。所以,这一家的感情结构渐渐产生变化,重心从阿援移向阿明。而如今他们都不是小孩子,小孩子的受重视仅只是受偏爱,成年的儿女则不同了,是有了责任。因此,阿明的选择就不只是他个人的事情,而是负了家庭的重望。

阿明原本就是内向的性格,此时他都变得孤僻了。这是一个少年心理成长必经的危险时期,外界的不利因素会无限夸大压力。母亲在家中惯有的专权,任何人都无法反对她的意志,她刚烈的性子,又通常是以暴戾的方式来表达。在此情形下,阿明只有越加沉默。但是,如同俗话说的:什么最凶,不理睬最凶!阿明的沉默就有了一种抵抗的意味。甚至,在他的沉默面前,暴怒反显得虚张声势。这不免更刺激了母亲。其实呢,这只是表面,内里,阿明是软弱的。母亲的叫喊让他害怕,而父亲无所措手足的样子尤其叫他辛酸。这一段,可是难为了父亲,他是连儿子都要讨好的。他晓得儿子的反抗无济于事,只会挫败他自己的志气,但要是女人对儿子让步,他也会难过:她怎能受得了这般委屈啊!看上去,他成了这家里最低下的人,奉承女人,奉承儿子。多亏有了阿援,她在母亲和哥哥之间传递一些话,无非是哥哥向母亲要学杂费,或是母亲让哥哥加减衣服,就是这些闲账调和了气氛,使关系不至紧张到崩裂。于是,这段日子,阿明和阿援有了些真正的兄妹间的亲密,这亲密也是叫他难过的。可是,反抗的欲望是那么强烈,似乎超出了事情的本身,尽管有这许多的伤痛,他还是不能屈服。阿明实在是个温存的少年,倘若在一个惯于交流亲情的家庭里,他会生活得轻松。不凑巧的是,他的家人都是那种不自觉的人,感情是木讷的,而他却是这样的敏感,到头来就伤了自己。

初三的上学期,在僵持的空气中过去。一放寒假,阿明就到露香园路祖父母家去住。以往的假期,他们兄弟也有去祖父母家过的先例,但在此时,却有了些含意。是不应战,也是不妥协。而寒假过去,直升高中的名单就要定夺。形势就是这样急迫。母亲咬牙等了几日,终于按捺不住,去露香园路看他。正临年前,祖父母家一片杀鸡宰鹅、烹猪烹羊的节日气象。几家共用的灶披间里,换了盏一百支光雪亮的灯泡,壅塞了他们堂兄弟姐妹还有邻居家的一大群孩子。这边一盘石磨霍霍地推水磨粉做汤圆,那边煤炉上嗞嗞地熬着猪油,准备汤圆的馅。热汤热水中间,还挤了一张小方桌在打四十分。阿明挨在桌边观战,多日来的焦虑心情此时似也放松下来。当母亲踏进门,一眼看见阿明悠闲的样子,不由得勃然大怒,上前就来拉阿明。已经是那么大的儿子了,怎么能不顾他的面子?阿明本能的不服,他只轻轻地一拨,母亲就被拨到一边。就在这一刹那,阿明发现母亲只及他的耳畔,是极弱小的一个,气恼里就加进了怜悯,更加痛楚。结果是夺门而出,推上表兄的自行车,跑得没影了。

　　阿援和两个大的跑到阿明的最要好的同学家去问,谁也不知道阿明去了哪里。这年冬天特别冷,弄堂里水管都冻裂了,阿明出走时,身上只穿了毛线衣,口袋里也没有钱。眼看着两天两夜过去,一点消息也没有。母亲这种烈性的人,其实是易折的,很快就躺倒了。到第三天晚上,一家人正坐着发愁,忽听门响。阿援出去,看见阿明已进了东厢房,一个人低头坐在床沿。阿援又惊又喜,问他这几日去了哪里。停了一会儿,阿明才说,其实当天晚上他就回到祖父母家,但祖父母却让表哥陪他去了老家南浔。祖父母一向看不惯母亲压抑父亲,继而又压抑孙辈,又气父亲没出息,制服不了女人,正好趁此机会给媳妇点颜色,替儿孙两代出气。人上了岁数就有些像孩子,行动做事不大考虑后果,但你也不能不佩服他们有洞察力,捏得人的软肋。倒是阿明,这几日过得颇不安,头脑也渐渐冷静下来。其实事态到此,已和直升不直升、上哪一所中学无甚关系,在阿明这边,就是一股子意气,冲着什么来的?是母亲,又不尽是。那几日,阿明和表哥住在南浔的堂叔家,堂叔家也是忙碌着准备过年。乡镇里将年节看得更重,仪式也更多。过年的同时还是祭祖的日子,各家都买了猪头,肥大的全鹅在笼上蒸,炭画店里忙着接活,替人画祖先的像。沿河几里都是集市,岸上是菜肉,岸下船里是鱼蟹。这繁荣的景象让阿明更感寂寞了。他一个人去了一趟小莲庄,小莲庄里几乎没人,塘里浮着残荷的梗叶,草木凋零,疏离的几幢楼在冬日单薄的阳光里显出了旧敝。这一番萧条倒合乎阿明的心情,又像一面镜子照出阿明的苦闷。可是,有那么严重吗?他不禁感到疑惑。这就是救他出危境的助力了,是理性?

亦不全是,还有宽容,来自于年轻的有希望的心。这样,他就想回家了。到家的晚上,他不肯去见母亲,母亲知道他回来,也已安静下来。就这样,母子俩都已准备让步,但谁也不先提,在母亲,是强硬,在阿明,则是软弱。气氛却已经松缓下来。春节过去了,寒假也过去了,新学期来临。开始时还好,渐渐地就不那么正常了。怎么说呢?这应是最紧张的一学期,可相反,竟比以往更松弛,似乎,内部有一种秩序在涣散。果不其然,五月中旬,中央通过"五一六通知";五月底,北大教授聂元梓贴出第一张大字报;六月中旬,下达"关于改革高等学校招生考试办法的通知"。文化大革命发端,大学中学停课,升学亦暂停。阿明和母亲的分歧就此消除,他们也不必再向对方表示自己的妥协了。

最初时,阿明感到一身轻松,他既不必服从母亲——在经过这么坚决的反抗之后,再趋于服从总是难堪的,现在不会有这难堪了;而且,他也不必冒险了。其实,真让他考上海中学,他也是打怵的。他将自己逼进了一个什么样的绝境啊!现在好了,他解放了。他真没想到,他的困境是以这样一种方式解决的。这是一次未完成的革命,又是一次大革命的小小预演。阿明参加了红卫兵,其时,红卫兵是以有组织的方式形成,就好比少先队和共青团的组织。阿明不是那种进步意识彰显的学生,他多少是随大流,但绝不是甘于落后的。而很快,他就成了重要人物,因为他的绘画才能。历来的革命,都是需要艺术的。艺术有一种夸张的本质,可以强调革命的意义。革命呢,亦同样有一种夸张的性格,可供艺术发挥它的专长。所以,这两件东西往往不谋而合。阿明就这样投入到革命中去了。原先只是在壁报上题图,或是画板上速写,如今则需将画幅开得极大,撑足一整个宣传栏,有时是将白报纸连起来,从楼顶悬到楼底。等到他的名声渐渐走出校外,就画到了电影院大门上方的海报版块。真是豪迈!他特别热衷于描绘盛大的场面,人物众多,有造型感。比如"破四旧",人们将店招牌当街砸烂,点火燃烧;黄浦江边的游行队伍、红旗海洋;天安门城楼上毛主席接见红卫兵——他是从新闻照片上看见这场面。他喜欢城楼上方高广的天空,底下汹涌的人潮,还有那些脸庞上激动的表情——他总是向往外在的形态,就像他小时候羡慕阿援能够生动地表达感情。现在他也有了表现的方式,略微曲折的,就是绘画。这些图画的奔放格调,与他这个人的气质似是不相符的,可惟有它们,才能够寄存他阿明的心胸。他自小生活在逼仄的街巷,头上的天空,都切成一条一条的。他压抑得够久的了,现在,终于奔突出来。

和所有的学生一样,阿明也一直筹备着去北京串联,可这边,活计堆成了山。他一周推一周,"八一八"第一次接见错过了,"八三一"第二次也过了,"九一五"又过去了,十月一日、十月十八日都相继过去,他还是脱不开身。而革命则呈现出无政府状态,红卫兵开始分裂成一个个战斗队,大致可划为保皇派和造反派,其间再分为各种小派,名目就多了,有的是同意造反却不愿属于造反派,亦有的是同意保皇也不愿归属保皇派。林林总总,都来拉阿明。甚至还有几个所谓"逍遥派"的同学来与阿明商议,自立山头,也建一个什么战斗队。革命的神圣性逐渐瓦解,阿明的热情也冷却了。他本来没有什么政治主张,对这场革命的要旨更说不上了解,他只是一个社会性挺强的人,自觉地遵循社会准则。到这时节,社会全面性地无组织无纪律,他便落入茫然。好在,无论哪一派别,拉他无非都是画宣传画,所绘制的,也都是宏大的革命场面,充斥着战斗的激情。从这一点来看,革命又是有着共同的性质,而阿明呢,就此保持了朴素的革命观念。他奔走于各个敌对的派别之间,完全不明白他们的分歧是在何处,有时他也试图去了解,却被一堆激烈的言词吓退回来。他们用同一本毛主席语录,甚而同一种马克思列宁的言论,结论却是绝不能调和的。阿明很快就放弃了要搞明白的企图,只专心在绘制图画。要求他绘制的画面越来越大,似乎表示着宣言的力量。阿明立在梯架上,颜料装在铅桶里,操着排笔大小的画笔,他忽觉得自己就像个油漆工,继而想到英文"painting"这个词,确是有绘画与油漆双重解释的。再又想起老师讲的意大利那个叫提香的人,给教堂画穹顶画。我这不是接近艺术的起源了吗?他这么想着,并没觉察到潜意识里的讥诮,如果他认真地追问,会发现自己其实并不相信。不相信什么?不相信这些革命的名义。但他没有追问。这里有没有一点逃避的意思,逃避危险的答案?他依然不觉察。所有的意识都在懵懂之中,可时代的复杂性却来临了。

　　有一日他回家拿东西,父亲和母亲都在家,这才想起这是星期天。厨房里家家都在烹煮假日的菜肴,一股猪肚的肥腴香味弥漫四处,大人在喊小孩子拷油打醋,小孩子则百般逃脱。他想起了以往的和平的日子,原以为那样的日子离他已经很远了,不料想,它们还在继续着。母亲没对他说什么,自从那场风波,她对这个儿子有些畏惧。也正因为这畏惧,她发现儿子长大了,而自己则已经孱弱下来。父亲看着他找到要找的东西,又跟着他出门,背着手站在一边,看他弯腰开自行车锁,忽然说道:古人有言,一仆不事二主,从一而终。阿明抬头看看父亲,父亲也看他。

阿明说:这是什么意思?父亲哈哈一笑:不足为训!阿明发现了父亲的油滑,油滑里是世故。就像前面说过的,在这老城厢里,街头坊间,走着的都是这样的男人,父亲就是其中的一个。阿明又一次想:生活还在继续。他骑上车离开家,耳边却重复着父亲的话:一仆不事二主,从一而终。什么话!何其陈旧,可是不幸的是,它恰恰针对着阿明的处境。一时间,这场崭新的运动变成了旧戏文。阿明不禁有些生气,发狠地踩着自行车踏脚。然而,四下里都是新气象,旧招牌换成新招牌,旧街名也换成新的了,那旧屋瓦上覆盖了新红旗。他箭似的驶到地方,下车登上高梯。这是一幅长卷式的宣传画,在昔日的广告墙上,干活的人已经到了几个,在各自负责的板块上工作。他们来自不同的学校,共同占领了这一块宣传阵地。底下围了许多行人,仰头看他们作画,转身之间,阿明看见人群里有几张熟悉的面孔,就涌上来一些虚荣心。画上的人和物都要超出正常大小数倍,在他们这样近的距离,视野里只容得下局部,便是一片片色彩热烈的斑块。阿明的心,昂扬起来。他登高几级,去画上端的一个红卫兵的脸庞,不自觉地将她画得有些像阿援。他稍抬眼睛,就越过了宣传栏,那后面是一片矮屋,千家万户的样子,有鸽群贴了屋顶飞翔。他有些鼻酸,似乎,一股悲悯在渐渐升起。他感谢这场革命,虽然他参不透革命的用意,可他充满感激之情,感激它将他拯救出平庸的生活。

这一天,阿明从画图的地方回自己的学校。这一回,他出了本区,在外区的宣传栏上工作。山头林立的红卫兵组织,跨过校际区际,纵横联合,分裂的形势依然,却是在更大范围内,分与合的规模都扩展了。天已向晚,自行车磕磕棱棱地压过卵石路。

为抄近道,阿明有意从一条巷子里穿行。不到上灯的时间,巷子里已很暗,前方有一眼老虎灶,灶口的火光更加深了夜色。忽然间,他的自行车轮被什么卡住了,没容他低头看,人也被钳制住了。瞬息之间,有七八个人围上来,将他拉下车,一拥而走,脚步声在卵石路面上激起纷沓的回声。有从对面走来的人,将身体贴在墙上,让他们通过。在这非常的年月里,随时都会有不寻常的事情发生,人们都已经习惯了。那几个人将阿明紧紧夹在当中,他脚上的鞋被踩掉,却不许他弯腰提起,结果,鞋就彻底脱落。他赤着一只脚走在巷道里,鹅卵石圆润地硌着脚心。可是很快就转上水泥街道,路面变得粗糙了,中途还踩到一个锐利的金属物,划破了脚掌。在此同时,他的衣袖也被拉扯得绽线,衣襟前的扣子绷掉两粒。他就这么着被推上一段楼梯,在一道门槛上绊了一下,进了房间,然后门砰一声关上了。天已经完全黑了,阿明又处在极度的惊惧中,半天回不过神儿。等喘息稍定,四下里微明起来,他看见自己立在巴掌大的一块空地上。这是一间极小的屋子,一半堆了杂物,轮廓模糊。有一扇窗户,横一根木条钉死了,透过半扇窗玻璃,看得见一侧伸过来的屋檐,檐下有落水铁管。他看清这小屋其实是一间厕所,杂物所堆之处正是便池,他的脚边则是一具水斗。他先在水斗上坐下,努力去想他的处境,可思路被尿意打断了。他起身将那堆杂物从便池上撤下,那都是折了腿的课桌椅,所以他断定这是一所学校。他拆出可容一个人弯腰的空间,挤身进去解决了问题,试着扯一下水箱拉线,只听一阵汹涌的水声,竟然还管用。水流声激荡了很久,在空荡荡的楼房里穿行。阿明身上轻松,头脑也清明了许多。他想,他一定是被哪一派的组织劫持了。因为他为许多派组织服务,所以也就无从确定劫他的究竟是哪一派,又为什么要劫持他。他,只是一个画匠,一个油漆匠。这一晚上,没有人来理会他,他坐在一张瘸腿的课椅上,凭这张课椅的高矮,他进一步推测这是一个小学校。此时,小学也停课了。他坐在课椅上,看着窗玻璃外的那块天空,由深蓝到墨蓝,再到黑,然后又一点一点变浅。他度过了一个不眠之夜。

21. "狱 友"

以后的两日,阿明被移到一间教室。教室完全搬空了,墙上却还留着黑板,一张地铺从黑板对面的墙脚直铺到三分之一处。一排朝南的窗户虽也都钉死,可到底挡不住阳光。即便是夜晚,也都半明着。有专人给他送饭,带他如厕。那人显然就在附近,阿明听得见说话和走动的声音,这样,阿明就不那么孤寂,处境也像是略微明了了一些。更不期然的是,到第三日的晚上,这间"囚室"里,竟又来了一个人。

月光照耀中,那人悄然入门,先在门边立一会儿,然后挪到铺前,脱了鞋上铺。教室里的灯拆走了,铺这边正是黑影地,两人对了脸互相望望,都只见模糊的大概,然后,各自在铺的两头,拉开被窝躺下了。第二日天亮,阿明睁开眼睛,一侧头,那新来的正看他。晨曦里,两人对视一阵,一个发现另一个是个孩子,一个发现另一个是个老头。在阿明的年纪,所谓老头亦不过是四十来岁,甚至更年轻。老头问道,早上几时起床?几时上厕所?一日吃几餐饭?几时开饭?阿明看他很有纪律性的样子,好像对这样禁闭的日子有过经验,按自己的理解回答了他。过了一时,果然有人敲门了。这边一老一小就穿衣起来,随来人洗漱如厕。老头注意到阿明赤了一只脚,一高一低地走路,问他鞋到哪里去了,阿明说来时就掉了。老头"哦"了一声,等人送饭来,就向那人要求给阿明一双鞋。那人不搭理,兀自出门去,不料老头大声喝道:《日内瓦公约》!《日内瓦公约》你晓得不晓得!阿明和那人都唬了一跳。那人停住脚步,看了看老头,表情开始犹豫起来。那人其实也是个孩子,停了一会儿,复又走远。阿明心跳着问老头:什么是《日内瓦公约》?老头说:关于战俘待遇的国际公约协定。阿明说:他们不会知道的。老头狡黠地眨眨眼,说:不知道才唬得住!果然,收饭碗时,带来了一双鞋,扔在地上。老头又朝阿明眨眨眼。

老头长了一张枣核脸,疏眉淡眼,有些顽童似的神情,这就使这张脸生动起来了。自一早从铺上起来后,老头就再没上铺,而是双手抱膝端坐在铺边。在他来之前,阿明都是躺在铺上度过的,没有人干涉他,也是因为缺一只鞋。现在他就坐到了老头身边,两人规矩地坐着。老头问他:你是什么人?阿明不知该怎么回答,于是反问道:你是什么人?老头悄了声息说出三个字:走资派。他的顽童神情使这回答变得好笑。坐了一会儿,阿明说:可以躺下,他们不管的。老头却不同意,说还是坐着好,让他也坐着。阿明无奈,继续与老头并肩坐着。老头说:我们应该自觉遵守制度。什么制度啊,囚禁的制度?阿明流露出不满,他们这么坐着,囚禁变得更正式了。老头却说:不,是生活的制度。阿明这就有些好奇了,向老头请教"生活的制度"是什么意思。老头回答:晨钟暮鼓,三餐一宿。阿明嫌太简单,老头说:简单,你却做不到。阿明辩解:不是做不到,而是不需要。老头又不同

241

意了:怎么不需要?很需要。阿明说至少在目下的境地不需要,既不上学,又不劳动。老头说:我们是停止了活动,可是,时间,空间都还在运行,我们要和上它们的脚步。阿明有些迷糊:怎么和上脚步?老头继续说:所以,我们需要创造出一些仪式,比如起床,就是告诉自己,白昼开始了;睡觉呢,则是进入夜晚了——正说着,门上敲了几下,于是吃午饭,白昼过去一半了。就此打住。

老头姓王,于一九一九年出生于沪上一个工商家庭,曾留学美国,攻读数学,回国后在中学任教,后任校长。自文化大革命开始,他一度被打倒,一度被解放,再被打倒,然后,就被带来此处。这些是他与阿明"交流案情"时告知的。对照王校长的"罪行",阿明不免感到惭愧了,他什么都来不及做,忽然就落到这么一个境地,他都觉得对不起王校长,他有什么资格与王校长同囚一室?现在,他已经开始崇拜王校长了。阿明不禁更加感到糊涂,他被他们抓到这里,和成就卓著的王校长一起,究竟是为什么呢?王校长安慰道:不要着急,让我们一起来解这道题吧,我考虑,可以用约分的方法——年龄,不一样,除不尽,排除;身份,你是学生,我是老师,除不尽,排除;家庭出身,我是工商,你是职员,也除不尽,排除;政治面貌,你是红卫兵——阿明插言道:我只是一个画匠——就叫宣传员吧,王校长说:我是走资派,还是除不尽,排除;婚姻状况,你未婚,我已婚并育有一儿一女,再排除——王校长笑了:只剩下一个公约数,性别,我与你都是男性。这一回,阿明也笑了,这是他囚禁在此之后第一次笑。忽然间,王校长直起了身子,向阿明问道:刚才你说你是什么,画匠?阿明不由紧张起来,不晓得王校长有什么新发现。王校长沉吟着,慢慢说道:阿明,你有没有看过一个电影,叫做《中锋在黎明前死去》。阿明怔怔着点点头,不晓得这与他们的处境有什么关系。王校长沉思道:你看,那个收藏家,收藏了芭蕾舞演员、足球明星,还有数学家……我就是那个数学家,你呢,是芭蕾舞演员,哦不,你是那个足球中锋——这就是我们的公约数,我们都是天才!阿明立刻起来反对:我算什么天才!你当然算。王校长热情地握住他的手,这情形不知怎么让阿明想到阿援,幼年的阿援。他有些难为情地抽回手,心里却很感动。王校长继续他的思路:我们被收藏起来,收藏起来做什么呢?王校长的推理再一次遇到障碍,进行不下去了。可他并不放弃已有的成果,认定"天才"就是他们的公约数。然而,自此,他们开始了一个新的话题,就是数学。

数学是什么?阿明问王校长。王校长脸上又露出狡黠的笑容,变成一个顽童,老顽童。他反诘:绘画是什么?阿明红了脸:我哪能知道,我不过是瞎画。王校长并不放过:瞎画也是画,换一个问法好了,怎么瞎画的?阿明脸更红了:涂涂抹抹。涂抹什么呢?王校长耐心地问。人啊,物啊,阿明说。王校长接着问:这些人和物都是你看见并且认识的?当然不全是,阿明穷于应付了。王校长并不罢休:那你是怎么知道它们的样子的?阿明简直要哭出来了:这总知道的,世界上的人和物大致都差不多,没看见这个也看见过那个。好!王校长击一下掌,通过了。很好,就是说,绘画是用笔和颜色把你看见的事物的形状描画在纸上,大概差不多吧!阿明基本同意。有一点,数学和绘画相像,王校长说:也是要描绘事物的形,但数学描绘的事物,却不像你们描绘的那么具体,而是抽象的,所以我们的工具也是抽象的,就是"数",总起来说,数学就是"数"和"形"。这一回轮到阿明发问了:你们的"形"和我们的"形",也就是你们描绘的事物和我们描绘的事物,有没有联系?王校长很欢迎阿明的问题,他笑得几乎称得上灿烂:最初的时候,我说的最初是几千年之前,古埃及的时候,应是有些关系的,"几何"的概念就是来自尼罗河泛滥,计算涨水退水,清理河道的工作,但是发展到后来,就离现实远去,越来越没联系了。阿明再追问:那么它的描绘是在什么地方进行——阿明发现提问变得有难度了,他也学王校长,用比喻的说法——我们的绘画是在纸或者画布,哪怕是一面墙,总归有个地方——王校长帮他说出了这个意思:载体,你说的是"载体"?阿明同意。思维,王校长回答说。阿明感到茫然。王校长兴奋起来:思维其实也是具体的,举个例子,古希腊有个数学家,也是哲学家,芝诺,他有一个著名的悖论,他说阿基利斯追不上乌龟,只需要一点小小的条件,就是让那乌龟先开步走那么一小点路。阿明也兴奋起来:这话怎么说?阿基利斯只跨一大步就够乌龟爬老半天!王校长站起来:我们必须从实际中脱离,站在逻辑的空间里。阿明也站起来了:好,你说!王校长就说:你听好,开始,乌龟爬出一小程,阿基利斯举步,乌龟已经在跑第二程了。阿明笑了:可是阿基利斯的一步抵得乌龟无数步呢!王校长笑得更快乐了:无论他速度多快,他总是跑在中途,跑过一半,再跑过下一半的一半,永远是在中途,而乌龟已经开始下一程了。阿明说:你在讲什么呀?王校长说:我就在讲这个!

  王校长走到黑板前,拾起半根粉笔,画一条横线:阿基利斯跑到一半——他在二分之一处画一点——阿基利斯再跑到一半——他在二分之一的二分之一处再画一点——阿基利斯又跑到一半——二分之一的二分之一的二分之一处一点——这是永无止境的,阿基利斯永远是要先抵达一半,再到终点。这一回阿明清楚了,他很有把握地在线底下画一道:这条线全长多少?王校长说:你又落到现实的窠臼,不是说了,这是另一个"载体"!于是,阿明又陷入茫然。这时候,门上敲了两下:开饭了!

下一日,阿明又提出问题:这有意义吗?王校长欣然道:有啊!什么意义呢?阿明不解。王校长考虑一会儿,给阿明出了一道题:一个牧人,一头羊,一条狼,还有一棵白菜,要过河;一条小船,只能乘牧人自己,外加一头羊,或者一条狼,或者一棵菜;而狼要吃羊,羊又会吃白菜。问你,牧人怎样才能将羊和狼,还有白菜,安然渡到对岸?阿明怀疑地看着王校长,不晓得王校长葫芦里卖的什么药。王校长就笑,催他回答。阿明只得埋头动脑筋。想了一会儿,抬头说:其中羊是最危险的,它既要被狼吃,还要吃白菜,所以必须把它隔离起来;那么先让牧人带羊过河,放在对岸,再来带狼;狼到了对岸,就把羊带回来,换上白菜;白菜到对岸,牧人最后一趟就是渡羊。很好!王校长夸奖他,请他到黑板上,画一幅渡河图。阿明犹犹豫豫地站起身,走到黑板前。先画牧人,他将牧人画成一个原始人,围着兽皮,头顶草叶,挎一把弓箭,手持一柄船桨,脚下立一头羊,狼和白菜各在一岸。阿明转过身,等王校长说话。王校长双手抱膝,竟看得入迷,由衷发出一声赞叹:画得太像了,真是栩栩如生!阿明受了夸奖,很不好意思。王校长又说:阿明你确实是天才,值得他们收藏!说到此,他忽然伸出手,在空中抓了一把:我知道了,我们是被他们当做人质了!什么人质?阿明吃惊地问。以我们为抵押,向对立派要挟。王校长解释。要挟什么?阿明更吃惊了。门上敲了两下,洗漱如厕,准备就寝。

　　日光一点一点收起,屋内暗下来,然后,换了夜光,渐渐浮起来,于是,又有了一种微明。阿明在黑板上画下的牧人、羊、狼、白菜,变得立体,好像是活的,连阿明自己都感到它们的肖真。王校长决定要把这一课讲完,他站到黑板前,阿明则抱膝坐在铺上。王校长在牧人头上写一个B,羊是M,狼为L,白菜是C。然后开始渡河,BM抵彼岸,此岸为CL;B往此岸,彼岸留M;然后,彼岸为BML,此岸留C;再然后,彼岸L,此岸BMC;接下去此岸M,彼岸BCL;此岸BM,彼岸CL;最终全部到达彼岸,BMCL大团圆!黑板上布满线条和字母组成的图案,好像是一张网,将阿明画的牧人,羊,狼,白菜一网打尽。月光锃亮,王校长背着手站在月光中,好像是在水中。楼里很静,看守的人不知去了什么地方,偶尔,会有水从管道激荡而过的声音。夜晚,景物都换了模样。王校长的手臂在背后互相交握,抵在腰间,看上去既庄严又稚气。我知道你会说,这是把简单的问题复杂化,显然是你根据生活经验得出的方法更有效率,就是说羊是最危险的,要把羊隔离开,等等;可是,接下去却有了更困难的情况,用时髦的话说,老革命碰到新问题:刚送走这一批客人,下一批就来了,下一批客人是两对夫妇,还是一条船,只能载两个人;本来是没什么问题,多来回几趟就行了,困难在于,这两个丈夫都有嫉妒病,不能允许自己妻子和另一个男人独处,怎样渡河,就要费一番脑筋了;然而,我们现在已经有了一套规则,可以沿用下来;先还是将他们编号,两个丈夫和两个妻子分别为AB和ab,根据刚才的排列顺序,第一步四个人都排在此岸,第二步三个人在此岸,一个人在彼岸,第三步,两岸各两个人……开始渡河!黑板上又张开一面线路更加繁复的网。这时候,阿明举手要求发言,王校长准许。阿明说:这是不是好比代数里的方程式,用来解决鸡兔同笼的意思!王校长表扬了他:很好!现在就可以初步回答你的问题,这有什么意义?意义在于思维有了格式,就有可能攀援更高级别的难题。思维的图画——王校长点了点阿明的图画——不是那么肖真,却同样栩栩如生,很美!

阿明懵懂着,却是一种清明的懵懂。他觉着有一个空间,也就是"载体"吧,是他完全感觉不到的,却与他共存,甚至相互交错穿行。他进不去,他知道那里另有一番天地,很美——他相信王校长,那里很美,他无法享用,因而都有些焦虑。在这个月光如水的夜晚,王校长那样地将胳膊背到身后,互相挽着,很像一个学生朗诵和歌唱的姿势,宣讲着那一个空间的情形。有几次,阿明用现实中的事物去对应,企图获得一点了解,都被王校长否定了。他不由发急地说:你这不是拔着自己的头发要离开地面吗?简直是唯心主义!王校长就说:你说,什么是唯物主义?客观的,阿明说。什么是客观?是存在的。什么是存在?可以证实的,阿明再回答。王校长又笑了,眼睛弯下来,嘴角翘上去,有些像意大利童话里的匹诺曹,那个调皮捣蛋的小木偶,渐渐长了岁数,变成了先知。很好,可是阿明同学,你发现没有,唯物主义好的地方也正是它的问题所在,那就是从人出发;你看见,你证实,你认识——所以它又是最主观的。阿明目瞪口呆了,他从未听说过如此理直气壮的唯心主义言论。那么——王校长近乎胡搅蛮缠地质疑:鬼魂,你相信鬼魂吗?你用了一个很好的词,"相信","相信"是不需要证实的。阿明再也说不出话来。王校长继续说:有两个世界,一个是可证实的世界,一个是"信"的世

247

界——阿明忽又激烈起来:这不就是乌托邦?!王校长说:你说得对,数学就是一个乌托邦!

月亮移了位置,光转换方向。王校长所在的讲台进入暗里,暗里有些枝条的影,光到了阿明这边。夜晚的光质与日光不同,它纹理细腻,肌肤润泽。严格说,夜晚是不该有光的,可事实上却有。这是他们头一次在夜间活动,没有钟表计数时间,不晓得几点才睡下的,也许很晚,也许很早。他们这一老一少,就好像在世界一隅,远离人群,享受着他们独自创建的乐趣。临入梦乡的一刻,阿明竟感到一阵幸福,他想,他运气不错,总是遇到对他有教益的人,现在是这位王校长,之前呢,有老师。老师他在做什么呢?他想着老师,阿援的脸却浮上来,然后他就睡着了。这个夜晚,其实是有些像圣典,有多少华丽的思想在交汇漫流,量和质都超出了一个少年的头脑与心灵的承载力。但这个少年却有着向善的愿望,在他温存的表面之下,潜藏着浪漫的情怀,要求他超出平常的生活,虽然不知道应该去向哪里。现在他更不知道了,王校长的课程难度太大了,他还没有做好准备呢,只有使他的头脑糊涂。但就是这糊涂里,藏着光明。经历过这样的夜晚,还能再期望什么呢?真好像是事先的约定,第二天,情形就改变了。他们都还来不及告别,就分手了。先是王校长被人叫走,然后是他。他们并不多话,只是让他走。阿明茫茫然走过走廊,下了楼梯,穿过一方天井,回廊环绕天井,廊里是教室,总共有四层。他正是从其中某一层的某一间里走出,是哪一间呢?他完全失去了方位。从回廊底下走出一扇门,看起来是学校的后门,对着一条僻静的弄堂。他走过弄堂,站在了街上。街上人车奔流,有新的大红标语横幅在街面拉起,写着"大联合"的字样。阿明脚上穿了人家的鞋,此时才发觉这鞋的不合脚,太阳从头顶洒下,他不由眯缝起眼睛。他其实不过关了一周时间,可就好像洞中方一日,世上已千年。他终于辨明了方向,转身向家里走去。事实上,这是离家只两条马路的一所民办小学,他曾经无数次经过。他很快走进自己家的弄堂,弄堂里依然弥漫着猪肚的膏腴香味,又是一个星期日。家人看见他回来,并不表示过多的喜悦,只是说:回来了?自从"文革"开始,他常有几日不回家的情形,没有人知道他的遭际。只有阿援从他身边走过时,奇怪地抽抽鼻子,说:一股隔宿气,你要洗澡了。于是,他就找出干净衣服,拿了肥皂毛巾去了澡堂。

阿明在家待了几天,出门去学校了。学校里新贴了标语,显得喜气洋洋,也是关于"大联合"的庆贺之词。原先各派组织的司令部摘了牌子,头头们和工宣队连日开会。他遇到几个相熟的同学,他们似乎也没对他有特别的注意。他向他们打听王校长的下落,他们却并不知道有这么一个走资派。接下来的几日,阿明就去他所认识的战斗队,打听王校长。战斗队已呈解散的架势,都在忙着大联合。街上游行队伍往来不止,敲锣打鼓庆贺大联合。没有人知道王校长是谁,更说不出他如今在哪里。阿明想到王校长可能根本不姓王,也不是什么校长,于是,他就打听数学家,一个杰出的数学家。有人提醒他,倘是数学家可能就是在大学里,打派仗时,也有从大学揪来学术权威和走资派批斗的。这样,阿明就往大学去了。

这城市的大学多在近郊,他骑着自行车——向某个战斗队新借来的车,一辆二八型加重车,人称"老坦克",适合载重和长途跋涉。大学校园和中学完全不同,比得上一片街区,找个王校长,简直是大海捞针,都不知道该问哪个人。阿明就从校园里的大字报上寻找和王校长相似的人,大字报上也覆盖了关于大联合的声明。从残留的墨迹上,看见有几个也是留学美国的"帝国主义走狗",但都不是学数学的。可是,放缓车速骑在偌大的校园里,阿明的心情有一种平静。校园草木荒疏,显得空旷无比,大学生们神情肃穆,气氛是庄严的。有一个学校里,还有一个湖,湖畔垂柳丝丝,无人。阿明不由放轻手脚,紧着闸,悄悄滑行过去。奇怪的是,无论他走在哪一所大学,都觉得离王校长近了几分。他还格外留意街上游斗的卡车,沿了车斗挡板,低头站着"牛鬼蛇神"。其中有没有王校长?他却已经想不起王校长的模样了,不是想不起,而是,他难以向自己形容。从此,他再没见过王校长。

22. 邂 逅

阿明骑着"老坦克",在北区一所高校的校园里徜徉,深秋时分,车轮从落叶上轧过去,咕嗞咕嗞地响。校园里有一种宁静的荒芜,天地很高远。阿明面前出现一个人,一个青年,他对阿明说:你好!阿明迟疑了一下,回答说:你好!心想我并不认识你。可青年坦然的态度却使他感到自然,他们并肩骑了一段,青年告诉他这所学校创办的时间,前身为何,经历几番变迁,那条校河又叫什么名字,来自怎样的典故。阿明很恭敬地听着,有几回侧目打量青年,见他从额至鼻梁,又至下颌的线条,十分鲜明挺拔,有些欧洲人种的意思,肤色黧黑,发式是平头,穿一件军上衣,蓝咔叽的宽脚裤口底下,是一双手纳底黑布面的圆口鞋。这身装束有些特别,阿明是个不领世事的人,但也敏感到青年是属于另一种阶层。青年也在看阿明,目光却要大胆得多,他说:我看你在这里逛了很久,是找人吗?阿明红了脸,他羞涩的样子很叫青年喜欢,他主动上前搭讪,就是看他有一股纯净的气息,好像从世外来的。他正准备放弃他的问题,阿明却镇定下来,他虽羞怯,但绝不失大方。他坦言说,确实在找人,不过,他已经没了信心,所以只是有当无地找。青年问他找的人姓甚名谁,是否确在这所学校,哪一个科系。阿明笑了,说就是这些不清楚,所以才找不到呢!青年也笑了,觉得眼前这个孩子——他应该称他什么呢?他个子不小,态度也算得上老成,可就是称不上青年,却又不是少年了,所以权且笼统地叫做孩子吧——真的很有趣。青年很愿意帮助这孩子,就让他提供更多的线索。于是,阿明同青年讲述起王校长这个人,然而,他简直语不成句。他一旦开口讲述,王校长就变得模糊起来,他怎么也说不到要点上。这是他第一次将王校长与外人道,而且是一个陌生人。也许正是陌生人,他才有勇气提王校长。他不相信有人能够明白,弄不好还会以为他在瞎说,而陌生人,管他信不信,陌生人就像是虚空茫然。这个陌生人,很耐心地听着阿明语焉不详的叙述,这使阿明很感激,也更惭愧了。他的叙述如此蹩脚,连他自己都怀疑了:真有王校长其人吗?青年沉吟一时,没有继续追问王校长——为此,阿明又心生感激。青年沉吟了一时,说:真是奇妙的经历。两人相视一眼,继续向前去,之后,再没说找人的话题,阿明就此结束寻找王校长,而认识了一个新朋友。阿明知道青年并不是这所高校的大学生,而是和他一样,来自中学,但他是高中三年级学生,他的名字叫陈卓然。

早先,陈卓然将南昌带入小老大的客厅,自己则隐退了。他去了哪里?他又回到了书堆里。前面不是说过,陈卓然在大学里有朋友,他的大朋友们从学校图书馆里搬运出许多书,提供给他。这些书非常杂,除去他热衷阅读的文学、哲学、政经类的书籍外,还有物理、化学、工程、电气、医学……总之,拿到什么是什么。他一头扎进杂七杂八的阅读中,说实在的,这让他头脑很混乱。他呢,索性停止思想,吃进什么算什么。所以,这一段乱读书的日子又是一段休憩的日子,思想休憩。不管是什么书,拿起来就从头读到尾,不求甚解,只是一行行的字进入眼帘。这些孤立的字由句法的逻辑关系联络起来,自然传达出某一种意义。究竟是什么意义呢?字面上的,陈卓然都懂,底下的,似乎全不懂,可这并无大碍。他就像一台阅读机器,只是机械地运作着。

有时候,他读过的东西就像是没有读,所有的东西都漏走了。可有时候,甚至有几次是在睡梦里,突然无比清晰地浮现出一行字句,简直可以用"敲"这个动作,敲响了他的记忆。而且,那些杂七杂八的字句忽然由于某一个共同点,并列在了一起。比如"费希特继承康德,谢林继承费希特,黑格尔继承谢林"这一句话,牵出了下面的一句话"雅弗的儿子是歌篾、玛各、玛代、雅完、土巴、米设、提拉;歌篾的儿子是亚实基拿、利法、陀迦玛;雅完的儿子是以利沙、他施、基提、多单"。比如"N 表示正整数全体和零,Z 表示整数环,R 表示实数域,C 为复数域,H 为四元数体"和"由大三度与完全五度构成的叫大三和弦,由小三度与完全五度构成的叫小三和弦,由大三度与增五度构成的叫增三和弦,由小三度与减五度构成的叫减三和弦"。最奇特的并列是"为三十至三十五岁的女性个体。头骨骨质细致。面部较低狭,上面高为六十八点五毫米;颧骨狭小,右侧颧骨宽二十四毫米;眼眶不高,鼻孔较窄"和"伏伦斯基发现她脸上有一股被压抑着的生气,从她那双亮晶晶的眼睛和笑盈盈的樱唇中掠过,仿佛她身上洋溢着过剩的青春,不由自主地忽而从眼睛的闪光里,忽而从微笑中透露出来"。这些字句壅塞在他的印象里,解散,再重新组合。

有一度,他得到一本詹姆斯·希格斯写的《赋格曲》,他从来没有学习过音乐,所知道的交响曲就是广播里播送过的一支《红旗颂》,或者样板戏芭蕾舞剧的伴奏音乐,他不曾在现场目睹过交响乐队,五线谱也是不认识的。可是单是读那书上的文字,也使他产生出奇异的兴趣。这些文字,描述出一种相当严格的纪律:"在主题内,惟一适当的转调是主题与属调之间的转调""需要这个一般限制的理由,是当主题在不同的音域做赋格式的处理时,如果不加限制,就会使诸声部在它们方便的音域之外进行""通常,插句最好是从它前面的主题、对题或任何自由填充的声部中选取动机而构成的""注意,当主题开始由一个内声部导入时,对题便可以获得运用它的两重关系的机会,就是说对题可在主题的上方及下方都出现"——他完全没有这些概念:"主题""属调""音域""对题"等等,他可能全都领会错了。他想起天文学的星座:"天鸽座,南天星座之一。中心位置,赤经五时五十分,赤纬三十五度。a星是三等星,和大犬a星、小犬a星同在一直线上。座内有亮于四等星七颗""北极星,双星,也是变星(星等从一点九七等变到二点一二等),离它十八秒处,还有一颗九等星,故北极星是由三颗星构成的聚星,离地球约四百光年""北斗星,在北天排列成斗(或勺)形的七颗亮

253

星。它们是北斗一(天枢),北斗二(天璇),北斗三(天玑),北斗四(天权),北斗五(玉衡),北斗六(开阳),北斗七(摇光或作瑶光),一到四叫'斗魁',又名'璇玑',五到七叫'都杓',即'斗柄',北斗二和北斗一的连线,延长约五倍处,可找到北极星"——这又让他想起分子结构,都是向他暗示出一个秩序井然的空间。

再有一度,他迷上了养蚕,当然也是在书面上——催青,收蚁,眠前除沙,提青,眠中处理,移蚕下地,上簇,最后采茧。也是风马牛不相及的,他联想的是司马迁《史记》里的《刺客列传》:"其后百六十有七年而吴有专诸之事""其后七十余年而晋有豫让之事""其后四十余年而轵有聂政之事""其后二百二十余年秦有荆轲之事"。紧接下去,更新世的冰河时代浮起来了——"这一时代大约持续了二百五十万年,结束于一万年前左右。这是一个气候大幅度变化的时期,所有的大陆都经历了频繁的变动……在武木冰期,水被冻结成大冰原……魏克塞尔冰期和威斯康星冰期的冰原,使海水的水位降低很多,以致出现了一些陆桥,把大部分大陆块和许多孤立的岛屿连接成一个单一的大陆"。他的头脑被壅塞和挤压,忽而辽阔旷远,忽而又进入极狭小的一点。不知什么时候开始,休憩的思想又渐渐复苏,蠢蠢欲动,就在这些大和小、远和近中梭行,因为没有受过训练,反而自由无节度,显得很有弹性,然而,却也迷失了方向。他陷入茫然。

原本,陈卓然是个对事物有着稳定看法的人,他读书,学习,认识各种人和社会,都在顺利地加固着他的稳定性,包括他曾在拘留所里度过的数十日时间,全是依着顺时针方向发展。就这样,他长成了一个有信念的青年。可是,如今,这些无系统无章法的阅读,将他思想的完整性打碎了,他甚至感到了虚无。曾有一次,他随大朋友们去到图书馆在近郊的一个大书库。林立的书架将光线遮暗,空气中布着一层氤氲,是由潮气、灰尘、纸张的碎屑,还有蠹虫混合而成,它使暗沉的光具有流动的性质,产生轻微的悸动。假如你去过原始森林,就会有一些些联想。陈卓然在书的夹缝中走动,阅读和思想物化成具体可触摸的存在,可事情却更抽象了。如此庞杂、繁复、莫衷一是的世界,全归为一种符号——文字,文字几乎成为密码。陈卓然怀疑自己能否真正了解这些文字,或者说他了解的是否是文字的本义。他感觉到,有另一个世界,在他的认识之外存在,咫尺天涯,他走不进它。它是那样一个庞然大物,他找不到一点点接近它的路径。他像阿拉伯神话里的四十大盗,对了山壁喊:大豆,开门!燕麦,开门!玉米,开门!葫芦,开门!喊遍天下粮仓,大山岿然不动。其实呢,那只是一个很小很小的物种:芝麻。芝麻,开门!山壁应声开门,只有阿里巴巴知道。

就这样,世界在变形——就像数学里的拓扑,无限维空间,假如陈卓然理解得对头。还是物理中流变的软物质概念,"不可见的光线"。《圣经》说上帝七日之内创造世界,达尔文进化论则将此过程描绘得无比漫长;天文学称地球只是浩瀚宇宙太阳系中的一颗行星,马克思又把这行星上的人群分解为各阶级社会。唯物主义讲存在决定意识。亚里士多德以为艺术创造可存在亦可不存在。生物考古学家发现,人原来有第三只眼睛,缩入脑腔后形成"松果体",这岂不暗合上民间诡秘的关于"慧眼"的传说?真是令人迷乱。陈卓然几乎闭门不出,一个人关在房间里,孤独地对付着这裂变。前面说过,他有一个单独的房间,在厨房和浴室之间,原本是一个储藏室。一扇狭长的窗对了后弄,传上来些声气,都是些杂碎的动静。热锅的爆炒声夹着油酱气味,收废品和修棕绷的叫喊,也有小孩子和女人的哭和笑。这些声气会打扰他的思考,但同时也让他感觉身在人间,在某种程度上减轻了虚无感。

家里,依然是那个未婚的大姑操持家务。他的母亲,有一度被隔离审查,然后又解除隔离回了家,有一度宣布解放,很快又靠边了。弟弟妹妹们在各自的战斗队里,这些战斗队有时分裂,有时联合,就像春秋战国,于是纷纷忙碌着,很少回家。继父依然休养着。陈卓然不知道,他被拘捕的时候,继父曾经跑到拘留所大骂:老子流血牺牲,打下的江山,让你们兔崽子胡闹!警卫们一拥而上要抓他,他拍着肩膀和大腿:来啊!兔崽子们,摸过没有,日本兵的弹片,国民党的弹片,还有美国人的子弹!警卫们不由却步。现在,白天家里就是陈卓然、大姑、继父三个人。有时陈卓然会心生恍惚,好像又回到幼年的光景,他从沂蒙山到上海,因语言不通,停了一年方才上学。那些日子,早已淡漠,但在那朝夕相处中滋养出的亲情,一直延续了下来。他和继父并不多话,在表面的冷淡底下却有着更深的默契,其实超过了血缘上的父子关系。母亲隔离的日子里,继父整晚整晚睡不着觉,在房间和走廊上走动,拐棍笃笃响着。陈卓然推开门,与继父碰了个照面,两人都怔了一下,继父说:要相信党,相信群众。陈卓然点头。父子二人面对面站一时,然后各回各的房间。陈卓然从拘留所回家进门,继父迎面说的也是这一句话:要相信党,相信群众。说完退回自己房间,关上了门。这一阵,陈卓然闭户不出,一头扎在书堆里,叫出来吃饭,眼神是茫然的,继父和他说话,他答非所问。有几次,继父伏在他房间门外听动静,让出来上厕所的陈卓然撞着,继父咳一声走开去,陈卓然笑笑,也走开去了。过后的一天,饭桌上,继父又对陈卓然说了一遍:要相信党,相信群众。陈卓然不禁要想,在继父内心,究竟是一个什么样的世界呢?他的经历,无论是历史风云还是个人生活,陈卓然都比不上一个小手指头,难道就是凭借这么一个简单的信念度过的?可不管相信的是什么,总是相信了。陈卓然也很想相信什么,他相信什么呢?

当他注意继父的时候,也注意到了大姑。说来也奇怪,人有时认识事物,不是看事物的本身,而是看它投射在别处的影像。可能那事物的本身与我们太过接近,早已司空见惯了。陈卓然曾经在南昌的大姐身上看见过大姑的形象,他这样和南昌说:你大姐的将来就是我大姑的现在。也因为此,他对南昌的大姐有好感。可一旦到了大姑面前,那感情又趋于平常。大姑,一个典型的皖北妇女,从妇女裹足的时代里走出来,又经历了放脚的历史,于是,踩着一双解放脚,摇摇晃晃走在公寓锃亮的打蜡地板上。她常是一身黑裤褂,裤脚用黑布条扎起来,黑漆漆的头发本来是窝纂,"文革"开始,红卫兵让她"破四旧",于是铰短,可略一留长,她就用发卡在脑后别成个雀尾巴。她长一张白皙的容长脸,应是俊俏的,一场天花却留下了满脸的痘疤。多少也是因为这,她没有说上合意的亲事,没有成一个自己的家,最后跟着哥嫂的家庭生活。但你切勿以为大姑只是一个围着锅台转的女人,事实上,大姑是一名共产党员。她那淮河平原上的家乡,有着支前的传统,淮海战役的军粮,就有那里产出的小米,然后由民工推着独轮小车送上前线。早在土改的时候,十六岁的她,就是积极分子,分浮财、挖地契、斗土豪劣绅,都有她一份功劳。然后到了全国解放,政府号召组织起来进行农业生产,是她们几个未出阁的闺女,挑头成立互助组,还登上了省报。就在这时,收到同宗哥嫂的信,希望她出来帮他们带孩子。开头她是不肯的,其时,家乡正轰轰烈烈开展合作化运动,她已是乡里的妇女主任,忽然让她去给孩子做保姆,即便是自己哥嫂家的孩子,是喊她姑的,也是不情愿。但是,乡里、县里,都来做工作,最后,本家哥单位里的一个干事,专程从上海过来,要带她走。她的爹已经死了,还有个娘,虽然舍不得,但也一个劲儿地劝她去。老人明智地想到,去哥哥家是女儿的一个归宿。她流着眼泪,将换洗衣服打一个小包袱,里面压着她的组织关系,跟来人走了。这一年,她二十六岁,在家乡,对于一个闺女,这实在是太大的岁数,娘家真留不住了。上了火车,她就把齐肩的短发窝起一个纂,似乎是向闺阁告别,以后的,就都是一个成年女人的生活了。她这样走进哥嫂的家,哥嫂都随侄儿侄女喊她"大姑",她的丰饶的青春时代永远地留在了淮河边那一片贫瘠却亲爱的土地上。

大姑来到的时候,他们家已经有四个孩子,还没加上不久就要来到的陈卓然。最大的六岁,最小的那个还在吃奶,母亲却得了肝病。父亲,就是大姑的本家哥哥,带着一身的伤,也是要人照顾的。一个接一个保姆,被这乱哄哄的一大家子吓跑。大姑的到来,简直是救了这一家。立马,她背上绑一个,手里抱一个,第三个拽着她的衣角,最大的那个,被她吆喝着打油打醋。她的另一只手则在锅上炒菜,盆里和面,淘米洗衣,掸尘擦灰。自她来到,这套公寓里便充斥着热辣辣的葱蒜味、豆酱味、蒸馒头的酸甜的酵母味,这就是过日子的气味,养儿育女的气味。这是大姑带来的，还裹挟着北地平原的麦香豆稞烟火味。大姑她一直乡音未改，只是加入一些上海的口语，且是被她皖北化了的，比如"小菜"，比如形容某人差劲的"推板"，再比如将"睡觉"说成"困觉"，"热闹"说成"闹猛"，"凑热闹"说成"轧闹猛"。也算是入乡随俗了吧！

在上海摩登的街头，其实并不少见这样的乡下女人，她们携有一种特别的坦然态度，在这五光十色水晶宫般的世界里，毫不怯生。她们用五十斤一装的米袋买米买面；粮店里要卖红薯了，她们就一手一个铅桶去提；机制面是盘在淘米箩里，耸起的一堆；早上买油条不论冷热，也是耸起的一堆。你就知道她们来自一个人口众多食欲旺盛的家庭。别看她们形象不入这城市的潮流，她们倒不将自己当外人的，于是，随处可见她们与人热烈地谈论着家常。她们外表颟顸，内心却很灵敏，很快就将这城市的人情世故摸个透。事实上，她们的洞察力本来就远超过这城市的人情世故。她们从一大家子的孩子中间，立马分辨出哪个是后娘养的；又从老头或者老婆子身上，看出谁家的儿女不孝顺；菜篮子里写着过日子有没有盘算；倒出的泔水照见的是家境的贫寒和富裕。她们难免也要搬弄一些是非，可多半的，出自于正义。我们不能不正视，她们所来自的，大多属于中原地方的乡村，那里有着源远流长的文明教化，比较这近代城市更拥有道德资源。就这样，大姑她成为这城市市民中的一员。

陈卓然初来上海时，只听得懂大姑的话。他所寄养的鲁西南与大姑家乡皖北，属一类方言语系。大姑的做派，也和他的养母有近似之处。所以，大姑就是这陌生世界里的一点熟悉，使他不至于完全与原先的生活隔绝。虽然大姑顾不上他，他也顾不上大姑,他的注意力全在面对新环境,但这两下里却潜在有一种联系。他在接他的人背上熟睡着,进了这家门,一放下地就醒了,醒了就挣着往外跑,拽回来再挣,挣脱了再跑。好几个回合,人们叫他,叫他的名字他也不认。他的小名"羔",也和大姑的青春岁月留在老家一样,丢在了那沂蒙山旮旯里了。最后,是大姑过来,二话不说,往他脏兮兮的小手里塞了半块馍,他握住了往嘴里一塞,便安静下来。下一日,大姑硬按住他的脑袋,将脑后一条猪尾巴小辫铰下来,那是养母替他留的,当他是个宝,怕养不大他。铰了小辫,再放一缸热水,揿他进去。他嚎得像个挨宰的猪,转眼间,身上的皮肉也红得像口光毛猪了。事毕,大姑还是往他手里塞半块剩馍,让他止了声。

大姑带孩子,是乡里人的风范,吃饱穿暖。馒头堆在箩里,炖肉搁在盆里。怕孩子砸碗,家里都用的搪瓷家什,尺把长的竹筷,操在小手里,大半截在空中急骤地打架。冬天,棉袄棉裤絮得厚厚的,一个个几乎迈不开步,小孩子都好动,一早到晚的头上都冒着汗气。这日子才叫富足,大姑得意时会说,简直像地主家崽子!对陈卓然,大姑的态度是略微谨慎的,一方面,这是一个与自己家没有血缘的孩子,这一点,大姑是有封建思想的,但从人情出发,越是人家的孩子越要小心对待;另一方面,一个烈士的遗孤,又唤起她崇敬的心情。这两方面,结果都是让她对陈卓然生分,看上去竟是冷淡的。可是,在一个质朴的乡下女人,即便是冷淡,又冷淡得到哪里去?在陈卓然延宕入学,留在家的日子里,大姑有时会带他一同去粮店或菜场,让他帮着提东西。回到家,奖赏他的还是半块馍。白面馍是大姑心中的至品,平时锁在厨房柜子里,足见这奖赏的重量。而陈卓然对白面馍的认识也是和大姑一致的,就是这,让陈卓然驯服于大姑。在陈卓然心目中,大姑就是衣食的代表,他自打上学,放学回家就喊"饿"的这一声,是对了大姑喊的。一九六〇年自然灾害,陈卓然已经读中学,住在学校,吃粮是定量,长身体的年龄,整日在饥荒中度过。每次周末回家,周日晚上返校时,大姑都会交给陈卓然一个手绢包,包里是三个或四个凉馍。到底还是孩子,又被肚饥煎熬着,自然注意不到大姑浮肿的脸和脚踝,想不到这是大姑嘴里克扣下的口粮。揣着手绢包,只觉得心里踏实,这踏实是大姑给的。所以,他对大姑其实是亲的,但因这亲情是疏离的,就并不自知。就像方才说的,他从南昌大姐身上看见了大姑。

通常都是如此,我们不会对身边的人发生历史的兴趣,陈卓然也是。于他来说,大姑就是那个饿了给他吃、冻了给他穿的人,除此,还有什么呢?那一日,游斗市委书记,那书记,一个北方人,就在大姑她家乡的大战场上打过仗,不久前,报上还登着他神采奕奕接待国宾的大照片,如今一头白发,垂头站在升降机的高台上——亏造反派想得出,拉出修理电线的专用车。老头立在高台上,车缓缓驶过这城市的主干道,繁华的大马路,从陈卓然家的公寓底下过去。临街的阳台、窗户,趴着看热闹的大人孩子。这城市,什么时候都少不了看热闹的人,可是,大姑她,就躲在门背后哭泣。陈卓然看着哭泣的大姑,有一刹那的好奇:大姑她是怎样的人呢?但这念头转瞬即逝,大姑的历史又遮蔽在她忙碌的日常身影之后。现在,陈卓然从他那迷乱恍惚的读书世界走出来,看着继父和大姑,这两个质朴的人,有一种使他思想沉淀的作用。他感到一时的清澈。这样的时刻让他觉着似曾相识,那就是在南昌家里,他们关在房里谈话之后,走出来与他大姐二姐坐在一处吃饭,聊着家常。只是陈卓然与继父和大姑没有闲聊的习惯。亲人们通常是不大闲聊的。亲人们不闲聊也彼此了解。在饭桌上,陈卓然发现自己是个大人了。怎么说呢,这么说吧,他和继父之间,似乎有了一种默契,男人间的默契。大姑常常端上一盆凉菜,氽菠菜,蒜拍黄瓜,拌海带丝,让两个男人先吃。继父要喝点酒,陈卓然不喝,只吃菜。吃过一会儿,大姑再端上热菜,还有主食,自己也坐下吃了。陈卓然接着又发现,虽然自己长成了大人,然而,奇怪的是,继父,还有大姑,他们似乎一点都没变。他自小看见的他们,就是这样,这样的脸和身形。他们曾有过更年轻的样子吗?当然是有,可他看不见。他们的生长形态被他自身的成长遮蔽了。这是朝夕相处的人们之间的特有的情形。也许是陈卓然目下所陷入的虚无,隔离了他们,于是,他开始审视,审视他最近旁的世界。陈卓然是个喜欢思辨的人,他思辨的材料大多来自于书本,其实是第二手的,此刻,他注意到了另一种材料,它们来自于日常生活。这种材料有着质朴的形态,就因为其质朴,所以又是芜杂的,无排序,无命名,呈蛮荒景象。他简直无从下手进行整理归类,可是它们的生动性却吸引着他。

这是一个困难时期,也是个令人兴奋的时期,陈卓然的吸纳力空前活跃,他简直是贪婪地,汲取着可能接触到的一切。而他的外表,则格外的安静。他有数月时间在家里度过,自从上寄宿中学之后,就难得在家。寒暑两假,虽然回家住了,可是同学间仍然有各种交际往来,将他叫出门去。文化大革命开始,他更是不见了人影。可是这个时期里,他天天在家,就像一个隐居者。有时候,看书看累了,他走出家门,骑车在街上兜风。经过街头临时搭建的舞台,有红卫兵的文艺宣传队在表演。那些宣传队员明显是低他几个年级的孩子,在他看来,几乎是下一辈人了。有一个女孩在唱一首称颂军民感情的歌曲,曲调以北方地区的戏曲为素材,悠长高亢的慢板,间着泼啦啦一泻如注的剁板,流利至极。陈卓然不由听入了迷,然后想,革命时期的艺术也进入了新阶段,不再是简单粗暴的造反歌了。他还时常遇见佩着红小兵臂章的小学生,这给他一个鲜明的印象,就是在他们砸烂的旧世界的废墟上,逐渐建立起新的秩序,而他们却是局外人了。在非常时期,更新换代总是急骤的。他多少是怀了遗老的心情,隔山隔水地看这个时代。他的自行车从繁闹的市区驶出去,来到较为僻静的马路,天地变得空旷起来,路边甚至出现零星田野,还有农舍,舍前的围篱内有几株秋葵,低垂着成熟的花盘。骑着,骑着,就骑进了那所大学的校门,里边有着他即将结识的新朋友。

他原先的大朋友们都四散了,到农场锻炼去,或者回家去。校园里无人,铺一地落叶,承着阳光,一片璀璨的宁静。这时候,他看见了阿明。起先只是无意地搭讪,可是阿明的态度叫他喜欢,王校长的故事也很有意思,有点像梦呓。倒不是陈卓然不相信它的真实性,而是那孩子自己不敢相信。他叙述的口气犹疑不定,且表情那么羞怯,红着脸,生怕听的人笑话他异想天开。陈卓然不由再次打量他,见他穿一件蓝咔叽学生服,脚上一双松紧口黑布鞋,脸色白皙,眉目修长。心里将他比做三国里的赵云,因他有一种古意,是他过去熟悉的人所不具有的。两人并肩骑在松软的落叶上,似乎同在世外。不知觉间,已在偌大的校园绕了一周,却不舍得分手。临近校门,两人都有些紧张,阿明又红了脸,都知道,只一步之间,便将分道扬镳。不料想,陈卓然一转车把,骑上贴墙的甬道,阿明跟随上去,又折进校园,方才松一口气。太阳高照,底下是两人的影,看上去,一般高的个头,就像兄弟俩。这两个人,来自不同的阶层和背景,在不同的际遇里各自领受了新思想,对世界拓开新观念,为这时的邂逅做了铺垫准备。也不排斥有年轻人蒙昧的吸引力,但理性不是在生长吗?所以,他们已经有了自觉性。这样的邂逅,在某种程度上是出于选择。绕校园第二周的时候,他们互报了姓名、学校、年纪、住址,当然,还是由陈卓然提议,阿明跟上。但陈卓然没有想到,仅是第二日,这个羞怯的孩子就来敲他的门了。

阿明远不是陈卓然谈话的对手,他并不具备像陈卓然那样的思想武器。但在内心里,积蓄着许多无可名状的感性体验,自成一体。就是这,使他不怯于和陈卓然在一起。他们俩在一起,都是陈卓然说,他听。看起来好像陈卓然在向阿明宣讲,其实,陈卓然并不以为然。他觉得,这依然是一场对话,阿明是回应他的,只不过是以另外的方式。有一次,他说话的时候,阿明替他画了一幅肖像,第一眼,他不觉得是他,再一眼,认出来了。他的脸藏在铅灰色的笔触里,远远地看着自己。阿明不止画陈卓然,还画陈卓然的继父和大姑,画开电梯的老伯,画从阳台上望下去如织的人群、车流、街对面密匝的房屋、屋顶上爬着的补瓦的男人——那是从一架望远镜里攫取的画面。这些素描速写,使陈卓然回到幼年时期,初来到这城市,日日趴在窗口看的,就是这街景。他发现,这街景并没什么大改变,虽然经受了文化大革命的洗涤。就好像,这城市还自有一种定律,兀自生存与生长。这大约就是阿明的回应吧!不是直接地针对,而是顾左右而言他。

那么,阿明呢,陈卓然的话,他又有几分确切的理解呢?陈卓然的话里,充斥着大量的概念,扑面而来,他都蒙了。可是他隐约地感觉到,那些概念里含着一种秩序,可以用来划分他的感情。可惜,不知是这里,还是那里,就差那么一点点,接不上。他还是常常想起王校长,听王校长说话,是那样的——就是说,当他说着的时候,心里某一处会亮起,可等他说毕,过一时,那一处又熄灭了。也是差那么一点点。王校长在哪里呢?幸好,幸好,有了个陈卓然,他是东一点,西一点,总也点不亮,却有着模糊的触觉。要说,他们两下里其实都隔膜着,隔膜着,他说他的,他应他的,于是乎,又形成一种默契。所以,他们在一起就不会感到无聊。不仅不无聊,他们相互间还会生出新鲜的好奇。阿明惊讶陈卓然能源源不断地生发他的论点,心想:看哪!他还能再说下去,再说下去,一直说下去!陈卓然则是为阿明的静默折服,他知道,倘若这孩子没有饱满的内心生活,是不可能如此恬静的。有时候,这种好奇又转化成一种自谦的形式,那就是,陈卓然觉着自己太聒噪,而阿明想的是他会不会让陈卓然觉着闷了。于是呢,陈卓然克制着不说话,阿明则开始絮叨,结果可想而知。双方都不能胜任,一阵尴尬之后,再把角色掉换过来,各就各位。

他们共同为两人之间的友谊欣喜,这简直有些像爱情了。事实上,更像是孩童的结交,带着天真的感怀,激动不已。他们俩有一点很奇怪的一致,那就是对异性的兴趣还没有开蒙,多少是晚熟了。也许他们就是属于那一类,像北方寒带的树种,需要较长的生长期,木质紧密,肌理细腻。所以,他们就还要更多一些时间,才能完成他们器质的生长过程,而一旦完成,那一定至善至美。同时,他们也就比较多地拥有着青春期前纯真无邪的光阴,更多地享受成长的欢乐。他们精神转变的苦痛,其实就是这种欢乐的变相,本质是单纯。这欢乐在他们,一是以热情的方式,再是以静谧的方式呈现出来;内里是相同的缘由,外部的差异恰巧使这两者契合。

　　阿明也带陈卓然去了他生活的区域,但不是带他回家,而是带他去江边码头。陈卓然印象里的黄浦江实际只是外滩那一段,背倚着殖民时期的乔治式建筑,树木花草,车流人行。而这里却是粗粝的风景。挤挨着的轮渡趸船,江水长年浸淫,外壳锈蚀。防波堤是残破的,水泥剥落,裸出砖块,有些地方,只余下水泥桩,兀自立着。对岸是厂房和烟囱的轮廓,犹如一幅早期工业社会的灰色剪影。江水的流速加快了,由于轮渡接近靠岸,涌动不安,哗哗响着,江鸥被激得一会儿上天,一会儿下地,在江面盘旋。汽笛就在耳边低咽。在这里,阿明又告诉了陈卓然,老师那个人,由老师又带出天灯路的旧宅,随即,他们也骑车去了。阿明不像老师那样大胆,他只带陈卓然绕了宅子骑一遭,自行车在卵石路上磕碰出咔啦啦的声响,显出周围的寂静。最后,他们来到文庙。向晚时分,正门上着锁,阿明熟门熟路地转到后墙,那里有一扇木门,虚掩着。他们走进去,在殿前的方砖上立着。夕阳落在东南角上的最后一片光,渐渐收走了,地坪显得特别干净与清晰。大殿的木柱、窗棂、瓦檐、墙面,呈现出素描的效果,笔触细密。然后,暮色在他们脚底铺开,均匀地布满了整个庭院。两人很少说话,陈卓然也寂寂的,阿明的静默传染了他。等到他们出了文庙,两辆自行车箭似的穿行在狭窄的小街里,路人躲不及地避开,贴着墙根,嘴里骂出一串恶毒的咒语,换来的是他们兴高采烈的笑声。一阵悸动过去,他们放缓速度,从徐家汇天主教堂底下驶过,忽然之间,阿明与陈卓然掉换了角色,他变得多话。初燃的路灯下,他一只手放开车把,直起身子,向陈卓然发问:你说什么是唯物主义?陈卓然做了阿明的学生,恭敬答道:是客观。什么是客观?是存在。什么是存在?可证实的。很好,可是陈卓然同学你发现没有,唯物主义好的地方也正是它的问题所在,那就是从人出发;你看见,你认识,你证实——所以,它又是最主观的!陈卓然同学尊敬地看着阿明老师,阿明变成了王校长。哦,王校长,你在哪里?阿明伏下身子,重新握住车把,两人驶入灿烂的市灯中心。

在成长里,确实有着一些辉煌的时辰,在更长久的盲目的时间之后,厚积而薄发。简直就像母腹中的婴儿,在昏暗中沉睡,汲取养料,突然那一个诞生的时刻来到了,陡地降临光明。当你渐渐适应这光明,光明便转为昏暗,醒又转为睡眠,汲取养分,等待下一次光明。这一次光明是比前一次更为堂皇,更为明亮,可你还是会适应它,将它再转入暗,然后期望着下下次的光明。你就从一重光明走入再重光明,继而走入三重,四重,五重,无数重光明。那光明的亮度无可限量,没有止境,就看你有没有生长的激情。多么欢乐啊!这两个人简直就变成了小孩子,那两架老坦克自行车,都能飞上天!他们两个,相遇一起,实是天意。倘若无此际遇,他们的欢乐还会迟到,甚至迟至未知的未来。成长是需要同道的,需要携手和互助,相互点燃光明,引出幽闭的产道。在这一时刻里,他们忘记了时代的暧昧,前途的暧昧,他们甚至不知道何去何从,可是心里充满光明。街市在华灯初上的那一刻里焕发出光芒,随后,又沉陷于比先前更浓郁的阴影。梧桐枝静止不动,连成影的穹隆,两叶光的舟,从底下穿越而过。

23. 第三个朋友

南昌在小老大的追悼会上,仿佛看见了陈卓然,仅只是一个侧影,很快被移动的人群遮住了。事后,他想:我有多久没看见陈卓然了?自他们分手之后,发生了多少事情啊!他认识了多少新朋友,从小老大起:小兔子,七月,敏敏,舒娅舒拉,珠珠,丁宜男,嘉宝。想到嘉宝,南昌又是一震,一股欲念陡然攫住他,又猝然松开手,将他抛出去。他发现痛苦也是植身于肉体上的,这一点小老大说错了,痛苦不单是在思想。可是,小老大在哪里呢?在追悼会上看见陈卓然,就好像小老大将他还给了陈卓然。这一日,南昌便去了陈卓然的家。他扑了一个空,大姑说他跟朋友出去了,南昌问哪个朋友,大姑说叫阿明。阿明?南昌念着这个新名字,返身回去。下一日,他再来,陈卓然在家,他的小房间里坐着一个面色白皙、身材颀长的青年。南昌想:这就是阿明吗?南昌只一眼便看出,阿明不是他们圈子里的人,而是,小市民——来自那种保守的生活。南昌疑惑地看着陈卓然,不明白这位思想者如何会结交那样的朋友。而且,看起来,他们挺不错。不只是不错,他们之间还有着一种默契,使南昌自觉是个局外人。南昌不由生出妒意。他和陈卓然谈小老大,他想这是他和陈卓然的朋友。不料,陈卓然却指了南昌对阿明说:这也是小老大客厅里的常客。南昌便知道陈卓然已经和阿明提起过小老大了。他继而一一谈起小老大麾下的另一些朋友,以为不会为阿明所知道,可是,这些人也是陈卓然所不认识的,那全是发生在他与陈卓然分手之后的人和事。这段时间里,他们都有了各自的经历。就在这时,南昌对陈卓然心生怨愤。这种情绪起来得很突兀,却又很自然,它其实一直潜伏在南昌对陈卓然的心情里面,那几乎是可称得上爱戴的心情。南昌对小老大是喜欢,对陈卓然则是爱戴。他爱戴的人,对他有些微的不屑,都足以打击他。南昌这一日寻找陈卓然,找是找到了,可真不如没找到,他更加失落了。后半截时间,他没再说话,闷闷地坐在一边。尽管生着气,他还是发现陈卓然有些变化,他变得谦和了。然而,那只是对阿明——南昌多少有些狭隘地认为。他更感到沮丧了。在他与陈卓然的交往里,陈卓然永远是个说教者,现在,他却在聆听。可是,阿明说了什么呢?阿明什么也没说。南昌想笑,结果是怨艾:这太不公平了。但是,再下一日,南昌又来了。

南昌寂寂地坐在一边,怨愤平息,替换上来的是无奈,他参加不进去他们。阿明,这个小市民,竟然——南昌不得不承认——竟然,有一些与陈卓然相似起来。这两个人,简直成了亲兄弟,南昌尖酸地想。他看见床头墙上,钉着一张陈卓然的铅笔素描肖像,出自阿明的手,果然有两下子,画得不坏。他与陈卓然分手之后,陈卓然显然在朝某一个方向发展,日臻完善;而他呢,遍体鳞伤。他不由自惭形秽。南昌想:我总是不如陈卓然,什么都不如陈卓然,我什么都是破碎的,而且越来越破碎。恼怒刺激了他,他突然间开始说话,滔滔不绝,说第四国际,说他们这一代青年的使命,说国际共运的继承和发展……他的激动表情使阿明愕然。陈卓然则微笑着,说了一声:小托派!这一句玩笑本是亲切的,可南昌勃然大怒,多日积郁着的委屈、妒嫉、失落,一下子涌上心头。他还想起陈卓然曾经说他父亲是叛徒——那都是什么时候的事情了,他们竟然走出了那么远。南昌悲愤交集,他陡地立起来,指着陈卓然骂:赫鲁晓夫!修正主义!陈卓然也愕然了,想辩解,被南昌一个坚决的手势止住了——你有什么呢?不过是娘老子的资本,可以供你自由选择信仰;信仰对你这种先天的进步者,不过是点缀、装饰,就好像你手里的《路易·波拿巴的雾月十八日》,就是一个道具;你知道什么是革命?是脱胎换骨,是凤凰涅槃,是疼痛——南昌的喉头哽住了,一声抽咽顶上来,他使劲压住,最终还是丢人地哭泣起来。掌声响起,陈卓然仰在椅上,击两下掌。这动作多少是为掩饰窘态,但在南昌,则是无限的轻蔑。他抓起桌上一个玻璃镇纸,劈头朝陈卓然掷去,陈卓然头一偏,正好砸在墙上的素描上。陈卓然也恼了,朝南昌站起身,被阿明拦腰箍住,陈卓然扬起一脚,南昌身手敏捷地让开,顺势又抓起一个烟灰碟掷去。阿明松开陈卓然,抢下了烟灰碟,陈卓然趁机过去推南昌一掌,南昌没躲得及,跟跄了两步,倒在小床上。房间本来逼仄,盛不住三个气血旺盛的青年,再要加上拳脚,简直都要撑破了。南昌仰倒在床上,挣不起来,两只脚就在空中踩轮,全都蹬在阿明身上,陈卓然的拳掌也落在阿明身上。阿明到底恼了,要抽身出来,却被挤在中间,动不得,只得也还击几下。于是,三个人打成一团。直等到房门砰砰地敲响,显然是陈卓然继父的拐杖。陈卓然做了个噤声的手势,三个人都停下来,敛声屏息一会儿。陈卓然向南昌伸出手,要拉他起来,南昌挥开他的手,奋力站起,整整衣服,推门走了。

三天以后,南昌出得家门,骑上自行车,听见有人喊他。四下里一看,见对面马路,煌煌的日头下,站着两个人,对他笑。是陈卓然和阿明。他一扭头,不理睬,照直走他的路。那两人车转龙头,跟上来了。他加速,他们也加速,只听陈卓然在身后喊:好了,你还要怎么?不依不饶的!阿明跟着喊:算了,算了!南昌不回头,陈卓然就来撞他的车,他呢,总能及时让开。阿明趁机超过他,试图拦截他,他又能绕过去。这三人就好像在进行自行车竞技赛,纠缠一阵,正好到了路口。南昌冲过去,正好换灯,将这两人阻下来。陈卓然隔了马路喊:向你道歉还不行吗?也不知那边听没听见,但那自行车在路口徘徊不去,显然是等他们。一换绿灯,这两人箭也似的射过去,一下子抓住了那一个的车把,三个人终于面对面站定了。南昌走是跟他们走了,脸上还气呼呼的,半是没消气,半是下不来。他们便也不招惹他,兀自说话,虽是自己说话,却是说给他听。南昌听得出来,心里有一种暖意生起,不由得鼻酸。他们在说什么呢?说天体宇宙行星;说赋格,和声;说上帝创造世界;说唯物主义——王校长,你知道吗,王校长?阿明说。王校长是谁?陈卓然问。他们一唱一和,然后会心地笑。南昌也看见了他们的笑,并没有着恼,就是鼻酸。他知道他们在讨好他呢!讨好他们的小兄弟。他心里渐渐清明,有些许的快乐生出。忽然,他高声问:你们知道吗?光和真理!那两个一怔。他得意地说:光和真理!是啊,他终于找到了可以和他们对垒的武器。他们显然头一回听到这样的说法,跟随来想听他说个明白。他咽了咽唾沫,说:有一个人,叫高医生——他却发现他对高医生知之甚少,他知道高医生什么?然而,引出高医生的那一串人和事却都到了眼前。他说不下去了,埋下头朝前骑去,后面跟了两个纳闷的人。

　　自此,他们三个人到了一起。南昌的加盟很及时,年轻人的友情其实脆弱得很,因为至纯至真的缘故,还因为太过微妙。第三个人从某方面说是一种杂质,使之粗糙,也使之坚硬起来。方才说过,陈卓然和阿明的交流,带着神秘的气息,潜深流静,不言而喻。南昌到场,破坏了这种至知的意境。多嘴的他,总是要接应陈卓然的话,而他又只是在字面的意思上与陈卓然接茬,陈卓然不由自主也被他牵进他的理解里,从形而上走到了形而下,事情变得浅显并且陡生歧义。阿明呢,则冷落一边,没他的事了。可是,很奇怪的,无论是阿明还是陈卓然,都挺欢迎南昌的搅局。至少在气氛上,活跃了起来。陈卓然和阿明的心灵交流,不能说没有一点矫情,双方也感到累和乏。他们俩,一个是思辨,一个是体验,都是消耗生活经验的巨喉,年轻轻的他们,有多少经验可供消耗的?他们其实是有些走入象牙塔了。可是现在有了南昌,挟了泥啊水的,是污染了空气,可是里面有料啊!如果借用男女关系的说法,南昌就是电灯泡。电灯泡其实调节了双方的紧张感,就因为这,电灯泡总是受到欢迎的。但这只是在南昌介入的初期,很快地,南昌赶上来了。经过言语的反复摩擦与交锋,他开始潜入字面底下的蕴含。于是,他就会接触到阿明那种静默。这样的时刻很难得,但也会有,那就是三个人什么也不说,却并不感到空洞。时间变成光和影,在壁上,地上,树枝间,跳跃着过去,有一些什么在积养起来。他们三个人变得很亲密,超过了两个人间的亲密,因为不必像两个人那样害羞。这是与男女关系不同的地方,就是说,这种友情会因人数而递增,当递增到一定的量,就会有质的转变。他们觉得,哪一个也不能缺少了。

现在,他们就会谈一些浅俗的问题,这是南昌推开的一扇门。之前,陈卓然和阿明都无法蹈入,他们高高在上,是在神坛,也是在虚空茫然中。他们相互间的助力,推他们越来越与世间疏远,再继续不多一点时间,他们便将坚持不了,颓唐下来。所以说南昌来得及时呢!就这样,他们谈浅俗的问题了,比如说,女人。这一回,连阿明都有话要说了。阿明对女人的认识,来自妹妹阿援。他说女人善于表情,她能够坦然地表达内心的感情,这是他佩服和羡慕的,因为感情这种东西,他迟疑了一下——是重负,卸下来是轻松的,但是,也没有含量了,所以,女人终是浅薄的。阿明的原话并不是这样清晰,他东一句,西一句,又说到一些无关的细节,比如阿援在父母单位联欢会上表演;再比如他从禁闭中出来,阿援在他身上嗅嗅,说他有一股隔宿气;又比如他的父亲——到此,就彻底偏离主题了,他说他的父亲总是说那一句话:有什么要做的吗?等等。是陈卓然帮他归纳出以上的意思,他基本认同,只是觉得"浅薄"这个词不够好,因为是个贬义词。而他说的,虽然也是"浅薄"的意思,但并无贬义,相反,还觉得挺不错。南昌提出"轻薄",那更不好了,但"轻"这个字倒给了陈卓然启发。他说出"轻快""轻捷",阿明说有些像了,可还不完全是。最后,陈卓然说出"轻盈"两个字,阿明完全接受,而且他感到欣喜,因为他在抽象的词语里发现了一种具象写实的功能。这是阿明的认识。

陈卓然对女人的认识却正相反,一个字"厚"。比如,他对了南昌:你大姐——南昌不禁感到了意外,大姐永远是在他生活的外缘活动,身影模糊,他甚至不确切知道大姐的长相。陈卓然说:你大姐,让我想起——他本是想说"大姑",结果说的是——让我想起我从小生活的地方,因为你大姐和我一样,都是寄养在老乡家里,地方大约也差不多,苏北和鲁西南。于是,他说起了鲁西南,也偏离了主题。那山旮旯里的山村,沿山脚铺陈开房屋,村口是一盘大磨,歇磨的时候,上面就爬了小孩子。小孩子不大记得苦楚的,不晓得山地的贫瘠与收成的单薄,只记得热闹红火:石匠凿磨道,劈里啪啦溅起的火星;石滚霍霍地压庄稼;玉蜀黍串起来,黄灿灿的挂在屋檐;豆秸火在灶里轰一下着了,蜀黍面的锅巴立时在锅里起壳。他甚至隐约想起他曾有过一个乳名,叫什么呢?有一些声腔在风里散开去,是养母喊他回家睡觉。他的养母——你们知道,陈卓然兴奋起来,鲁西南的女人怎么装束的?一边的脸颊上披一片额发,铰齐了,其余的头发在脑后盘个髻,身上的衣裤,是一种紫,用柿子染的。对了,他们庄里有柿子树,挂果的时候,就像点起了红灯笼——柿子染的紫布,做一身,新上身,硬括括的,裤脚扎起来,噔噔地踩着地,牵一头叫驴推磨去了,很像你的大姐。陈卓然回到主题上:女人就是厚土,种什么,长什么!

南昌对女人的经验显然要多过这两位,虽然他比陈卓然小五岁,比阿明也要小一岁。这些经验绝不是"轻盈",也不是"厚",而是——他沉默了一时,许多女生的脸从眼前走过,舒娅舒拉、珠珠、敏敏、丁宜男、嘉宝——又是嘉宝,她几乎附在所有的记忆的尾部,高医生、小老大,等等,都有她的份。南昌停了一会儿,说:女人是疼痛。然后,他吐出一个名字:安娜!这是一个小姑娘,他用手在一米五十的高度画了一下,也许是——他的手升到一米六十,甚至一米七十的高度,又画了一下——但她还是个小姑娘,她小小的年纪,却从医院几进几出,精神病院。南昌有些说不下去,顿了一下,做了结束,女人是特别容易受伤的动物。那两个大的,看着这一个小的,不明白他为什么显得伤感。

他们小心地看着他,不敢多问,转移了话题。后半截,他们换了角色,南昌静默着,那两个说着。在他们中间,总是有一块静默的空间,选择着停留,徘徊,看和听,就像宗教里的隐修室。

就是这种隐修的作用,浅俗的经验会提炼成纯粹的思想情感。于是,上一日的话题延续到下一日,便演化成了"施痛与受痛"这样理论性的题目。这可说是撞在了陈卓然的枪口上,使他大有用武之地。他旁征博引,说明他的观点,就是世界上的所有存在,都划分为两方,一方是"施痛",一方是"受痛";一方是强,一方是弱;一方是恶,一方是善。两方都是越行越远:一方是越胜越勇,一方是打你的左脸,将右脸也送上去。但行到底,"施"和"受"亦会互相转化。强暴方将耗尽资源,这资源不仅是物质上的力量,亦有道德上的,好比"得道多助,失道寡助",弱方则积蓄了资源,渐渐转为主动。在两方力量的消长过程中,又逐渐达成和解,物质与精神的和谐,然后进步。大自然也是这样分成施害方和受害方,比如火山喷发,岩浆奔腾突涌,地壳起伏迸裂,转眼间生物皆毁,然而,洼陷的地面积蓄水流,形成海洋,调节了温湿度,万物又获生长,更加蓬勃向上。所以,从宏观上说,施和受的两方是以对峙的方式合作,将经历残酷的"痛"的过程。那也叫做牺牲。

阿明的思想总是模糊的,由于找不到词语,所以无法将其命名和归类。但也正因为此,他思想的边际其实是洇染的状态,可漫延到很远。他就在这昏昧中摸索,终于说出一些零散的字句:你感到"痛",不晓得来自什么方向,甚至也不是你"受痛",而是你看见,看见什么?比如——阿明还是放弃了抽象的描述,比如说,我的父亲母亲,他们不和睦。说到此,阿明心里不由一痛,他想:他们不和睦,为什么是我痛?这念头有些打乱他,但事实总是比较肯定的,于是,他继续说下去:其实,母亲并无意要加害父亲以"痛",父亲也无意加害母亲,可他们使彼此疼痛,而且,周围的人,也疼痛……阿明觉得自己是不是说多了,而且,说得越多反越不清楚,离他的本意越偏离。幸好,有陈卓然。陈卓然与他心有灵犀,总是能够将他的意思表达出来,虽然难免要截去些边角,但大体令阿明满意。这一回,也是由陈卓然总结:阿明的意思是"施"与"受"其实都是潜在和未明的,它们没有确定的划分,它们简直就是渗透在这个世界里,或者是在世界外边,来自一个更强大的意志。

关于伤痛的概念,南昌是有准备的。他说:"施痛"与"受痛"是并存于一者身上,施于他人的疼痛必将是落实于自身。陈卓然觉得这种说法颇具挑战性,提问道:那么"受痛者"呢?他与"施痛"是什么关系?南昌说,"受痛"不是一个客观的事实,它是主观决定的。陈卓然说:你的意思是,"受痛者"不一定自知?南昌说:知痛者方是"受痛"。那么,陈卓然还是那个问题:"受痛者"与"施痛"是什么关系?也是一体吗?"受痛"的同时也是"施痛"?南昌不禁迷惑了,他想:嘉宝是什么?嘉宝知不知痛?回答是肯定的,嘉宝知痛,嘉宝是"受痛者"无疑,那她又"施痛"给谁了呢?我吗?南昌问自己:好像是的,我们互相"施痛"和"受痛"。南昌以沉默结束了他的观点。

他们这三个人,都未受到高等教育,思想没经过训练,许多概念都是自创的,方法也是自创的。他们更多的是在运用想像,他们有着无限的想象力,他们努力要做的,是给这些想象以纪律,使其走上合理的轨道,这才可抵达彼岸。彼岸是什么?是这世界的真相。他们已不是孩子,不再需要童话,他们的眼光越来越严肃。这个革命的时代,旧有的观念全被打得粉碎,新的还未建立起来,他们就像站在废墟上,无遮无拦,赤裸着向着天地。时间和空间全是涣散无形,从他们身边铺张流淌。要说,他们的天地真是大,浩浩荡荡,他们穷尽目力,还是看不到边。可正因为此,他们看见了天地的大——这就是理性,自生自长,自己找食,自己拉巴自己。这样养成的理性,只需有那么一点点,空茫的天地就约略画出了分界,有了立足之地。他们还没有踩实,摇摇摆摆,就像古代人的居住在鲸鱼背上的说法。他们在懵懂中遭受的际遇,以及断章取义得来的知识,七拼八凑,组合成世界观,企图给无名以有名,给无从规定的以规定。不晓得出了百错还是千错,在错误中犁开一条路径,危险是有些危险,可在他们背后,还有一个更为巨大、更为无知的运命,那就是向善。那是从哪里来的呢?是从自然中来。万幸,万幸,他们还保持着自然的天性,对强力的逼迫起反感,对侮辱起反抗,对伤及他人起忏悔之心;对了,"他者"与"一己"的概念也被他们反反复复地讨论了。他们所受的那一些可怜的教化,总算顺应着自然的驱使,自然总是劣退优长,这个运命笼罩着他们。千万,千万,不要让他们经受过苛的考验,那会损失信心。好在,他们尚有信心。

24. 向皖南

中学初高中总共六届毕业生,在各种各样的猜测与传言中度日,茫然不知所终。不料,这一年的下半年,终于要动了。其时,阿明家中老大已从汽车配件厂定点技校分去嘉定的工厂上班,其余三个也都面临分配。老二和老三阿明各是高三与初三,阿援初二。分配的政策,是工农远近搭配。母亲的态度很明确,年长的总是让着年幼的,所以,老二"农",老三"工",阿援呢,是女孩子,总归好办,大不了养她,娘家养了婆家养。母亲在阿明学校家长会上表示,上面的和下面的都可以务农,总之,阿明要留上海。多子女的家庭,爱就是这么公然的偏倚,而各人自领地位,亦觉自然而然。家中向来是母亲专权,无民主可言。阿明的那一场未遂的反抗,早已被大革命的风暴冲刷得不留痕迹,母亲的时代偏激症则演化为极端的保守主义,所有的教条都脱胎现实,她就是要把这窝儿女安顿好,最大限度地使用政策里的优惠。她又是学统计的,懂得事物里的量和量的分配。于是,老二等着去农场,不知是崇明、黄山,还是苏北大丰。倒是老三先接到通知,分在城建公司,做一名建筑工人,其实就是泥瓦匠。父母很高兴,亲戚邻里都发了糖。接着,老二的喜报也敲锣打鼓送上门来,去的是安徽黄山茶林场。也是命运捉弄人,阿明上班仅两个月,公司便承接小三线工程,开往安徽皖南,比老二的黄山还更向北。这样,刚送走老二,又要送老三。虽然终是属上海的单位,尚可引以安慰,但目下却要离去,什么时候回来也不知道。就像那年阿明"出走"时一样,母亲又病倒了,这样烈性子的人都有脆弱的一面。父亲在母亲多年的强政之下,已经变成一个无能的人,而且学会了逃避。他回家来说一句:有什么要做的吗?转眼间就不见了人影,到弄堂里下棋或是闲话。阿明的行李是由阿援收拾的,用配给证买蚊帐、旅行箱、毛毯,拆洗被褥,赶织了厚毛线衣裤,在火油箱里装了饼干糖果卷面,炒了五斤麦粉,碾了芝麻核桃拌上,又到弄口水果店问人要了草绳打包用。

托送行李的前夜,兄妹俩将几件行李捆扎停当,出去到后门口,练习骑黄鱼车。黄鱼车也是向弄口水果店里借来的,为明日送行李用。阿明仗着会骑自行车先骑上去,不料三轮和两轮完全不同,都走不成直线。倒是阿援事先没骑过什么车的,蹬上就会,一溜烟地骑走。阿明跟着追了几步,拉住车架,一跃身坐上了。阿援放缓了速度,在陆家浜路上悠然骑着。从背后看阿援卖力蹬车的样子,小时候的活泼劲又回来了。阿明自己也好像回到了幼年时光,在交通公园里,母亲租一架小三轮车让兄妹俩骑,阿明和阿援轮流做车夫和乘客。现在,他们都大了,而且变样了。马路上很安静,路灯寂寂地照着,阿援东一句西一句地说着什么,声音清脆。阿明心里有些伤感,却是令他觉得高兴的。看着他们的影子一会儿从树荫里出来,一会儿又没入树荫,好像在画境里行走。

阿援骑了一段,又换给阿明骑,歪歪扭扭骑了回来,将黄鱼车在后门口停好,锁在一根落水管上,这才放心进门。却见母亲站在房门口,两人都一惊。母亲放阿援过去了,让阿明到她房间去。父亲已睡在床上,半卧在被窝里。母亲躺了多日,这时刚起来,身上还带着一股被窝的捂熟气,暖和且不洁。母亲头发蓬乱,脸睡得浮肿,在灯光下叫阿明害怕。母亲说:我晓得你心里很开心。阿明的心思有些被说中,惶悚着。母亲接着说:你早就想走,早几年,就吵着要去住读,好,现在逞你的愿了!阿明不知道该如何回答,低下了头,像是不屈服,又像是承认。母亲更加恼怒:你恨这个家,你看不起你父亲,我,还有你的兄弟!阿明抬起头,想说不是,可母亲根本不容他说话:你这个没良心的东西,我养你那么大,落得个遭你恨,来不及地要走出去,和我们断亲缘！母亲哭起来，阿明又急又怕，想要辩解，又想要安抚母亲，他求助地看看父亲，父亲却好像睡着了。他停了一下，结果是反身走了出来。

余下的两天，阿明基本不在家里呆，忙着和同学告别，收进一堆笔记本，上面写着各式赠言。最后的那个下午，他还到工程队里去看了看，结果被留下讨论宣传事项，还在新出的壁报上画了幅题图，在食堂吃了饭，晚上九点才回家。父亲母亲都已经睡了，阿援责怪地看他一眼，没说什么，也睡觉去了。看起来，他真的很像母亲说的，他看不起全家人，而全家人心生怨艾。第二天早起，阿明到公司集合，乘大客车往火车站。进站才看见，全家人，除了远在黄山的二哥，都立在站台上。此时，阿明不由眼里一热。身在人海人山之中，还是眼前这一小丛人是与自己亲的，亲到都没有愿望去了解彼此。母亲倒十分平静，对阿明即将开始的旅行流露出兴趣，问路经什么地方，几时可抵达安徽，还很天真地告诉他说，火车上会供应盖浇饭。车开动时，阿明看着越来越远的亲人，终于消失，然后，水泥的月台也截止了。火车开过一片盘桓交互的铁轨，终于进入旷野。阿明忽然想到，在他记忆中，母亲从来没有出过远门，乘过长途火车，那一晚她失态痛哭的样子又出现在眼前。阿明当然不会懂得这痛哭中的种种失意，只是心生怜惜，不止是对母亲，还对他从小生活周围，各样的人与事。

阿明去皖南的时候，陈卓然在沪东一家造船厂上了班，南昌则前途未定。阿明走了不久，就给他们来信。信中说，工程驻地是在山区，距铁路线六十公里，先遣队伍已建起一些简陋的平房，兀立于起伏的丘陵之中；四下里是他不认识的树种，低矮地伏在地面,杂芜得很;但兀然间,会有一株或是两株也是不认识的树独自立起,树冠不大,树身细高,有些像火炬;当汽车上下左右盘旋,它便在视野里进来出去,流连久久,看上去,寂寥得很。下一封信里,已得知树名,那低矮的是野茶树,单独兀立的,则为柏树;可是又出来一种无名的花,细茎,长蕊,紫色,间在野茶树里,不仔细几乎看不出来;还有水塘里的针似的小鱼,洗衣时会在指缝穿梭。再下封信告之的是鸟,亦是无名,只听得一片繁闹的啁啾,也是要细听,就听得出高低曲直,其实各有担当。然后,松鼠、野兔、獾,也出场了,又有一只果子狸,被他们围追堵截,一直逼进粪坑,再从粪坑中捞起,剥皮烹煮,一顿饕餮。第五封信开始从自然风光走入人文,介绍离他们最近的市镇名叫梅街,并无一树梅,不知此名源于何时何物。与这风流的名字不相符合的,是这市镇的古朴:阔大高耸的山墙,顶着斜平的黑瓦,木梁和木柱结构成框架,简约疏朗,是国画中的水墨格调;街道石板砌地,因气候潮润,石缝间嵌有青苔,而一旦日朗风清,那青便归于黑黛,是横铺的水墨。

  陈卓然看阿明的信,常有身临其境感,他十分惊讶阿明的表达,何其畅快淋漓。去了皖南,阿明似乎焕然一新。此时回想,阿明其实一直是抑郁的,只是温和的天性,才不使这抑郁变得尖锐,就像南昌,不仅伤人,更要伤己。而他,陈卓然这抑郁期,似乎刚来临,就是在进入工厂的日子里。阴沉的巨大的车间,呛鼻的机油味,飞转的车床,金属与金属咬合摩擦的锐声,四下溅出雪亮的铁屑……以超乎寻常的速度、硬度、热度、强度,运动着的一股粗犷凶悍的力量。陈卓然感觉置身在一个危险的处境,完全不可由人力左右。这就是无产阶级的世界,他曾经在书本上无数遍地学习和认识,激情澎湃,可当这世界不期然间来到近处时,他被震慑住了。阿明的世界却是柔软的,明丽的,开阔的。在给阿明的回信中,他也描绘他的新环境——车间,他竟然把车间写得气势磅礴,将自己都鼓动起来。可是第二天上班,一走进那铁灰色、轰鸣着的空间,头顶走着行车,穹窿便无限的高,人则小成虫蚁一般,他的心情又低沉下来。他想,他其实不是对思想有热情,而是对诗有热情,阿明也是,他们都是诗人。现在,阿明到了合乎他气质的地方,皖南,发扬出了诗情。而他,却在了一个相抵触的环境里。陈卓然比其他人,比如南昌和阿明,更成熟,他天生有理性的能力,所以,他的低沉期也是在更为理性的情形下发生。前期所进行的知识准备都在这一刻里与他为难,构成困境。他的向来冷静的感性其实积蓄起极大的能量,此时一涌而上,对抗理性,他的抑郁期就有相当的威胁力。谁能与他抗衡,因而来拯救他?陈卓然读罗曼·罗兰的《约翰·克利斯朵夫》,那一节,克利斯朵夫终于离开德国,乘上驶往法国的火车,他向前方伸出手,说:巴黎,救救我,救救我的思想!此时,想到这一节,陈卓然热泪盈眶。他给阿明写信,由于自尊,也是由于深知阿明帮不了自己,他不便于流露软弱,而是以剖析的方式来说明自己的状况。于是,无意中,他便自己在解释自己、说服自己,也就是拯救自己。在信中,他将自己定位成一个"小资产阶级知识分子"。

然而,阿明信上描绘的那个质朴单纯的世界,有着无限的温情,润泽着他的思想。阿明和他是如此不同,他似乎一直保持着孩童的懵懂,对周遭事物无知无觉,这又不是浑噩,而是,自成天地。他并不知道,其时,他正处于历史的重要事件之中,上海往皖南源源遣去人员与物资,深入腹地。紧急开出的简陋的临时公路上,行进着客车卡车,以及工程车辆。转眼间,丘陵推成平地,打下钢筋,浇上水泥。国际冷战局势中,又一个战略堡垒将平地而起。阿明可以说是在国际风云的前沿,可他浑然不觉,只专注于自己的心灵。多亏有了陈卓然,否则,他给谁写信呢?他给家人的信只是报平安,叙寒暖,问健康,或者开列所需物品的清单。而对陈卓然,他就起了抒发的愿望。和陈卓然一样,他多少也是自己向自己抒发。可同样的,倘没了陈卓然,他就只好抑制住这愿望。现在,他可是相当放纵,相当任性,要是对自己,他可不好意思。而陈卓然就像另一个自己,好比阿明对陈卓然,是另一个陈卓然。陈卓然的信,对阿明是有些深刻了,他多半看不懂。他们的交往向来如此,阿明并不很懂得陈卓然,他更多的是欣赏这个人,欣赏他清明轩昂的长相,欣赏他流利的说话以及新鲜的言词,欣赏他不为自己懂得的思想,继而感激他对自己倾心诉说。事实上呢,陈卓然虽然深刻,却也未必真正懂得阿明。他们各领一爿天地。有几次,南昌禁不住纳闷儿地问陈卓然,为什么对阿明如此器重。陈卓然没有立刻做出回答,因为他自己也有些纳闷儿。这一对朋友就是在懂与不懂之间,爱人与爱己之间,诉说与自语之间,结交和交往。

这一回阿明的来信,是告知他,领导安排他辅导班组工人学习《路易·波拿巴的雾月十八日》,请陈卓然帮助。陈卓然不禁微笑起来。他想起他读《路易·波拿巴的雾月十八日》的情景,简直远得看不见了似的,许多回忆来到眼前:停电的礼堂里,四下里点起烛光,他站在架起来的课桌上,滔滔不绝地背诵,对立派都凝神聆听——"路德换上了使徒保罗的服装,一七八九年至一八一四年的革命依次穿上了罗马共和国和罗马帝国的服装,而一八四八年的革命就只知道时而勉强模仿一七八九年,时而又模仿一七九三年至一七九五年的革命传统"——那场面真是华丽,革命真是华丽,简直不像真实,而是像,像艺术,像诗。现在,他从诗里走出来,走向了现实,现实是灰暗的,也是强悍的。

他找出当年——说是当年,不过是一两年前的时光,找出当年他的学习笔记,抄录几段寄给阿明,其中有马克思写作此篇文章的背景,一八五一年十二月,路易·波拿巴的政变,往前追溯到一七八九年的法国大革命;再有关于文章的结构,两篇序言和七个章节组成,第一章概论,第二至第六章逐年分析法国一八四八年到一八五一年的阶级斗争,第七章是结论;还有中心思想,马克思以法国革命的经验阐明两个原理:一是无产阶级必须彻底摧毁资产阶级军事官僚机构,即国家机器,二是必须建立巩固工农联盟……他替阿明抄录这些,心里怀疑阿明懂不懂,这对阿明以及他的工友又有什么意义。他想得也对也不对,阿明的回信里表现出对马克思这篇著作的很大热情,他说他喜欢《路易·波拿巴的雾月十八日》,他喜欢它的风格。不约而同,他也用了"华丽"这个词,他喜欢那一节,保皇党以共和党人身份出现,缠着三色巾,向民众发表演说,于是,"有一阵讥笑的回声响应着他:亨利五世,亨利五世!"他还喜欢那一节,波拿巴这痞子将人民的悲剧当做化装舞会,"一只受过训练的瑞士兀鹰就扮演了拿破仑之鹰""几个伦敦仆役穿上了法国军装,于是他们就俨然成了军队""有一万个游手好闲分子应该装作人民,正像聂克·波顿应该扮演狮子一样"……他顶喜欢开头与结尾,开头是黑格尔关于历史事件人物出现两次的说法,马克思补充道:"第一次是作为悲剧出现,第二次是作为笑剧出现。"结尾的一句是:"如果皇袍终于落在路易·波拿巴身上,拿破仑的铜像就将从旺多姆圆柱顶上被推下来。"阿明所醉心的全是一种场面性的描写,这与他绘画的爱好有关,场面与场面之间无甚相干,呈孤立状态,所以,这并非马克思的本义。阿明还是没懂,不懂就不懂吧!即便是如他陈卓然,以为是懂了,其实不过是领略了些教条。陈卓然感慨地想,我花了如此长的时间方才摆脱出来的教条,阿明却生来与它不沾边。当南昌再一次问及阿明究竟是个什么样的人的时候,陈卓然做了以下回答——

25. 关于阿明这个人

　　如同你说的,陈卓然对南昌说:阿明是个小市民。你,我,我们,总是以鄙夷的表情说这三个字:小市民。事实上,小市民是什么?小市民是公民,这个阶层的诞生表明民主制的城邦的建成。法国大革命的街垒战,战士是谁?是巴黎市民。他们最要求共和国制,最反对封建王室,他们是革命的力量。为什么?因为他们的生存形式是最依赖平等、自由、民主这三项原则。此话怎讲?南昌问。陈卓然继续:城邦,城市,城,为它的居住者提供了什么?就是组织。它将他们联合起来,形成互助的形式。有生产资料的提供生产资料;有劳动力的提供劳动力;有头脑的提供思想。也就是我们所说的社会分工,社会分工必须在一个可以交换能力、互换功用的结构里才能实现,而这种结构一定是以平等为前提。在农业社会里,由于土地所属不平均,劳动力因体能的差异也不平均——而城市具有的更大范围的生产活动,使这种差异体现为多样性而得以互换,就是我们所说的"各尽其能"——在农业生产中,所需功能是单一的,由于生产工具的不进步,体能成为主要的能力。尽管新民主主义革命中,解决了土地的问题,但体能的差异依然存在并且再次划分阶层。人民公社以土地公有制再次调节差异,同时又以"工分"的方式承认了差异。此外,还有一项无法平均分配的重要财富,那就是宗族。这是几千年农业文明形成的无形的行政,曾经有效地管理着农业社会,但是它也形成了不平等制度。人丁兴旺的宗族,决定了他们在乡间占有更多资源,包括司法、舆论,甚至武装。土地革命,人民公社,削减了宗族的力量,但是它依然潜在地起着作用,因为这是和农村的居住形式、生产形式联系在一起的,这也就是我们说的社会主义过渡时期。而在城市,这后天的社会里,居住者无法携带他们在土地上的条件,事实上,他们往往是丧失了土地上的生存条件,两手空空地投奔城市而来。这也就是我们所说的"流氓无产阶级"。城市这地方,就是流氓无产阶级的天下。有没有看过《约翰·克利斯朵夫》?耶南一家破产后来到巴黎,一下火车,看到的就是拥挤的车马、泥泞的马路、肮脏的破车,车夫敲他们竹杠,旅馆的茶房也敲他们竹杠,碰到的都是诈骗犯。再说上海,那些冒险家,哈同,沙逊,你以为是什么?都是外国流氓,外国流氓无产阶级。你看,城市这地方,连国籍身份都可以不要的,凭着个人独立的奋斗,就可以立足。破产的耶南一家,什么都没有了,来到巴黎,做什么?教钢琴。因为互换与分配劳动的规模大,组织形态周密,反而可以不依赖别人生存。阿明他,就生活在这样一个先进的社会体系里面。

你有没有观察过阿明这个人的表情？陈卓然问南昌。南昌不置可否。陈卓然一笑：你大约从来没有注意过，在你心里，已经存有偏见，认为那是来自一个保守阶层的人，并不会持有特殊的性格，他们大都没什么远见，也缺乏激情。可是你知道，在他平淡的表情之下，有着什么样的内心生活呢？那甚至都不为他自知。你有没有去过阿明生活的区域？我去过。那里有一个老头，住在四壁高墙之中，那墙叫做烽火墙，极高，极陡，是一种较为古老的防御工事，防火，防盗。但墙上有了深深的裂纹，显出颓圮的迹象。里面的家族已经四散，陆续离去。在近代的政治变革中，这一份私有财产也不断被削割，被侵吞，被占地开设工场间。可就有那么一个老头，一直驻守其中。我走在四面高墙外边，觉着那老头，就是这宅邸的心脏。在那逼仄弯曲的街巷里，还有一对老年夫妇，你知道他们每天的功课是什么？数米。上午数出的米中午下锅，下午数出的米晚上下锅。这就是他们的内心生活。不是为生计劳苦，也不是纯精神活动，是在两者之间，附着于实物而衍生于内心。他们看上去是有些闷的，不大有风趣，其实是有着潜在的深刻的幽默。这种幽默不是作为风格来表现的，而是通过对世界——说世界是太大了，他们大凡没什么世界的概念，他们格局比较小，只注意自己的——那么就说是对小世界的看法来表现。就比如说那老头，一个人驻守在老祖宗的房子里，看着那房子一点一点被蚕食，一点一点颓圮，他靠什么支撑？你以为靠坚韧？错。倘是坚韧，早就折断了，靠的是幽默。那数米的老两口也很幽默呢，他们把人生、生活，看成是一场喜剧。不是说悲剧是将有价值的撕毁给人看，喜剧则是将无价值的撕毁给人看？在他们呢，先是要将有价值的看做是无价值的,然后再看着它撕毁。有没有听说过董家渡夜鬼案？董家渡也是个有趣的地方,它周遭拥簇着的路名:南仓街,咸瓜街,外咸瓜街,盐码头街,王家码头路,白渡路,陆家渡,杨家渡……你可以想象那万舸争流、商号林立的旧式的繁荣。那董家渡夜鬼案,说的是董家渡有一阵子,每到入夜,就会出现一个大头怪物,过路人每每落荒而逃,大头怪物则紧追不放。后来巡捕房出动捉鬼,却原来是个赌徒,输尽家资,拦路抢劫。这就是市民社会的鬼,市民社会的魑魅,都是物质打底的,这就是实打实的市民心。有了这实打实的心,才有了一种笃定,可以看着祖宗的房子一寸一寸地败落掉,也可以一粒米一粒米数出饭食下肚。这其实就是历史观,什么唯物也好,辩证也好,在他们全是教条。他们求的是实际,现实的可见的衣食饱暖,也就是物质基础。所以,他们没有空想,你可以视做是没有思想,事实上呢,是不自觉,思想和生计在他们合而为一,是自给自足。对,就是自给自足。阿明的表情就来源于此。

陈卓然继续说道:他们没有一点虚无,既没有赤贫的无以生存的天地不仁之叹,也没有吃饱了撑的,专攻思想劳动。所以,他们就是浅薄的,而且粗鲁。可是,他们很有力量。他们的力量在于,他们体现了生活的最正常状态,最人道状态。这状态就是一日一日过下去,如同数米一样。你也许会觉得没有戏剧性,是的,革命是有戏剧性的,可是革命是英雄的业绩。革命将人群生生划成好和坏、善和恶、敌和友、英雄和狗熊,而绝大多数人是不应该受到这种甄别的考验的。绝大多数人只是,怎么说,过一种数米的生涯。他们有权力在不经受考验的前提下过道德的生活,他们有权力不损人地过一种利己的生活,这就是人道。这其实就是我们的思想者苦思冥想、革命者为之浴血奋战的人间生活。奇怪的是——我有时候真觉得奇怪——当我们真实地面对着这种人间状态,却不认识它了。社会经过不自觉的震荡,错接错拼,咬合松开,逐渐协调运行,生成养成了这群体,我们所说的小市民,他们身体力行着我们对于人类社会的理想。这理想在提倡的时候总是激昂的,实现时难免趋于平淡,夸张的部分消除了,我们看出了的是"庸俗"两个字。这多么不公平啊!我喜欢看阿明的表情。陈卓然微笑了一下。他已经有多久没看见阿明了?曾经有那么一个月到两个月的时间,他们天天见面。

那是一种不自觉的表情,几乎是神迹。周遭发生那么多大事情,他不是不感觉,而是按着他自己的方式感觉。好比你做你的,他行他的。你说是风马牛不相及,领不到时代精神,可是谁知道呢?谁知道历史会在哪根枝节上不停地延伸下去,形成时代潮流?所以阿明能够完全忠实于他自己的方式,是因为他有一种,也是不自觉的自守的力量。这力量不知在哪一节上会促成嬗变,我感觉阿明已在经历嬗变,而我完全无从预计他嬗变的方向。自然,你我都在经历嬗变,也不知道向什么方向去。不要以为这个阶层注重实际,没有思想,他们只是不自觉,思想在不自觉中会往某一处积聚,产生思想者。马克思不也是市民吗?恩格斯也是。同样,这个阶层也有着不自觉的诗情,海涅,席勒,都是市民,李白也是。当年的长安,瓦肆勾栏,车水马龙,举袂蔽日,挥汗成雨,何其繁荣!那是盛世的子民啊!古代的雅典,一定也是如此。第欧根尼,你知道吗?他提着灯在雅典大街漫步,寻找诚实的人。哲学家苏格拉底,你知道吗?他的思想怎么来的,就是聊天。他在街巷和集市走来走去,不时站住脚与路人攀谈。阿明曾经和我说起过他的绘画老师,一个礼拜堂花匠的儿子,他教阿明画画,就好像师傅带学徒。比如说,让他练速写,要快!就是练手艺。这就对了!意大利文艺复兴时期的米开朗琪罗,他是什么?手艺人。他给教堂画壁画、天顶画,给陵墓做雕像,不就是个工匠吗?然而,艺术产生了。我们家楼下——陈卓然向窗外指了指,前边是大马路——所谓十里洋场,繁华世界,后面,是什么?柴米油盐。在我小时候,就时常看见,摩登的橱窗前边,走着一个穿睡裤的男人,摇着蒲扇,真可谓"胜似闲庭信步"。我总是想,这是谁家的爸爸?现在我知道,这就是阿明的爸爸!他走来走去,偶尔停下脚,因为迎面遇见熟人,打个招呼,有时候就会聊起来,说上一阵子话。你知道他们说的是什么?家长里短,茶咸饭淡,未必就不是哲学,只不过他们没有自觉。苏格拉底有自觉,但自觉是从不自觉里生长出来的,也就是从"自然王国"走向"必然王国"。那不自觉的一段非常重要,它无限自由,没有一点规限地发展,尽情发展,以自身的逻辑执着地开拓——在荒地上开拓道路,横一道,竖一道,可能最终不过又回到原先的起点,可能最终走上歧途,亦可能迷失。可是,资质优秀者,就是通常意义上说的"天才",他们具有格外充沛的活力,思想力,他们将会有嬗变来临。

阿明是这样的优秀者吗?南昌问。陈卓然说:不知道。事实上,很可能不是一个"阿明"能达成嬗变,而是许多个,甚至许多代"阿明"才可达成。市民社会不是个出英雄的社会,因为不需要,它是愚公移山式的。要做加法,求量的总和。一点一点变数积累起来,最后达成嬗变。但是这嬗变将落实于什么人?或者什么事件?这是一个我目前还未解决的问题。也许需要一个契机,什么样的契机?所有的理论都是抽象地描述量变到质变的过程,马克思解释路易·波拿巴政变,是从拿破仑一世在法国共和八年雾月十八日的政变说起,历数七十年法国社会变化的多种原因,逻辑上都是对的,可是最终促成事变,总归要有一件具体的事故,具体到"压垮骆驼的最后一根稻草",具体到偶然。好比牛顿从苹果落地发现万有吸引力,那一只苹果,是来自于上帝的启灵,就是说上帝的选择,选择某一个人来担任嬗变?这么说来,一个理智的民主社会又回去了,回到有神论,继而又走向神坛、王权、霸业?老实对你说,这个问题我还没解决,材料太少。我缺乏材料,缺乏思想武器,我还需要学习。有时候,我真觉着这时代很荒芜,四顾茫然;又有时候,这时代则以特别丰饶的面目出现,枝蔓横生,盘结纠缠,依然四顾茫然。不能埋怨时代,该给的其实都给了,就看我们有没有力量。还是让我退回来一些,回到市民的问题上。现在,近到我们的身边,就是这么一个物质和精神的平均分配集合体,阿明就是其中的一个!

　　那么,我们呢?南昌问:我们是谁?我们?陈卓然沉吟着:问得好!我们是谁?我们是新市民。

第 六 章

26. 父 与 子

南昌的父亲已经解除隔离,回到家中,接着养病。只是每周要交一份汇报,汇报每日的活动。大姐分配在一家钟表厂学徒,二姐去了市郊农场做农业工人。南昌底下的一对双胞胎兄弟其实还未到正式分配,但写了血书,终于获批准,双双去内蒙古插队落户。这家的孩子,都渴望离开家庭,并非出于政治上的立场,而是想摆脱那一股阴郁的气氛。这样的情况下,南昌是可以协调留上海厂矿的,于是便等待就业通知。妹妹们在学校里的学业日渐正常,每天上课下课。这个家庭在经过一度的打击和混乱之后,又平静下来,走上生活的轨道。还是大姐操持家务,她是常日班,晨起暮归,一早一晚两顿饭便可照应,中午由放学回家的妹妹们简单烧煮。于是,整个白天,都是父亲和南昌相守着度过。父子间虽然存着隔阂,但朝夕相处,总免不了要说话。父亲的每周汇报由南昌递交去单位,汇报完全是流水账,几时起床,几时用餐,几时就寝,结尾总是"一日无人来,一日无外出"。所记不谓不如实,但却透露出讥诮的意思。南昌向父亲提出,应当诚恳些。父亲谦逊地请教如何诚恳,依然是讥诮的。南昌张了张嘴,什么也没说,将"汇报"重新叠起来,走了。心里有些恼怒,想:关我何事!下一次,父亲有恙,歇在床上,请南昌代笔。南昌斟酌一时,结果还是按原样写下,末尾也是"一日无人来,一日无外出"。再后来,父亲病虽好了,可"汇报"的事情却落在南昌的身上。他干脆一气写好多张,临时再标日期。就好像小学里写大字,趁一时兴起,大楷簿一气写去半本,将垫纸隔在当日的作业之后,然后一日一日往后挪。老师一般从垫纸揭起,批毕即罢。也曾有被老师识破伎俩,统统批完,等于他多做了作业。但老师并未从此提高警惕,加强识别,原因是老师也是懒惰的。所以在同学中,一直流行着这种作业法。父亲对南昌的代笔只提过一条意见,就是字写得不够好,让南昌模仿自己的笔迹。南昌这才发现父亲写一手娟秀的钢笔字,有些像出自女性的手。而且,令他颇感惊奇的是,他的字,其实也有类似父亲的地方,略用心靠拢,就像了。从这点出发,南昌又注意到更多的与父亲的相像:发际正中都有一个发尖,右边脸颊略比左边瘦削,是由于多在左边咀嚼,咬肌发达不一致的缘故。有时候,他听见自己的咳声会惊一跳,以为是父亲在咳嗽。甚至,洗过脸永远绞不干毛巾,任毛巾水滴不止这一个同样的习惯。这些发现使他感到惊慌,他有意识地修正自己的习惯,可是,却越来越经常地听到大姐的数落:父子俩一样的毛病!碗里的饭没有吃干净,脚汗沤烂袜底和鞋垫,衣领上的脑油气味,洗过手脸,还是绞不干毛巾——大姐把这一对父子当成孩子似的管教。她正当谈婚论嫁的年龄,看起来却像一个养儿育女的女人。没有人追求她,她似也没这方面的要求。她就像那类跳过青春时期直接进入成年的女人,在她们身上,感情和情欲全单纯为一种母爱的责任。有一回,父亲忽然对南昌说:你们终是要离开我的,只有你大姐会留在我身边。父亲流露出的依恋,令南昌很觉难堪,他支吾着找了个借口,立刻走开了。

大姐的师傅,一个钟表匠出身的机械师,为表示对徒弟的关心,例行公事前来家访。他带着诧异的心情走进公寓,他没想到这名吃苦耐劳、形貌如同劳动大姐的女徒弟竟是住在钢窗蜡地的住宅内。当然,以他的经验,一眼看出打蜡地板上的水迹,白木家具上钉着的公家的名牌,房间内充斥着的葱蒜的辛辣气味。这家的人也同样感到惊讶,一名产业工人竟然如此风度:毛料裤烫出笔直的裤缝,白皙的窄脸上架着金丝边眼镜,头上打着发蜡,光可鉴人。而且,他和父亲有着相同的爱好,就是养鸟。这次家访之后,师傅又上门一次,送给父亲一只开了舌的八哥。自此,父亲就常对了笼中鸟教说:你好。父亲教说"你好"的声音很温柔,而且带几分稚气。南昌听了不由难过,父亲似乎变成了孩子,需要他的怜惜,其实是他长大了。有一回,他翻箱倒柜找一件上装,找得火起。父亲也随着他忙活,不时递过一件,接过来看看不是,又丢开。他看见父亲的眼睛,竟然有奉迎之色,于是歇下手不找了,心想丢就丢了吧。不料大姐下班回家却提着这件洗白了的军装,原来是晾晒在窗外掉下去,被人拾起放在信箱上失物招领。他要是出门去陈卓然那里——这些日子,他的朋友只剩一个陈卓然——在陈卓然那里待得忘记时间,回家晚了,便会看见父亲房间亮着灯。他很想进去说一声"我回来了",却是没进去,只是重了手脚,咳嗽着,表示人已回来。果然,不一会儿,灯就熄了。就这样,琐细之间,父子间养成了一些尴尬又酸楚的亲情。

这是一个少有的温馨时期,在他们家历史上从未有过的。似乎是,事情已经坏到头,反而局势明朗,所以,就也安全了。有主张的大孩子都离了家,只剩下几个人事不省的,晚饭桌上,半懂不懂地说些外面的世道,很引人发笑。有一个星期天,父亲甚至携全家去了一趟动物园,对于这个常年处于动荡不安中的家庭,这是破天荒的出行。在北京时,南昌有过几次游玩,都是随父亲的公务员,后来就是跟随学校组织的活动。所以,这一次活动就显得很隆重。日前,大姐就准备了水果糕点,一早起来又将开水冲满几个军用水壶。水壶分给各人携带,食品装一个草篮,由她提了。父亲建议带上望远镜,但不知抄家有没有抄走,柜子里找了一阵,竟然还在,就由南昌拿着。父亲告诉说,这架望远镜是在苏联买的,在莫斯科时,他和他们的母亲常常看歌剧和芭蕾。为避免一家人出门招人眼目,大姐让两个小的先结伴走,其次是南昌和父亲,大姐压阵,也是负责关门关窗的缘故。他们三批人在公共汽车站聚合,依然装成不相干的陌生人,互不搭讪,只用眼睛看来看去,生怕走散。一直到各自买了门票,走进公园,大姐喊了一声,就像集合令。看走在最前面两个小的转身飞奔过来,南昌都有些兴奋起来。他们一家团成一堆,走在公园的甬道。又是深秋,树叶已经凋零,裸露出粗壮的树干,树身上的白与褐的斑纹显得分外明目,枝杈有力地划在蓝天,也是明目的。他们真的像一家人,本来就是嘛!他们这一团人又松散开,妹妹们跑去看路标,然后跑回来报告,哪条路通往哪里:猴山,熊山,孔雀馆,水族馆……动物的臊臭已可嗅见,那些受欢迎的动物前的路径几乎都拥挤着,多是阖家出游。大时代的夹缝里,小民的快乐从不曾湮灭过。

中午,在公园餐厅吃饭。偌大个餐厅,挤挨着无数张方桌和圆桌,菜碟与汤盆在人头上传递,四处是叫喊点菜催促上菜的声浪。因为人多,是不是一伙的都拼挤一张桌,就这样,还排起长队。和他们一家拼桌的是几个东北人,出差来上海,很豪爽地将啤酒斟在大碗里,还请父亲同饮。大爷——他们这么称父亲,两个妹妹就直笑。大爷,干一碗吧,也是有缘。父亲竟也喝了几口,然后将碗传给南昌。他们这才看见南昌,称他兄弟——兄弟,和大哥干一碗!聊天间,知道他们是长春汽车厂的技工,大姐便也代表全家报出身份:钟厂的学徒工。他们全是第一次来上海,对这城市有着无限的好奇。他们问为什么公共汽车停靠站时售票员要奋力拍打车壁,又问半两粮票能买到什么,菜为什么都是甜的,一进口,后脑勺就发麻。但这一切他们都能接受,惟一的意见是不该把孩子叫成"小人",因为"小人"指的是卑鄙之徒,不可用来蔑称孩子。北地的方言自有风趣,人又是热心肠,再加喝了酒,饭桌上的气氛甚是高涨。饭毕出来,都有些不舍,握一阵手方才告别。午后的太阳暖和许多,又是饭饱,父亲就有些懒散,意兴略有消沉。于是,南昌陪着在树下长椅打盹儿,大姐带妹妹们看一种名叫"山魈"的奇异动物。父亲小寐一阵,睁开眼睛,只看见南昌一人在身边,便问那几个去了哪里。父亲的眼睛里忽流露出惊惧,停了一下,他给南昌说了一段旧闻。说是在南京动物园的熊山,一个父亲让儿子骑坐在肩上看熊,不料孩子一个前倾,父亲来不及握住小脚,孩子已经落下熊山,三头大熊蹒跚过来,从容不迫地将小孩子分吃了。煌煌的日头下,南昌竟打了个寒战。前边有几个黑点迎着他们过来,是大姐和两个妹妹,不等她们到跟前,南昌就站起身说:回去!带着通常的高潮过去之后阑珊的人意,他们走上了归途。和来时一样,到公园门口,他们便装作陌路人,暗中相跟排队等车。上车时,父亲第一下没迈上踏脚,南昌在父亲的臂肘托了一把,心里一惊。他从来没有接触过父亲的身体,虽然是隔了几重衣服,他依然能感觉出父亲的身体:骨骼、肌肉,以及在这之下已趋衰落的活力。一路上,南昌的身体变得紧张,为防止再接触到父亲,他极力收缩手脚。可是偏偏车很挤。父亲坐到一个座位,他站在父亲旁边,后面的人总是将他朝前推,于是,他的膝,肚腹,甚至于胸,就不停地贴到父亲身上。他想抵抗,可是不只是人挤,车还在激烈地晃荡。他抵抗不了,干脆放弃,顺从人群的推拥。这时,他嗅到了父亲的体味,有一些灰尘的气味,有一些油脂的气味,有一些樟脑的气味,还有一些药味。在家里,四处都是这种气味,他从来没有注意过,可是在喧腾的人群里,这气味却突拔而起,扑面而来。

　　这次出游以后,偶尔的,南昌会去父亲房间坐坐。自父亲回家,他便从父亲书房搬出来,住到原先兄弟合住、现在只剩他一个人的房间,不再踏进父亲的书房。现在,对着书房紧闭的门,他感到不安:父亲在想什么呢?在动物园里,父亲的惊惧的眼神,一直打扰着他,使他感到骇怕。开始,他借口到父亲书橱里找一本书,父亲坐在书桌前,背对着他。他有些慌张,随便从书橱里抽一本书,就退出去。下一回,他是以还回书为理由进房间,父亲已躺在床上被窝里,伸手向南昌要去那本书看了看,书名是《小逻辑》,黑格尔所著。父亲翻了翻,问能看懂吗?南昌老实说看不懂。父亲说:这对你有些难,你可以读马克思的《政治经济学批判》,是运用哲学方法,解释现实的问题,还是从具体进入抽象比较可行。南昌将《小逻辑》放回书橱,再找出《政治经济学批判》,然后出了房间。第三回进父亲房间,却没有继续读书的话题,而是谈天气。这是一个暴冷的上午,姐妹们都不在家,父亲让南昌替他灌一个热水袋。南昌灌好后送进去,父亲急切地接过来,紧捂在怀里,手指几乎是痉挛地揉捏着,热水袋的胶皮柔软地扭曲。一股嫌恶从心底升起,就像是一个久远的记忆,带着些隔膜的腥臭。面前这个人是谁啊!热水袋的暖意从这人的手指传递到身上,他渐渐镇静下来,嗫嚅了一声:真冷啊!南昌转身要离去,父亲却又开口说话了。

亚热带湿润季风气候会使人倍感抑郁,父亲说。南昌停住了脚步。大河流域的地理环境,适合耕植,养育庄稼的同时,也养育着忧郁,父亲继续说。你这是为悲观主义找借口,南昌克制地轻声说。不,我是在为悲观主义找缘由,悲观主义更可能是一种疾病。悲观主义是世界观,南昌坚持。你好,八哥说话了,这古怪的声音一点没有使场面变得滑稽,反而更显压抑。你难道不觉得世界观是由多种因素形成,也包含有物理性成分?父亲脸上有了些许红润,是暖和所致,还是谈话刺激了他?南昌的脸却绷紧了:世界观是人类精神。父亲笑了,他那惯有的尖刻又回来了,近日内,几近泛滥的父子情义将它暂时地掩藏了。自小就滋生的对这个男人的恨意也回到南昌的心里,他强调:这是主观意识形态的范畴!父亲以请教的口气问:唯物主义不是说,存在决定意识吗?南昌说不出话来,憋红了脸,停了一会儿,说:你要好好改造世界观。说罢立即转身走出房间,反手将门带上,快步走开,好像生怕有什么会追逐而来。这天上午,父子俩都没出房间。中午,妹妹们回来,将昨日的饭菜热了,喊他们吃饭。他们出来,吃完,又各回各的房间。南昌听见父亲让妹妹替他灌热水袋,妹妹说:为什么不叫南昌?但也还是灌了,然后再去上学,家里复又安静下来。傍晚时气温似转暖一些,风声也息下来。大姐下班,在厨房里烧煮煎炒,有饭菜的香味弥漫开来。门厅里的灯光从门下漏进南昌黑着灯的房间,生出一股令人伤感的暖意,南昌趴在桌上,忽然哭了——为什么是他,又为什么是我?偏偏要是父和子?哭泣使心情澄宁了,南昌安静下来。

他决定不再跨入父亲房间,可是却轮到父亲叫他了。他装做听不见,第一次赖过去了,第二次也赖过去了,第三次,父亲竟过来敲他的门,他只得去了。父亲令他在书桌前坐下,口授一份思想小结,让他笔录。南昌准备好笔和纸,开始了——吾闭门思过数月余,犹有心得,特此汇报于领导、群众。近来所思所想,颇多而杂,去芜存精,总起一条,吾为何种人,居社会何阶层,位意识何形态,然后方能裁定其行为何性质——南昌勉强记到此,已不胜其烦,抬头说:能不能简明一些?父亲惊讶道:这还不够简明?你说何为简明?南昌解释道:我的意思是应当使用当今时代的语言。父亲虚心请教:比如?比如"我"就是"我",为什么偏要用"吾",多陈旧啊!好的,父亲同意:将"吾"改为"我",再比如?南昌将方才句子从头搜寻一遍,并未搜寻出具体的不妥,只觉得气味不对,摆摆手,让父亲继续——"我"出生于江西南昌——父亲停下来,补充一句:就是你那个"南昌"的南昌,据族谱所记,明万历年间,有先人任职礼部,官至尚书;然而中国人编系族谱,多有攀附之习,是出于宗族血缘的迷信认识,好比戏曲里人物登场必自报家门,即此陋习——南昌又忍不住了,这回是嫌父亲太多赘言,说自己就说自己,何必扯到戏曲上去?是卖弄见识吗?父亲立即听取意见,删除戏曲的一节,但关于族谱攀附的意思,则要保留,因为关系到下面的结论。结论是——我因此以为族谱所言不足为信,尚可查证的仅以上三代;依族谱叙,我家原为明室遗民,于闯王进京时节潜走,绕道返回原籍,于鄱阳湖畔置地买田,隐入乡间;此言暂不究其虚实,总之,到曾祖一辈,确已是耕读人家,有良田数千亩,人丁百余口,族中有宗祠、义堂,称得上是旺族;然而——南昌一听"然而"就烦了,不由皱眉看去一眼。父亲止住,说明道:我以为必须从根子上检讨起,才能真正判断自己是何种世界观!听到"世界观"这三个字,南昌脸红了,他怀疑起来,是单位里真要求父亲写思想小结,还是——看起来就像上一回的事还没完,父亲要与自己纠缠到底。他收起纸笔,朝向父亲道:你们单位什么时候向你要思想小结的?我怎么不知道!他这么问,是因为这一向父亲与单位的联络都是由他担任。父亲坦然地望着儿子:检讨与反省不就是我一生的工作?天气回暖,太阳从落了叶的梧桐枝上照进房间,明晃晃的。江南的寒潮就是这么倏忽来,倏忽往。在回升的气温里,父亲好像活过来了,他脸上甚至有了一种神气。你自己写!南昌将纸笔一推,站起来。你必须写!父亲说。为什么?我是父亲,你是儿子!你想搞独裁!南昌愤怒起来。父亲也愤怒起来:我告诉你,父亲对儿子的独裁永生永世。南昌说:我就不相信。信不信不由你!那么,南昌指着门:我现在就贴出声明,和你划清界限!父亲伸手在他脸上掴了一下。南昌脸颊火辣辣的,奇怪的是,一股痛快淋漓之感充满全身,他亢奋地想:来吧!还有什么,来吧!父亲一甩手:滚!

他们僵持了两天,第三天深夜,大姐敲开南昌的门,说父亲病了,要去医院。不得已之下,南昌穿衣起床。大姐将父亲从房内扶出,南昌跟随其后出门去。转身时,南昌看见父亲烧红了的脸。忽然间,父亲横扫他一眼,眼光犀利。南昌几乎要觉得,父亲是用生病来整他。父亲得的是急性肺炎,留在观察室输液。次日南昌便去单位汇报,单位再往更上级汇报,两天之后,转入特许病房的单人间,并规定除直系家属,不可有外人探望。其实他们家哪有什么外人,从建国初期便赋了闲的父亲,早已从社会生活中退出,离群索居。然而,入住特许病房却给人一种重入社会的印象,连南昌都感染了这气氛。他一天两次给父亲送饭,很快和警卫护士混熟了。晚饭送来了,也不急着走,而是坐在休息室里看报纸或者看电视。电视节目无非是一些纪录片,偶尔也播放样板戏演出,报纸的内容也大致相仿,但他一坐就可坐很久。病房的生活,入夜很早,七八点钟光景,休息室和走廊都无人了,只有清洁工在拖地,拖把在水磨石地上无声地来回移动。窗户外的天空已漆黑,里面却被日光灯照成白昼。南昌看见窗玻璃上自己的影,好像是另一个自己,陌生,又使他自得的自己。

　　在医院里,南昌变得和悦了。他对病人父亲,就像大人对孩子,很宽容。父亲呢,生了病,总归就软弱了,由人摆布。有时任性,起些小小的反抗,最终也会被南昌温和地压制下去。只是有几次,南昌又发觉父亲用犀利的目光横扫过来;奇怪地,他心里会一惊。他们没有继续争执,也很少说话,反抗与压制只占了极少的时间,大多时间里,父亲只是沉默着,对了雪白的天花板,或者略侧了脸,看窗台上麻雀啄食。先是两只,后是三四只,再后有五六只,一周过去,竟是成群结队簇拥而至,喳喳地吵闹。大姐有一回来看父亲,抬头望一眼窗台上的麻雀,说:谁给它们喂食呢！南昌这才注意到窗台上总是有一些米饭粒儿和馒头屑，无疑是父亲的手笔。南昌推开窗想驱赶它们，不料它们反而扑将过来。那些麻雀都养得滚壮，简直像小鹞鹰，南昌宽容地一笑，罢手了。医生有时找他过去，给他看父亲的胸片，报告病情，然后提醒某些生活细节，比如少抽烟，多吃鱼、蛋之类优质蛋白。南昌便笑着，抱怨着父亲的坏毛病，仿佛他们是一对亲密的父子，互相了解。事实上他都不知道父亲饮食上的偏好。他也觉着自己是有一些虚伪，像他们这样，扮演一对正常社会里的父子，多少是别扭的。而且，父亲显然对此不感兴趣，他那横扫过来的一眼，就是提醒南昌：别太夸张了！南昌立即就不自然了。所以，他们又远比通常的父子，互相更为了解。南昌不免恼怒，觉着父亲的扫兴，就会以训导的口气说：我希望这次住院，不仅治好你身体的病，也治好你思想的病。父亲便向他诧异地睁大眼睛，好像在问：思想的什么病？南昌补充一句：虚无主义病。父亲做出一个恍悟的表情，重又合上眼睛。南昌感觉到父亲沉默中更甚的讥诮，还有轻蔑。他很愤怒地又去驱赶麻雀，麻雀再向他扑来，比前一日更多更凶猛。他砰地关上窗户，走了。下一日，他还是准时来到病房，给父亲送饭，然后到休息室看报纸。护士们轮班在休息室吃午饭，一边讨论学习的议题，她们学习的是马克思的《路易·波拿巴的雾月十八日》。南昌想起阿明远在皖南也在学习《路易·波拿巴的雾月十八日》，不知什么时候起的风气，不论懂的不懂的，都在学习《路易·波拿巴的雾月十八日》。当初，陈卓然向大家引用《路易·波拿巴的雾月十八日》里面的章节字句，人们就像听见了圣典，高不可仰。现在，南昌忍不住要插进话去，向她们解释背景、中心大意、主题思想，以及如何对照今天的革命形势。她们听得很入迷,说南昌应该在院里做学习报告。南昌也挺得意,心情很好地骑车回家了。可是就在晚上,发生了一件事情,使他陡然地颓唐下来。

下午,妹妹们放学回家,说同学们都在议论,今晚上电视播放全场芭蕾舞《白毛女》,有个同学的父亲在某机关工作,机关里每个星期六都放电视,这天正好就是星期六,那同学便邀了几个要好的同学一同去看。她们不属于和那女生要好的人,自然没有被邀,心里却是很向往的。这阵子,妹妹们都迷上了芭蕾,学着用脚尖走路。南昌曾在小老大客厅里见识过真正的芭蕾女演员和她的足尖鞋,晓得她们全是徒劳,但因向来懒得与她们说话,就任由她们瞎折腾。可这一日不是心情好吗?所以他欣然提出,带她们去病房休息室看电视。妹妹们不相信有这等好事,越不相信,南昌就越要带她们去不可了。于是,三个人早早吃了晚饭,等大姐把父亲的饭菜装进保温瓶里,大妹抱着坐后车架,小妹则横坐前车杠上,三个人就这么上路了。他们兄妹从没这么接近地挤在一起过,感到颇不自在。但这一段,尤其这一天,他的心情这么好,这点小不自在就也无所谓了。来到医院,天还早,安顿父亲吃饭。等他吃罢,他们几个分头收拾碗筷,打热水,领换洗病员服,一切停当,还余半小时才开播电视,两个妹妹就坐在休息室沙发上耐心地等待。南昌见装电视机的柜子上着锁,便跑去找值班护士要钥匙。值班护士说钥匙在护士长处,可护士长却下班了。南昌问值班护士除了护士长外,谁还掌管电视机柜的钥匙,值班护士说总务处吧。南昌就问总务处在哪里,值班护士指点他出这栋小楼,再一转,就是办公楼。听到要出这栋小楼,南昌心里就打怵了,可他还是硬了头皮下楼去。

楼里很安静,此时,探视的人都走了,医生护士除了当值的,也都下班了。走廊的灯亮着,墙面洁白,墙裙漆成天蓝,墙角连接着灰白的水磨砖地,统统反射着幽光,有一种肃穆。南昌走下楼,推开蒙着白纱布的玻璃门,走到水泥路面的甬道。两边是冬青的墙垛,在昏黄的路灯下呈现出几何体的阴影。他生出要退回去的念头,可还是咬着牙打消了。他从办公楼的背面绕到正面,门却是开在另一边的侧面,再绕到另一侧,终于进了楼。这是一幢简陋的三层旧楼,地板和楼板留着白蚁咬噬的印迹,踩上去,发出空洞的声音。门都关着,楼道里没灯,几乎伸手不见五指。他依次推门过去,已经不抱希望,一扇门忽地开了,他几乎一趔趄。站稳脚,只见眼前灯光里站了一个大汉,臂上套着红袖章,问他干什么。他极力定住神,说找总务科。找总务科干什么?拿电视柜的钥匙。什么电视柜的钥匙?特许病房的电视柜——南昌话没说完,那人已经将南昌搡出门外,说:是来治病还是看电视的!南昌一个人又站在了一团漆黑之中。方才几个回合的对话如此急骤,前后总共不过几秒钟,南昌一时都不明白发生了什么。他摸下楼梯,走过冬青夹道的水泥路,回到小楼。休息室里没人,两个妹妹已经被人打发走了。他慢慢想明白了,那值班护士从开始就没打算让他们看电视,过去看电视,是因为她们自己要看,南昌不过沾光而已。南昌到父亲病房站了站,问还有没有什么事情,就要走。父亲却叫住他,他惊讶地看见父亲在微笑。父亲微笑着说:知道吗?这就是父亲对儿子的独裁。南昌压低声音,一字一句地回答:我向你保证,一定解放我自己。父亲说:解放万岁!躺回枕上。南昌夺门而出,父子俩又一次决裂。

接连有两天,南昌没往医院去,都是两个妹妹送饭去的。那天的事,妹妹们早已忘在脑后,她们生长在这个家庭最末路的时期,对世态炎凉很有适应力,所以,她们甚至都没有向南昌抱怨什么。可南昌无地自容。事情本身的难堪不说,还有父亲的讥嘲,很快,后者就压倒前者,他心里充满了对父亲的无限怨怼。这种迁怒其实正出自父子间的亲情,他又不能同社会斗气,那是铜墙铁壁,只有将气撒在自家人身上,或许还有一些儿回应。所以,这怨怼里又藏着一股凄楚。晚上大姐从医院回来,说父亲已好得差不多,医院里关照明天去个家属,带父亲去拍个胸片。于是,下一日,南昌只得又往医院去了。

这个医院的建筑很分散,遍布于马路两边,斜过一个十字路口。南昌让父亲坐在轮椅上,推他去马路那边的放射科。行人里夹杂着穿白大褂的医护人员,病人的推车或推床也在马路上穿行,身边还有举着输液瓶的家属紧随着。熙攘中,一个医工推着一架光着床板的病床,上面是一个形状可疑的蓝布包,看长度和轮廓,大约是具尸体,而那推车的医工则气定神闲地走在煌煌的日头底下。放射科设在医院的主楼,门诊,急诊,配药间,化验科,都在此,所以也是医院里最为拥挤和嘈杂的地方。放射科在三楼,有病人专用电梯,南昌推着父亲的轮椅等电梯下来。身边的人渐渐积多,有个妇女在哭,克制着抽咽,不让出声,可不时透出的啼泣却更让人压抑。奇怪的是周遭的人,包括开电梯的女人,都视为平常,没有人询问,也没有人安慰,听凭她哭泣。南昌推了父亲走出电梯,听见电梯在身后合上门,也合上了那女人的哭声,然后升上去了。在放射科取了上一回拍的旧片,为做对比用,就被吩咐往十二号室去。十二号室在走廊的尽头,走廊两侧的长椅上坐着等候的人,也有推床,床上是四肢受伤、上着夹板的人,还有病疴沉重的人。走到地方,之前排有三四人,其中有一个妇女,极其消瘦,脸色是一种铜铁的金属色,正很艰难也很努力地喝一种乳白色的液剂,液剂糊在嘴边,更衬托出肤色的青黄,显得很可怕。人们都沉默地坐着,偶尔门推开,走出一个医生,白大褂挟着一阵风,过去了。护士隔一时喊一个人名,有时立刻应了,也有时没有人应,那人名便久久在走廊里回荡。终于挨到完事,走出这幢大楼,重新走上街道,几乎有回到人间的心情。救护车尖啸着驶过,但近午的太阳暖和地照在身上,抵消了惊惧的气氛。他听见父亲嘟囔了一句,以为他有什么要求,向前伏下身去。父亲又重复了一遍,说的是:遍地哀鸿。

后来,南昌又单独去了那楼里一次,是遵医生吩咐,去化验科送父亲的血样。穿行在表情淡漠的人群里,脚下的水磨石地面,被拖把、鞋底,以及轮椅的胶胎磨得极粗糙,染着暗红色的血迹、黄色的碘酒迹。来苏水与酒精的气味特别强烈,显得很夸张,似乎是要刻意掩盖着某些恶劣的气味。医工们端着一篓一篓污脏的棉球、绷带、药瓶子,挤来挤去。好像被传染了似的,医护们的脸,也是青黄枯萎,而且表情漠然。今天没有哭泣声,但却更为哀伤,似乎,似乎万事万物都在饮泣。他想起父亲那一句话:遍地哀鸿。他想,医院这地方是不能呆的,眼看着他也要染上悲观病了。回到父亲的病房,父亲正在驱赶一只麻雀,它误入窗内,想要回到窗外,归队到它的同类中,却几次撞到窗玻璃上。窗玻璃外面的窗台上聚着一群麻雀,喳喳叫着。屋内的这一只更加焦虑急切,几乎奋不顾身地往玻璃上扑。父亲将它向打开的半扇窗上赶,它却以为受到威胁,越要躲开,一时满屋沸腾,气氛十分紧张。等南昌来到,那麻雀已有些虚弱,并且晕头转向。南昌拿起衣帽架上父亲的帽子,一下子将它兜住,直接送出窗外。窗内窗外都安静下来,父子二人喘息未定地站了一会儿。好,父亲说了一声,坐回沙发里。南昌在椅上坐下,拿起一张报纸,将父亲的视线隔开。现在,他们时常这么坐着,南昌不再去休息室,休息室就像个伤心地,他只能待在病房。房间很小,怎么坐都难避免和父亲相对,于是,或者是他,或者是父亲,只能看报纸。真是窘啊!甚至连父亲都不那么自然了。他们这一对父子,剑拔弩张的时候反是自然的,略一亲近却感尴尬。父子间的亲情就是这么一件难办的事情。

接父亲出院的还是南昌,谁让他没事呢。前一日,大姐已经收拾好东西,带回去一部分,余下的装在一个网兜里。南昌帮父亲在棉袄外面套上大衣,两人一前一后下楼,走出有暖气的小楼,一阵料峭,父亲打了个寒战。南昌不得不靠拢过去,将他的围巾系紧,又替他竖起大衣领子。有一瞬,他们脸对脸的,几乎可嗅到对方的呼吸,但很快又分开了,依然一前一后走出院落,来到马路上。父亲乘三轮车在前,南昌骑自行车在后。天已入冬,即便地处江南,景象也肃杀起来。平常日子的上午,马路上人很少,很安静,听得见三轮车和自行车各自的辐条声,嗞嗞作响。到家,家里也安静着,上班的上班,上学的上学,这套中型公寓显得很空阔。南昌将父亲送去他的房间,门一推开,满地的阳光,八哥说了声"你好"。父亲忽然流露出一些激动的样子,止不住的有了笑意。南昌看见父亲对家的依恋,尽管是这么个残破的痛楚的家,儿女都隔着心。南昌退到厨房烧水,奇怪地鼻酸着。这一阵子,他变得软弱了,容易伤感。这一个白天,就在这戚然的平静中度过。晚饭后,两个妹妹又去学校,参加毛主席最新指示下达的庆祝游行。他和父亲依然各回各的房间。大姐在厨房熬猪油,油香弥漫。不时地,大姐将炸干的猪油渣送到他们的房间,给他们吃。酥脆的油渣,洒了些细盐,入口喷香。游行队伍在窗下经过,一阵急密的锣鼓点由远及近,又由近去远,渐渐听不见了。两个妹妹回来,家里人都已熄灯睡了。

第二天一早,南昌还没起床,就有人敲门。他钻出被窝,很狼狈地跋了鞋开门,眼神迷茫地看着门口的人。来人是小兔子。小兔子挤进门,说:听没听见,最新指示?他这才看出小兔子严肃的表情,感到了不寻常。他清醒过来,摇摇头。是关于知识青年到农村去的指示,小兔子说。南昌"嗯"了一声,还在懵懂中。小兔子向他逼近道:你知道吗?我们可能都要去农村,全国的青年都要去农村!南昌又"哦"了一声。小兔子再向他逼了两步:他们不需要我们了!南昌退回到自己房间,从椅背上抓起衣裤往身上套着,一时间,只听见小兔子的声音清脆又急骤地从耳边掠过。他意识到,有一件大事情要来了,什么事情呢?小兔子不间断地说着话,表情变得愤怒,他说:放逐,你知道吗?这是一种放逐!他们利用我们打开局面,现在我们的作用完成了,于是,放逐出城市!南昌的头脑被催促得飞快运作起来,他想:他们是谁?我们又是谁?小兔子还在说,一边说,一边在南昌狭小的房间里来回走动。南昌的思想清晰了,一个念头浮出水面:他已经离开政治生活很久了。他很抱歉,他不能和小兔子同等程度的激愤,他甚至有一些儿高兴,似乎,其实,他一直在等待生活中有一个改变来临,现在,这个改变来到了。他突然加快了动作,套上袜子,登上皮鞋,去浴室里撒尿,洗脸,刷牙。小兔子一直跟着他。走过父亲房间时,父亲拉开门往外看了一眼,两个年轻人已经走过去了。南昌从门厅的饭桌上抓起一个凉了的烧饼,和小兔子一起出了门。转眼间,两人的自行车已经骑在街上了。沿马路的宣传栏果然张起了新写的语录,店铺上方也拉开新横幅:知识青年到农村去!

他们两人都是在毕业分配中延宕下来的,本来是在留城和下乡的两可之间,现在,也许就要像小兔子预计的那样,去农村了。他们去找七月,七月在中专技术学校,正很放心地等待分配进某一家工厂,但现在形势变化了。转眼间,他们三个人骑在马路上了,忽就感到茫然,再去找谁呢?同伴们,有的已经在工厂上班,有的去了农村——那多半出自理想,而不是像他们,无可选择。他们三个人在马路上盘桓一阵,然后分手,各自去了各自的学校。南昌想不起去学校是多久前的事情了,通往学校的路又熟悉又陌生。渐出市区,路边偶有一片农田,现已收割,田里盘结着庄稼的残枝断藤。有郊县的班车从身后上来,蒙着一层浮土,驶向前去。在田野的更深处,传过来柴灶的烟味和牲畜的粪味。很快,学校的围墙出现了。这才蓦然想起,那个孤军驻守的夜晚,大姐将他从床上叫起,走出学校,自那以后,他再没回去过。怪不得他心里有些生怯呢!他已经看得见校门了,也拉了新横幅,写了新字样。骑进去,拉线广播嗡嗡响着,播着歌曲。校园里竟有些熙攘,多是一些小孩子,在他看起来,还是小学生,却已是他的校友。臂上也戴着红卫兵袖章,宣传栏里贴着红卫兵战报,从署名看,有排、连、营、团的梯级编制,好比一支编外的部队。红卫兵组织显然纳入了体制,与当年他们的造反军性质完全不同了。走过操场,听新生们说话,许多是郊县口音,因是划地块就近入学,所以就多是郊区的孩子。南昌有些怅然,但也有一种轻松,许多难堪的记忆就此可以消退了。他进了教学楼,看见走廊上簇拥着人,都是还未分配走的三届毕业生。与那些在读生相比,就已是成人的样子了。人丛中是一个穿蓝棉大衣、身材魁梧的男人,人称何师傅,他至多比他们年长三五岁,但因已经走上社会,简直就是长一辈的人了。他微笑着听人们发问,并不回答,只是抽烟。他抽烟的方式很怪,当一支将抽完时,就接上另一支,一支连一支,从不间断,也没有烟蒂。能看出他烟瘾很大,手指和牙缝都让烟油染得蜡黄。这是他们学校的工宣队师傅,来自一家大型机器厂。上课铃响了,学生们拥进各自的教室,杂沓的脚步在楼道与楼梯间轰响一阵,第二遍铃响时,便安静下来。南昌不由恍惚,似乎回到了过去的读书的时光,但坐在教室里的人不再是他们。此时,他们这一伙在走廊上站着,显得很过时。何师傅的笑容分明带着宽容的意思,他很耐心地忍受着他们的聒噪,有时候会说一句:一切按毛主席指示办!或者背一句语录:"世界是你们的,也是我们的……"这么样说话本来是教条而且古怪的,但因他的权力身份,却有了特别的含意,挺骇人的。人们不由安静下来,期待他透露更多的信息,等了一时,他果然又说了一句:"但是归根结底是你们的。"这句引用的语录更令人摸不着头脑了。南昌注意地看那何师傅一眼,在愚顽的眼神之下看出一股蛮霸之气,不可一世。他从这张平塌的脸上,奇怪地看见了自己的从前。曾经,他,他们,也是这样的无视天下,自以为是时代的先锋。南昌离开人群,下楼推起自行车,向校门口骑去。

这天晚上,小兔子又来了,随他一同,还有七月。仅隔了一个白天,小兔子的情绪已有大转变,从早上的愤慨,一改而为激昂。他的那张清秀的小脸,此时赤红着,好像喝了酒。他说,他们——包括七月,还有一些其他人,计划成立一个跨学校的战斗队,报名去最艰苦的地方干革命。什么地方?南昌懵懂地问。兰考!小兔子说。兰考?因为出了一个优秀县委书记焦裕禄,于是全国都知道了这个贫瘠的县份:盐碱、缺水、沙尘、灾荒,还有质朴的农民。小兔子设想,要在兰考改良盐碱,引黄河之水建灌溉系统,还要进行社会调查,研究农村的阶级社会。他在地板上摊开一张全国地图,地图上都找不到"兰考"这地名,只能大约地指出方位:郑州以东,接近山东,沿铁路线的某一个点。七月也很兴奋,说他们这一支战斗队,就起名叫"三五九旅",要开发新南泥湾,不久的将来,就会有一个新型的农场平地而起。南昌听着他们说,也兴奋,却没发言,他说不出什么建议,他似乎跟不上他们了。他和他们有了隔阂。下一日,他们再来时,计划已经变成去往内蒙古,旗帜为"乌兰牧骑",为草原送去新文化和新文艺。还记得吗?小兔子说:那个芭蕾舞女学员,她也要跟我们去。南昌想起小老大客厅里,那个面无表情的女生,穿着足尖鞋为他们表演。他真是与他们相距甚远了。这时,南昌连上一日的那么点兴奋也没了。看着他们说话,竟好似隔岸观火,与自己并无任何干系。小兔子他们的战斗队第三次命名为"西双版纳",顾名思义,是转向南方,内中却有一个机密,就是寻找缅甸共产党,联合世界革命——南昌为自己难过了,他觉着自己丧失了激情,无法和小兔子们一起激动了。而且,他还看出他们这些人之间存在着很大差异,小兔子从来是将革命当节日,他实际是享乐主义的人生观;七月呢,当然要淳朴得多,但对于革命,亦只

311

是瞎起哄。革命中的思想者,比如说陈卓然,他已经转向——南昌禁不住想:他是不是太清醒了,以至于有了暮气。

这几天,小兔子和七月不停地造访,每一次都带来奇思异想,令人耳目一新,应接不暇。然后,他们又突然消失,从此再不上门。就如潮涨和潮退,来也急迅,去也急迅。倒是两个妹妹,开始从学校带来一些消息,虽然平淡,却较切实。说的是今后的去向全是农村,不再有上海厂矿,甚至连郊区农场也取消,所去地区共有六个省份:安徽,江西,云南,贵州,吉林,黑龙江。学校将南昌召去开过两次动员会,南昌很快就表了态,坚决响应号召,上山下乡,只是在去哪个地方的问题上,还未下决心。他从学校带回来一些县的名字,都是从未听说过的,比如安徽的霍山、固镇;江西的寻乌;吉林的梨树;黑龙江的齐齐哈尔……这些县的名称,不期然地使南昌兴奋起来。他趴在全国地图上找寻这些地名,大多是和"兰考"一样,找不到。也有时候,那地名陡然出现在由河道、铁路、公路交织起来的网络上,就变得更抽象了。他去到各个宾馆,求见那些各地派来带知青的领队干部。宾馆门口壅塞着和他一样探访的学生,还有家长,人头攒动,难得见到来人。但南昌依然兴奋着,随着人群拥来拥去,然后一无所得地回家。马路上,不时有锣鼓敲击着欢庆的曲牌子经过,是给上山下乡的青年送喜报。沿街可见不少住户的门上贴了大红喜报。商店里也挤满了人,凭着通知购买配额的用品。还涌现出许多穿戴无领章帽徽的崭新军棉衣的男女,那是赴东北建设兵团的青年。这城市充斥了一股要开拔的空气,就像到了战时。然后,奔赴边疆和农村的知识青年乘坐着大客车从街上巡游而往火车站。即将上路的知青们胸口佩戴着大红花,从车窗探出身子,向着街边驻步的行人挥手致意,看起来就像在与这城市告别,情景很有些悲壮。火车站调派出越来越多的输送知青的专列,连北郊的货车站也起用发客车了。可南昌还没决定去何处。一日早晨,他起床后进到父亲房间,问道:去江西好不好?其实他未必真想去江西,只是,他想和人商量一下。父亲的回答却是他始料未及,父亲说:不好。

为什么?南昌问:那不是你的出生地吗?父亲回答:亚热带湿润季风气候使人抑郁。南昌第二次听父亲说同样的话了,但这一次他没急着反驳。父亲继续说:空气中有着太大的湿度,冬天时阴冷,暑天时溽热,雨季到来,从三月至六月,日日沥沥淅淅,墙壁、屋瓦、木器,甚至石板,霉菌一下子发了芽,绿莹莹的,人心里也发了霉,只不过看不见罢了;坡上的竹,田里的稻米,家前屋后有名无名的草木,都变得森绿,暗沉沉的;湿漉漉的空气里,庄稼、植物、牲畜、霉菌、病菌,都在疯狂地繁殖;那么一个洼地里,四处是泥泞,挤簇着何其多的活物,活物也都是阴湿和泥泞的;什么活物都赶不及人口的繁殖速度,人似乎直接从地里长出来的,也不需要什么养料,比一株草还好活,真是贱啊!和霉菌一样,四处开花,也是绿黄的颜色,如同脓肿。南昌止不住打了个寒战,太阴暗了!他说。是的,父亲同意:我是阴暗的,这是一种疾病的人格,与生长环境有关。可是,南昌不解地问:可是,像你这样一个虚无主义者,怎么会参加革命呢?

这是个好问题!父亲说:我想,这是一个时代的际会,你知道,"人民"这个概念。你当然知道,这于你们是天经地义的概念,与生俱来,而在世纪初,简直是振聋发聩!那些烂了眼窝的瞎老婆婆、给牛踢断脚杆的老倌、饥荒年里裸着背上的大疮口要饭的乞丐、鸦片烟馆里骷髅似的瘾君子,那些像蛆虫一样活着的、称不上是人的人,忽然变得庄严起来,因为有了命名——人民,也可以说是民众。于是,我们的抑郁病——这是世纪初青年的通病,一种青春期疾病吧,我们的抑郁病就扩大成为哀悯,对人民的哀悯——抑郁病升华了。南昌说:我都不知道说什么好了!父亲笑了笑,接着说:这也许可以说是一种幸运,亚热带湿润季风气候的幸运,它提供给青春期抑郁病更多的资料,来自于更广大的人世间,这有效地挽救了虚无主义;革命是虚无主义的良药,因为以人民的名义,"人民"将我们这些小知识分子的抑郁病提升到了人道主义;现在,人民也要来拯救你了。我不需要,南昌嘟哝了一声。你不需要人民?不,我不需要拯救。那是因为你还没看出自己的病症。我没有病!南昌坚持。父亲宽容地一笑:你知道疾病与健康的界线?健康人知道自己有病,于是积极求医,而真正的病人却从不以为自己有病。我没有病,南昌还是坚持。我有病,父亲说。你不是说,"人民"医治了你的抑郁病?南昌诘问道。可是,"人民"不再需要我的时候,旧病又卷土重来。这回轮到南昌笑了:原来不是你需要人民,而是人民需要你!父亲承认:我的说法有错误,换一种说法,是人民的伤治好了,我的病就又复发了。南昌更笑了:原来你需要的是有病的人民,原来你们的所谓抑郁病,其实是自大狂!父亲又一次认了输:你说得有道理!当人民强壮起来,我们的哀悯没了对象,抑郁就又还原到病态的症状。这不结了?南昌得意地说。

可是,父亲说:从遗传学的角度说,你可能也患有我的某一种疾病。比如?南昌谦虚地请教。比如,忘乡病。什么病?南昌没听明白。忘乡病,忘记,或者说憎厌家乡的病症,父亲解释。

我没有,你有,你都反对我去江西,你的出生地,你的家乡。不错,我是憎厌我的家乡,你不也憎厌吗?父亲说。不,我可以告诉你,我现在就去报名,插队江西!父亲冷笑道:多么做作的思乡啊!一个你从来没生活过的地方,你听不懂它的乡音;在学生履历表上,籍贯这一栏里,你甚至填的是"广东",一个更抽象的地方,何其虚伪的乡愁!南昌争辩道:人总是需要家乡的。父亲更是冷笑:你不过是要一个抽象的家乡,具体的,你却抱了憎厌。南昌再争辩:我没有憎厌!你憎厌,你憎厌我!父亲话一出口,两人都沉默了一下。南昌先说没有,停了停,承认了:是的,我憎厌你。父亲并不恼怒,反而笑了一声:我也憎厌我的父亲,大概这也是一种遗传的现象,每一代都憎厌上一代,血缘亲情是由憎恶传递下来的。南昌缓和地说:青年总是叛逆的。父亲断然一摇头:不,憎厌不是背叛,这完全是两个概念;背叛是理性的,背叛里面,包含着成长,像蝉挣脱蝉蜕;憎厌却是如同沼泽一样,黏滞湿陷的情感,它导致的结果完全可能不是成长,而是相反——重复同一种命运;背叛是有逻辑的,像锁链一样,一环扣一环;憎厌呢,它是自噬的,它自己吞噬自己。说到底,这也是抑郁病的一种症状。南昌气恼地跳将起来:照你这么说,抑郁病是所有革命和不革命的根源!那么阶级呢?剥削和被剥削、压迫和被压迫呢?父亲举起手:好,我投降!这不结了!南昌气呼呼地说道。

父子俩沉默着,有一些时间过去了,然后,父亲以一种怯生生的口吻说:你什么时候去?去哪里?南昌抬头纳闷道。去报名,报名去江西,父亲说。南昌腾地站起来,又坐下:不去了!是不去报名还是不去江西?父亲追问着,多少是存心纠缠。南昌憋闷了一时,忽然斜过眼去:你既然不爱你的家乡,为什么要给我起名南昌?你不要的东西硬栽给我吗?父亲狡黠地眯眯眼:这就叫阶级烙印,懂吗?南昌被噎了一下,继而又起:那么你呢?你的阶级烙印是什么?抑郁病?父亲没理会南昌的挖苦,而是正色道:我把我自己定位在小资产阶级知识分子,我出生于一个破落的工商地主家庭,在我曾祖一辈,家业达到鼎盛,鄱阳湖畔有良田、茶林、果园、竹山,鄱阳湖以东的德兴,有铜矿,南昌城里开了厂,甚至九江还有一个专用码头。但如此繁荣的景象,我却并没有看到,在我出世的日子里,看到的是夜半从盗贼劫抢中脱身跑来报信的乡人;因歉收求告减免租金的佃户;工厂起火,彻夜不灭的血色天光;讨债的人在门厅里吃大户;还有一场瘟疫,家中的鸡、鸭、猫、狗,统统宰尽,抬到城外焚烧,家中日日夜夜燃着成片的红烛,祭的是何方神圣,我亦不明了,但那气氛甚是阴森可怖。我还看见什么?父亲沉浸在回忆中。南昌等待他继续,有好一阵静谧。我还看见,父亲接着说:妻妾成群,鸦片灯的昏黄的亮,在花厅后面一间厢房内,有祖父的一口金丝楠木棺材。有一回,我们堂兄弟玩捉迷藏,一个堂哥不知怎么会躲进棺材里面,过了一天一夜才想起找他,他早已经憋死。人们到底也想不明白,一个五六岁的孩子,是怎么搬开棺材盖,躺进去,然后原样盖好,却没有再顶开来。这个记忆一直在我心里,由我的感情、心智、知识,培养着壮大,壮大成一个象征。象征着什么?就是那个,你们课本上学习过的,方烈士的"可爱的中国"——这就是我所位居的阶层,破落的地产、脆弱的原始工业——小资产阶级,一个所谓的知识分子。

——我在家塾略读了些四书五经,又上了公学,然后接触了

"新青年""新小说""新社会",再又开始学习俄文……我的知识结构是杂糅的,植根在旧的里面,又逢新的雨露,从保守主义出发,再走入激进政治,于是,产生革命。革命,是什么呢?真是朗朗乾坤啊!那抑郁的阴霾,忽然间烟消云散,可是——可是什么?南昌小心地问。父亲无语。革命很艰苦?南昌问。父亲无语。很复杂?父亲依然无语。革命的道路是曲折的,南昌以前所未有的温和语气说。他很想帮帮这个人,这个他称为父亲的人。父亲又开口了,却离开了革命的题目,另起一章:小资产阶级知识分子是一个尴尬的处境,倘若是没受过教育的、懵懂的人,他对生活、人生,是无条件服从,由此产生信仰,信仰他所遭逢的一切,善男信女,就是这类人;倘若是一个对世间万物有了彻底认知的哲人,因为了解,他亦会有信仰,信仰他的真理。而我,一个小资产阶级知识分子,前不着村,后不着店,看见了,又看不全,世界有了轮廓,却没有光,你渴望相信它,怀疑又攫住你。这就是小资产阶级的摇摆病,南昌说。父亲一笑,也是讥诮的,奇怪的是南昌并没有生气。什么都逃不过你的眼,父亲说——讥诮地。南昌还是没有生气。你们什么都知道,父亲说。并没有,南昌温和地反驳。你们有一个知识系统,是以语言文字来体现的,任何事物,无论多么不可思议,一旦进入这个系统,立即被你们懂得了。你指的是教条主义?你看,你又懂了!这回轮到南昌无语了,他听出这不是夸奖,却不知批评的是什么。在我们做青年的时候,一切都是模糊的,像漫流的水,然后,渐渐有了轮廓。是啊,是啊,我们把轮廓交给了你们,却没有光,没有给你们光,因为我们也没有。南昌忽然插言道:我认识一个人,一个医生,她告诉我她们当年的校训,叫做"光和真理"。父亲笑了,这回笑得比较有诚意了。他说:医生,是个好职业,你将来就做个医生吧,先来医治我,你的父亲,你父亲的抑郁病!南昌无语。

  南昌出门,下楼,推出自行车,骑上去。是一九六八和一九六九年的相交之际,梧桐树落了叶,裸出粗壮的枝,树身上的图案。直射的阳光炫了他的眼睛。街道上的人似乎少了许多,他不知道是不是因为青年们相继在离开,但他感觉到,这城市的静谧,使它变得庄严了。他想起陈卓然关于"小市民"的观点,他承认,这城市有着它的思想,不是深邃,而是隐匿。在假浪漫主义的壁饰、楼型、弯曲街角的微妙处理,在这些多少是轻浮的华丽的格调里面,流淌着正直的思索。他就要离开它了。他刚刚有些尊重它,却要离开了。他觉得有什么湿润的物体在流出他的眼眶,模糊了视线。被泪水变形的前方,忽然有一个小小的奔跑的身影掠过,好像是舒拉,在全力奔跑。舒拉这孩子,真是的!像她这样年龄的孩子,总是那么执着地奔跑,就像前途有什么确定的目标似的。南昌抹了一把脸,羞怯地笑了。

2006 年 9 月 20 日初稿
2006 年 12 月 26 日二稿